U0043892

傾城一諾

8

目次

第一章　神棍設套

來的有三人，一前一後到的。

前面到的是兩人，眉眼看來是一對父子。長者五十來歲，體型富態，額高臉闊，雙目藏神，一身家常打扮。長者後頭跟著一名青年，二十五六歲，五官面相算有力度，獨獨一對耳朵略微招風。他稱不上太英俊，但眼皮粉紅，目帶桃花，女孩子若見了，多會為這一雙眼睛所迷。

父子兩人都穿著常服，緊隨兩人後頭進來的男人年近六旬，一身少將軍裝，中等個頭，方額獅眉，皆是剛正不阿的面相，只是上唇略搭著下唇，性情有些優柔寡斷。

既剛正不阿，又優柔寡斷，這看起來似乎有些矛盾，其實不然。只能說此人內心是個憂國憂民的憤青，現實中卻不太敢言，做事不太敢於決斷。

三人前後腳進來，便看見極其不諧的場景。

門外，警車、武警防暴車、軍車集結，警衛連箝制後勤兵，將其壓在地上，槍械繳在一旁。

門口，崔建豪見到三人，瞪大眼睛，手捂肚腹，軍裝蒙塵。

門內，蘇瑜臉色青白，眼底卻有喜意。保全、銷售人員、經理和顧客都退去後頭角落，露出中間大片空場。一輛新款白色跑車上有名少女悠閒地坐著，眉眼含笑，望著身旁男人，男人手裡拿著肉餅，正吃進最後一口。

劍拔弩張的場面，溫馨吃宵夜的氣氛，怎一個古怪了得？

夏芍見三人進來，把手中水杯遞給徐天胤，然後輕巧地從車身上躍下。

她微笑地上前，「王委員、崔將軍、王少，這麼晚了，勞煩三位大駕，不勝慚愧。」

這三人正是王光堂、王卓父子，以及崔建豪的父親崔興平。

夏芍要等的便是此三人，確切地說，她真正等的人是王光堂。

事情鬧得這麼大，高局長、張隊長都在外面，必然有人給王家通風報信。蘇瑜在店裡，雖然夏芍和徐天胤並沒有為難她，但店外是徐天胤的人，崔建豪的兵被扣下了，人都堵在門口，蘇瑜一個手無縛雞之力的千金，想走也走不了。

蘇瑜等於是被扣在了店裡，徐天胤明顯沒有放人的意思，高局長和張隊長今晚本都是為了蘇瑜來的，見這情況，怎麼可能不對王家漏個口風？

夏芍的話聽在王光堂、王卓和崔興平耳朵裡，三人目光微變。

那句「不勝慚愧」，不過寒暄，是不是真慚愧，各人心裡有數。讓三人驚異的是，夏芍分明是早就料到三人會來，在這裡等很久了。

王卓的未婚妻被扣，崔建豪被打，王卓和崔父是一定會來的，但如果眼前這個女孩子能料到王光堂也會來，那就令人深思了。

王光堂是共和國軍委委員，不足六十歲，上將軍銜，總參謀長。論軍銜職務，他遠在徐天胤之上。論輩分，他是王家家長。今晚的事，其實就是年輕一代之間的摩擦，鬧得大了些而已。要來，王卓、崔興平過來已經足夠，王家來了兩個人，分量就顯得重了。

王光堂打量著夏芍。他是國之上將，權傾軍界，副國級待遇。走到了他這樣的高度，區區商界新秀，一個剛剛成長的商業集團，他向來是不會多看一眼的，但他卻知道這個女孩子。

不是因為她可能嫁進徐家，而是因為前陣子的慈善拍賣會上，她扭轉局面，讓王卓吃了虧。

他知道那件事，雖然贗品的事確實不厚道，可政治博弈這點事確實不算什麼。這件事謀劃

可謂深，本是個不得不入的局，她卻硬是沒入，還設套將王卓給埋了進去。

不足二十歲的年紀，當真心思如此深？

夏芍當然看得明白。華夏集團的慈善拍賣會上，王卓下那麼大的套子，不就是為了讓外界認為徐家和王家是盟友？王卓不在軍也不在政，他謀算這事為了王家，他父親王光堂能不知道？

也就是說，希望和徐家成為盟友的是王光堂。

王家的準兒媳惹惱了徐天胤，徐天胤是徐老爺子最疼愛和器重的孫子，王光堂能不來？

夏芍不僅算到他會來，還算到他會藉此事一笑泯恩仇，化干戈為玉帛，與徐家打好關係。只是不知道，如果王光堂知道今晚他的到來，不是夏芍看出來的，而是她故意把事鬧大逼他來的，他會作何感想？

王光堂的態度確實如夏芍所料，他笑容和善地走了過來，「徐世侄、夏小姐，這是怎麼了？出了什麼事，怎麼鬧出這麼大的陣仗？」

徐天胤喝完水，擦了手，然後上前和王光堂、崔興平握手，「王伯父，崔伯父。」

到了王卓的時候，徐天胤只是握手點頭。他跟王卓平輩，王卓非軍非政，徐天胤卻有著少將軍銜，軍團實職，兩人地位相差太多，握手點頭，不算不給他面子。

崔興平對伯父這個稱呼可有些受寵若驚，論年紀，他當得，但是論兩人軍銜、職務、徐天胤的家世，他哪敢當這一聲伯父？

王光堂知道徐天胤的性子，他肯主動打招呼，表示這事好解決。

這時，蘇瑜已站到了未來公公和未婚夫身旁。她去挽王卓的手臂，一副受委屈的小媳婦模樣，哪有買車時的趾高氣揚？

讓蘇瑜沒想到的是，她的手還沒碰到王卓，王卓就轉頭瞪了她一眼。

這一眼把蘇瑜瞪得一愣，還沒反應過來，王卓已別開頭，看向了夏芍。

王卓與夏芍的恩怨自不必多說，兩人或許之前也沒想到會在今晚這樣的場面見面，而今晚的場面當然稱不上好，只是王卓笑得迷人，一點也瞧不出與夏芍有過節，反而伸手與夏芍握手，「夏董，久聞大名，沒想到在這兒見到了。」

老實說，以王卓對華夏集團的算計，和他今晚未婚妻被人扣留，卻依舊能笑得出來的表現，他真的不像是一無是處的紈絝。僅以他給華夏集團設套的算計，這人從政，抑或從軍，都不可能無所建樹，但他至今在京城四少排名最末，成就甚少。

夏芍並不覺得奇怪，依王卓的面相來看，他好在那雙眼，也壞在那雙眼上。他雙目藏神，跟他父親一樣，是個有心機的人，可他眼形可能是受了母親的影響，略呈桃花眼，命帶桃花。

再者，王卓奸門很有光澤，表示不節制女色，這一點對他走仕途是很不利的。

不走仕途，可能是王卓自己的決定。他雙耳招風，承祖業庇蔭，有些二世祖。也就是說，此人有心機有能力，卻不可一世，且不受拘束。軍旅生活和官場規矩，在他看來是拘束。這是很多二世祖的心態——老子家裡有背景，為啥還得受那些規矩管制？

王卓從商的心態，大抵是生意場上可以任他玩。

王卓並不知一個照面，他的面相已透露給夏芍許多事，他只是笑著跟夏芍握手寒暄，而夏芍的表現比他誠實得多。

「王少，確實沒想到會在這兒碰面。前陣子拍賣會的事，于老稱事情是王少安排，我當時還真信了。結果去警局做筆錄才知道，原來一切都是于老和謝經理合謀。冤枉了王少，我很過

意不去。本來想見見王少，後來學校課重，便沒有機會。在這種情況下見面，真是汗顏。」夏芍邊說邊笑看向蘇瑜，對她歉意地點點頭，然後嘆了口氣，「我初到京城，並不識得蘇小姐，要是先前得知蘇小姐是王少的未婚妻，蘇小姐看上的車，我哪還會堅持，拱手相讓都還來不及了。」

蘇瑜在一旁聽著，眼都直了，對方竟是說謊都不臉紅。

崔建豪來的時候，她跟崔建豪一番對話，對方就應該知道她是誰了，他們的言語中明明提到王少了。對方在清楚她身分的情況下，打了保全，打了崔建豪，現在竟好意思說不認識她？

蘇瑜皺著眉頭，張嘴就想揭穿夏芍。嘴還沒張開，王卓笑了。

「夏董說的是哪裡的話？國慶期間，我和未婚妻去國外旅遊，她也沒見過夏董，要是見到，必然不會發生今晚這樣的事。說起來，一切都是誤會。」

「是啊，誤會害人。蘇小姐，對不起了。」夏芍笑著接話，誠懇地對蘇瑜道歉。

蘇瑜險些一口血噴出來。

道歉？要道歉她怎麼不早道歉？

就當她沒認出她的身分來好了，她要是有心想知道，高局長來的時候，張隊長來的時候，她怎麼不問？難道就一點也看不出來？

而且，她今晚都料到公公和卓少會來了，她怎麼會不知道自己的身分？

她是明明知道，卻還把事情鬧成這樣，現在還裝好人，以為所有人都是傻子嗎？

蘇瑜喘氣有些狠，壓抑不住怒氣，偏偏王光堂和王卓父子倆這時候還真成了「傻子」，兩人就是聽不出夏芍話裡的破綻，聽她道歉，都很好說話地笑笑。

「夏董不必客氣，事情我聽說了，是我未婚妻的錯，車是夏董先看上的。今晚這事，要追究起來，我的未婚妻難辭其咎。」王卓笑道。

夏芍善解人意地搖頭，「我當時身上確實沒帶足錢，尚未辦理手續，蘇小姐也不是就買不得。這事要怪就怪這家店的經理，未對蘇小姐說我先看上了這輛車，也未對我說蘇小姐看上了這輛車，我們兩人都以為這車是自己的，這才起了爭執。」

縮在角落裡，以為會被遺忘的黃經理，忽然抖了抖。

「是啊，這家店的經理太不會做事了。」王卓對夏芍的話深以為然。

黃經理又抖了抖。

王光堂笑了起來，「呵呵，怪不得徐世侄會對夏小姐傾心，夏小姐果然是通透。」

通透二字頗有深意。王光堂自然知道夏芍不可能真不知蘇瑜身分，她都料到他能來了，會猜不透蘇瑜的身分？

在他看來，或許今晚是徐天胤一怒為紅顏，叫來了警衛連，而這女孩子聰明，知道這麼做會引來徐老爺子的不滿，許又勸不住他，只好等事情鬧大，他們來了，再對他們示好，日後在徐老爺子跟前，也好罪過不那麼大。

這正中王光堂下懷，他也是有心要和徐家走得近些，便接著嘆了嘆，「京城子弟，大多嬌生慣養，要都有夏小姐這麼懂事，我們這些老傢伙不知可以少操多少心。蘇瑜，今晚的事是妳的錯，還不快過來跟夏小姐道個歉。」

蘇瑜瞪大眼，要她道歉？

她是王家的準兒媳，卻要向這個沒得到徐家承認的女人道歉？

王光堂見蘇瑜站著不動，便威嚴地看著她，王卓也在看不見的位置眼神陰沉地看向蘇瑜。蘇瑜再蠻橫，對未來的公公還是懼的，但不知道為什麼，內心有股邪火怎麼澆也澆不熄。蘇瑜拖延的時間越久，氣氛就越尷尬。王光堂和王卓皺起眉頭，心生不滿，不知蘇瑜今晚怎這麼不識大體。平時她再驕縱，也還是知道輕重的，現在是怎麼了？

氣氛尷尬，崔興平不得不開口解圍，他轉頭看向了還在門口乾杵著的兒子，怒喝道：「你給我滾過來！」

崔建豪白著臉，低著頭過來。

「我看你是能耐了，還敢把總後勤部的兵拉過來，你怎麼不把你老子拉過來幫你幹架？」崔興平氣得臉色漲紅，「都三十歲的人了，我看你是越活越回去了！」

崔建豪知道今天要慘。他少年時期跟人打架，也叫過後勤部的兵來幫忙，但人數少，也沒鬧出大事。今晚是他先帶了人來，就是他理虧。徐天胤是軍團的首長，安全受到威脅，出動警衛連怎麼也比他說得過去，所以這事，他從頭到尾都不占理。

除了道歉，別無他法。

「徐將軍，對不起。我不知道那是夏小姐，要是知道，我怎麼也不會動軍中兄弟的女人。我這三根肋骨斷得不冤，望徐將軍饒了我那些兄弟，他們都是被我招來的，不知情。要打要殺，我一力承當。」崔建豪看了徐天胤一眼，這回看都沒敢看夏芍。

崔興平見兒子道歉，臉色這才好看了些。他的兒子他清楚，自小就渾，但還算講義氣。看看他捂著肚腹的手，他不是不心疼，只是……他索性牙一咬，不說話了。

現場又安靜了下來，王光堂和王卓見崔建豪都道歉了，便看向蘇瑜，眼神語氣都沉下了下來，「妳呢？還不快跟夏小姐道歉？」

蘇瑜咬著唇，越來越氣，邪火越來越重。

這時，夏芍笑了，依舊善解人意，「道歉就不用了，蘇小姐事先也不知道我看上了那輛車。不知者不罪，她本來就沒錯。」

這話並沒有讓蘇瑜心裡的怒氣平息多少，她看著夏芍，見她挽著徐天胤的手臂，徐天胤還伸過手來，覆在她挽著他手臂的那隻手上，看起來極為恩愛。

蘇瑜的怒氣又增加一重，她幽怨地望向王卓。

同樣都是世家公子哥兒的女人，她還是正牌的，竟被逼著當眾道歉。人家都還沒得到徐家的承認，卻被呵護在手心裡。今天如果不是徐天胤護著她，就憑她一個華夏集團的董事長，配她這個王家的準兒媳道歉嗎？

笑話！

王卓見到蘇瑜幽怨的目光，心裡一沉。這女人今天是吃錯藥了嗎？

夏芍又笑著開口：「蘇小姐，今天的事確實是誤會。這樣吧，咱們也不論誰先看上這輛車了，這車就是妳的了，妳看可好？」

蘇瑜轉頭看向夏芍，明顯開始抑制不住地喘粗氣。

說得真好聽，這是施捨？

偏偏夏芍卻「看不見」，她正抬頭凝視徐天胤。

徐天胤低頭看她，劍眉輕蹙，問：「不是喜歡嗎？」

「我沒開過跑車，或許跑車真不適合我。我想，也許蘇小姐比我更適合，何不成人之美？」

「唔。」徐天胤望著她，輕輕拍了拍她的手背。

夏芍暗自掐著的指訣變了變。

「明天去別處看。」徐天胤道。

「好。」夏芍答，接著又看向蘇瑜，「蘇小姐，不如這樣吧，這輛車我買下，送給蘇小姐，只當我們以此化解干戈，如何？」

蘇瑜緩緩閉上眼，喘氣粗重。

送？好一個送！

王光堂皺眉看向閉眼的蘇瑜，目光威嚴裡帶了警告。對方臺階都給成這樣了，還不知道下？

王卓牽過蘇瑜的手，手勁兒頗大，警告之意明顯。

蘇瑜吃痛，霍然睜眼，眼裡已有血絲，怒瞪向王卓。

她一把甩開王卓的手，喝道：「放開我！」

王卓一驚，沒想到蘇瑜會發作，不設防之下，竟被推得往後退了一步。

這女人瘋了？

蘇瑜是真瘋了，她竟當眾撲向夏芍，「賤人！送車？我要妳送車嗎？妳以為妳是誰？普通家庭出身的賤人而已！姊玩車的時候，妳還沒出生呢，誰要妳施捨？」

徐天胤目光頓冷，將夏芍往後拉，自己擋在她身前。

「妳瘋了？」王卓上前拉住蘇瑜。

蘇瑜潑婦般推開王卓，指著鼻子就罵：「還有你！我是你的未婚妻，你竟要我跟人道歉？我當初怎麼會同意嫁給你這麼個窩囊廢！」

王卓臉上罩上青氣，王光堂臉色也沉了下來。

崔家父子站在旁邊，被這突如其來的變故驚住。

「看看人家是怎麼寵女人的！」蘇瑜一指徐天胤，「人家一個堂堂的少將，可以為女人排隊買點心，你呢？只知道甩張信用卡。人家是最年輕的少將，你呢？一事無成的廢物！」

門口的高局長和張隊長倒吸一口氣。

王卓的臉陰沉得都能滴出水來，「妳的意思是，看不上我王卓？」

「你以為多少女人看得上你？也就是那些沒有家世的賤人愛黏著你！你真以為我嫁給你有多風光？告訴你，就憑蘇家，我嫁誰也比你有出息！我嫁誰，他也不敢出去跟別的女人亂搞！我嫁誰，他也不敢叫我跟人道歉！」

王光堂的臉色很難看。蘇瑜當著這麼多人的面罵他兒子，叫他以後在軍區在部隊，臉面往哪兒擱？簡直就是威信掃地。

「好，好！」王光堂怒極反笑，「看來王家是容不下妳了。既然妳看不上王家，那這門親事就算了，妳自己回去跟妳父母說！」

蘇瑜愣住，但心中邪火未去，雖然腦中嗡翁作響，可不知哪來的勇氣，她竟轉身揚長而去。

警衛連沒動，徐天胤沒有命令說要攔她，於是蘇瑜就這麼走了。

王光堂和王卓的臉色已不似人色。哪怕蘇瑜剛才說句軟話，事情許還有轉圜餘地，但她居

然就這麼當場甩頭走了，這叫王家的臉往哪兒擺？

「豈有此理！」蒙受如此奇恥大辱，王光堂和王卓哪還有臉再待下去，當下也沒跟徐天胤打招呼，怒氣沖沖地便一起離去。

兩人走後，崔家父子很尷尬，歉也道了，就是不知道徐天胤放不放人。

「放人。」徐天胤望向門口，簡潔下令。

「是！」洪亮的應答聲傳來，下一刻，只聽一聲令下：「放！」警衛連的百人鬆手、站直、列隊，三個動作，齊整一致。

相比之下，那些被制伏的兵從地上爬起來整隊，則顯得鬆散而慢得多。崔家父子出來，帶著人走了。多半不是回家，而是直接去醫院。

高局長和張隊長一看，也進來跟徐天胤打了聲招呼，然後收隊。

這一晚的鬧劇，本以為王家的人來了，會握手言和收場，沒想到以王卓被當眾悔婚為結束。

蘇瑜嫁給王卓，蘇家還是能得到不少利益的，她為什麼要當眾甩了王卓？王卓被悔婚，這讓他以後怎麼抬得起頭？

高局長走時搖頭，百思不得其解。蘇瑜得罪了王家，蘇家以後會怎麼樣，這不是他該管的事，可是為什麼他總有種很奇怪的感覺？

人都走了，只有夏芍、徐天胤和他的警衛連還留在這裡。黃經理從角落裡抬起頭來，偷偷地翻著眼皮瞄夏芍。她今晚仇也報了，風頭也出了，怎麼還不走？不是要留下來收拾他吧？

黃經理咕咚嚥下一口唾沫，喉嚨發乾。正在這時，他看見夏芍眉眼含笑，目光一轉，落在了身旁那輛新款白色跑車上。

黃經理一驚，險些跳起來。

她她她……她不會不解氣，想砸車吧？或、或者砸店？

如果夏芍知道此刻黃經理的心聲，大抵會噗哧一笑。

砸車砸店，確實爽快，可只逞一時之氣，未免太小看她，她要逞的是長久之計。

今晚之事其實不過是小事，車店經理趨炎附勢，顛倒黑白，為的是把車賣給某位權貴子弟。

如果這位權貴子弟不是蘇瑜，夏芍雖不會吃虧，也絕不會把事情鬧大。這人偏偏是王卓的未婚妻，那麼事情就必須鬧大，還要鬧得不可收拾，鬧得所有人都認為徐天胤動了怒，而為與徐家搞好關係，王光堂不得不親自到場。

夏芍想到此處，不由看向徐天胤，師兄越來越會配合她了。她看準蘇瑜所站的位置，卻因穿著短裙，不好掐訣施法，便挽了徐天胤的手臂，師兄居然立刻就明白，手覆上來，看著是在秀恩愛，實則為她遮擋。

她掐了十二掌心訣，助旺蘇瑜的方位，讓她的火氣一發不可收拾，最終暴走。

王卓和蘇瑜站在同一方位，他的情緒也是受了些影響的。蘇瑜在指責埋怨他的時候，他怒不可遏，導致三言兩語之後，一對未婚夫妻分道揚鑣。

本來像王家這樣的家族，婚姻大多是聯姻，由父母長輩做決定，倘若今晚只是王卓和蘇瑜兩人鬧翻，王家長輩難免不會斥責兩人胡鬧，考慮家族利益，再撮合兩人。所以，王光堂必須在場，只有他親耳聽到蘇瑜的話，當眾親口絕了這門婚事，夏芍所做的一切才有意義。

她這麼做，並非為了報復蘇瑜，而是衝著王家去的。

王卓不在軍政，王家想鞏固勢力，聯姻是很重要的途徑。王卓從商，除非想攀附王家勢力的人不在乎王卓風流的名聲，否則有些家庭還是會選擇圈子裡的人。

從表面上看，今晚蘇瑜當眾甩了王卓，讓王家顏面大損，王家不會放過蘇家，蘇家可能會有麻煩。實際上，婚事取消，對王家來說也沒有好處。蘇瑜的父親在軍區任政治部副主任，她家裡有政壇方面的人脈，而王家在軍，可以說，失去蘇家，王家的損失是不小的。

然而，利益上的損失再大，這門親事也不能要了。都被人當眾悔婚了，難不成還能忍氣吞聲留著這門親？王家還沒沒落至此。

只是，王蘇兩家婚事斷了，王家一時半刻想再找個親家聯姻，怕也沒那麼容易，畢竟王卓剛剛被人甩了，但凡有臉面的家庭，誰會這個時候送上門來聯姻？

說白了，沒背景的家庭，王家看不上。有背景的家庭，人家要臉。即便是有打聯姻主意的，也得等個三兩年，等這件事的風聲平息了再談，而三兩年，足可改變很多事了。

至少兩三年，王家失去姻親盟友，勢力有損。如果王家嚥不下這口被悔婚的氣，想對付蘇家，那麼王家的勢力還會再度折損，蘇家不是吃乾飯的，可不會坐等被對付。

所謂賠了夫人又折兵，大抵就是今晚王家的真實寫照。

這是還給王家的，還他們算計華夏集團，想毀華夏集團信譽的伎倆。

華夏集團是夏芍一手創立，想毀她心血的人，怎能輕饒？

夏芍看著白色跑車，笑咪咪的。她得感謝蘇瑜，因為她，她今晚才有為自己報仇的機會。報了各種仇的夏芍，此時心情很好。

而且，她今晚還得到了個消息，王卓要開拍賣行了。

自古同行是冤家，夏芍之前還得罪王卓了，她直覺王卓開這個拍賣行，沒安什麼好心思。這件事被她從蘇瑜口中提前得知，自然可以提早防範。

徐天胤低頭看她，見她盯著那車，便牽起她的手，問：「要？」

夏芍笑道：「不要了，我不適合跑車，還是家庭款的適合我，省錢。」

黃經理在角落裡驚著心，一直擔心夏芍砸車砸店，聽了這話．臉皮一緊，想起這話似乎是他今晚跟她說過的……

這女人可真記仇！

記仇的女人看向徐天胤，笑道：「走吧，鬧騰一晚了，有些累了。我們回家休息，明天你再陪我出來逛。」

徐天胤點頭，兩人牽著手便往外走。

黃經理瞪大眼睛，不可思議這兩人就這麼走了，不為難他？

若夏芍知道黃經理的心理活動，大抵又要笑。這人還真看得起自己，今晚出了這麼大的事，就因他處置不當，得罪了蘇家，得罪了王家，這店以後在京城還開得下去？

即便開得下去，經理也得換人。

惡人自有惡人磨，這位黃經理，有一輩子的時間為他的前程悔恨。

警衛連還在門口，圍觀人群也沒有散去，但是不敢靠過來。

警衛連的人見徐天胤牽著夏芍的手出來，目光齊刷刷落到兩人牽著的手上。

夏芍有些不自在，夜風吹來，臉不由自主熱了起來。

直到徐天胤下令返回駐地，警衛連這才離去。

今晚，對王家，對蘇家，甚至對許多人來說，應該是個不眠之夜。

夏芍和徐天胤剛上車，沒開出去多久，便接到了徐家的電話。電話是徐天胤的姑姑徐彥英打來的，她問：「你們兩個還沒回去？快回去。車在等著了，老爺子讓你們兩個回來一趟。」

徐老爺子連夜召見，出乎夏芍的意料，她還以為怎麼也得等到明天。

不過，徐老爺子讓她和師兄一起回去，讓她放了心。她還未過門，徐家還沒對外正式承認她，今晚徐老爺子肯連夜召她去那紅牆大院兒，說明把她看得很重，但她不是放心此事。她不擔心她在徐老爺子心目中的形象有損，而是擔心徐老爺子會因師兄出動警衛連的事動怒，所以當聽到徐老爺子連她一起召回去時，她便放了心。她可為師兄承擔下此事來，這本來就是她的主意。

兩人很快回了別墅，坐著紅旗車，跟上次去徐家家宴時一樣。不一樣的是，這回開車來的還是那名警衛員，他在路上從後照鏡裡觀察夏芍好幾眼，卻一句話也沒說。

夏芍見此，便知今晚徐家必不平靜。不過，來到徐家書房的時候，房內異常安靜。

書房裡，只坐著徐老爺子、徐彥紹、徐彥英兄妹倆，再無別人。

國慶假期後，徐天哲回地方上去了，徐彥英的丈夫劉正鴻是省委副書記，也得回去工作。如今徐家在京城的，除了徐天胤，便只有徐彥紹、華芳夫妻和徐彥英、劉嵐母女。

夏芍和徐天胤進來，見書房裡的情形更像是一場徐家人的聚會，沒有外姓，除了夏芍。

徐天胤和夏芍向長輩問好，接著站到了旁邊。

徐老爺子坐在書桌後，徐彥紹和徐彥英站在一旁，徐天胤牽著夏芍的手，立在書桌對面。

「爺爺，警衛連是我叫的。」徐天胤開口便道，也不等徐老爺子問。

「老爺子，叫警衛連是我的主意。」夏芍也同時開口。

徐老爺子還沒問話，兩人便先搶著發言，說的話還都一樣，這讓徐彥紹和徐彥英互看一眼。徐彥紹此時不再是笑呵呵的模樣，表情有些嚴肅。徐彥英則是擔憂地看看徐天胤，又看看夏芍，幾番欲言又止。

她想說，老爺子很生氣，但不僅是因為他們動用警衛連跟人拚權，還氣崔家人帶著人拿著槍圍攻他孫子。老爺子還是很疼他們的，只要他們認個錯，保證以後不再犯，這事就過去了，可老爺子先前已經警告誰也不許多說一句話，他就想聽聽兩人怎麼解釋，所以她在電話裡也不敢多說。哪想到兩人張口就把錯往自己身上攬，這認錯態度是不錯，可聽著有相互包庇的意思啊……

徐天胤轉頭看向夏芍，一個字一個字地道：「我的兵，我不打電話，他們不會來。」

「哼，這話沒錯！」徐老爺子哼了哼，接了徐天胤的話，看向他，「你的兵，你的警衛連，這些兵只聽你的。你不叫他們來，誰的主意都沒用。」

夏芍輕輕蹙眉，她知道徐老爺子的性子，沒想到在這件事上，連他最疼愛的孫子，他也是這麼是非對錯，很分明。雖然她很敬佩，但她著急。

「我的安全受到了威脅。」徐天胤直視他的爺爺，眼眸漆黑，語氣平板。

徐康國愣住，然後像是氣笑了，拍桌子瞪眼，「你為國家執行了多少任務，什麼危險沒見過？今天晚上被一個營長給威脅了嗎？你打斷了人家三根肋骨，他威脅你？」

「他帶了人，拿了槍。」

「那是他違反軍紀，你也跟著違反嗎？」

「他拿了槍，我的安全受到了威脅。」

「那是鬧市區，你的判斷是他真會開槍？」

「不能判斷是否會開槍，但店裡有顧客，為了安全著想，判定為潛在危險，必須排除。」

「你……」徐康國噎住，憋得臉發紅。

徐彥紹和徐彥英都不可思議地看向徐天胤，在徐家，哪有人敢跟老爺子這麼頂嘴？通常老爺子說什麼，他們都是低著頭認錯，哪有敢解釋的？

夏芍也愣了，徐天胤說話，從來不接這麼快，也很少解釋太多，現在卻一字一句說得分明。當然，與其說是在解釋，不如說是在爭辯。

徐康國被自己的孫子堵得說不出話，氣得在書桌後轉了個圈。過了半晌，他坐下來，再次拍桌子，「我不跟你說了！丫頭，妳說，今天晚上到底怎麼回事？」

夏芍不相信徐老爺子不知道發生了什麼事，他這麼問，大抵是有深意的。

所以，她也不隱瞞，將自己的盤算一五一十和盤托出，除了她對蘇瑜使用術法的事。

徐彥紹和徐彥英兄妹倆驚訝地看向夏芍，實在不敢相信她年紀輕輕，竟算計得這麼深。

他們自然是知道了王蘇兩家聯姻破裂，也第一時間琢磨出了兩家鬧僵之後對各自的影響，甚至對時下派系之爭的影響，但他們最初以為那不過是年輕人之間的意氣之爭，最後上升到了拚權，卻不知，拚權只是幌子，而是有人故意為之。

而做這件事的人，事先並沒有謀算，只是在偶然遇到此事之後，迅速佈局，故意將事情鬧大，一步一步將王家引入彀中。

徐彥紹目光深沉。他在官場多年，這樣的局，他自認也能做到，但如果是他做，他會連同車行裡的爭執都安排人演戲，將一切提前都設計好。可眼前這個女孩子，卻是偶遇此事，接著在短短的時間內佈好局。

怪不得，天哲走之前，提醒他這個女孩子不尋常，讓他多提醒妻子些，別跟她過不去。兒子很少說這樣的話，徐彥紹起先不解，現在他明白了。

徐康國看著夏芍，目光威嚴而審視，「妳為什麼要對付王家？」

夏芍不信慈善拍賣會上的事沒傳到徐老爺子耳中，但她還是耐心地將事情複述一遍。那枚金錯刀的贗品，兩人一起在廣場上遇過，轉眼就到了華夏集團裡，還是王卓安排的，連同華夏集團和徐家，一起算計了進去。

果然，這事夏芍從頭說到尾，徐老爺子的目光都沒變過。

聽完後，他沒有對夏芍的做法做出評價，只道：「妳應該知道，徐家不參與派系爭鬥，那麼，妳知道徐家為什麼不參與派系爭鬥嗎？」

夏芍與徐老爺子對視半晌，忽然微笑道：「派系紛爭自古就有，結黨，難免營私。既營私，便生腐敗。有腐敗，國家則敗。我想，您老的初衷是希望徐家子弟為國為民，不為私。」

雖與徐老爺子相識不久，只見過數面，但夏芍很敬重眼前這位老人。他有著國家一代領導人最樸實的思想，她相信當初他在那個戰火紛飛飽受侵略的年代裡投身抗戰，為的就是保家衛國，還人民一個安穩昌盛的國家。

如今，半個世紀過去，夏芍相信這位老人依舊初衷不改。她的目光落到牆上的一幅墨寶，上面只寫著一個字：正。

落款是「徐家老客」，應是徐老爺子親筆所書。

這個字代表了徐家子弟三日必省的規訓，也代表著徐老爺子一生為國的願望。

徐康國聽著夏芍的回答，順著她的視線也望向牆上那個字，「妳以後是要嫁進徐家的，這個字日後也要作為妳行事的標準。」

這話讓在場的人一愣，徐天胤緊緊牽著夏芍的手。徐彥英表情一喜，隨後鬆了口氣。

徐彥紹看看夏芍，又看看老爺子。今晚出了這件事，華芳在家裡叨念，隨後他接到老爺子的電話，要他回家一趟。老爺子沒讓華芳來，只叫了徐家人，沒想到他連夏芍一起召了回來。

莫說她還沒嫁進徐家，即便是嫁了進來，像今晚這種只有姓徐的人才能參加的會議，她出現在這裡也有些不搭。

老爺子剛才的話，分量可不輕。上回家宴的時候都沒有把話說得很明瞭，剛才卻是說白了。不僅親口說她以後會嫁進徐家，還以徐家的家規來要求她。

老爺子對這女孩子，可真是器重……

這番話裡，明顯有點撥她的意思。

「今晚這件事，王蘇兩家都還被蒙在鼓裡，不知道是妳有意為之。要是他們一直不知道也就算了，要是知道了，難免不把這件事算作是徐家的意思。徐家不參與派系爭鬥，卻難免被劃進秦系，以後不鬥也得鬥，不爭也得爭。營私為己，就與徐家這個『正』字有違，妳明白嗎？」徐康國指著牆上的字，看向夏芍。

夏芍垂眸，「明白，但我對這個『正』字有不同的理解，老爺子能讓我說一說嗎？」

徐康國微愣，「妳說。」

「我認為從有人的那天起，人就是群居的。有群體，有組織，進而上升到有黨派。從古到今，從未變過。您不想徐家參與派系爭鬥，用心良苦，但徐家身居高位，拉攏、試探，想必從來就沒斷過。往日還好，可眼下到了姜秦兩系爭鬥的緊要關頭，以前不敢給徐家下套的人，現在都敢動手了。這一來說明局勢緊迫，二來說明徐家想避開派系爭鬥很難。既然避無可避，何必避？」

徐彥紹眉梢一跳，而徐彥英卻是使勁對夏芍打眼色。

徐家人都知道老爺子不喜黨派之爭，因此平時在外頭即便是碰上有人拉攏試探，徐家人也大多含糊過去。雖然夏芍說的對，確實有避無可避的情況，身在官場，誰也無法至清至純，難免有利益交換的時候，但這樣的事，都是不敢叫老爺子知道的。

連說都不敢說，哪有敢開口勸老爺子參與派系爭鬥的？

「姜秦兩系，總有鬥出個勝負的時候。我雖不在政，卻也知道勝者為王的道理。贏了的執掌國家大權，輸了人或許從此一蹶不振。聽著這是事關私利的事，實則當真事關的只是私利嗎？掌國權，便關乎國運。您老身居高位半個世紀，派系爭鬥到底避不避得了，您心中自然清楚。既然避不了，您又心繫國運民生，何不用您的雙眼看看，姜秦兩系誰更能擔得起國運？誰更能造福人民？派系爭鬥，並非全為營私，他們營私，您為國。出淤泥而不染，身在汙壇，也可正己身。」

夏芍看向書房的墨寶，「徐家的『正』字，我認為不該是教條。既然為國，便要敢於為國。即便有不知情的人以為徐家結黨營私又如何？不怕汙自身名利，才對得起這個『正』字。」

徐康國從夏芍開始說話起便一言不發，此刻聽她說完，依舊不言語，只目光炯亮。

他身居高位，豈能不懂她說的道理？只不過，徐家人深知他對結黨營私深惡痛絕，誰也不敢在他面前說這話。他們怕他震怒，便守著他的喜惡，不敢參與派爭，更不敢跟他說這番話。

這番話，或許他們心中也這樣想過，也或者，他們根本就沒想到還有這樣一種方式。

徐康國長嘆一聲。

徐彥英看向老爺子，老爺子不生氣？

徐彥紹也很驚訝，難道老爺子也是這麼想的？

「妳說的沒錯，但這麼做，首先得心正。不管遇到多大的利益誘惑，都能堅持以國為先，否則便成了以為國之名謀求私利。如果變成這樣，還不如不參與派系爭鬥。」徐康國道出了這些年為何不讓徐家子弟參與派爭的真正理由。他是怕他們把持不住，最終還是為己爭利。

這話與其說是說給夏芍聽的，不如說是說給徐彥紹兄妹聽的。

兩人很安靜，不知心中所想，徐康國卻還是看著夏芍。

「身居高位，很多事情要權衡。就像今晚的事，妳有理由這麼做，但外頭那些圍觀的人不知道妳的理由。他們只看見出動了軍隊，在他們眼裡，這就是權貴子弟鬥權。你們要為國家的形象考慮，為軍隊在人民心目中的形象考慮。顧慮影響，權衡利弊，遇事不光要算計那些跟妳有利益關係的人，還要顧慮那些跟妳沒有利益關係的人。方方面面，這才是上位者。」

徐康國語重心長，「妳現在不僅是企業家，還是徐家未來的孫媳婦。做事不僅要站在妳自己公司的角度，站在徐家政治立場的角度，還要學會上升一層，站在國家的角度，考慮在人民心中的影響。」說完，他又看徐天胤，「你現在不是在外為國家執行任務，做你的無名英雄。

現在你是一軍主將，做事要考慮軍隊在人民心中的形象。今晚的事，你們兩個知道不妥在哪兒了嗎？」

「知道了，爺爺。」徐天胤低頭，算是認錯受教。

夏芍也低頭，徐老爺子的觀點，她不贊同的時候，不懼說出來，但他說得有道理的時候，她也不懼承認，今晚她很多方面都考慮到了，確實沒考慮外頭圍觀的群眾會怎麼想，「我知道了，老爺子，日後我會儘量多想想。」

徐康國的目光從兩人臉上掃過，最後落在夏芍身上，心中感到滿意，卻又接著訓道：「不是儘量，而是要首先想到。」

「是，知道了。」

「嗯。」徐康國這才舒心地點頭，半晌，他擺了擺手，「行了，折騰了一晚上，廚房有宵夜燉著，喝點再回去。」

徐天胤低頭看夏芍，夏芍咬咬唇。她啃了一晚的貓耳朵，還吃了兩個肉餅……好撐，但徐老爺子的好意是要領著的，她看著徐天胤苦笑，看來今晚回去要散步好長時間才能上床睡覺了。

兩人剛走到門口，又聽見徐康國在哼哼，「吃完了早點回去，早點睡。年輕人，要養成早睡早起的習慣。明早早點起來，回來陪我鍛鍊身體，吃頓早餐。現在的年輕人，一放假就顧著自己的小日子，都不知道陪陪老人家。」

夏芍回頭笑道：「我看是您老人家不想我們。這紅牆大院兒的，是想進就能進的嗎？您老給張通行證，我以後週末都來陪您打太極。」

徐康國被噎住，夏芍輕笑一聲，挽著徐天胤的手走了。

走到門外，才聽見裡面拍桌子咕噥：「這丫頭，拐走了我孫子，還想騙我的通行證？」

夏芍差點摔倒，她以為只有婆婆會對兒子被拐有醋意，難不成爺爺也有？

徐彥英的笑聲傳來，「爸，人家是嫁進咱們徐家，您一下得了倆，不吃虧。」

「怎麼不吃虧？整天氣我！」徐康國哼了哼。

夏芍忍著笑，和徐天胤去了餐廳。廚房準備了銀耳甜湯，還有幾樣點心，都是清淡的，只有一樣是肉食，正是今晚排隊去買的門釘肉餅。夏芍看見了，會心一笑。徐老爺子也知道師兄小時候愛吃這東西，便叫廚房準備了。

雖然兩人都飽了，但還是各吃了一個，又喝了碗甜湯。因為實在不餓，所以吃得也慢。吃的時候，夏芍看見那肉餅，沾了點醋才覺得不膩，「這肉餅倒是好吃，就是不知道怎麼取了這麼個名字，真奇怪。」

徐天胤抬頭看她一眼，沒說話。

吃完宵夜，兩人又由警衛員開車送回去。車子行到城門的時候，徐天胤忽然開口道：「張叔，開慢一點。」

警衛員聞言，放慢了車速。夏芍看向徐天胤，不知他要幹什麼，卻見他搖開車窗，指向正經過的城門，道：「像這個，門釘。」

夏芍這才明白他是在說那個肉餅的名字。她望著那大紅漆的城門，上面的門釘一顆就有掌心那麼大，無論是金黃的色澤還是形狀，確實很像肉餅。

夏芍笑道：「果然很像。」

警衛員聽懂兩人的話，不由笑道：「夏小姐這就不知道了吧？這肉餅據說是慈禧太后那時候的宮廷新式點心，慈禧問起名字的時候，廚師也不知道叫什麼，看著像宮門上的釘帽，便隨口這麼一說，這名字就流傳下來了。咱家老爺子以前不愛吃，說那是慈禧愛吃的，可是天胤少爺小時候就愛吃肉，廚房偷著給他做了幾回，老爺子發現了，見他喜歡，也就沒再說什麼了。」

夏芍聽了一笑，師兄現在……也愛吃肉。

兩人回到別墅的社區門口便下了車，打算牽著手散步回去。

警衛員開車回去的時候，徐彥紹和徐彥英兩人已經離開，徐康國還坐在書房裡，望著牆上的墨寶沉思。警衛員敲門進來，靜靜地站在旁邊。

好半晌，徐康國皺眉頭，「有話就說，你也學會婆婆媽媽了。」

警衛員猶豫了一會兒，才道：「老爺子，您……是不是對夏小姐要求太高了？她還不到二十歲，今晚的事，說實話，我都佩服。我這年紀的時候，除了跟人逞凶鬥狠，啥也不會。從她的年紀來說，她做得已經很好了，最起碼我沒見過還有別的這年紀的女孩子有她這樣的謀算。」

「你懂什麼？」徐康國哼了哼，臉上卻帶著笑，「年輕人就要敲打敲打，不管聽不聽明都不能太誇讚，這是老人家的樂趣。」

警衛員嘴角一抽，忍來忍去，才把腹誹的話忍了下去。

不過，他覺得老爺子的話算是在指點夏小姐。老爺子不器重的人，是不會說這些的。

若說老爺子以前只是欣賞夏小姐，今晚看起來則更像是把她當作徐家的未來主母在培養了。

過了一會兒，徐康國嘆了口氣，「你以為，徐家的主母這麼容易當？這丫頭現在不在政，但是要嫁進徐家，政局上的事，特別是在一些敏感問題上，她要學會處理，學會避免。正因為這丫頭聰明，我才這麼早點撥她，她早些學起來也好。」

警衛員點點頭，見徐康國有些乏了，便扶他去睡了。

第二天，夏芍和徐天胤早早起床，去徐家陪老爺子用早餐。徐彥紹和徐彥英兩家的人都沒來，只有夏芍和徐天胤陪著老爺子。吃飯的時候，從老爺子口中得知，王蘇兩家昨晚鬧得很大。

蘇瑜回去後，蘇父一氣之下打了女兒，帶著人去王家賠禮道歉，結果連王家的門都沒進去就被趕了出來。王光堂態度堅決，這門親事就此作罷。

蘇瑜經過一晚上，也不知是被其父訓斥的，還是自己後悔了，早上去到王家門口，哭著要見王卓，可是王家沒人露面。聽說王家派人把所有關於蘇瑜的東西都收拾好，送還給了蘇家。

這門婚事讓王家顏面大損，絕計是沒有可能再繼續下去了。

吃完飯，陪老爺子散步聊天，直到中午用完午飯，徐康國才放夏芍和徐天胤回去。

回去的路上，夏芍打電話給華夏拍賣公司京城分公司的總經理。這名總經理是華夏拍賣總公司原來的副總，京城水深，找不熟悉底子的人怕再出現內鬼，孫長德便提議從總部調人。

新任的總經理姓方，名叫方禮。

此人是華僑，父輩就移民去了英國，奈何方禮很喜歡中國，大學畢業後就回到中國生活，具有西洋古董方面的鑑賞能力，年紀也不算大，才三十歲。活潑風趣，夏芍對他的印象還不錯。

夏芍打電話給方禮，讓他注意王卓開拍賣行的事，有什麼動向，隨時向她報告。

方禮操著一口彆扭的中文，調侃道：「親愛的董事長，聽說昨晚徐將軍一怒為紅顏，出動了軍隊？這太不可思議了。您不僅威風了一把，還搞到了敵情？」

夏芍起了雞皮疙瘩，「你再不改改這說話的腔調，我就把你調回總部，省得老是見到你。」

方禮誇張地道：「哦，董事長，妳不能這樣對我，我才剛剛得寵。」

夏芍扶額，開始認真考慮把他調回去的事。

好在方禮沒有鬧多久，說完這話便恢復了正經，「放心吧，王卓的公司一直有人盯著。不是只有他才有本事在我們公司安插眼線，我們也一樣也能做到。這事我正在安排，有消息了會通知董事長的。這幾天王卓應該會在家裡，不敢出門見人，這正是我們安插眼線的好機會。」

「嗯。」夏芍應了一聲，囑咐方禮凡事小心，這才掛了電話。

這天，夏芍和徐天胤又去看車，最後挑了輛白色賓士車，雖然價碼跟昨晚的跑車差不多，但車型卻是常用款。夏芍坐進去試試，覺得還是這樣的適合她，空間大又舒適。

週末假期結束，夏芍開著車去學校上課，很不湊巧的，在停車的時候，遇到了王梓菡。開車來上課的學生不多，車位還算多。夏芍和王梓菡的車一前一後停進車位，兩人挨著，下車時碰了個正著。

王梓菡是王卓的妹妹，王家這兩天可謂臉面丟盡，雖然一切是蘇瑜的錯，可事情都是從蘇瑜和夏芍爭執跑車開始。可以說，沒有這件事，就沒有蘇瑜悔婚、王家丟臉的事，所以看見夏芍，王梓菡應當是有些不快的，但她卻對夏芍笑了笑，還打了招呼。

「夏董，這麼巧。」王梓菡面如朝霞，眼中並看不出不快。

「王部長，早。」夏芍也淡然一笑，「週五那晚的事，我很抱歉。」

這件事讓王家顏面受損，按說夏芍不該提起，尤其這事還是因她而起，可她還是道了歉，而王梓菡的反應很淡，只是道：「這件事我聽哥哥說了，那輛車本是夏董先看上的，事情從頭到尾都是蘇瑜的錯，夏董就不用過意不去了。我們王家現在看清蘇家的人，總比我哥哥結了婚再看清要好。倒是我父親和哥哥對那晚的事覺得很抱歉，想請夏董有時間和徐將軍到王家吃頓飯，也好讓我們聊表歉意，還望夏董和徐將軍賞光。」

夏芍聞言挑眉，適當表示訝異和受寵若驚，然後笑道：「王委員和王少有請，我哪敢不賞光？只是天胤要週末才從軍區回來，我問問他的時間，再給王部長答覆可好？」

「那我就等夏董的消息了。」王梓菡對夏芍點了點頭，「學生會還有事，我先走了。」

夏芍頷首，眼見王梓菡走遠，才笑著哼了一聲。

王光堂和王卓父子倒是不肯白白吃虧的，失去了與蘇家的聯姻，在這種顏面盡失的時候，還想著藉那晚的事來和徐家套近乎。

如果徐家和王家交好，那失去一個蘇家，根本就不算損失。

週五晚上的事雖不說傳遍了京城大學，但知道的人也不少，夏芍上課的時候，自然沒少被各種目光洗禮。她對這種情況早就習慣了，她淡定地上課、與朋友說笑，並不受影響。

不過，中午吃飯的時候，柳仙仙坐到夏芍身邊，伸出三根手指，「我聽到了三個版本。一，兩女為爭跑車，兩正牌男友幫忙，叫來軍隊火拚。二，兩男為爭一女，員警、武警、軍隊輪番上陣，演了一場大戲。三，王部長的哥哥移情別戀，未婚妻找碴某人，結果車行裡遇到某營長，那位營長心疼王部長的未來嫂子，叫了後勤部的兵來，沒想到最後被野戰軍給連鍋端了。」

元澤、苗妍和周銘旭都望著夏芍。

「根據老娘這麼多年八卦的經驗，以上三個版本肯定都不屬實，說說屬實的版本唄？」柳仙仙眼神晶亮地看著夏芍。

夏芍滿頭黑線，這都什麼跟什麼？她自然不會把算計王家的真意說出，只把當晚爭跑車而發生的衝突簡單說了一遍，柳仙仙就氣憤大罵，連元澤和向來好脾氣的周銘旭都皺了眉頭。

罵完之後，柳仙仙一臉遺憾，「這麼精彩的大戲，我怎麼就沒碰上？那晚要是老娘在，揙得那經理和姓蘇的女人找不著北。」

「妳現在想揙也找不到人了。一個在家裡不出門，一個應該已經被辭退了。」夏芍潑冷水。

見她笑得這麼悠哉，元澤蹙了蹙眉，「妳要小心，當心蘇家報復。」

「不會吧？徐將軍心尖兒上的人，也有人敢動？」柳仙仙不信。

元澤垂眸，一抹不易察覺的黯然從眸底掠過，抬眼時已神色如常，「如果只是口角之爭，蘇家是不敢得罪徐家的，但因為這件事，蘇家被王家退婚，損失很大，未免不會懷恨在心。」

「那是他們家女兒的錯，關小芍什麼事？」柳仙仙柳眉倒豎，但她也明白，這世上有些人就是這樣。明明是自己的錯，卻總會認為是別人害了她。

「那怎麼辦？小芍會不會有危險？」苗妍擔憂地望向夏芍。

周銘旭擼起袖子，「我塊頭大，在小芍身邊當保鏢？」

夏芍被朋友們逗樂了，看向周銘旭，「你扮保鏢？出了事，還得我保護你。」

周銘旭鬧了個大紅臉，好吧，他從小就打不過小芍，「那、那怎麼辦？要不，我們都跟學

校請個假，每天陪著小芍？」

夏芍心裡溫暖，卻忍不住苦笑，「你們怎麼說是風就是雨的？瞧你們說的，好像我出了校門就會被人綁架似的。」

「就是，都擔心什麼？」柳仙仙這時倒是不在乎地笑了，一指夏芍，「她是神棍，能掐會算。有人對她不利？算算不就得了？」

「醫不治己，卜算吉凶也一樣。」夏芍垂眸，況且，她的命格奇特，連師父都算不出吉凶。

「傻了吧？妳算不出來，找人算不就行了？」柳仙仙白了夏芍一眼。

夏芍問：「找誰算？」

「京城有個算命館，還挺準的。」

「妳怎麼知道？妳不是對這些不太信，怎麼會知道京城有算命館？」夏芍狐疑。

柳仙仙翻了個白眼，「還不是因為妳？上週妳給大家上了堂風水課，現在不少人對風水都很感興趣。我今天早上上課時，聽室友說週末她們出去逛街，遇到一家算命館，那人算得很準。我沒多問，等下午上課的時候再問問，晚上沒課，帶妳去看看？」

夏芍挑眉，來了興致。

她自從跟著師父學玄學易理，遇到的同行大多鬥法的時候多，開算命館的倒是沒注意。說不定真是位高人。雖然她的命格是算不出來的，但是見見也好，也許能遇上高人交流切磋。

夏芍下午只有兩節課，下課之後她先去了公司，等下了班，才又開車回學校，接了朋友們，結伴去算命館。

柳仙仙帶了個女生，那女生也是學舞蹈的，身材苗條，長髮披肩，皮膚白皙，瞧著很清純。

「我室友，連可哥。」柳仙仙介紹。

連可哥見到夏芍時，顯得很是興奮，臉頰都激動得有些紅，「夏董，妳好，早就想認識妳了，今天總算有機會了。」

夏芍點頭微笑，與連可哥打了招呼。

連可哥一看人多，便道：「我招輛計程車，在前面帶你們吧，我認識路。」

夏芍笑笑，「不用，我的車坐得下。」

買車的時候，夏芍買的就是七人座的，裡面很寬敞。一來她考慮到除了苗妍，朋友們都是青省的，以後回去，大家結伴坐得舒適。二來大家都有行李，座位多些好放東西。

一行人上了夏芍的車，連可哥指路，夏芍開車，並在路上聽說了那位算命大師有多準。

據連可哥說，那算命的很神，能算出她姓什麼，還能算出她家裡有幾個兄弟姊妹。那天她跟朋友逛街，經過那家算命館，那人在裡面背對著她們，竟然就能算出她們穿的是什麼衣服。

夏芍邊開車邊聽，聽罷，古怪地挑了挑眉。

算姓氏？這怎麼聽著倒像是江湖神棍的騙術？

不論是命理學、占卜學還是風水學，都是以趨吉避凶為目的，少有命理學家或風水大師閒來無事算人穿什麼衣服，或者姓什麼。因為這根本沒有什麼實際意義，達不到趨吉避凶的目的。

「他還說我會破財，我當時不信，結果後來和朋友去逛街吃飯，錢包就被偷了。」連可哥一副遇到了神祕事件的語氣。

夏芍一聽這話，忍不住又挑眉。給人知道破財之事聽著倒像是命理大師該幹的，但前頭那些聽來實在太像江湖神棍的伎倆，看來還是到了再說吧。

京城是政治中心，算命館這樣的店按理說是不允許開的，但夏芍車一開到門口便明白了，那算命館打著的是周易起名的旗號。

民間給孩子起名的時候，多會推演八字，查查五行缺陷，算算天地人格數理吉凶，然後再求個好名字。掛算命館的牌子，在京城自然是不讓開的，但是起名這樣的店，說來還是有的。這店開的地方不偏僻，位在舞廳、酒吧、小吃攤聚集的街上，晚上人來人往，不遠處就有住宅區，人流量還挺大的。

夏芍等人來時正是晚餐時間，算命館的門雖然開著，裡面卻只坐著算命先生。

那人坐在桌後，背對門口，從門口看，此人還真有些神祕。

夏芍走在最前面，一進門便先掃視館中擺設。這算命館不算小，書架上陳列著《周易》、《黃金策》、《梅花神算》、《六爻起卦》、《藏經》等書籍，雖然書籍一看就是印本做舊的。

桌上放著龜甲、銅錢和筆墨。龜甲和銅錢都沒有元氣，並非法器，但看起來真像那麼回事。

館中裝潢雅致，卻無章法，沒有佈風水局。

夏芍一眼掃過便心中有數，這時候，算命師大叫道：「慢著！進來的小姐，白裙、粉上衣，我說的對不對？」

後面跟進來的柳仙仙等人一聽，不禁愣住。

連可哥一臉興奮，看著夏芍，似乎在說：「怎麼樣，很準吧？」

算命師背對眾人，壓根兒沒回頭看，如此說來，確實很準。

夏芍笑道：「大師算得真準，聽說大師能算人姓氏？」

算命師聞言，轉過身來，卻是個二十多歲的年輕男人。夏芍一見這男人，便輕輕蹙眉。這人身體頗瘦，瘦得見骨。面相也是尖嘴猴腮，且一雙三角眼，露下三白，乃是貧賤凶惡之相。

不管從哪方面看，這人都不像是有修為的命理師。

唉，果然是江湖騙子，還是手段很不入流的那種！

算命師看見夏芍，露出驚豔之色，隨即看向她身後跟進來的同伴，眼中明顯有光，笑了起來，露出一口大黃牙，「小姐想算姓氏？好辦。」

算命師說著話，掏出一疊卡片，十來張，上面寫滿了百家姓，一張寫了十幾個。元澤見此也走過來看了看，見桌子上也鋪了一張姓氏的紙，上面同樣分了十來個格子，也寫滿了姓氏。

元澤不動聲色地看看那張紙，再看看那些卡片。

周銘旭「啊」了一聲，偷偷去拽夏芍的衣角。

算命師把卡片遞給夏芍，笑道：「小姐先看看哪張卡片上有妳的姓，選好交給我。」

夏芍眼皮垂下，掩去眼底的光芒，然後伸手接了過去。元澤也頗有深意地笑了笑，兩人對視一眼，各有所悟。於是，夏芍隨便挑了一張，元澤也跟著挑了一張。

柳仙仙在後頭只看不動手，儘管在高中時就知道風水命理是有根據的，但她依舊興趣不大。如果不是聽說這人算得準，說不定能幫夏芍算算未來會不會有麻煩，她才不來這種地方。

苗妍卻想試一試，只是手沒伸出去，便被周銘旭攔住。苗妍一愣，不知有什麼問題，見夏

芍和元澤已經把卡片遞給算命師。

算命師眉開眼笑，「先說好了，算一回五百。」

五百？這錢可真好賺！

夏芍笑問：「然後呢？」

「在這些格子裡選出妳的姓，我再算給你們看。」算命師道。

夏芍很配合地找了找，指著其中一個格子，元澤也指向一個格子。

算命師看過之後，閉上眼，開始掐著手指推算起來。過了一會兒，他望向夏芍，想了想，這才道：「妳……姓李。」然後又看向元澤，「你姓……田。」

元澤笑了，夏芍也笑了。

「咦？」連可哥驚訝地張大嘴。

柳仙仙挑眉，苗妍睜大眼，周銘旭則搖頭笑了笑。

算命師見連可哥驚訝，頓時笑道：「不瞞你們說，你們遇上我，是你們的造化。我祖上三代都是算命的，人稱半仙，準得很。」

柳仙仙嗤笑，「準？準什麼準？她姓夏，他姓元，你說的一個都不對。」說完便轉頭看向連可哥，「這就是妳說的奇準的大師？我看妳是遇上騙子了吧？」

算命師一愣，盯向夏芍和元澤，見兩人笑容頗有深意，便知自己被涮了。聽見柳仙仙的話，借勢就惱了起來，「這位小姐，妳說這話可是砸招牌。江湖上混口飯吃的，準的收錢，不準不收。妳問問妳朋友，我那天幫她算是不是算準了？」

「是準了……」連可哥摸不著頭緒，表情疑惑，「可是今天怎麼算錯了呢？」

「算命這事，講究緣分，看來我跟你們沒有緣分，那就什麼也不說了，你們請回吧。」算命師說完話坐下，眼裡卻藏著光，「不過，我告訴你們，就算我跟你們沒有緣分，我也能看得出來你們今晚要破財。鬧不好，有血光之災，自己小心吧。」

連可哥被唬得有些害怕。那天這人說她破財，她真丟了錢包的，現在又說有血光之災，聽起來好像比破財要嚴重……

「你說誰有血光之災？信不信老娘現在就讓你……」柳仙仙腳剛抬起來，還沒踹到算命師的桌子，就被夏芍攔了下來。

「沒規矩。大師提醒我們，我們應該感謝大師才是。」夏芍轉頭對算命師點頭致意，「多謝大師提醒，今晚這事要是應驗，我們一定回來向大師賠禮道歉，並奉上酬勞。」

「好了，我餓了，我們去吃飯吧。」夏芍看似輕輕拍了柳仙仙一下，柳仙仙卻感覺有道勁力將自己一搧，推著她出了店門。

夏芍走在最後，走出去前，還含笑看了算命師一眼。

出了算命館，沒走幾步，一行人便停了下來。

柳仙仙心裡藏不住話，問道：「說吧，到底怎麼回事，你們倆是怎麼讓他算錯的？」

夏芍笑道：「誰告訴你他算錯了？他明明算對了。」

元澤也笑，「他算對了，我心裡想的就是田，那是我媽的姓。」

「啊？」柳仙仙呆滯，隨即恨不得撓他們兩個，「到底什麼意思？」

周銘旭聽不下去了，乾脆開口道：「意思不是很簡單嗎？小芍和元少想的是母姓，算命師算出來的就是母姓。如果他倆老老實實想的是父姓，那人算出來的就會是父姓。假如他倆父

姓母姓都不選，而是隨便想了個姓，那個算命師也能算出來。只要他們倆挑了卡片，再指了那張紙上的格子，那人就能知道他們兩個心裡想的是哪個姓，這其實是個很簡單的數學交集理論。」

「數學理論？」柳仙仙翻白眼，好吧，她的數學都還給老師了。

苗妍和連可哥聽不太懂，但是想起剛才自己也想試試，卻被周銘旭攔下來，苗妍忍不住問：「你知道那個算命師是騙人的？」

「嘿嘿，知道。這種事在我們老家，外頭擺地攤算命的大多是這種把戲，見怪不怪了。」周銘旭雖然對上流社會的那些事不太懂，但是田間地頭兒、走街串巷的把戲，他門兒清。

「其實對方桌上鋪著的紙上和卡片裡雖然都是百家姓，但每張卡片和每個格子裡的姓，只有一個是重合的。」夏芍這時才笑著解釋，「打個比方，卡片上寫著的姓是『趙錢孫李』，那人面前鋪著的紙上，格子裡肯定是『李周吳鄭』。我選了卡片，再指出格子，二者之中只有『李』姓是重合的，那人當然知道我想的是什麼姓氏。」

柳仙仙、苗妍和連可哥都瞪大眼，三人這才明白到底是怎樣的理論。

「天啊，那我不是被騙了？那人收了我錢呢！」連可哥家境一般，她考上京城大學，靠的是自己的成績優秀。家裡供她讀大學不容易，她那天是跟著朋友，大家都交錢算，她也就掏了錢。開始覺得準倒還沒什麼，現在知道是這樣的把戲，頓時心疼起錢來，「那天我們七八個人，每個人都算了，果真是騙人的錢好賺，這人也太缺德了！」

「吃一塹長一智吧。」夏芍看向連可哥，這女孩子一看就很單純，很容易被騙，「江湖騙術各種各樣，告訴妳一種，下回妳可能會遇上另一種。告訴妳是怎樣的騙術，不如妳自己為自己把好關。再遇上這種事，妳要儘量想想，那人算妳的姓，算妳有幾個兄弟姊妹，就算準了，對妳有什麼幫助呢？不過說明他算得準而已。這樣妳就要掏錢？那我也能看出妳是獨生女，祖父母和父母都還健在，父親有兩個兄弟姊妹，跟妳姑姑應該是龍鳳胎，而且目前正有男生在追求妳，不止一個，妳犯桃花。我說準了嗎？準了的話，妳是不是該給我錢？」

連可哥眼睛再次瞪大，妳妳妳……妳怎麼知道的？

「對妳沒有幫助的事，即便對方說得再準，那又怎樣？妳怎麼知道對方是不是事先盯上了妳，打聽清楚了妳家裡的情況，再來設套騙妳？」

連可哥咬著唇，覺得夏芍說得很有道理，可是，她是怎麼看出她家裡的事來的？這些事，她跟室友都沒說。風水課之後，學校裡都傳著夏董是香港一位玄學泰斗的嫡傳弟子，難不成她才是真的能掐會算的那個？

「可是……」苗妍小聲說：「可哥在車裡不是說，那人還說她會破財嗎？這也準了的……」

「啊！」連可哥這才想起來，還有這件事。

「你們信不信，他今晚批我們會破財，有血光之災，也會準？」夏芍笑著看朋友們一眼。

「妳的意思是？」柳仙仙皺眉，聽出了夏芍話裡有些深意。

夏芍笑笑，「餓了，吃飯去。」

入了秋，晚上有些涼意，一行人鑽進了一家火鍋店裡。吃飯的時候，什麼都沒發生。等吃完結帳出來，有七八個男人從門口進來，也往火鍋店裡走。

夏芍一行在門口遇上這些人，見這些人勾肩搭背，滿嘴的葷話，便有意避讓了下，但這些人往裡走的時候，還是撞上了周銘旭。

周銘旭還沒說話，已經有人罵罵咧咧起來，「媽的，出門沒帶招子，你這小子欠揍是不是？」

那人說話大著舌頭，聽著像是喝了酒發酒瘋，但身上一點酒味也沒有。正是晚飯時間，他們結伴來火鍋店，飯還沒吃，在哪兒喝的酒？

周銘旭雖然憨厚，可也不是任人欺負的，「我讓了路的，是你們先撞我的。」

「嘿，瞧我這暴脾氣！」那人說道：「爺怎麼聽著，這是嫌爺出門沒帶招子呢？」

「有些時候沒在這地界上見著跟爺耍橫的了。怎麼著，哥兒幾個耍兩招給人瞧瞧？」旁邊又有人吊兒郎當地道。

另外有人看見夏芍和柳仙仙，「喲，美女耶！」那人邊說邊去拍周銘旭的臉，「小子，豔福不淺啊，瞧你們倆，一個傻帽兒，一個小白臉，有四位美女陪著，玩左擁右抱啊？再瞧瞧咱哥兒幾個，這麼多人，身邊一個美女沒有，說不過去。要不，這樣吧，叫這幾位美女陪咱們哥兒幾個喝幾杯，喝盡興了，今晚這頓揍就免了，怎麼樣？」

那人拍周銘旭的臉很是侮辱，話更是侮辱，周銘旭臉色一沉，忽然暴起，一拳揮了過去，「回家找你媽陪！」

對方的頭歪了下，周銘旭的拳頭蹭著他臉頰擦了過去，但拳風也帶著那人一個踉蹌，後面兩個人趕緊扶住。旁邊的人大怒，立刻圍了上來。

元澤的臉色也很難看，見眾人圍攻上來，便把夏芍等人往後一推，自己衝了上去。

兩人打七八個，從火鍋店門口打到街上，引來了不少人圍觀。

苗妍和連可哥急得團團轉，兩人拿出手機來報警。夏芍和柳仙仙加入戰局，夏芍還甩了張名片給苗妍，「打這個電話。」

柳仙仙身手也是不錯的，和夏芍並肩加入混戰，勢態就發生了逆轉。

這七八個人一看就是小混混，架沒少打，出手都狠辣。這些人本來就是找碴來的，周銘旭那一拳揮出去的時候，回敬的話也惹怒了這幾個人，因此這些人下手毫不留情。

周銘旭打架的功夫是杜平給練出來的，小時候杜平喜歡打架，嫌他胖，經常揪著他折騰，惹毛了，他也打兩下。身手談不上好，但也不是不會打架。

元澤沒專門學過，但他一直勤於鍛鍊，兩人打七八個人，一開始對方並沒討到好處。

周銘旭打架也憨，認死理，周圍那麼多人他不揍，就揪著那個說要夏芍四人陪酒的那人揍，把人按倒，騎在身上猛揍，旁邊誰揍他他都不理，只逮著那個人。旁邊的人拳腳加身，卻不敢下狠手，就怕傷著底下的同伴。有兩個人上前去拽周銘旭，想把他拽起來揍，元澤在旁邊看見，一腳把人踹了。那幾個人大怒，乾脆也不管周銘旭，圍上元澤，把氣都往他身上撒。

就在這時，周邊一陣慘嚎。

那些圍毆元澤的人霍地回頭，見柳仙仙高跟鞋往一人腳上一跺，那人慘嚎的時候，被她扯著衣領一繞，繞了個暈暈乎乎。柳仙仙又往他膝蓋上踹，那人頓時向後倒。跌倒後惱怒要爬起，膝蓋卻傳來劇痛，站都站不起來。

夏芍冷笑，出手比柳仙仙狠辣。詭異的是，她人還沒到跟前，對方就飛了出去。

轉眼間，四五人便倒地，元澤身邊兩個小混混看得傻了眼。他們怎麼也沒想到，對付兩個少年都沒那麼困難，他們的人竟然被兩個女孩子轉眼解決了。

正震驚著，見夏芍和柳仙仙已經到了眼前，那兩人才反應過來，相互看一眼，同時出拳。元澤忽然伸手，拽了兩人的衣領把他們撞在一起。那兩人被撞了個七葷八素，沒看清楚是誰伸手過來，擰了他們的手臂，往外一拍。兩人哇地一聲，胃中酸水都嘔了出來，接著身子向後飛出，摔到了地上，險些背過氣去。

忽然有人罵道：「哪條道上的，敢在吳爺的地盤上惹事！」

夏芍和柳仙仙轉身，見一家舞廳門口有個臉上有刀疤的中年男人看了過來，他的身後跟著兩個人，幾人臉色猙獰。

刀疤男穿著西裝，身形頗為魁梧，打眼一看，就知是練家子。

刀疤男正盯著夏芍，他出來的時候看見夏芍把人給震倒，雖然只是一招，便可以斷定那是內家功夫，心知這女孩子是個高手。因此，他攔住手下人，先開口詢問對方是哪條道上的。

夏芍一聽此人姓吳，挑了挑眉，問道：「敢問這位吳老大，可是安親會京城的堂主？」

刀疤男一愣，上下打量夏芍，覺得眼熟。

「玄門，夏芍。」夏芍報上家門。

刀疤男張大嘴巴。

正當此時，幾個公子哥兒從舞廳裡走了出來，為首的人笑著看向刀疤男，問：「吳大哥，這是誰啊，竟在您的地盤上鬧事？」

地上被柳仙仙踹了膝蓋的那名小混混，掙扎著爬起來，一瘸一拐過來，哀嚎道：「大哥，您可要給小弟們做主，這兩娘們兒……」

「啪！」話沒說完，刀疤男一怒，一巴掌搧了過去。

刀疤男上身很魁梧，一看就是硬氣功的練家子，這一巴掌搧得小混混牙掉了兩顆，臉都歪了。刀疤男身後跟著的那兩人都愣住，不知道堂主怎麼忽然打起自家兄弟來。只見刀疤男趕忙來到夏芍身邊，客氣地道：「夏小姐，沒想到在這兒見到您。」

門口出來的那些公子哥兒身後有個人，竟是杜平。

刀疤男伸著手，夏芍卻沒去握，而是望向舞廳門口。

夏芍盯著杜平，後頭把人打得滿臉血的周銘旭也搖搖晃晃站起來，青著臉望向杜平。杜平看見夏芍，低下頭，避開她的目光。

刀疤男尷尬地收回手，順著夏芍的視線看去，問：「怎麼？這幾位裡有夏小姐的朋友？」

那幾個公子哥兒也發現事情不對勁，他們今晚是來舞廳玩樂，偶遇吳老大，便攀交情地上前打招呼，不想這時候聽見外頭有人打架，吳老大出去看，他們便也跟了出來。令他們驚訝的是，打吳老大的人是兩個女孩子就罷了，吳老大還對其中一人態度恭謙。

為首的那個公子哥兒臉色變了變，他盯著夏芍，越看越熟悉。

「這位是……夏董？」

這人還真認識夏芍，他父親也是國內房地產商人，國慶日的時候出席過華夏集團京城諸公司的開業禮，他和父親一起出席舞會，雖然沒跟夏芍說上話，但是見過她。

旁邊的幾個公子哥兒聽了，先是一愣，接著反應過來，紛紛看向夏芍。

夏芍卻還是盯著杜平，見他始終低著頭，臉色漸漸冷了下來。

這時，遠處傳來警笛聲，在地上躺著爬不起來的小混混臉上露出慌張神色，忍不住看向吳老大和夏芍，到現在他們也不知道得罪了什麼人。

夏芍道：「吳老大，你這幾個兄弟，我懷疑他們跟前頭算命館裡的人串通，劫財傷人。今晚他們找我的碴，不介意我報警吧？」

刀疤男這才知道是夏芍報的警，但他能說什麼？這位可是安親會的貴客。龔當家親口下令，若有人惹她不快，幫會要幫襯著些。現在倒好，沒人惹她不快，反倒是幫裡的人惹了她。

其實這幾個小混混也不能算是安親會的人，他們並沒有正式入會，只是周邊的小嘍囉和打手，他們平時都幹些什麼，吳老大也有所耳聞，但是懶得管。他會管的，只有幫會裡的成員。

「這些人惹了夏小姐，任憑夏小姐處置。」刀疤男笑道，地上那些小混混卻是白了臉。

他們今晚到底得罪了什麼人？難道不是常幹的那種劫財的事嗎？這種事都幹了兩三年了，一旦有人去算命館裡算命，黃四兒就會看看這人有錢沒錢，瞧著有錢的，人走之後，他便給他們打電話，讓他們或偷或搶，把錢搞到手。這麼一來，他們和黃四兒都有錢拿。黃四兒因為批人破財靈驗，還得了個半仙的名聲。他生意越好，上門算命的人越多，他們的目標也就越多。

這些事，他們都做順手了，從來沒出過差池，怎麼今晚就踢到了鐵板？

這幾個人還沒想明白，便遠遠看見警察走了過來。

「夏小姐，妳讓人報警的？」來的人正是周隊長，當初華夏集團拍賣會上帶走于老和謝長海的秦系人馬。

「對。我和朋友來這邊吃飯，路過一家算命館，裡面的店主批我有血光之災，和這些小混混串謀，劫財傷人。他們打了我的朋友，我懷疑他們幹這種事不是一回兩回了，周隊長帶回去好好問問吧。」夏芍簡短說明情況。

周隊長一看地上這些人，就知道肯定不是打了夏芍的朋友這麼簡單，她的朋友就那兩名男生臉上有傷，但地上這些小混混更慘些，「好，但夏小姐和妳的朋友得跟我回警局做筆錄。」

夏芍聽了這話，沒立即應，而是又看向舞廳門口。杜平站在那裡，目光依舊避著她。

她對周隊長道：「一會兒我們自己去警局，現在我還有點事。」說完，她走向了杜平。

其他公子哥兒見她過來，不由自主後退。為首的那名公子哥兒以為夏芍是衝著他來的，頓時又是不解又是激動，想上前打招呼，卻被她冷沉的臉色嚇退。只能愣愣地看著夏芍從他身旁走過，停在了眾人身後。

眾人不約而同回頭，盯向杜平。

這個也似保鏢也似跟班的人，他們平時雖然帶著他，卻沒太注意他，夏董找的竟然是他？

「你跟我過來。」夏芍看了杜平一會兒，徑直進了舞廳。

杜平在門口站了半天，那些驚疑的、從來沒將他放在眼裡過的人的目光，因為她的一句話而改變。他垂眸，過了半晌，才轉身走進舞廳。

那群公子哥兒傻了眼，其中一人問為首的那人，「我說，宮少，你這個跟班有這麼大的來頭，怎麼不見你跟兄弟們說一聲？我可算是把他得罪了，我今晚還挖苦他來著……」

宮少一臉鬱悶，「我哪知道？他就是在我家公司兼差，有回拆遷有人來公司鬧，保全沒擋住，我爸差點讓人給傷了，是他解的圍。我爸看他身手不錯，就叫他給我當保鏢。這人平時陰沉話少，我哪知道他跟夏董認識？這事要是讓我爸知道，還能讓他給我當保鏢？早供起來了。」

舞廳的某個包廂裡，夏芍與杜平面對面坐在沙發上。她面前放著杯茶，卻不看也不動，只望著杜平，「說吧，為什麼要打朋友？」

杜平也看著面前的茶水，好半天才笑了笑，抬起頭來看夏芍，「我還以為妳第一句話會問為什麼不回電話給妳。」

夏芍見他笑容有些自嘲，輕輕蹙眉，「先回答我，為什麼要打朋友？」

「為什麼不先問我為什麼不回電話給妳？」杜平還是那句話。

夏芍眉頭蹙得更緊，她跟杜平有一年半沒見了，感覺他變了很多。以前的他有些憤世嫉俗，做事雖然魯莽，可是有衝勁兒，說話也直。以前他不會拐彎抹角，像是帶著什麼含義般問她話。有什麼話，他都是直說的。

「每一次，妳總是先問別人。劉翠翠、周銘旭，我永遠是最後的那個。」杜平語帶嘲諷。

夏芍愣住，被他的話激出火氣來，「別人？那是別人嗎？那是胖墩，從小跟在你屁股後面跑來跑去的胖墩！你們從小一起長大，你說打就打了？杜平哥，你在想什麼？」

杜平聞言震了震，目光有些恍惚。

恍惚間又看到某年初夏，她一身白裙出現在村口，夕陽的霞彩染紅了她的臉頰，猶如玉瓷雕琢般。那一年，她十五歲，臉蛋還有些稚嫩，笑容恬靜，笑著喊：「杜平哥。」

一晃四年，今年她十九歲，臉龐褪去些稚嫩，雖然看起來像是十七八歲，但她的美更勝以往，卻已離他遙遠。

她仍喊他杜平哥，卻是怒目相向……

「我什麼也沒想，宮老闆聘用我給他兒子當保鏢，那晚胖墩碰了宮少，宮少不快，我是他的保鏢，我有我的職責。」杜平語氣平板。

「碰了他，道歉就是了，他有命令你打人嗎？」夏芍不可思議。

「難道妳公司的員工什麼事都要老闆命令才會去做嗎？」杜平反問。

夏芍看著杜平，緩緩搖頭，「那是胖墩啊……」

「在工作的時候，只有公，沒有私。宮老闆給我的報酬很豐厚，我要對得起我的工作。」

杜平真是變了。

「好，好一個對得起工作！」夏芍怒極反笑，「這是你的工作，我無權置喙。那我們不談公，談私。我的電話號碼，你的室友給你了，為什麼不回電話給我？」

「回不回電話是我的自由，難不成這點自由我都沒有？」

夏芍再次語塞，她看了杜平一會兒，有些痛心，「我從來不知道，擔心朋友，期待他回電話，會扯到自由上面去。看來，是我的擔心和期待有錯。我一直在想，你可能遇到了什麼事，所以每晚手機都開著，原來是我錯了。我低估了杜平哥的本事，你有工作，你有權利，你有自由。我們的擔心都是多餘的，很好。」

夏芍說完便起身，打開房門離開。

杜平沒在包廂裡待多久，他從裡面出來的時候，舞廳絢亮的燈光從他臉上掃過，一會兒蒼白，一會兒陰暗，叫人看了都覺得陰沉。

他看見夏芍的背影拐出走廊，往門口的方向走去。到了門口，宮少等人還等在那裡，夏芍走過去，宮少笑著上前跟她打招呼。她二話不說，一拳揍在了宮少的肚子上。

杜平一驚，大步走了過去。

宮少捂著肚子，旁邊的人都傻了眼。

夏芍回身，看著趕過來的杜平，冷笑一聲，「你現在是在工作時間嗎？我打了你的雇主，

現在你是不是要教訓我？」

杜平震驚，眼底閃動著莫名的情緒。

夏芍看著他，「現在，他沒有命令你教訓我，你是不是要揍我？」

杜平喘著氣，拳頭握得嘎吱響。

「動手，朝這兒打。」夏芍指著自己的臉頰，「千萬別打歪了，就像那天你打銘旭一樣。」

杜平的臉色陰沉，拳頭緊握，咬牙盯著夏芍許久，終究沒下得去手。

夏芍痛心地道：「你要是能下得去手，我還信你是真的公私分明。」

杜平一震。

「我早就聽翠翠姊和銘旭說了，他們說你高考前那半年拚了命地努力，我們還替你高興，這是好事。可是你考來京城之後，電話你也不給一個，過年也不回家。想找你，找不到，就只好期盼京城相見。結果，相見就是挨了你一拳。這一拳，打得可真好。如果不是這一拳，我們都不知道杜平哥還可以這樣公私分明。」

夏芍深吸一口氣，「胖墩說你變了，我信。不僅你變了，我們都在變。每個人都有自己的路，生活、際遇讓我們改變。我們都希望生活可以變，但彼此的情誼永遠不變。」

夏芍看著杜平，笑容有些悲涼，「或許是我們強求了。」

杜平的拳頭慢慢鬆開，低下頭，一言不發。

宮少捂著肚子，莫名其妙地看著夏芍和杜平。這一拳其實不痛，但莫名被打還是第一次。

「宮少，對不起，讓你受連累了。」夏芍微微鞠躬道歉。

宮少一愣，連忙擺手。其實不疼的，真的不疼。那一拳根本就沒打實，他只是太驚訝了，所以反應很大地彎腰而已。

「好自為之。」夏芍又看向杜平，深深看了一眼，轉身離去。

那些公子哥兒眼巴巴地看著夏芍走了，直到她離開也不知道發生什麼事，只是從夏芍的話裡，似乎能聽出杜平和她從小就認識。

天啊，這大半年竟然是夏董的青梅竹馬在給他們當保鏢？

眾人望向杜平，他卻只是望著夏芍離去的背影，眼神模糊難辨。

夏芍走出舞廳，見周銘旭、元澤、柳仙仙、苗妍和連可哥都站在門口等她。周銘旭和元澤臉上都掛了彩，元澤臉上的傷明顯比周銘旭多，周銘旭剛才打架，拳腳大多相加在他背上，此刻穿著衣服看不見，但他的拳頭已經腫了，用力一握，血直往地上滴。

他見夏芍出來，便上前一步，「小芍。」

夏芍想笑，笑不出來，只道：「走吧，去警局做筆錄。」

一行人跟著夏芍來到車旁，開車門時，夏芍深吸了一口秋夜的冷風，儘量讓自己的心情平復下來，她還得開車。

柳仙仙拉開車門，在夏芍發愣的時候，搶了駕駛座的位置，到處看了看，點頭道：「嗯，百萬名車坐起來就是舒服，不知道開起來爽不爽，老娘今晚要試試。」

夏芍無言一笑，心裡劃過一道暖流，轉身坐去了副駕駛座上。

一行人去警局做完筆錄已是晚上十一點，柳仙仙把車從警局直接開去了華苑私人會館，然後把車放下，幾人搭計程車回學校。夏芍心裡有些過意不去，但知道他們是擔心自己心情不

好，怕她開車有危險，這才從警局直接把她送回來。夏芍本想讓柳仙仙開著自己的車回去，但她居然說這車不如跑車爽，不好開，拉著一群人就去攔計程車了。

無奈送走了他們，夏芍這才回了會館自己的房間。

房門還沒打開，手機鈴聲便響了。

夏芍一聽這鈴聲便笑了，果然，拿出手機一看，上面顯示著「呆萌」。

「師兄？」夏芍把電話接起來，那邊卻沉默了好一陣兒。

「妳有事。」徐天胤聲音微沉，不是問句，而是肯定句。

夏芍一愣，兩人每晚通電話已是習慣了，她知道師兄向來敏銳，所以她心情不好的事可不敢讓他知道，於是剛才接電話的時候，已經故作輕快了的，他怎麼還能聽得出來？

她怕徐天胤在軍區擔心，靈機一動，把今晚去算命館遇上的事一說，然後笑道：「我剛從警局做完筆錄回來，可能是累了。」

「在哪個警局？」徐天胤問。

「周隊長那裡。」夏芍答，又笑問：「想幹麼？小事而已，我沒事。徐將軍，要注意影響。」

最後這一句，她是模仿徐老爺子的口氣說的，徐天胤在電話那頭沉默了半天，才道：「唔。」

夏芍噗哧一笑，想也能想到某人此刻的呆萌模樣。笑完之後，她安撫徐天胤，「我沒事，就是累了點，早些睡就好了。」

「好，妳去睡。」這話果然管用，徐天胤立刻要求她去休息。

夏芍放下電話，卻哪裡睡得著？兒時朋友們一起嬉鬧的事一幕幕在腦海裡晃過，她睜著眼睛大半夜，後來也不知什麼時候合上眼的。迷迷糊糊的時候，忽然感覺有人靠近她。

夏芍畢竟是煉神還虛的修為，感官還是很敏銳的。

她心裡微驚。她的房門是上鎖的，這人怎麼進來的？

念頭一閃，夏芍睜眼，猛然起身，但剛坐起一半，便聞到一股熟悉的氣息。

一件上衣罩了下來，將她的臉頭蓋住。夏芍感受到那外套還有餘溫，熟悉的氣味鑽入鼻間，比呆愣的感覺更快來襲的是心裡的溫暖。

她被人從太妃椅上抱了起來，往房裡走去。到了床邊，對方把她抱坐在他腿上，大手撫過她的後背，輕輕地拍著。

夏芍想笑，鼻頭卻泛酸，披著某人的軍裝外套，看了眼外面，見天還黑著，應該是半夜，忍不住問道：「你怎麼這時候回來了？」

「妳心情不好。」徐天胤的聲音略悶。

「這樣你就回來？那可是軍區。」夏芍心裡溫暖，卻還是擔心。

「沒事，天亮就走。」徐天胤說著，低頭開始解夏芍胸前的睡衣扣子。

「你想幹麼？」夏芍立刻來了精神。

徐天胤的動作不停，回答得理所當然，「睡覺。」

然而，這一覺是沒有睡成的。

兩人剛躺下，夏芍的手機鈴聲便響了。

這次的手機鈴聲，是陌生的聲音。夏芍對親友專門設置了鈴聲，而這鈴聲她一聽就知是非

親友打來的。誰會這麼晚打電話？

徐天胤下床去拿手機，夏芍接過去一看，愣住了。

乃侖？

看到這個名字，夏芍的心倏地一沉，立刻把電話接了起來，「喂？」

電話那頭，乃侖氣急敗壞，「夏大師，妳太不夠意思了！妳害我損失了十來個人，現在連我也暴露了，我要馬上去避難！」

「怎麼回事？」夏芍急問。

「妳沒說要幫妳看著的那女人跟降頭師認識，她去找了降頭師，我的人在跟蹤時被發現了，損失慘重。」乃侖說話時似乎在一邊收拾東西，顯得很急切。

「你的人探聽到他們的動向了嗎？」話雖這麼問，但夏芍已經可以肯定，衣緹娜去找降頭師，就是為了回來尋她反擊報仇的。不然的話，她沒有理由去找降頭師。

「夏大師，我得罪了降頭師，現在我在泰國的人全部都要撤出來，我自己也要去避難，這一切都是因妳而起，妳難道就不需要問一句我的處境嗎？」乃侖明顯很不滿。

「乃侖老大，我詢問他們的動向，就是在關心你的處境。只有玄門才能對付降頭師，假如我可以讓他們有來無回，你的危險也就解除了。現在，我們有共同的敵人，你明白嗎？」

乃侖沉默了一會兒，事到如今，他自然知道夏芍隱瞞了他一些事，但惱怒於事無補，唯一的辦法就是補救。他去過香港，知道玄門人多，或許能跟降頭師一拚。

「好吧，我的人最後給我的消息是，他們在往港口走，不過隨後我們就失去了聯繫。這是昨晚的事了，我想對方現在已經出發了。」

「你的人有沒有說這些降頭師有多少人，有些什麼人，泰國降頭師通密在其中嗎？」

「我的人沒說，他只來得及告訴我人往港口去了，人數不少，大概有二三十人吧。」乃侖急急說完，便道：「夏大師，我可是幫了妳的，希望妳不要把我的命賠進去。在妳成功之前，我不希望妳再聯繫我。」說完，電話果斷掛上。

夏芍拿著手機許久，儘管知道徐天胤在一旁聽到了，她還是轉頭道：「他們來了。」

衣緹娜帶著泰國降頭師來京城，雖不確定裡面是否有通密，可對夏芍來說，機不可失。通密如果在，自然好；如果不在，讓這批降頭師有來無回，總有機會能將他引出來。

夏芍連夜打電話給師父唐宗伯，將事情的前因後果一說，唐宗伯當即決定帶玄門弟子來京。

不管通密在不在這降頭師一行之中，一下來了二三十人，唐宗伯無論如何都不可能讓夏芍和徐天胤兩人在京城面臨這種危險。

衣緹娜和泰國的降頭師們是晚上出發的，夏芍一看此時時間才凌晨三點。徐天胤用電腦上網查了航班，如果他們是晚上出發的，現在應該已經到了。夏芍想起來，乃侖說他們是從港口出發的，泰國從港口到京城，最常走的路線是從雲南入境。

這群人不乘坐飛機來京，很有可能是路上攜帶了什麼東西。

「他們如果攜帶東西，可能會從西雙版納乘貨船入境。」徐天胤說道：「最快三天。」

不用三天，第二天，玄門弟子就來了京城。

唐宗伯、張中先和他那一脈的人，以及玄門其他弟子，總共來了三十多人。香港老風水堂只留了十來人看守，其餘的人全到了。

一大清早，機場大廳裡，剛降落的來自香港的航班走下不少人來。人零零散散地走入大廳，後面三十多人的隊伍異常顯眼。前面一名坐著輪椅的老人，老人頭髮花白，面色紅潤，眼神炯亮。後面三十多人跟著，年紀大的五六十歲，年紀小的僅有十二三歲。這一群人呼呼啦啦走過來，乍看還以為是來旅遊的。

若是細看，定能發現這些人氣勢非同凡響，哪怕是十二三歲的孩子，跟他的目光觸上，都令人心驚。且這麼多人走在一起，除了輪椅在地面上滾動的聲音，幾乎就聽不到腳步聲。

一行人走入大廳，就見一名少女向他們走來。

「師叔祖！」那群人很激動，這稱呼讓機場不少人側目。

「師父。」夏芍對周遭的目光視若無睹，一見到坐在輪椅上的老人，便奔了過去。儘管只是兩個月未見，這次見面還有嚴峻的事態在等待眾人，但這仍不能影響夏芍見到師父的喜悅。她伸手接過推輪椅的差事，笑著低頭問：「兩個月不見，您老有沒有想我？」

唐宗伯被她的話逗笑，輕斥：「想妳？想揍妳還差不多。向來就是妳最大膽，這麼大的事，也不知道提前打聲招呼。」

「事前不知可不可成，說了也是讓您擔心。等到事成了，再跟您說不也不遲？」夏芍邊答邊推著唐宗伯往外走。

這時，後頭有人哼了哼，「妳怎麼就不牛到把那些降頭師解決了再打電話給我們？」

夏芍一點也不意外，會這麼擠兌她的，就只有那個毒舌的小傢伙，「我怕我把功勞都占了，到時候有人又有話說。這麼大好的報仇機會，不讓某人來大顯身手，我怕他恨我一輩子。」

「需要幫忙就直說……」溫燁跟夏芍在一起時，口頭上就沒占過便宜。今天雖然也被說中了心思，卻還是不服輸地咕噥。

「那你到時候可得幫上忙。」夏芍笑著，頭也不回。

溫燁被激將法擊中，跳腳道：「妳等著，等那群降頭師來了，小爺定叫他們有來無回！」

夏芍把玄門弟子都安排在華苑私人會館，會館以內部裝修整改的名義暫時歇業，員工們也被夏芍放了假，這幾天不用來上班。

玄門弟子每個房間住三人，大多是師父帶著弟子，房間都相鄰著，以防出什麼事，眾人相互之間也好有個照應。

安排妥當後，夏芍問唐宗伯：「師父，您來京城，要見見徐老爺子嗎？」

唐宗伯撫著鬍鬚沉思了一會兒，最終道：「不急，等事情解決了再說。」

夏芍點點頭，她也只是先跟師父說說，眼下確實不是見徐老爺子的時候。衣緹娜一行最快明天就會到京城，這時候兩位老人見面，只怕也不盡興。且師父來京的真正目的也不能被徐老爺子知道。他那樣疼愛師兄，要是知道中泰之間可能有場法術大戰，他不擔心才怪。

夏芍也不確定明天衣緹娜一行人真能到，但不能心存僥倖，於是夏芍打算跟學校請假，專心在會館裡佈陣。她天眼通的能力很久沒動用了，這回不用人再盯著入境口，她自己盯著。

去學校請假的時候，夏芍順道去了趟生物系找衣妮。衣緹娜是她的仇人，這件事自然是要告訴她的。衣妮看見夏芍來找她，臉色一變，只問了兩句話：「成了？還是沒成？」

「成了。」夏芍定定注視著她，也只這一句。

衣妮的氣息頓時變了，不知是高興還是恨意，「我跟妳一起。」

夏芍自然不會拒絕，衣妮也去請了假，兩人一起去了停車場，打算坐夏芍的車回去。然而，很不巧的，在停車場，夏芍又遇到了王梓菡。

「夏董，上回跟夏董說的事，不知夏董和徐將軍考慮得怎麼樣了？」王梓菡問道。

王光堂和王卓自上回車行的事後，便想請徐天胤和夏芍去家裡用餐，美其名曰道歉，實則還是想跟徐家套近乎。這事夏芍本想拖一拖，到了週末讓徐天胤拒絕王家，沒想到會在這之前得到降頭師來京的消息。夏芍這幾天請假，徐天胤晚上也要從軍區過來，兩人是真沒時間了。

「這件事我跟徐將軍說了，他說這幾天有些事，可能要辜負王委員和王少的盛情了。這件事徐將軍會給王委員去電說明的，抱歉。」夏芍對王梓菡點頭致意，接著便載上衣妮走了。

王梓菡望著夏芍的車開遠，皺了皺眉頭。直到夏芍的車看不見，她才拿出手機，打了個電話給王卓，「她果然不去。」

某家俱樂部的包廂裡，王卓站在窗前，望著京城傍晚的景致，眼底有一抹陰霾，再等他轉身的時候，臉上已掛上了微笑。

他身後的沙發裡，還坐著一個女子。

她約莫四五十歲的年紀，看起來也就三十出頭的樣子，身材苗條，保養得極好，只是鼻樑上架著副黑框眼鏡，顯得有些嚴肅。她端著香氣四溢的咖啡，笑容隨和。

王卓笑了笑，「剛才接了通電話，華主任勿怪。」

華芳不介意地道：「卓少，我說的事你考慮考慮。」

「呵呵，華主任言重了。我爺爺還在世的時候，咱們王徐兩家關係就很好，再說，徐將軍現在在軍中，和我父親是同僚，而夏小姐成就卓然，兩人郎才女貌，倒是般配。我父親還說，這週末要請徐將軍和夏小姐吃飯，對車行的事表達歉意。」王卓臉上一點也看不出被人悔婚的尷尬。這些天京城圈子裡都在傳這事，按說當事人該避而不談，他倒好，自己說出來，神態自然。

華芳垂眼，知道王卓在打官腔，「卓少也應該知道，自古婚姻講究門當戶對，郎才女貌不頂什麼用。夏芍家世普通，卓少可以想想，這樣出身的女孩子要是嫁進王家，王家可看得上？」

「可是，我聽說徐老爺子很喜歡夏小姐。」王卓神色不露，笑道。

「老爺子那不是寵天胤嗎？都是因為當年他父母的事，老爺子總覺得他受了委屈，處處遷就著他，這也是難免的。」華芳嘆了口氣。

王卓露出一副了然的神色，「那徐老爺子可真夠遷就徐將軍的，聽說夏小姐已經去過徐家。」

夏芍去過徐家的事，外界都不知道，而王卓此時卻說了出來，明顯表示他對徐家的一舉一動也是知道些消息的。

華芳並沒有露出驚訝，反倒是嘆了嘆，表情認真了起來，「正因為老爺子讓她來過徐家了，現在徐家人才反對她進門。」

「哦？怎麼說？」

「所謂知人知面不知心，我們原先想著，要是天胤就是喜歡，沒辦法也只有順著他。這孩子確實叫人心疼，小小年紀就沒了父母，難得遇上個喜歡的女孩子……」華芳嘆著氣，怎麼看都是個心疼晚輩的好嬸嬸，但她隨即話鋒一轉，說道：「但這個女孩子絕對不能嫁進徐家，她心機太深，嫁給我們天胤，遲早是個禍害。對他來說，沒有好處。」

王卓挑著眉，不說話，等著華芳繼續往下說。

「卓少可知道，那晚車行裡的事究竟是怎麼回事？」華芳卻不往下說了，而是抬起眼來看向王卓，顯得很難以啟齒。

王卓微愣，聽華芳說起那晚的事來，這才變得認真，「難不成華主任知道些什麼？」

華芳故作氣憤，「這個女孩子真是不知輕重。她是聰明，卻不知咱們徐王兩家自王老爺子在的時候就是世交。她竟能為了和卓少的一點小誤會，設計將事情鬧大，引了你們王家的人去，再以言語激怒蘇小姐，致使蘇小姐當眾悔婚，給你們王家難堪。這不是存心讓徐家難做人嗎？老爺子知道此事，將她訓斥了一頓，如今她在徐家可是不得人心。」

「華主任，這事可不能亂說。」王卓眼神陰沉，但臉上依舊帶著笑。

「這是她親口在老爺子面前說的，還能有假？」華芳皺起眉頭，「卓少，她雖然是沒有嫁進徐家，但她現在畢竟是天胤的女朋友。出了這樣的事，我們徐家也感到過意不去。如果不是覺得對王家有愧，我何必今天來跟你說這番話？我爛在肚子裡，你們王家永遠不知情，徐家也就不用做這個背後捅故交刀子的惡人。」

華芳說著便站起身來，「我言盡於此，卓少好好考慮吧。」

王卓趕緊留住華芳，並且相比剛才的客氣試探，這回倒是熱絡起來，「華姨，我可沒說我不相信，您看您，著什麼急啊？只是這事事關重大，我父親還不知道，我總得回去和他說說。」

華芳聞言，停住腳步。

王卓笑道：「當然，這事還要多謝華姨告知，不然我們王家做了冤死鬼還不知是怎麼死的。」

華芳重新坐了下來。

「早就聽說夏小姐聰慧，倒是沒想到她能把我們王家算計進來。這事如果不是事關王家，我倒是有些佩服她了。」王卓又道。

「可她這是陷徐家於不義。想嫁進徐家，還把徐家往千夫所指上推，讓徐家被人戳脊樑骨，這樣的女孩子，徐家怎麼可能讓她進門？」華芳皺眉道。

王卓卻垂眸笑了。

不見得吧？他也不是傻子，如果徐老爺子當真因為此事不允許夏芍進徐家門，那只需他老人家一句話就是了，徐家皆大歡喜，何需華芳今天來找他，把這件事捅出來？

捅出這件事來，徐家搞不好要受王家埋怨，何苦來哉？

除非這件事並沒有使夏芍在徐老爺子心目中的評價降低，而又觸動了徐家某些人的利益，這才有人想捅出來，和王家合作，阻止夏芍嫁進徐家。

王卓此時無法判斷這件事是不是徐彥紹的意思，但徐家這麼個政治世家，徐老爺子卻顯然偏愛在軍界的徐天胤一些，徐家二房心有不滿是正常事。

華芳今天來找他，自然不是好心，而只是尋求利益同盟而已。對華芳來說，阻止夏芍嫁進徐家是首要事，而王家失去聯姻同盟也已成事實。對如今的王家說，失去蘇家，若能換來徐家的親近，那自然是不賠的。所以，這合作，王卓很樂意。

「華姨，這事我會回去跟我父親說，我們王家也不是任人捏圓搓扁的。我年紀還輕，很多事情日後少不了華姨多指點。」

華芳看一眼王卓，聽出他這話的意思就是同意以後有事多走動了，她笑了笑，「京城有些人實在沒有眼光，依我看，卓少才智一點也不在話下，日後定會前途無量。」

「呵呵，承華姨吉言！」王卓謙遜地道。他也自認為不輸別人，只不過他不願意受束縛，不願往軍政兩界發展而已。

華芳起身告辭。她今天是抽空出來的，這事不能讓人知道，可不能耽擱太久。不過，臨走前，她打量了王卓一眼，笑道：「卓少失了蘇小姐，依我看不用太難過。聽說蘇小姐很驕縱，老話說的好，娶妻娶賢，找個好女孩，日後才能對卓少的事業有所助益。我們家嵐嵐倒是不錯的，雖然免不了也有點千金小姐的脾氣，但還算識大體，就是年紀還小些，沒大學畢業。不過你們年輕人都是在京城，離得也近，平時不妨多走動走動。」

劉嵐是徐彥英的女兒，華芳在此說這話，未免越俎代庖，很不厚道。若是讓徐彥英知道了，必定要怪罪她。但華芳卻不懼，她什麼也沒說，只是誇誇嵐嵐，說讓年輕人之間多走動而已。王卓要是有心，他追上了嵐嵐，那就是嵐嵐願意，徐彥英要是怪她，倒不如去怪她女兒。

呵呵，不過王卓在外的名聲風流，他追女孩子的手段想必高明。嵐嵐要是被追上，徐彥英一家就算是自降身價。她本來就是嫁出去的女兒，女兒又嫁給紈絝子弟，日後她們一家在徐家還能有什麼地位？

哼，誰讓徐彥英一家支持徐天胤！

王卓盯著關上的房門，冷冷一笑。

華芳可真會打如意算盤，她要是真心想讓徐王兩家聯姻，何不讓她的兒子徐天哲去追他妹妹王梓菡？拿徐彥英這嫁出去的徐家人來賣他人情，當他王卓傻？

王卓冷笑，以前徐家對外總是一副同心協力的樣子，外人很少能找到空子鑽，結果到頭來，利益之爭，徐家不也是在所難免？

無妨，他就先當一回傻子，權當大家是交換利益。

王卓走到窗邊，看華芳的車遠遠開走，半晌，他一拳砸到窗臺上，陰沉冷笑。

好一個夏芍，妳且等著！

第二章　強敵臨門

一輛軍用路虎車停在華苑私人會館裡，徐天胤還沒從車上下來，夏芍便迎了過去，說道：「師兄，師父他們早上已經到了。」

「嗯。」徐天胤點頭。他從軍區趕來，身上還穿著軍裝，最後一線天光將他肩頭染得微黃，背影被勾勒得明晰。他的目光落在夏芍含笑的眉眼上，才兩天不見，他便開始思念。

他伸出手，將夏芍抱住，習慣性將臉埋到她頸窩，尋找那令他眷戀的氣息。儘管明天降頭師就抵達京城，但在這時候兩人相見，仍有著淡淡的溫情。

只是沒相擁多久，夏芍便輕輕去推徐天胤。兩人剛分開，便聽見後頭不少人跑出來看熱鬧，義字輩的年輕弟子們堵在門口，以周齊為首，嘿嘿笑著。吳淑微微笑著，吳可臉頰微紅，捂著溫燁的眼，被溫燁沒好氣地拍開。

「不就是抱抱嗎？親嘴我都見過！」溫燁眼睛望天，語氣不屑。

「誰？師叔祖嗎？」弟子們刷刷轉頭圍住溫燁，周齊睜大眼問。

夏芍臉頰微紅，也不知是晚霞染的，還是窘迫的。她慢悠悠看了溫燁一眼，對眾人道：「別聽他的，他就是愛裝大人。你們要是信他，下回他該說他看見活春宮了。」

活……活春宮？周齊刷地臉紅了。弟子們看看夏芍和徐天胤，再看看溫燁。溫燁的臉竟也有些紅，他指著夏芍，「妳」了半天沒「妳」出個所以然來，最後紅著臉敗退。

勝利的夏芍笑得眼眸微彎，跟著徐天胤進了會館。

兩人去拜見師父，唐宗伯住在夏芍的房間裡，徐天胤一進去便跟老人打招呼，「師父。」

「來了？別總向部隊請假，有事晚上過來就行了，白天那些人也不敢妄動。」唐宗伯道，目光落去徐天胤身上的軍裝，又看著兩個徒弟牽著的手上，微微頷首。隨即，他又似想起什麼，垂下眼皮，掩住了眼底的擔憂。

徐天胤走過去，在老人身旁蹲下，伸手去捏他的腿。

唐宗伯無奈一笑，都說他這腿好不了，這孩子每次見他總會先查看他的腿。

張中先道：「哼，這小子，就對他師父上心！我怎麼說也教過他功夫，進來也不知跟我打聲招呼。」說完又去看夏芍，繼續哼哼，「這麼好的女娃娃，居然被這小子追到手，沒天理……」

夏芍忍著笑道：「誰讓您老在梅花樁上使勁摔人了，換成我，我也記仇。」

「練武基本功都是摔摔打打出來的，不吃苦，他哪有今天的身手？摔他，那是為他好。」

「小時候師父教我練基本功，我就沒摔太慘。」

「那是妳跟他路數不一樣。」

兩人一人一句，張中先瞪著眼，直叨念果然女生外向，還沒嫁人，胳膊就往外拐了。

「師兄是同門，可不是外人，我的胳膊向來是拐向自家人的。」夏芍跟張中先鬥了會兒嘴，弟子們在一旁紛紛向徐天胤投注目禮。

師叔祖的真容他們是見過了，只是以前不知他的身分，直到上個月網上流出求婚的視頻，眾人才知道他的身分。徐家的嫡孫竟然是玄門弟子，這太不可思議了。

眾弟子在這邊好奇打量徐天胤，徐天胤卻好像這些人不存在，專心幫師父捏腿，查看老人的腿部肌肉有沒有萎縮。好在玄門心法對養氣很有助益，唐宗伯已是多年的煉神還虛修為，日日養氣調理，氣血還算通暢，除了站不起來，雙腿的情況還算樂觀。

徐天胤看過之後，這才起身和夏芍暫離會館，回別墅拿了幾套換洗衣物回來。晚上同門

三十多人一起去吃了頓飯，回來後便聚集到夏芍的房間裡，商討對敵之策。

衣妮傍晚過來時便見過玄門的人了，唐宗伯早年在內地行走過，故而知道衣妮的門派。

衣妮的門派屬於黑苗中的一支，寨中女子代代習蠱，卻很少遠離村莊。當年社會動亂，疫病橫行，唐宗伯南下，正走到苗疆一帶，那裡的人當時上吐下瀉，不少人便說是遠處寨子裡的草鬼婆下了蠱，集結了不少人想去闖寨，結果去的幾名小夥子沒半個回來。唐宗伯被委託去找尋，在那裡遇到當時黑苗寨裡的黑蠱王，還跟人鬥過法，最終唐宗伯贏了，才把人給帶了回去。

因為這件事，唐宗伯跟黑苗寨也算不打不相識，只不過後來他去了香港，到華爾街打拚，數十年沒再回內地，現在想來，當年年紀比他還大些的黑蠱王如今確實可能已不在世了。

在問過衣妮的身世後，唐宗伯才發現，與他當年交手過的黑蠱王極有可能是衣妮的祖母。

時隔數十年，沒想到黑苗寨子裡竟然發生了這樣的事。

「唉，苗寨神祕，向來不與外界接觸，當年我也是機緣偶遇，這才與妳祖母不打不相識。外界對黑苗多有畏懼，但其實苗寨與外人無仇怨的話，不會無緣無故放蠱。當年瘟疫橫行，有些治病良藥只有苗寨的深山裡才有，寨子裡的人還以蠱驅疫，做下不少功德。只是外界對苗寨太過畏懼，不肯接受以毒攻毒的驅疫法子，寨子裡的人有此行事，多不為人知。明明是除疫有功，還被人認為是下蠱害人。那幾名青年闖寨，激怒了寨子裡的人，才被扣下來，小施懲戒。」

唐宗伯說到此處，嘆了嘆，看向衣妮，眼神悲憫，語氣感概，「真沒想到，有生之年還能再見到故人之後，這孩子也是個重情的，為母報仇不惜背負叛寨的名聲。唉，妳放心吧，這件事既然是碰上了，我也不能不管。這回這人既是敢回來，就讓她有來無回，為妳母親報仇。」

衣妮聞言起身，恭敬地道：「唐前輩，多謝您。等我為阿媽報了仇，便給您老立長生牌。」

唐宗伯搖頭嘆了嘆，開始安排明天的事。

明天是衣緹娜和泰國降頭師們從泰國啟程來京的第三天，但不能保證他們三天一定能到。他們從雲南入境，路上未必通暢，但是玄門若要防範，自然是從明天起就不能鬆懈。

監視衣緹娜一行人的任務落在夏芍身上，眾弟子都不知道夏芍要怎麼監視對方的行蹤，畢竟對方是走陸路來的，路上保不准會換乘其他交通工具。

他們自是不知夏芍有天眼通的能力，但隨即這疑惑就被別的安排給吸引了去。

衣緹娜帶著降頭師們是來尋仇的，他們一行到達京城最可能的舉動，要麼是找地方安置，要麼是殺到會館來，而衣緹娜在京城有住處，她很有可能將降頭師們安置在她的住處。雖然他們也有可能住飯店，但飯店太多，很難安排，只能在衣緹娜的住處安插人手。

唐宗伯將玄門這次來京的弟子分成兩半，一半弟子由張中先帶領，去衣緹娜的住處埋伏，另一半人留在會館，佈陣防禦。

溫燁自請前往衣緹娜的住處，他師父就是被降頭師所殺，聽見這次有降頭師來京，不管裡面有沒有通密，他都要衝在最前頭。

唐宗伯答應了，玄門的弟子從來不是養在溫室裡的。這些年輕人是玄門的未來，讓他們歷練和成長的辦法，只有實戰。

衣妮跟在張中先的隊伍裡，她知道衣緹娜的住處，而且熟知蠱毒，上回中過一次，這回有她在眾人當中，必定多個保障。

當晚研究完對敵之策，張中先等人便先去了衣緹娜的住處，剩下的人在會館佈陣。夏芍和徐天胤沒參與佈陣，弟子們以為兩人去了車站或者機場，畢竟以徐天胤的身分，他找些人幫忙看著機場和車站是舉手之勞。

大家不知道的是，那些降頭師在泰國已經殺了不少監視的人，京城方面，夏芍絕不會讓徐天胤的人去冒這樣的險，兩人哪兒都沒去，就在隔壁房間裡。

監視從這天凌晨就開始了。

夏芍將重點放在長途客運站上，至於機場，她只是隔一會兒看一次，畢竟這些人既然從泰國來時就不乘坐飛機，身上必是帶了私貨，而走陸路雖然安檢也嚴格，但比搭飛機容易鑽空子。長時間使用天眼通的能力，夏芍不是第一次。在香港救龍脈的那晚，她就用龍鱗、大黃配合天眼的力量，堅持一夜才有所成。

當然，這次她面對的可能是更長時間的監視，不止一夜，或許是一天一夜，或許是幾天。徐天胤知道夏芍的元氣與常人不同，但即便是元氣撐得住，體力方面也很受考驗。

夏芍坐在沙發裡，望著窗外，不知情的人會以為她是在看風景，殊不知她眼前天地已開，高樓、車流都遮不住她的視線，很快她便看見長途客運站。凌晨時分，客運站裡的人並不多，夏芍也知這時間人到了的可能性不大，可她不願鬆懈，目光盯緊了不動。

不一會兒，身旁有聲音，似是一杯水放在了茶几上。夏芍聽得出來，也聞得見她喜歡的碧螺春茶香，只是她沒分心，而是盯緊客運站。過一會兒又把目光轉開，掃一眼機場。

身後有人坐了下來，一雙大手攬住她的腰身，將她輕輕抱過去，然後緊緊擁在懷中。夏芍勾起唇角，舒服地往後倚了倚。後背是男人堅實的胸膛，眼前是即將迎來的戰場。依偎在一起的兩人，心底暖融，眼底卻有精亮的光芒。

夏芍偎在徐天胤懷裡，累了就換姿勢，徐天胤如雕像似的，她不動，他便不動。她一動，他便調整姿勢，讓她偎得更舒服，然後擁緊又不動了。

天光由暗到明，客運站裡人流從少到多，暗夜下的城市彷彿隨著天光漸亮而活過來。

夏芍感覺到身後動了動，徐天胤從沙發裡起身，將茶几上已冷的茶水端走，然後換了一杯溫水來，「喝點。」

他伸手遞過水來，夏芍接過，喝了半杯。接著，她聽見徐天胤開門出去的聲音。這時正是吃早餐的時候，他大概是去幫師父他們準備早餐了。

果然，半小時後，徐天胤回來，手裡端著甜粥。夏芍雖然監視著客運站，但端著碗吃東西還是不礙事的，只是徐天胤把粥倒去碗裡，便拿過來蹲在她身旁，用勺子舀了試過溫度再遞過來，「張嘴。」

夏芍哭笑不得，她這是生病了，不然幹麼要人餵？

此時不是打情罵俏的時候，她便沒說什麼，也不跟徐天胤爭辯，乖乖讓他餵粥。

這一盯便是一上午，到了中午，正是人最愛犯睏的時候，但夏芍修為在身，並不覺得累，只是坐久了身子有些痠，她起身站到窗邊，目光不動，活動了下手腳。徐天胤靠過來，夏芍以為他要讓自己休息一下，結果他什麼也沒說，默默抱著她，借胸膛給她靠，手則繞到前面按在她的丹田上，緩緩送了元氣進去。

夏芍暖暖一笑，老實說，就算徐天胤讓她休息，她也是不會休息的。越近晚上，目標現身的機率越大，畢竟對方不是傻子，出泰國時知道有人在監視，自然能想到京城應該有所準備。

既然京城有準備，那麼搞不好他們一踏入京城就是一場死鬥，而鬥法常常都在夜裡。除了蠱降，很多降頭術只有晚上陰氣強盛時施展效果才好，所以對方很可能算著時間，傍晚或晚上才到。

夏芍也提防著對方來一手空降，所以任何時候她都是不能鬆懈的。

幸好徐天胤懂她，只是他明知她元氣不耗損，還來給她補元氣，她除了溫暖，便是擔憂。接下來有場大戰，夏芍不想他多消耗，於是只讓他補了一會兒，便又坐回沙發裡。

時間在她起身活動筋骨和回沙發休息中慢慢度過，轉眼又是夜晚。

一天一夜的堅守，客運站都沒有異常。期間徐天胤出去了幾趟，回來說張中先等人到了衣緹娜的住處。那女人狡詐凶狠，裡面果然下了蠱，所幸有衣妮在，她吃過一次虧，萬分謹慎，加上這次是十來名玄門的人在，眾人合力將裡面的蠱毒清除，之後入內便各占死角靜待。

衣妮將房間裡重新下了她的蠱，打算如果衣緹娜回來，先送她一份開門大禮。

會館這邊，經過一天一夜，該佈的陣也早就佈好了，佈的是八門金鎖陣。

唐宗伯坐鎮陣眼，操控陣位生死變換，並留了個眼位給徐天胤。如果對方來會館，徐天胤隨時可以到陣中去，憑著他對奇門陣法的敏銳感知能力，撒豆成兵。

可是，到了半夜，敵人還沒來。

這意味著夏芍又要多監視一天，對體力的考驗很大。

徐天胤大部分時間都在夏芍身後，他的氣息一直是靜的，能感覺得到，卻聽不見，但是隨著時間越來越往後推進，夏芍明顯感受到他氣息有些急促。這個不知執行了多少危險任務，在任何時候都能潛伏不動，如孤狼般的男人，此刻因為她有可能還要再勞累一天而有些急切。

夏芍自打開始監視敵情起，第一次轉頭看徐天胤，她笑著握住他的手，在他掌心捏捏，笑道：「沒事的。師兄在，師父也在，大家都在。想到你們都在，我一點也不累。」

「到早上，人不來，妳便休息。」徐天胤這次不理她的安撫，語氣堅定，不容拒絕。

夏芍知他不會因為擔心她會累垮，就這樣棄此間事情於不顧。這男人很有可能會在她休息的時候，自己去客運站附近守著。

這麼近地守著，他可能會有危險。

夏芍當然不會讓這種事發生，可她這時不爭辯，而是轉頭又盯向客運站，打算如果早上還不見衣緹娜一行人的蹤影，就想辦法說服徐天胤。現在正是要緊時候，且過了今晚再說。

夏芍正盤算著，忽然眼神一變。

徐天胤敏銳地感覺到她氣息的變化，從她身後走到身旁，望向客運站的方向，「來了？」

夏芍不答，而是盯著客運站的出口，一行人零零散散地出來，為首的是一名穿著輕便衣物的年輕男人，可夏芍知道那是個女人。

女人走路的姿態，除非是像展若南那樣的男人婆，否則一時半刻即便穿了男人的衣服，也改變不了姿態，更何況，夏芍的天眼可以看見的不是姿態，而是元氣。

這一行人都有修為在身，儘管他們收斂了，仍是逃不過天眼，而且正因為他們收斂了元氣，才和走出客運站的普通乘客看起來很不搭調。

這一行人走得並不密集，而是由一個女人在前頭領著，後面三三兩兩結伴而行，看起來就像是來玩的遊客。夏芍數了數，約三十來人，與乃侖在電話裡說的一致。

「是他們。」夏芍這才開口。

徐天胤的氣息瞬間變得冷極，點頭便要出房門，他剛一轉身，便敏銳地感覺到夏芍氣息驟

變，只見夏芍神色有些驚訝，「有個人發現我了。」

剛才在監視的時候，忽然有個人抬起頭看了她一眼。

與其說是看了她一眼，不如說是目光在空中一掃，掃過了她。

這個人能感覺到有人在監視。

夏芍心下驚異。在她所遇的人中，徐天胤的敏銳是她僅見的，但客運站到華苑會館，距離那麼遙遠，只怕是徐天胤也很難察覺，可對方居然發現有人在監視？

這次來的降頭師裡，竟有這等高手？

夏芍二話不說，跟徐天胤去了師父的房裡。八門金鎖陣已經佈好，只是尚未啟動，唐宗伯閉目調息，見夏芍和徐天胤進來，便睜開眼來。

「人來了？」

「來了，但是有人能發現我在監視。」夏芍臉色嚴肅，把剛才的事簡略一說。

唐宗伯聞言，沉吟道：「此人身形削瘦，六十多歲年紀，眼底青暗，鼻樑上有道疤？」

夏芍搖頭，「不是，那人身形削瘦，只有三十來歲。眼底青暗，有邪氣，鼻樑上沒疤。」

「那便不是他……」唐宗伯撫鬚的手一頓，「這個人可能是通密的大弟子。他能感覺到妳的天眼，可能修煉的是靈降。」

所謂靈降，就是用精神力控制人的意志，令人致幻或迷失意識，或做出匪夷所思的事來。靈降在施法的時候，需要配合大量的符咒進行，但會靈降的降頭師天生精神力驚人，再加上後天的修煉法門，能感知到別人的精神力並不奇怪。

只不過，在泰國大多數的降頭師會的都是蠱降，也有血降、陰陽降、鬼降之類的降頭師。

有的降頭師能同時使用幾種降頭術，也就是混合降，但這樣的高手不超過二三十人，而會靈降的降頭師更是屈指可數，還都是法力深厚的高手。

唐宗伯這麼一說，夏芍點了點頭，覺得很有可能。那人就走在衣緹娜後面，與其說是衣緹娜在領著人走出來，倒不如說是那人在領著降頭師們。

通密的大弟子嗎？

夏芍目光一斂，當即又開了天眼，望向客運站的方向。此時對方一行人已經都出站，攔了七八輛計程車一起走遠。他們走的方向不是華夏會館的方向，而像是往衣緹娜的住所去。

這回夏芍的天眼也不收回了，一路跟著。那人確實感覺得到夏芍的目光，他回頭看了看，眼底青黑更加暗沉，隨即對前頭副駕駛座上的衣緹娜說了句話，衣緹娜回過頭來，眼神震驚，很快便陰狠地哼了哼，跟司機說了句話，司機加快了行駛速度。

夏芍把這七八輛車裡的降頭師們看了個遍，發現只有兩名女人，其餘都是男人，而且沒有師父描述的六十多歲、身形削瘦、鼻樑上有疤的男人。

也就是說，通密不在這一行中……

師父的仇人是通密，他不在，確實有些可惜，但通密的大弟子來了，泰國的降頭師也來了三十多人。把這些人的命都留在京城，便是夏芍的目的。

殺了這些人，殺了他的大弟子，不信通密那老頭子坐得住。

夏芍見這些人去的方向真是衣緹娜的住處，便打電話給張中先那邊，通知了一聲。

徐天胤也要過去，被夏芍攔住。師父如今在會館裡，法陣已佈下，兩人都去，夏芍實在放心不下。儘管知道那些人都往衣緹娜的住處去了，但夏芍不得不提防他們會半路改道襲擊這

裡，所以她和徐天胤兩人，今晚註定要分開待在兩個不同的戰場。

「師兄留在這裡，我去。」夏芍二話不說奔出去，玄門弟子各自守著陣位，聽見她的聲音，卻不能出來看。

夏芍下了樓，奔去門口。人剛到門口，卻是愣住。

門口的軍用路虎車已然發動，夜色裡，車前燈光亮晃著人眼。徐天胤開車前看了夏芍一眼，只簡短地道：「留下。」然後便開車揚長而去。

夏芍急火攻心，卻又無可奈何。她剛才是從樓上跑下來的，師兄一定是從窗戶直接跳下的，所以才趕在了她前頭。而他去了衣緹娜的住處，她便不得不留下。師兄定是看那邊是戰場，覺得危險，又擔心她從昨晚便開著天眼未曾休息過，這才不許她去。

夏芍回去找到給徐天胤預留的那個陣眼坐下，拿出手機打給徐天胤，並且又開了天眼。電話響了兩聲，徐天胤便接了起來，「聽話，休息。」

夏芍氣也不是，笑也不是，只道：「師兄，電話別掛斷，用耳機。我看著那邊的情況，有什麼狀況通知你。」

她怎麼可能有心思休息？他去涉險，她能放心休息才怪。

「嗯。」徐天胤也知道夏芍不可能休息，便戴上耳機，加快油門往衣緹娜的住處趕去。衣緹娜一行人比徐天胤早到，三十多人下了車，夏芍用屋裡的座機打電話通知那邊，「對方到了，我師兄正往那邊去，你們注意安全。」

剛放下電話，那頭便事發了。

本來夏芍用天眼監視著一行人，對方便有所警覺，而且衣緹娜的住處裡原先有她下的蠱，如今她站在門口，蠱除了，她如何能不知道？

眼下正是子時末，夜色深沉。衣緹娜住的是獨棟別墅，建在郊區，周圍還有其他別墅，但是相隔有些距離，遠處那些別墅隱在黑暗裡，不仔細瞧，根本看不見。計程車一輛輛開走，紅色的尾燈漸漸被黑暗吞噬。三十多人站在別墅大門外，沒人去動大門把手，卻有數十道彎曲的影子從大門的欄杆空隙遊走進了院內。

那些影子穿過院子的石板路，像是一條條毒蛇，但這些蛇遊走過路面草叢，竟然聽不見沙沙聲響，彷彿懸空在其上一般，身體輕得不可思議，速度也快得不可思議。

也就是眨眼的功夫，這些毒蛇便來到了別墅裡面的門口。一條條蛇攀起來，盤踞上門把手，看著竟是要用自身之力將把手擰斷。

就在這時，門縫裡發出窸窣聲，再一細看，不由令人頭皮發麻。

門縫裡爬出密密麻麻的蜈蚣，體型極扁，如圍城般圍向那些毒蛇。這些蜈蚣的尾巴鮮紅，一看便知有劇毒，和毒蛇群一撞上，便是一場廝殺。

雖然體型相差懸殊，但是五毒之物拚的是毒性。蛇張大嘴，將蜈蚣吞下，蜈蚣卻將尾部扎進蛇的鱗片縫隙。不多時，門上的毒物啪啦啪啦往下掉，掉到地上尚未死透，還在掙扎扭動，院子裡零零散散幾團，看著就令人驚悚。

兩邊的戰局似是不分勝負，死傷各自過半，實際上，別墅的守勢很不妙。那些盤在門把上的毒蛇在吞咬蜈蚣的時候，牙齒的毒液落在把手上，能聽見滋啦滋啦的腐蝕聲。短短幾分鐘，把手被腐蝕出一個洞來，接著啪嗒一聲，掉落在地。

這時候，大門口也傳來「啪嗒」的聲響，只見門口也有一把鎖落了地。

衣緹娜摘了頭上戴著的棒球帽，眼角有顆美人痣，笑容嫵媚。只是她這樣子，任何人看見她都不敢動心，因為她的腰間正盤著一條花斑毒蛇。那蛇極肥，繞在衣緹娜腰間，生生把不盈一握的美女腰纏成了水桶，衣緹娜卻不在意，扭動著腰身進了院子。

身後的降頭師們跟上，聽衣緹娜走在前頭，咯咯地笑。

「我的好師妹，妳的伎倆還是十歲小孩的把戲！妳以為門鎖上下了篾片蠱，便能奈何得了妳師姊嗎？呵呵，妳真天真，還跟師姊走時一個樣！」

地上落著鎖，門已開了一條縫，蜈蚣和毒蛇還在絞殺著，也有幾條毒蛇順著門縫遊了進去。

衣緹娜一腳踢開面前一團快死的毒蛇，望著那一線門縫裡死寂的漆黑，目光也如毒蛇，遊走進去，卻不動腳步，「我可愛的師妹，妳可真叫師姊意外，修為不見長進，命倒挺大的。想必師父知道妳中金蠶蠱都不死，一定會很欣慰吧？呵呵，不過如果她知道不是妳自己的本事，而是被人所救，會怎麼評價妳的修為？啊，我來猜猜，她一定會說……」

「咻！」衣緹娜話沒說完，瞳孔驟然一縮，一物帶著腥氣朝她彈射而來。

衣緹娜冷笑一聲，往旁邊閃開。那物射過去，後頭的降頭師們也跟著躲避，唯獨為首那男人哼了哼，口中念咒，猛喝一聲，一掌擊出。那物在空中感覺到危險，急轉落下。一道金光落入了草叢裡，急速退走。

衣緹娜看了那名降頭師一眼，眼神有所畏懼。這人竟也能虛空製符，逼走衣妮的金蠶蠱。

「呵呵，師妹，沒想到妳也能練出金蠶蠱，只可惜修為似乎不到家……若是讓師父知道了，她會怎麼說呢？她一定會說……」

「咻！咻咻咻咻！」衣緹娜話沒說完，又是咻咻幾聲，數道莫名紅光直射向衣緹娜面門。

衣緹娜看見那紅光，這回躲也不躲，她腰間的花斑毒蛇昂起半條身子，舌頭吐出，一沾上射來的蜈蚣，便聽滋啦一聲，那幾條蜈蚣便融化了。

此時門口那些守門的蜈蚣果然少了許多，剩下的毒蛇一舉撲上，將其咬死，再遊進了門裡，但那些毒蛇剛湧進去，便聽見裡面嗖嗖幾聲，接著便是滋啦滋啦的聲音。衣緹娜皺了皺眉，那是她放出去的蟲，她自然知道那些蛇都死了。

今晚他們一行人來到京城，便被人監視了。對方是高手，跟在泰國的那群廢物不同，她竟然一點也沒感覺到。幸虧乃西達是靈降師，感覺敏銳，發現了對方的監視。

她知道對方在他們離開泰國時就得知了他們的行蹤，也知道一踏上京城必然要開戰，但她沒想到衣妮還活著。她臨走前，衣妮明明中了金蠶蠱。

有高人為她解了蠱，雖然她不敢確定這高人是不是玄門的那個女人，也不敢確定今晚監視他們的人是誰，但她自打去了泰國，收到被玄門追殺的消息，心裡便有種莫名的煩躁感，總覺得這個女人是禍害，不除不行，所以她找到了泰國的降頭師。天助她的是，泰國的降頭師跟玄門有仇，玄門在香港清理門戶的時候，曾殺了泰國降頭大師通密的弟子薩克。有了這件事，她又費了不少唇舌，許了不少好處給通密大師，這才得到了這些助力。

此行，他們有周密計畫。想到此處，衣緹娜的心才稍稍安定下來。

但她的心剛安定下來，門便被踹開，一道人影飆了出來。

少女的目光如刀，直射向衣緹娜，「賤人，妳也配提師父！」

衣緹娜見衣妮現身，一點也不驚訝，她得知她佈在別墅裡的蟲都死了，便猜到她可能還活

著。只不過，今晚這幢別墅裡，肯定不止她一個人。她不知裡面深淺，這才屢次提起師父，言語相激，就知依衣妮的性子，會忍不住先現身，一切如她所料。

「妳還是那麼沉不住氣，剛中我的金蠶蠱沒幾天，就這麼不長記性。」衣緹娜嘲諷一笑，對身後道：「乃西達大師，這位是我師妹，就交給妳了。」

乃西達青黑泛著邪氣的眼睛看向衣妮，衣妮敏銳地向後退，頭卻霎時嗡地一聲，一片空白。

衣妮心知不好，但是來不及了。那名降頭師修為比她高，出手隱祕又快，她往後退的速度其實很敏捷，但快不過對方的手段。那精神力，看不見摸不著，不似元氣，尚能感應到。不感應到倒還好，一旦感應到，便是被制住，無處可逃了。

衣妮往後退，看似有退路，實則沒有，她已被那精神力沾上，無論逃到哪裡，也是被控制。

她腦中一片空白，好似有霧氣遮沒了視線，黑夜變得霧白，霧白裡伸出一隻比霧還慘白的手，對她清幽幽地招著。

來……來……

衣妮這時還有意識，知道踏出一步便是危險，可腿腳還是向前踏了出去。

一步、兩步……

腳下柔軟，也像踩了雲霧，甚是虛浮。漸漸的，四面八方都被白霧包裹住，從面前到腳底，到後背，再到天靈蓋。

正當她的天靈蓋也要被白霧包圍住的時候，頭頂忽然降下一道金光。那道金光劈越頭頂即將聚攏的白霧，恍若大梵之光，令天地澄明，混沌退去。

有個蒼老的怒喝聲道：「醒！」

那聲怒喝如醍醐灌頂，震得人耳膜疼痛，衣妮猛然一顫，清醒過來。

她感覺到眼前腳下的霧氣撕裂，一條花斑毒蛇吐著信子，向她彈射而來，她本能向後躍去。

這一躍，她的衣領被人從後頭拽去。地上全是死了的毒蛇和蜈蚣，她眼看著就要一屁股坐到地上，所幸被人及時抓住，後頭一個男孩微惱的聲音傳來：「喂，女人，魯莽是報不了仇的！」

衣妮回頭看到一個小豆丁和一名削瘦的老人負手而立。

對面的衣緹娜和乃西達等降頭師也盯著眼前的老人。

這老人其貌不揚，穿著短袖的白汗衫、肥短褲，腳下一雙夾腳拖鞋，模樣極其普通，但是他目光如炬，看人似鐵在捶打，若真是普通老人，沒可能破了乃西達的靈降。

高手碰面，不是分外欣賞，就是分外眼紅。

顯然，乃西達和張中先是後者。

乃西達的臉色不太好看，靈降最怕人解，降頭術被破解之時，大多會反噬，尤其是靈降。靈降是降頭術裡反噬最厲害的，一般靈降，降頭師絕不輕易下降，一旦下降，對方必然逃生無門，任降頭師予取予求。除非降頭師解降或者高人出手破降，被下降的人才能逃出生天。

乃西達自打來了別墅外頭就沒動手，他一直在準備靈降。根據他的感應，他知道有高手在監視他們，但是對方的修為令他驚懼，他感覺不到具體方位，只好提前做準備，以防萬一。

靈降並不好下，平時作法還好，鬥法的時候下靈降，需要長時間的咒術準備。如果沒有充足的時間，根本無法完成。乃西達準備靈降，原是為了對付那不知在何處的高手，沒想到衣妮突然現身，他只得改變主意，先把這童女之身的女孩子擒到手。

因為突然改變主意，靈降準備得不充分，所以在最後一刻被人破了。不過乃西達卻因為此事慶幸，正因為準備不充分，他發現那道虛空符籙打來的時候收手及時，故而受到的反噬很輕。

只是，乃西達依舊臉色難看。在泰國，除了師父，沒有人能破他的靈降，沒想到來到京城，才剛一碰面，他的靈降就遇上了敵手。更讓乃西達心驚的是，這破他靈降的老頭就站在他眼前，他卻依舊能感覺到那道監視的目光。不是來自眼前的老人，而是仍然在他辨別不清的方向。

高手另有其人，這人還沒有現身。

這種不確定的危機感，是乃西達臉色難看的真正原因。

張中先看也不看衣緹娜，彷彿這種欺師滅祖之輩不配他看一眼。他的目光落在乃西達身上，哼哼一笑，「會靈降，確實是高手了。不過，也算是你們這一行裡修為最高的了。無知小兒，當我宗門沒人？還是讓通密老狗來吧。」

「老狗來了，也只能給他的狗弟子收屍。」溫燁在後頭接上一句，站到張中先身旁。

乃西達身後的降頭師們皺眉，他們聽不懂中文，但猜也知道不是好話。乃西達站在眾人之前，臉色發青，顯然他能聽得懂。

衣緹娜目光一閃，轉頭翻譯，一群降頭師聽了，頓時大怒。

正當眾人大怒的時候，乃西達已然出手。他手一伸，一道青黑的長影疾射向溫燁，方位極準，正對溫燁的臉而來。

溫燁一動也不動，手裡兩道符籙射出。

張中先哼了一聲，虛空製符，靈符壓在兩道黃色符籙後頭，法力大增。那東西起初看見兩道符籙還不躲不避，看到這道靈符卻倏地一頓，直直降到地上，迅速逃竄回乃西達身上。

那東西繞著乃西達的腳踝，攀去他手臂，最終鑽入袖口，原來是條小蛇大小的巨蜈蚣。

那蜈蚣敗退，眾降頭師一起出手，數不清的毒蛇、蜈蚣、毒蠍、蜘蛛激射而出。

溫燁手裡不知何時多了把拂塵，那拂塵毛色晶亮，根根直豎，卻是不多見的法器。

溫燁一陣亂抽，那些毒蛇、蜈蚣、毒蠍、蜘蛛，啪啦啪啦往地上掉，凡是掉在地上的，扭動那麼一兩下，便死得再不能死了。

降頭師們也是識貨的，看見這等法器，不少人眼睛發紅，欲奪之而後快，但張中先在前，門後又出現十來名玄門弟子，為首四五人的修為都不可小覷。乃西達不上前，眾降頭師也不敢貿然上前，於是便只能使出毒蟲攻勢。

然而，毒蟲也是有限的，這些人身上因為帶著這些蠱蟲，不敢乘坐飛機，一路經陸路而來。多年辛苦養的蠱，也不是這樣送出去送死的。

因此，毒蟲也只是亂發一會兒，便漸漸停了。

溫燁抽死最後一隻毒蟲，拂塵一甩，霍地一道氣勁震了出去。法器的元氣帶著氣勁，月色下平地起了一陣狂風，掃著地上的毒蟲，捲落葉般掃向降頭師眾人。

毒蟲已經死了，造不成什麼威脅，但眾人還是本能向後一退，貼緊大門。

「噗哧」一聲，溫燁一腳踩在最後那隻被他掃下來的毒蟲身上，元氣護著腳，濺出的毒液化了兩旁花草，腥氣四溢。

溫燁一雙滿布血絲的雙眼，死死盯著乃西達等降頭師，他低聲似吼地道：「你們死了，還有人收屍，我師父被你們害死，至今不知屍骨在哪裡。」

秋風捲來，毒蟲屍身劃開的道路像是裂開的鴻溝，將降頭師和玄門弟子劃成兩方。雙方人馬對峙著，看那男孩血絲如網的眼，各自沉默。

這話衣緹娜沒有翻譯，她目光轉動著，看到張中先和溫燁身旁的衣妮。

降頭師們除了乃西達，不知溫燁說了什麼，卻清楚地感覺到，玄門弟子的眼神都發生了變化，多了仇恨、憤怒和視死如歸。

降頭師們開始去看乃西達，此行完全以他為首，要怎麼做，全看他的。

乃西達忽然盤膝，原地坐了下來。

玄門弟子還沒想明白他要做什麼，便見他拿出一個鼓來。那鼓鼓面褐黃，白色鼓架被磨得有些發亮。這鼓透著濃黑的煞氣，怨氣極重。

張中先臉色微變，「人皮鼓。」

降頭師以人皮做鼓，都是在人活著的時候，念咒剝皮，製鼓時將人的怨念依附在鼓上，怨念越強，咒殺之力就越強。而這面鼓的鼓架，依發白的樣子來看，似是用人骨做的。

「可惡的壞蛋，竟剝皮抽骨做鼓！」玄門弟子也看了出來，紛紛怒道。

乃西達毫無反應，輕輕拍起了鼓。一邊拍，一邊念念有詞，竟是念起了咒語。

張中先臉色一沉，喝道：「盤膝，佈陣！」

他邊說邊製了兩道金符，衝著那鼓打去。乃西達身後的降頭師們紛紛將手中蟲蟲拋出，拚著再死一批，也不讓乃西達的咒術受到阻礙。

玄門弟子反應也很迅速，自張中先發令起，便迅速以他為中心，將衣妮和除溫燁以外的幾名修為較低的義字輩弟子護在中間，其餘人呈八卦方位佈陣。

坐下時，張中先的靈符殺了一批毒蟲。乃西達仍舊端坐，敲著鼓，念著咒，其他降頭師手中又現毒蟲，這回卻不見拋出，而是也紛紛盤膝坐下，口中念念有詞，居然想要當場下蠱。

衣妮被護在中間，見勢抬手便射出一道金色毒蟲，赫然是她煉成的金蠶蠱。金蠶蠱向來最毒，直衝著那些降頭師而去。衣緹娜咯咯一笑，「小師妹，就妳的金蠶蠱也敢拿出來現？」說著，她手中也有一隻金蠶蠱射出，明顯比衣妮那隻要大上一圈，兩人的修為高下立現。

衣妮口中念咒，驅使著蠱蟲，咬牙不肯收回，她要為玄門佈陣的人爭取時間。

今晚玄門分作兩邊，在這裡的人只有十來人，對方卻有三十多人，雖然修為不相上下，但雙拳難敵四腳，乃西達下的是明顯是聲降，佈陣是最好的防禦措施，但這需要時間。

衣妮咬牙，儘管知道撞上衣緹娜的金蠶蠱可能是什麼下場，她卻咬死了不退。

乃西達敲著的鼓，發出咚咚聲。那聲音沉悶，每敲一次都像敲進人的心口，每敲一次便有黑濃的怨氣襲向人的天靈蓋，每敲一次便有和著咒語的聲音衝入人的頭腦，讓人感到天旋地轉。

聲降和靈降差不多，都是靠精神力下降，但聲降需要借助道具，不需要向靈降那樣耗費時間，卻同樣可以干擾對方的意志力。

乃西達下聲降，後頭的降頭師們聯合下蠱降，一旦張中先一行人的精神和意志力受到干擾，便會行動反應遲緩，很容易中蠱。萬一中蠱，玄門這十來名弟子和衣妮也就任人宰割了。

張中先坐著佈陣，無暇分心，衣妮的金蠶蠱和衣緹娜的眼看就要撞上。

陣中被護住的幾名義字輩年輕弟子已經有些神智渙散，卻各自咬破唇，以血在印堂開符助

旺意志，手中掐不動明王印，念金剛薩錘心咒，一手黃符掃射而出。

能擋一會兒是一會兒，而這一會兒正是生死戰局勝負的分界點。

空中忽然有一物落下，落到兩方對陣的中間空地上，小得如黃豆般大，不細看，還以為是夜裡落下的雨滴。仔細一看，不是黃豆，也不是雨滴，竟是顆小石頭。

小石頭就像它的外表那般不顯眼，壓根兒沒人注意到它。

注意到的人，只有衣妮和衣緹娜。

兩人的金蠶蠱就要撞上，那顆石頭不偏不倚從兩隻蠱蟲中間落下。兩隻金蠶蠱反應極為靈敏，翻身便逃。那逃的速度很快，像是極為驚恐。

衣妮微愣，衣緹娜蹙起眉頭。

此刻，小石頭落地，落地的瞬間，金光乍現，射向夜空。

乃西達陡然睜眼，他身後的降頭師們手中的蠱蟲在那金光現出的瞬間，向後一翻，連逃都沒時間逃，在地上翻滾兩下就死了。

降頭師們大驚，死死盯著前方。

前方金光大漲，照亮整個院子，不知道的人還以為是誰在半夜放煙火。若此時看見這情景，必會以為是睡糊塗眼花了。因為此刻別墅的院子裡，金光聚集，一個一人半高的金甲人赫然出現在眾人眼前。金甲人手持關刀，在降頭師們震驚的目光裡，毫不猶豫地當頭斬下。

首當其衝面對金甲人攻擊的便是乃西達，他仍盤膝坐在地上，手中怨氣極重的人皮鼓遇上這金甲人身上的金光，怨氣迅速收攏再散開……

乃西達目光一變，身體像蛇一樣扭動，擦著地面躲去旁邊，避開金甲人的一擊。原本站在他後頭的那些降頭師一陣亂叫，說的話聽不懂，但張中先等人卻能猜出他們在說什麼。

這金甲人是元陽所化，正好克制陰煞怨氣，可謂是降頭師的天敵。

玄門弟子們又驚又喜，四處張望，「哪位高人？這是撒豆成兵？」

張中先哼了一聲，咕噥道：「臭小子……」接著回頭喝道：「自己人，別亂，殺敵！」

玄門弟子被這一聲喝震得醒神，雖然心情激越，想見見這位高人到底是誰，但是眼下確實還有敵人在前。而這時三十幾名降頭師，竟被一名突襲的金甲人給克制住，大驚之下自亂陣腳。乃西達從地上爬起來，怒喝道：「包圍它！」

降頭師們這才回過神來，這金甲人雖然是元陽之氣彙聚，克制他們的法力，但星辰之光怎能照透黑夜？只要他們合圍，這金甲人支撐不了太久。

見降頭師們圍上金甲人，玄門弟子冷哼，「沒那麼容易！」

符籙連發，降頭師們轉身，以蟲蠱禦敵，乃西達則在周邊指揮，嘰哩咕嚕說著聽不懂的話。

張中先怒哼一聲奔來，和乃西達近距離交手，衣妮和衣緹娜也打了起來。

一場混戰，沒人注意到人群裡多了一個人。

徐天胤不知何時到了乃西達身後，手中的匕首刺向乃西達後背。

乃西達是蠱降師，感應敏銳，千鈞一髮之際，抓了與他交手的張中先，想帶著他一轉。

張中先雙腳似老樹盤根，一動也不動。乃西達一拽不動，當即便要蹲下身子，卻發現肩膀被張中先抓著，老人兩手似鐵鉗，抓著他一動也不動。

乃西達眼底迸出血絲來，他袖口一抖，巨蜈蚣飛速爬出，射向張中先。張中先飛快收手，

但收手之際，手指如鷹爪般，在乃西達肩膀上一抓。乃西達的肩膀頓時現出五道血淋淋的窟窿，喀嚓一聲，骨頭都碎了。

乃西達臉色一白，肩膀的劇痛抵不過性命攸關。他把肩膀上養了多年的巨蜈蚣送出去，心想對方敢砍，必會死一大片。這周圍不僅有降頭師，還有對方的人。

對方還真砍了，咯嚓一聲，毒血四濺，但是沒死人。

乃西達身後三道金光又起，三名金甲人橫空出世，站成三角方位，而因為有巨大的身軀幫忙擋住，毒血誰也沒濺著。

降頭師們卻愣了，玄門弟子也愣了。別墅的院子裡有一瞬的靜寂，所有人維持著或抬頭或回頭的姿勢，看著那金光照耀裡立著的男人。

男人一身黑衣，劍眉比秋風凌厲，深邃的眼眸比黑夜漆黑。他握著一把煞氣極重的匕首，看不見刀身，只看見匕首上的陰煞纏著他的右臂。

有那麼一瞬，所有人都失語，但這一瞬是極其短暫的，不待玄門弟子因看見撒豆成兵的是徐天胤而驚喜歡呼，徐天胤便動了。

他眼裡沒有人，像是看不見玄門眾弟子的驚喜，也看不見降頭師們的驚恐，他眼裡只有要殺的人。在乃西達混入人群之際，他的手臂一揮，將軍的陰煞似一道黑色氣勁，斬向乃西達後背。乃西達扯著兩人往前一擋，噗地一聲，鮮血染了夜月。

兩名降頭師瞪大眼，見自己的腰身分離，上半身跌去地上，下半身還直直立著。鮮血、肚腸撒了一地，蓋在那些死去的毒蟲身上。有些毒蟲還未死，扭動著過來，一嘗鮮血的味道。

其他降頭師又懼又怒，也不知這怒是對徐天胤的，還是對乃西達的，但在門派裡，這種同門相殘的事很常見。入了這樣的門派，每天都是在提心吊膽裡度過的，但是真等到死在同門手裡的時候，心裡大抵還是有怨的。

只不過，如果這時候對付同門，玄門弟子齊心而動，他們這些人也只有被滅的下場，而且這趟出來，師父之所以讓他們來，他們也是有任務在身的。沒有完成任務的人，回到泰國是個什麼下場，眾人都清楚，那可比腰斬而死痛苦得多。

因此，很多降頭師眼裡都是怒色一閃，卻又出奇的團結。他們結成一圈，共同對抗金甲人，每個人都把看家本領拿了出來，蠱降、符降、五毒降，玄門弟子靠近，便用降頭術，他們不靠近，這些人便用陰煞來對付金甲人。

只是這時候乃西達已在人群最周圍，他溜得很快，眼看著今晚是要敗退。他畢竟是一行人中修為最高的，他若逃了，那便是群龍無首。降頭師們心裡憤恨，卻不得不邊鬥邊退，眼看就退到了院子大門處，但退的時候場面很奇怪，像是一道分水嶺，人流在中間分開頗大的空隙，乃西達逃得很開，後頭徐天胤追得也很快，其餘人則避得遠遠的。

乃西達在張中先手上吃了苦頭，一條手臂被廢，失血不少。他逃得再快，速度也不及徐天胤，眼看著將軍的刀尖就在乃西達後背，他身子一彎，手指尖一動，離他最近的兩名降頭師忽然眼神呆滯，往前一靠，擋在了他身前。

夜色裡劃出一道血線，兩名降頭師脖子一歪，頭顱只剩一層皮連著，腦內噴出血來，咚咚向旁邊栽倒，這兩名倒楣的被拉作了擋箭牌的降頭師很明顯是中了靈降。

不得不說，乃西達是個很有危機意識的人，他在感應到有人監視他們的時候就準備了靈降，結果臨時用在了衣妮身上。而當他知道張中先不是那名高手時，便又開始準備靈降，只是他中途下聲降，靈降無法準備，便在金甲人一現身，指揮著同門的人對付，自己在一旁偷偷準備，哪怕是對上張中先，他口中默念的咒都沒停過。此時在危急時刻，這靈降又救了他一命。

徐天胤斬上兩名降頭師的時候，乃西達已經奔出別墅大門。正巧這時有輛計程車行來，乃西達往前一撲，一陣刺耳的剎車聲響起。司機不明就裡，搖下車窗就罵：「找死啊！」

這話剛罵出口，便見一隻手從車窗裡伸進來，五指成爪，呈暗青色，鬼氣森森。司機「啊」地一聲，眼神驚恐，連躲都忘了。他看著那人手抓向自己的脖子，還差一點就掐上他。

那隻手停在了他脖頸前半寸，然後定格住。

司機驚恐的目光也像定格住，彷彿過了漫長的時間，他的目光才順著那隻人手慢慢上移。他看見一張半探進車裡的臉，那張臉眼睛圓睜，眼底有血絲湧出，慘青的面容似鬼。

司機張著嘴，想叫卻驚恐得叫不出來。

隨即，他看見那人的嘴角開始淌血，定住的身子忽然痙攣，脖子一傾，一口鮮血噴了出來。

血噴了司機滿頭滿臉，司機只覺反胃，嘔地一聲吐了出來。吐完再抬頭，那人已經不見。

司機還以為出現幻覺，他從車窗裡望見一幢別墅，裡面站了四五十人。這四五十人全望著一個方向。他看不清他們的臉，卻能感覺到他們是在看他。

司機不懂這些人為什麼看他，他只看見這些人忽然向四面八方竄出，躍過圍牆，奔散在夜裡。他不知道發生了什麼事，他被這人群驚醒，接著他踩下油門，車子狂奔離去。

「有鬼啊……」

計程車開遠，這才原地趴了一具屍體，後背還在汩汩冒著血，而徐天胤靜靜地站在旁邊。

剛才眾人看的不是司機，而是徐天胤，因為他殺了乃西達。泰國降頭大師通密最得意的大弟子，就這樣死在了他手裡。

從他突然出現，撒豆成兵開始，一切都變得可能。

金甲人是克制陰煞邪煞之物，令人震驚的是，徐天胤竟能召喚四名金甲人。一個半身高的金甲人，消耗的元陽不言而喻，而他竟在這種情況下仍有行動能力，不僅斬殺了四名降頭師，並且最終殺了乃西達。

他能殺乃西達，就能殺在場的任何一名降頭師。

這些降頭師也不傻，要撤，前有徐天胤，後有玄門弟子，他們只能依靠人數多的優勢，各自向著不同的方向退走。

即便是死了五個人，降頭師還有二十多人，而玄門弟子只有十來人，無法一一追上，總會有顧及不暇而漏網的。因此，沒人去追，就算追上了，一對一鬥法，這些弟子修為有高有低，受傷的一定有，搞不好還會落入對方手裡，得不償失。

連徐天胤都沒動，他的金甲人在看見有計程車開過來的時候便撤了，乃西達忽然撲過去，在他面前被殺，再讓他看見這種東西，心智不堅的人嚇成失心瘋都是有的。

只有衣妮往前一躍，要追著衣緹娜而去，卻被張中先攔下，「女娃娃不知深淺。她的修為比妳高，妳獨自去追，不是白白送給她抓？留下，他們還會再來。」

衣妮看向徐天胤，「他太強了，這些人不是傻子，群龍無首，他們怎麼會還肯再來？說不定逃了就逃走了。」

「妳傻呀！」溫燁過來，一腳踢在衣妮的小腿上，「沒聽見妳師姊說要把妳送給降頭師

嗎？妳以為她請到這麼多援手來，不給人家一點好處，那些人就來了？現在好處沒撈著，人損失了不少，他們會這麼回去嗎？通密老狗饒不了他們。」

「這裡是京城，他們來容易，要走就沒這麼好說話了，是吧？師叔祖。」周齊接上一句，看向徐天胤，目光裡全是崇拜。

以徐天胤在京城的背景，封鎖住所有降頭師們回國的出路也不是沒有可能。

徐天胤沒答話，目光在地上的五具屍體上看了一眼，道：「你們回會館。」

張中先轉過頭來，「先善後。這些屍體要處理了，不然明天早上就出大案子了。這些人是外國人，搞不好要出外交事件。」

「我來，你們回去。」徐天胤簡潔道。

張中先知道他的性子，他既然這樣說，那就是安排了人了。

「小燁子、周齊，你們兩個留在這兒幫忙，其餘人跟我回會館。」張中先點了溫燁和周齊，便帶著其餘人走了。

別墅外頭恢復靜寂，只有三人靜靜立著。周齊仍是崇拜地看著徐天胤，他聽師父說過，撒豆成兵的祕法玄門有，但是早已失傳了，連掌門祖師都不會，師叔祖是怎麼練出來的？以前雖知道兩位師叔祖修為高深，但只見過夏師叔祖出手，徐師叔祖上回在香港倒是出過手，但那時候在廢棄的大樓裡，誰也沒看見他是怎麼做的。

鬧了半天，他竟會撒豆成兵的祕術？

周齊驚奇地望著徐天胤，徐天胤卻不理人，他望向來路的方向，看起來像在等人，而溫燁也一言不發，他從別墅院子裡走出來，經過那四名死狀淒慘的降頭師身旁，看也不看一眼，只走到乃西達的屍體旁站定。

他的目光落在乃西達的屍身上，低著頭，看不見他的眼神，只見他的拳頭微微握緊。他七歲的時候，師父死在降頭師手裡，這麼多年來只知道是通密那派的降頭師所殺，卻不知究竟死在誰手上。這次通密沒來，但殺了他的大弟子，總有一日能把這老狗引出來，殺他為師父報仇。

前方有車駛來，兩道燈光遠遠打來。

溫燁和周齊轉頭，看見一輛不起眼的白色麵包車過來，停在了徐天胤身邊。車門一打開，下來的竟然是夏芍。

「師兄。」夏芍下來，身後跟著三個人，為首的是個中年男人，臉上有道刀疤。

這人赫然是夏芍去算命館那天遇到的吳老大，安親會京城地界的堂主。

吳老大只帶了兩個人，都是親信。夏芍打電話給他，已經說明了是讓他來處理善後的，在黑道混了多年，安親會的人什麼七零八落的屍體沒見過，但當走進別墅，看見四具腰斬的屍身時，臉也不由白了白。他們並不懼這四人死得慘，只是這一地詭異的情景從未見過。

地上到處是死了的毒蛇、蜈蚣和毒蠍，有的還在血泊裡扭動，一半鑽進地上的肚腸裡，讓人看著都不由肚子一痛，但這些人畢竟訓練有素，並沒有因此拖慢清理的速度，兩人上前把死了的毒蟲踢開，抬了屍體就上車。一共五具屍體，放在麵包車裡並不擠。

「一定把這些屍體拉去火化，不要隨便找地方掩埋。」夏芍囑咐。

吳老大笑道：「夏小姐放心吧，我們處理這些事是熟手，保管世上再沒人能找到這些人。」

夏芍頷首，這些都是黑道的人，他們處理屍體自然有管道。

吳老大帶人把屍體拉走之後，夏芍等人進去別墅的院子裡，將毒蠱屍體都收攏到一個麻袋裡，然後打了水清洗院子。忙活到了天濛濛亮，這才上了徐天胤的車，準備回會館。

幾人剛坐到車上，夏芍便接到了吳老大的電話。

她以為是火化好了，沒想到吳老大卻道：「夏小姐，有一具屍體不見了。」

吳老大等人把屍體拉去的火葬場是幫會的地盤，裡面的人都認識，專門為幫會處理一些事，這麼多年了，一直沒出過岔子。

焚化爐只有兩個，五具降頭師的屍體不得不分三次火化。開始一切正常，當順利地火化了四具屍體後，吳老大帶著人去搬最後一具，卻發現車裡除了血跡，什麼也沒有，屍體消失了。

消失的屍體是乃西達的。

夏芍得到消息之後，直接讓徐天胤開車去了火葬場，到了的時候，天邊已有些泛著灰白，天光籠住郊區白色的建築，遠遠的便覺得蕭瑟而鬼氣森森。

吳老大站在門口等，見夏芍、徐天胤、溫燁和周齊到了，便臉色嚴肅地道：「夏小姐，妳來了正好，這裡有段監控錄影給妳看。」

夏芍隨著吳老大進了樓內，在一間監控室裡，看見了不久前發生的事。

「這裡是幫裡的地盤，兄弟們都比較放心，火化時間長，我就讓兄弟們去休息了。車就停在門邊，一有動靜就能聽見。晚上這時間，除了幫裡有事，普通人沒有來火化遺體的。兄弟們都沒聽見有車開進來的聲音，但是等從裡面出來抬最後一具屍體的時候，才發現車門打開，屍體不見了。夏小姐，妳看。」吳老大邊說明情況邊指向監控室裡的畫面。

只見大院兒裡有昏黃的燈光照著，確實沒有車也沒有人進來，車門卻自己從裡面打開，乃西達的屍體走了出來……

監控錄影很清楚，乃西達的臉看得明明白白，一張慘青的臉，眼神沒有焦距，慢悠悠轉身，露出後背一道刀傷和大片血跡，行屍走肉般走出了火葬場，

這樣的場面讓在場的安親會人員都倒吸一口氣，他們手上都有人命，向來不懼死人，來火葬場的也都是膽子大的，但是這種事情還是第一次遇見。都說火葬場冤魂多，常有靈異事件發生，可這些膽子大的人從來就不信，今晚總算見識到了。

死了的屍體自己爬起來走路，這不是詐屍是什麼？

「是不是這人根本就沒死？」吳老大問，但這話連他自己都說服不了。

他也是行家，一看這刀傷的位置，就知道是一刀直入後背，一刀斃命的。退一萬步說，下刀有偏頗，沒刺中心臟，但刺在心臟附近那也是重傷。這種重傷，拉去醫院都不一定能救活，何況沒有任何救護措施，自己爬了起來，這根本是不可能的。

再說，徐天胤下的手，萬萬不可能有下刀偏頗，刺不中要害一說，乃西達必死無疑。

可是，這到底是怎麼回事？世上真有詐屍之事？

吳老大看向夏芍，夏芍只是盯著螢幕。半晌，她看向徐天胤，徐天胤點頭，「有人。」

「什麼？」

「有人？」

異口同聲的話，出自吳老大和周齊口中。

「哪裡有人？」吳老大問，這院子裡明明空蕩蕩的，除了幫會的車，連個鬼影兒也沒有。

周齊也沒看出來，他修為尚在煉精化氣的頂層，連煉氣化神都沒達到，如果是乃西達的屍

體在他面前，他定能感覺得到，但是看監控錄影，他的感應就不成了。

「是有人。有人在屍體上下了術法，在這裡。」溫燁盯著螢幕，用手指畫了道路線圖。

夏芍轉頭看他，讚許點頭。溫燁的修為和周齊一樣，都在煉精化氣的頂層，兩人在玄門義字輩弟子裡算天賦很不錯的，但溫燁年紀比周齊小六歲，而且很明顯他的天賦比周齊高出一截。

這下術法的人是名高手，他人沒有現身，只能看出有一道元氣牽引著乃西達的屍體往外走，轉出院子後，便看得不是很清楚了。

夏芍立刻讓吳老大調了外頭的監控錄影，看見那屍體還是自己在行走著。外頭是條下坡路，旁邊是郊區，乃西達下了樹林，身形便漸漸消失了。

「對面是國道，能調出那邊的監控嗎？」夏芍盯著螢幕問。

「我來。」徐天胤坐到電腦前，開始在上面操作。只見他手指快速在鍵盤上敲打，螢幕進入一個網頁，網頁背景純黑，上面是密密麻麻的線路圖，進去之後便能調出監控畫面。

吳老大在一旁站著，眼神有些驚異。這不是交通部的網站，應該是駭客專用的某種網站，徐天胤在裡面的許可權很大，輕輕鬆鬆便調出了對面國道的錄影畫面。

樹林對面停著一輛車，車牌被遮擋著，乃西達上了那輛車，車便迅速沿著國道開走了。

徐天胤一邊追蹤車輛去向，一邊敲鍵盤，將車的圖放大。駕駛座的位置，司機戴著帽子，遮了大半邊臉，手上還戴著手套，但徐天胤還是看出了這人的一些特徵，「男人，三十左右。」

夏芍點頭，這人雖然做了偽裝，但他的體型還是能看出是年輕男人，而且夏芍有天眼通，還是從監控錄影上看出了男人的面容。

這男人確實三十多歲，線條剛毅，只是五官組合在一起，有些平凡。

男人開著車，很快下了國道，在經過收費站的時候，徐天胤又將畫面放大，夏芍頓時「咦」了一聲，目光一變，「這人……戴著面具。」

這不是他的臉。

「面具？」吳老大驚異地看向夏芍，畫面這麼暗，她是怎麼看出對方戴面具的？

夏芍沒空理他，剛才看的是側面，男人的側臉被帽子遮了大半，看得不是很清楚，但是此時是正面，以天眼的能力看去，只覺得對方的臉上有重影，五官是重合的。

除了戴著面具，夏芍再想不出其他答案來。

夏芍皺起眉，吳老大打電話來說少了具屍體，她都沒有太過驚異，直覺是有人作法，只是抱著看看是誰的心思前來，沒想到讓她看見了這麼個人。

這人不在降頭師那一行人之中，且修為高深，從火葬場的院子裡控制乃西達的屍身，經過一片樹林。這麼遠的距離，可見其對元氣的控制能力。此人的修為遠超乃西達，他戴了面具，還用帽子遮擋住臉，可見此人行事之謹慎。

如此謹慎的人，三十多歲的年紀，又有高深的修為，倒叫夏芍想起一個人來。

「師兄，跟緊了，查這個人的落腳點。」夏芍語氣微冷。

然而，這人的落腳點卻沒找著。他對京城的街道很熟悉，車子七拐八彎，專挑沒有監控的小路走。徐天胤調出小路附近的出口，再調監控，逮著他兩次，他鑽進了一條四通八達的胡同。

徐天胤劃出個區域來，這區域是老區，還沒重建，粗略估算人口有數千人。這監控視頻的時間是一個小時前了，即便夏芍用天眼此刻去那社區裡搜索，只怕也難找到人。

「回會館。」盯著螢幕半晌，夏芍果斷道。

這人三番兩次在背後出現，明顯跟玄門有仇。他劫走乃西達的屍體，自然不是留著收藏的。降頭師們不會就此回泰國，他們還會殺上門來，到時候想必能查出這人的底細來。

夏芍判斷得分毫不差，衣緹娜請降頭師們來京，是許了通密許多好處的。如今好處沒撈到，人損失了五個，儘管群龍無首，這群降頭師也不敢貿然回泰國。

他們來得很快，在當天晚上便又殺了回來。

這回戰場在華苑私人會館，玄門弟子們齊聚，佈八門金鎖陣，唐宗伯在陣中，夏芍、徐天胤各據陣眼方位。門砰地一聲被踢開，進來的卻只有一個人，便是乃西達。

乃西達臉色青紫，走路如遊魂一般。他的雙眼昨晚還是無神的，今晚卻雙目赤紅，眼白充血，面相凶惡異常。

夏芍在會館裡面，弟子們只聽到一聲門響，夏芍已看清來人是乃西達。

「陣法啟動。來人有問題，像是……蠱屍。」

所謂蠱屍，即是把屍體做成盛蠱的容器，五臟六腑裡都是蠱蟲。由於人死之後，血液很快就會凝固，所以需要在血液還新鮮時將蟲卵以祕法養進身體，以血養蠱，以咒術煉蠱。一旦蠱屍有所成，刀砍不得，符破不得。屍體有損，蠱蟲便會衝出，一不小心便會致人於死。

夏芍這時才明白那人盜走乃西達屍身的目的，不過，祭煉蠱屍是降頭術裡的祕法，此人是降頭師嗎？她覺得不像。若真是在香港毀一條龍脈的那人，那應該是風水師。且昨晚看那人身上的元氣，並沒有降頭師這麼邪性，她斷定那人應該是風水師。

既然是風水師，乃西達又被煉成了蠱屍，那麼說明……這人與降頭師勾結？

蠱屍不是那麼容易煉的，屬於降頭術裡的高端祕術，這次來京的降頭師，為首的乃西達已經被殺了，剩下的人修為都不及他。什麼人能把乃西達僅用一天一夜的時間煉成了蠱屍？

此人必定是高手，而且此時在京城。

要麼，是這人早就在京城。要麼，是此行降頭師裡還有一人沒被她發現。

如果是後者，夏芍覺得也有可能。她原本估算降頭師一行來京要三天，她是從第二天晚上才開始監視的。他們確實有可能有一個人什麼也不攜帶，乘坐飛機過來。也有可能跟著這些人一起到，但是坐了兩班車，晚到那麼一天。如此，確實不太容易被發現。

當然，這些只是夏芍的猜測。

無論這人是怎麼來的，為什麼沒被發現，此次降頭師中還有一名高手卻是一定的。

「大家注意了，這次有個人沒被發現，對方還有一名降頭大師隨行。此人的修為應該比乃西達高，而且他們當中還有個風水師助陣。不知今晚這兩人會不會現身，大家要小心。」夏芍因早知對方會來，白天就準備了通訊設備，此時玄門弟子每人耳中都有小型對講機，聯繫很方便，不必離開各自的陣位。

那名風水師的事，白天弟子們就知道了，此刻聽說對方還有降頭大師在，不由倒吸一口氣。

不是怕，而是驚疑。

修為比乃西達高的會是誰？

「泰國修為比通密的大弟子還高的，不超過三人，該不是通密老狗？」張中先的聲音入耳。

夏芍冷哼一聲，「不能斷定，如果是，那最好。」

眾人說話的時間，陣法已啟動。八門金鎖陣佈滿了整個華苑會館的前後院。會館的一草一木本就按照八卦方位排列，方便夏芍平時佈風水局。此刻這一草一木配合著八門金鎖陣，平時權貴名流們休養的私地，變成了迷宮殺陣。

生門死門，吉凶變幻，一不小心，便會被陰煞所纏，暴斃而亡。即使降頭師修煉邪法，陰煞對他們向來有助益，但夏芍並不擔心這個。她盤坐在朱砂所畫的符陣中，面前龍鱗扎在地上，鬼魅哀嚎，千年怨煞在屋中盤桓，遇之必被怨靈所纏，必死無疑。

徐天胤面前也插著一把匕首，兩人分坐在八門金鎖陣中兩大凶門：杜門和死門。

所謂過滿則溢，降頭師修行再依託於陰煞，他們也是人身凡胎。沒人能觸碰，也沒人敢觸碰如此強烈的陰煞，除非他想死。

陣法啟動的時候，蠱屍慢悠悠走過一半的前院，生死門從他腳下變換而過，卻不停頓。

這不用唐宗伯或者夏芍指示，弟子們都明白。蠱屍不是活人，陰煞纏身對他無用。即便是龍鱗和將軍的煞力極強，能稍稍拖住他的腳步，但是助益並不大，反而會因死門停在蠱屍方位，而讓對方以此推斷出生門、景門、開門等三處吉門所在，這等於是在給對方指路。

弟子們只能從夏芍的話裡得知蠱屍到達哪個方位了，眼看著這具蠱屍越來越近，所有人都心急如焚。必須要找個辦法攔住蠱屍，不然讓他進入會館，見了活人身上的生氣便會傷人。這東西比茅山祕法裡以養屍地的陰氣煉成的僵屍還可怕，他的五臟六腑裡可都是蠱。

「我的陰人符使對這蠱屍不管用，看來要找人出去用符。」一張中先的聲音傳來。

海若立刻接著道：「可是用符會傷到蠱屍，到時蠱蟲撲進來，不好收拾。」

「不傷他，讓他進來，一樣會傷人。」張中先的大弟子丘啟強沉肅的聲音傳來。

「媽的，傷也不行，不傷也不行！要老子看，傷！砍死也有死的時候，讓這玩意兒活著才更麻煩！」張中先的二弟子趙固脾氣最急，當即道：「我去！」

「你一個人去不行，多找幾個人，用火符。」張中先道。

唐宗伯始終沒開口，他的全副精神和元氣都放在了操控陣位變換上。有自己的兩名弟子和師弟在，他很放心。

「我去。」這時，一名女孩子的聲音傳來，是衣妮。

「妳不行。」張中先立刻否決，「對方的目標就是妳。」

「正因為他們的目標是我，我才要出去。我一現身，他們就會出現。他們是想活捉我，不會讓那蠱屍殺了我的。就算蠱屍有損，我的蠱也能擋一擋。」衣妮這麼一說，其他人便沉默了。

衣妮的蠱是擋不住蠱屍的，這點誰都清楚，但此刻沒有太多猶豫的時間，衣妮不參與佈陣，確實是最方便出去的人。

正當眾人商量的時候，蠱屍已經快要到門口，夏芍當機立斷，「好，就妳去。」

她話音落下，便有一道人影竄出，以極快的速度飛奔到門口。

衣妮一到門口，蠱屍離她只有二三十步，乃西達充血的雙眼望向衣妮，此刻的他已沒有作為人類的感知。驅使他做出反應的是他五臟六腑裡對人的生氣極為渴望的蠱蟲。蠱蟲在他的身體裡一活躍躁動，乃西達的雙眼便紅得似血，那些漲出的毛細血管幾乎爆裂一般，他喉嚨裡發出一聲悶鼓般的低沉聲音，抬起手來向衣妮撲來。

衣妮手裡拿著火符，這些符都是一天的時間裡，玄門弟子們準備好用來對付降頭師的陰

煞。所謂火符，其實就是以元陽之氣作符，克制陰煞，附上會有灼燒感，因此成為火符。

這些符是徐天胤下午畫出來的，結了煞，威力之強，不言而喻。

衣妮看見蠱屍向她撲來便冷哼一聲，拿著符便往蠱屍身上射去。

火符射出，一道「咻」聲破空而來，撞在那道火符上，只見黑夜裡滋啦一聲，劈里啪啦一陣火光，那撞上火符的東西生生被元陽之氣燒成了灰。

夜色裡咯咯一笑，一輛車從會館門口踩著油門急速撞進來，「師妹，妳真傻，吃了多少次虧，就是學不乖，師姊在這裡等妳多時了。」

衣緹娜開車撞來的速度很快，車輪在地上擦出刺耳的聲響，車窗只開了一條小縫，蠱屍對車裡她的生氣反應慢些，仍舊朝著衣妮撲去。

衣妮抬手又是一道火符，衣緹娜從車窗射出一隻蠱蟲，擋下那道火符，而衣妮為了躲避她和蠱屍，拔腳便往院子旁邊一側的小路上跑，那條小路正通向後院。

衣緹娜開著車在後頭追，許是得知降頭師一行裡還有個高手在，她今晚倒不急了，開著車時快時慢，幾次險些將衣妮撞倒。衣緹娜享受著捕獵的樂趣，在車裡直笑，「師妹，到師姊的車裡來吧。妳逃出寨子，便是叛徒了。瞧，妳那些靠山還不是不頂用？這時候把妳攆出來當誘餌，可見妳在他們眼裡，命也一文不值。不如到師姊身邊來，師姊帶妳過好日子。」

衣妮回頭，一口唾沫吐到了身後車子的擋風玻璃上，「呸！賤人，今晚就叫妳好日子到頭！」

衣緹娜猛地踩下油門，衣妮往旁邊敏捷閃避，還是被車前槓刮到，險些捲進車輪下。

「有本事妳就輾死我。賤人，看妳拿什麼跟那群降頭師交差。我死了，妳也不好過。」衣妮目光如刀，戳向衣緹娜，餘光卻瞥去車後頭因為是屍身，行動慢上一截的蠱屍。

正因為她跑來後院，才能把那蠱屍引離會館大門。此刻見蠱屍一路追過來，短時間內是解了他進入會館那邊的圍，衣妮這才暗暗鬆了口氣。

她離開寨子的時候只有十歲出頭，修為不足，寨子裡的祕法也沒記住多少，這些年都是憑著記憶自己摸索，沒少吃苦頭。儘管有些蠱仍是被她給摸索了出來，但是沒有母親也沒有寨子裡的阿婆們教她，她的修為一直沒能大進。

面對衣緹娜，這個殺母也是殺師的仇人，她早知不是對手。這輩子她就沒想過會贏，只想倘若死，也拉她一起當墊背，這就足夠了。

今晚她能做的只有這麼多。用自己做誘餌，為玄門解去蠱屍之危，也算報答了他們幾番相救的恩情。哪怕死，她也不欠人了。

若有下輩子，還是清清白白的人，她不想再出生在寨子裡，那裡與世隔絕，沒有外面精彩，一輩子被困在裡面，誰也不能出寨。若有下輩子，她還想要那樣嚴厲又慈愛的阿媽，哪怕沒有阿爸，母女兩人在外面的世界裡相依為命，想必也溫馨。

衣妮笑了笑，身後便是瘋狂刮蹭著她的車子，她略顯嬌小的身形在車燈下更顯單薄，但這一刻少女忽然露出笑容。這生死之間如夢般的一幕，最終被衣緹娜打破。

衣緹娜儘管怒火中燒，卻眼尖地看見衣妮剛才回頭那向後望的一眼，頓時猖狂笑了起來，「我的傻師妹，到死都不聰明。妳真以為是妳引了這蠱屍過來的？妳可真傻，這明明就是師姊我把妳趕過來的。呵呵，這蠱屍可是不認人的，若是不過來，降頭師們又怎麼能進前院？」

衣妮在前頭跑，步子有些慢，嘴上卻不輸入，冷哼一聲，「正巧，我也不想讓這蠱屍傷了

玄門的朋友，多謝妳把我撵過來。」

衣緹娜聞言，油門一踩，將衣妮險些又刮翻，「那妳也許還得謝謝我，謝我把妳撵過來，有妳在的地方，八門金鎖陣永遠不會是死門。有妳在的地方，只可能是生景開三處吉門。有妳在的地方，推算傷門凶門，真是太容易了，呵呵！」

衣妮霍然在前頭停了下來，她還和小時候一樣，天不懼地不懼，死亡之前也昂著脖子。被她追到這份上，車子咬得緊緊的，她竟敢突然停下來，就停在她車前。就算她料定她要留她活命，此刻追逐不過是戲耍她的遊戲，她這麼突然停下來，也很有可能被她捲入車輪下誤殺。

但她還是突然停了下來，亮堂的車燈聚集在少女身上，她的眼被燈光照著，倔強得連瞇眼都不肯，就這麼直直盯著衣緹娜。衣緹娜反倒因為險些誤殺她而陣陣害怕，害怕之後便是強烈的怒氣，她坐在車裡，隔著玻璃，陰沉地盯著面前的少女。

衣妮的眼裡震驚、憤怒，像是要把她吞沒。

衣緹娜忽然心情好了起來，「是不是很懊惱，很後悔？後悔拿自己出來當誘餌？救人不成反害人？呵呵，承認吧，妳一直就是這種人，成事不足，敗事有餘。」

後頭的蠱屍行走速度慢，離兩人停下的地方還有一段距離。衣緹娜下了車，這點距離，這點時間，足夠她把這修為半吊子的師妹給抓到手了。

衣妮的臉色沉了下來，震驚、憤怒，全都不見了。

她挑了挑眉，問：「是嗎？」

衣緹娜微愣，衣妮的臉色霍然一變，突然大喝：「還等什麼？」

八門金鎖陣忽然變了，濃重的陰煞襲來，陰風裡帶著怨念的嘶嚎，腳下忽現地獄血海屍山，四面八方跌跌撞撞行來的人滿身浴血，身上被刀片割去的皮肉不成模樣，淌著血，血肉模糊裡，隱隱可見白骨。

這些人面容扭曲，張著嘴，全都一個表情，像是要撲上來撕咬人的血肉。

衣緹娜被幻象驚住，接著捂著胸口，一口血噴了出來。她轉頭盯住衣妮，她瘋了，她找死？

玄門那幫人當真把衣妮當誘餌，不惜將她也困在死門裡，和她一起死？

衣妮微笑，笑容嘲諷，「機關算盡，妳總以為自己聰明，可是這世上有比妳聰明的。」

這是她奔出來時，夏芍通過對講機在她耳邊小聲吩咐的。

她說，讓她來後院，引開蠱屍。

她說，有她在的地方，對方必然以為八門金鎖陣的死門不會出現，因此放鬆戒心。

她說，死門會啟動，到時候追她來的人會死。

這些她都答應了，有什麼不能接受的？她的命是夏芍救的，如今還給她，兩清罷了。而且，她還得謝謝她。因為她知道，來抓她的人一定是衣緹娜這個賤人。能把這賤人引入陷阱，拉她一起死，正完成了她這些年來的心願。

衣妮露出真心的笑容，儘管她嘴角也開始淌血。

「瘋了，妳瘋了！」衣緹娜可不接受就這麼死掉，她想到車就在身旁，伸手便去開車門，想要開車逃跑。車子下面卻開始現出血肉泥漿般的沼澤，車子開始往下陷，而車裡坐著一名女子。

那女子身穿苗疆服飾，眉眼凌厲，但微微翹起的嘴角又讓人覺得不嚴苛，反而有些慈祥。

衣緹娜一驚，儘管她知道這是死門轉來，陰煞聚集所產生的幻象，但她還是本能地被電到般收回手，「師父……」

她習蠱的天資在寨子裡是百年難遇，甚至比師父的親生女兒還要高。師父將她養在膝下，嚴厲教導，待如養女，但寨子裡有規矩，女子一生不得出寨，男人都住在寨子外頭，即便可以與寨子裡的女人結婚，也不能住在寨子裡，一個月只有三次相見的機會。

這古老的規矩不知是從什麼時候開始的，只是一直在寨子裡延續著。據說是為了保證寨子裡蠱術傳女不傳男。寨子裡的女人生了男孩，也是要帶出去，給男人在外撫養的。

女人怕男人在外頭變心，許多人給男人下了情蠱。正是那一年，她邂逅了來寨子裡受人所託來為人解情蠱的男人。

情蠱以女子心血餵養，十年得一蠱。將情蠱下在情郎身上，如若背叛，要受撕心裂肺之痛，最終瘋癲致死，而男人若死，下蠱的女子也不能獨活，這是殉情一般的蠱毒。寨子裡的女孩子，不少人從修煉蠱術的那時起便開始餵養情蠱，情蠱成了，也就表示可以嫁人了。

她也有煉，也見過寨子外頭的男人，卻從不覺得為什麼寨子裡的女人願意以自己的性命為賭，和男人的性命連在一起，但見到那人的時候，她懂了。

她覺得他就是她的蠱。

一見鍾情這種事，在她沒有出寨子、沒有見到外面廣闊天地的時候是不明白的，可她那天就明白了，她無法接受這個男人離開寨子，從此之後再見不到。

她想偷偷給這男人下蠱，沒想到他修為很高，竟被他發現。他向她提出條件，如果她肯幫他解了寨子外頭委託人的情蠱，他便帶她走。

情蠱外界傳說無法可解，但是自小在寨子裡修煉蠱術的她卻知道情蠱有法解。

情蠱以女子心血餵養，要解蠱，需以女子心尖肉做藥引，再配合古方便可解。這一味藥引必不可少，因為養蠱的血和藥引出自一處，元氣也相合。只是，這麼做就表示，下蠱的女子要被活活剖心而死。

幫助外人，害死寨中姊妹，這是萬蠱蝕心的死罪。

她猶豫過，無法親自動手，最終和男人商定，她給他指出要解蠱的那名女子的住處，由男人動手。而那晚，她在焦心般的惶恐中等待，沒想到出了岔子。

那名女子當晚和朋友宿在一起，她有事出去了一趟，男人正巧此時入內，殺錯了人。她趕來發現殺錯了人，正慌張的時候女子回來，為了不被發現，索性一不做二不休。

開弓沒有回頭箭，當晚她決定和男人一起離開寨子，沒想到千小心萬小心還是被師父發現。

師父修為不俗，有人潛入寨子，她終究還是發現了。當師父看到她的時候，她就知道，要麼她死，要麼師父死。殺同門，萬蠱蝕心之苦她不想受，於是只能兩人聯手……

她其實並沒有密謀殺害師父，一切只是那麼不巧……

原以為這輩子只是背負叛逃的罪名而已，到頭來是殺師殺同門的大罪。

她並不覺得自己有錯，從小師父就教導她，修煉蠱術的人要狠心狠情，無所畏懼。畏懼的人無法面對毒蠱，也無法面對給人下蠱那一刻心裡所受到的拷問。她是寨子裡百年一遇的好天資，所有人都對她抱有極高的期待。她無法忍受寨子裡的人失望的目光，所以她聽師父的話，狠心修煉。這一切，都是師父教導的。師父倒下的那一刻，她應該欣慰，欣慰她真的能做到狠

心，欣慰她終於可以出師。

她沒有錯，錯的是一切的巧合。

眼前浮光掠影，也不知怎地就一瞬回到當初，帶她回憶了當初的夜。

衣緹娜望著車裡的女子，嘴裡是鹹腥的氣息，一如那晚，她微笑道：「再見，師父。」

「再也不見，賤人！」身後出現一道脆生生的怒喝，衣緹娜霍然回頭，頸側倏地劇痛。

衣緹娜頓時覺得氣血翻湧，喉嚨又是一甜，噗地一口血噴了出來。

她沒有去摸頸側，這感覺她第一次體會，卻再熟悉不過，這是被蠱蟲給咬了。

衣緹娜捂著胸口，吃力地看向衣妮。她怎麼也不相信，她竟會中這天賦不如她的師妹的蠱？這八門金鎖陣的死門陰煞如此之強，連她在剛才都看見了幻象，剎那間吐血，為什麼這修為不如她的師妹還能下蠱傷她？

衣妮也不知道為什麼，她在剛才那一瞬確實吐了血，隨即這些陰煞就好像認得她似的，竟不傷她。這已經很詭異了，而更詭異的是，她周身的陰煞明顯比衣緹娜身上的還要濃，但在她周身的陰煞好像只是防護層，與她的身體有三寸之隔的空隙，一點也沒有侵到她的元氣，而纏在衣緹娜身上的卻是一張張扭曲的人臉，厲鬼陰嚎。

這到底是怎麼辦到的，衣妮也不清楚，但心裡卻如明鏡，知道這件事是誰辦到的。

這事確實是夏芍所為。死門的陰煞是龍鱗的煞氣，在陣位變換的時候，她要施放煞氣，因此顧及不暇衣妮，致使她在一瞬間受了龍鱗煞氣的傷害，可夏芍有把握不傷衣妮性命。

她與龍鱗是心意相通的，在往死門方位施放陰煞和對衣妮進行保護的動作之間，她只需要一個意念的轉換。一息的時間，衣妮會受傷，但不會致死。

引開蠱屍，引誘前面降頭師誤算八門金鎖陣方位，將追殺衣妮的衣緹娜陷入死地，這一石三鳥之計，夏芍已儘量將傷害降至最低。

衣緹娜的視線已經有些模糊，她以為剛才過了許久，但其實不過是幻象而已。漫長的回憶不過只是眨眼間，她吐了兩口血，此刻五感都在模糊。她已經看不太清楚衣妮，只是看見一個好好的，站在自己面前的輪廓。

她詫異為什麼衣妮沒事，但此刻即便是詫異，她也感到很模糊。腹部開始出現絞痛，衣緹娜捂著腹部，倒在了地上。

衣妮望向會館的方向，目光複雜。

她以為她要死了，覺得能在死前看到殺母仇人被怨靈所纏，七竅流血而死，她感到痛快，但這樣的痛快卻沒有當她發現自己可以不必死時的那一刻感覺輕鬆。

那一刻，震動、歡喜，甚至如釋重負。

原來她並不是無所畏懼，死亡也並非解脫。

真正的解脫是她可以為母報仇，並從此開始為自己而活……

衣妮低頭去看那罪有應得的人。她在以為自己會死時，覺得對方最適合的就是死在怨念所化的煞氣下，雖然不是她曾經殺過的同門，但要她被怨氣所纏而死。只是此時她覺得自己有能力施蠱殺她，讓她死在萬蠱蝕心的痛苦裡，才是按門派規矩給她的最好的懲罰。

活著，確實真好。

衣妮望向會館，這次複雜的目光裡帶了些平日裡決計見不到的感激，「謝謝妳……」

她身上的陰煞開始慢慢散去，八門金鎖陣的死門陣位開始變換。

衣妮的目光落到衣緹娜身上，見她此時已開始七竅流血，腹脹如鼓，空氣裡都是腥味。

陣位變換了，眼看仇人就要活不了，衣妮露出暢然的微笑。

她的身後卻忽然掠過一道人影，那人影來得太快，只不過是在地面投過一道影子。怎麼到衣妮背後，之前藏身哪裡，衣妮都不知道，她甚至一點也沒有察覺到。

她只感覺那人撈上自己腰身的手骨瘦如柴，卻如一把老鉗般有力。他撈起她，又抄起地上的衣緹娜，將兩人往肩膀上一扛，轉身便藉著此時陣位是生門的機會，想往後院的牆外跳。

正當此時，後頭一聲冷哼，「通密，哪裡走？」

那扛著衣妮和衣緹娜的老人霍然回頭，只見後院不知什麼時候來了一男一女。

少女手執龍鱗，頭頂半空懸著一條金鱗蛟。

衣妮被衣緹娜追到後院的時候，一群降頭師竄進了前院，手裡拿著羅盤。昨晚他們剛敗退，今晚群龍無首，本該鬥志低迷，卻顯得殺氣騰騰。

他們進來時就已經推演出了方位，沿著前院右側的牆邊走，速度極快地往會館裡衝。有的降頭師臉上還帶著輕嘲的笑，八門金鎖陣這點伎倆，破起來就是這麼容易，但很快的，降頭師們的表情就變得震驚、恐懼。

「怎麼回事？」

「驚門？是驚門！」有人看了羅盤一眼，尖叫著，但下一秒，手裡的羅盤變成了一顆頭顱，正是昨晚死去的同伴。

陰煞襲人，向來能讓人看見心中最恐懼的惡夢。

有人看見旁邊的同門拽了自己一把，把自己送上了刀口。

有人看見自己被做成了蠱屍。

於是，丟羅盤，抄傢伙，蠱蟲亂射，小鬼亂降，前院好一番熱鬧。

驚門不比死門，凡入者，傷。

玄門弟子只在會館房間裡佈陣，未曾出動一人，能有這番景象，著實令人心喜，但夏芍臉上卻沒有喜意，而是目光落在前院、後院，越發警覺。

越是這種形勢一片大好的時候，對方越有可能突然出手，殺一個措手不及。

「注意了，若我和師兄離陣，所有弟子須全力佈陣，無論戰況如何，一律不得鬆懈。」唐宗伯如今在陣中，全心全力操控八門金鎖陣的變化，無暇分身。夏芍必須提醒弟子們，一旦她和徐天胤離開陣眼，少了龍鱗和將軍的陰煞輔陣，少了兩人的元氣支撐，師父能堅持的時間不會太久。畢竟八門金鎖陣陣位不停變換，消耗的元氣大。若弟子們再鬆懈，師父的負擔會更重。

好在玄門弟子三十多人，並非所有人都參與佈陣。張中先帶領幾人機動策應，若事有變故，他們會首先上前支援。

夏芍這回並未將天眼的視線放去太遠搜索，乃西達當初就能感應到她的天眼能力，那名修為比他高的降頭師或許也能感應到。她要讓那人靠近，來得近了，即便她被發現，也能及時追出去。

正想著，一道黑影在後院牆外掠過。

夏芍手往地上一按，龍鱗錚地一聲而起，她反手抄握，縱身便出，喝：「變陣！師兄！」

龍鱗剛從地上彈起時，徐天胤便感應到了，他的步子比夏芍快，晚夏芍一步起身，兩人卻同時開門出來，從走廊窗戶直奔後院。

後院那道人影翻進來，抄起衣妮和衣緹娜的一瞬，兩道人影從窗口躍出。

夏芍目光直直望去，正見那人直起身來。

並不明亮的月色裡，讓那人鼻樑上一道蜈蚣般的疤痕現出，青紅顏色，猙獰可怖。

無須再看那人身形年紀，夏芍便大喝道：「通密，哪裡走？」

衣妮呆住。她呆的不是看見夏芍和徐天胤，而是看見兩人頭頂那條金色大蛟。

衣妮是見過金蟒的，在香港風水師考核的漁村小島上。那時金蟒的出現，震驚了很多人，因為這是陰靈。不同於隨時隨地可尋可煉的陰人，世間此等生物難尋，要遇到、要收服，靠的都是機緣。或者可以說，此等靈物，即便收服不下，見上一見，都是機緣。

正因如此，衣妮印象尤為深刻。她記得去年在香港見到時，這是條金鱗大蟒的頭身還可分離，今晚這蟒的頭頂上明顯生著一隻角，雖不大，但那確實是角。

這蟒……是化蛟了？

這怎麼可能？世間陰靈能修煉至這蟒的程度已是大不易，能化蛟的且不說有沒有，即便有，怎麼不得五六百年？可這靈物一年前還是蟒。

衣妮忘了自己現在的處境，她用一種看變態的表情看夏芍，想起她不滿二十歲就有煉神還虛的修為，覺得果然是有什麼樣的主人，就有什麼樣的靈物。

衣妮的目光，夏芍壓根兒沒感覺到，她全副心思都在面前的老者身上。

雖然她沒見過通密，但是聽師父描述過體貌特徵，眼前的人無論是年紀還是特徵都吻合。

常人只需一眼，便能看出這老者的不同尋常，何況夏芍修為在身，一眼便看出老者周身邪氣極重，他的眼讓人目光對上便有精神被牽引之感。

降頭師的修行與風水師不同，無法以哪種境界比高下，夏芍只看一眼，便知此人非常棘手。

這樣的人，除了通密，不作他人想。

原以為他這次沒來，她還想著若他不來，暑假她便去一趟泰國。

「多年不現身，好不容易來一趟，何必急著走？」夏芍冷笑一聲，「我們中國人向來講究待客之道，你一路舟車勞頓，我正想好好招待，你若就這麼走了，師父該怪我怠慢了。」

通密自從回過頭來，目光便盯著金蟒，目光裡有一瞬驚異，想來他活了這麼大的年紀也未曾見過此等靈物。一見之下，眼裡露出貪婪之色，直到夏芍開口，他才轉向她。

只一眼，他眼中便又有異色閃過，為她手中龍鱗，為她的修為。

通密顯然聽得懂夏芍的話，也知道夏芍的身分，卻不理會她的話，只仰頭笑道：「可惜了，可惜了，修為這麼好的女娃，竟然不是童女。」

夏芍一愣，童女？

這話可有什麼深意。

通密卻趁著她愣神的功夫，轉身就逃。

通密奸狡，從他不和弟子們一同來京就能看得出來。此時他雖看見金蟒和龍鱗，起了貪念，但他也能估算出夏芍的修為。況且，夏芍身旁有手執將軍，修為不比她差的徐天胤。他如今身在八門金鎖陣中，如何肯冒險在這裡跟玄門纏鬥？故而先說句話，把夏芍的注意力引開，然後抽身便逃。

夏芍喝道：「陣位！」接著抬頭對頭頂金蟒道：「今兒叫你一聲金蛟，給我耍起你的威風

來，幹得不漂亮，大黃的名字你也別要了。」

金蟒一聽，後半句威脅壓根兒不管，聽見那前半句便呼地一聲竄起，撲向通密的後背，還歡快地在空中翻滾，耍了個花式。

金蟒體型巨大，化蛟之後更甚。它原先在夏芍和徐天胤頭頂便占了半片後院，此刻呼嘯而去，到達通密頭頂不過是一個竄身的時間，比夏芍揮龍鱗和徐天胤撒豆成兵的速度都快。

也是金蟒到了通密頭頂這一息的時間，八門金鎖陣的陣位忽然變換。

這回還是死門，但沒了龍鱗和將軍的助力，陣位中的陰煞之力明顯減弱。饒是如此，通密也不敢小覷。他肩膀上還扛著兩個人，行動居然很敏捷。他見金蟒撲來，不進反退，同時手裡彈出兩個小玻璃瓶子。

徐天胤將夏芍拉開，金甲人往兩人身前擋住。那瓶子剛一彈開，裡面冒出數道黑煙，一聲哀嚎過後便化了。

夏芍眉頭微蹙，「驅鬼術。」

所謂驅鬼術，和養小鬼有所不同。降頭師踏遍山塚，尋找新埋葬的墳墓，再用一枝削尖的竹枝插進墓底釘住死屍，念動拘魂咒，用小玻璃瓶召入鬼魂，封住瓶子，放置在陰性的樹根下，夜夜前往念咒，七七四十九日後便可供驅使。

這聽著與養小鬼差不多，實則不然。養小鬼，對小鬼的年齡、八字、死法都有講究，不是每個都合適，而驅鬼術則是不論大鬼小鬼，一律拘捕。驅使的方法是降頭師將其養在玻璃瓶中，鬥法時拋向對方，或者平時放在敵方常出入的地方，觸之便可附上人身，意志不強的，多會發狂而死。這與陰煞纏身，令人產生幻覺有異曲同工之處。

只可惜瓶中的鬼使剛現出，便遇上了金甲人，魂飛魄散了。

通密不會沒看出金甲人是元陽所化，專克陰煞邪物，他這麼做，不過是想拖慢夏芍和徐天胤的腳步，為自己爭取時間罷了。

通密狡猾，金蟒雖然厲害，但輸在體型太大，行動不是太敏捷。他若往前死命狂奔，必然拚不過金蟒的速度，但他若往後退，退去金蟒身子底下，它想纏咬，確實沒那麼容易，而且通密的邪法不俗，也會用陰煞護住自己，緩了一部分死門陣位上陰煞對他的傷害。

因此，此刻他雖然臉色發青，但確實比乃西達那些人厲害得多。

夏芍沒打算讓他有喘息的機會，她將龍鱗的陰煞分出來，護住自己和徐天胤，又分一部分向通密揮斬而去。

通密見勢側身便躲，三隻金甲人堵住他的去路，揮刀斬下。通密很忌憚金甲人，憑著削瘦矮小的身形，躲避如風，但躲來躲去終究是消耗他的體力，再者他要分一部分元氣出來抵禦八門金鎖陣裡的煞氣，久戰對他一點好處也沒有。

夏芍和徐天胤配合得恰如其分，將通密堵得無處可逃。躲來避去，通密發現還是金蟒的身子底下最好躲。金蟒是夏芍的陰靈符使，他躲在它身子底下，金蟒撲咬他很費力，夏芍和徐天胤又要顧及著金蟒，無論金甲人還是龍鱗都不敢出殺招。

很快地，通密便躲在金蟒身子底下不出來，金蟒往後退著咬他，他便跟著往後退，金蟒往前，他便跟著往前，總之，他就是占據著底下的位置不出來。

其實這對他來說也並非上策，畢竟他還身在陣中，自己的元氣終有消耗殆盡的時候，他卻還是選擇了拖延。此刻出去，對他來說更沒有好處，畢竟元氣會消耗的不止是他，對方也是。

修為再高，夏芍和徐天胤年紀都還輕，扛得過身經百戰的他？

想到此處，通密桀桀笑起來，如夜梟一般。

夏芍和徐天胤站在外頭，被他護在身後，也笑了起來。她笑得很慢，笑得意味莫名，目光望一眼金蟒，唇角勾起。

金蟒一接觸到夏芍的目光，霍地往後急退。通密發現金蟒速度加快，有暴走的趨勢，不由又笑了起來，但他笑聲剛起，便如夜梟被掐了脖子般堵在了喉嚨裡。

他只覺身旁陰風呼嘯，等他回頭的時候，已經看見一雙金色的蟒眼，巨大的眼眸在黑沉的蟒身底下顯得那麼詭異。

降頭師向來是不怕詭異的事，他們本身修煉降頭術，所做的事就沒一件不詭異，但通密這一刻還是眼睛睜圓了。金蛟的頭顱，竟和身體分開了。

通密喉嚨裡發出一聲不似人聲的低啞聲，將肩膀上扛著的衣妮往金蟒口中送去。

金蟒知道這是自己人，頭顱微微一頓，通密接著便退出了金蟒身子底下，但他同時又把衣妮撈回肩上，這麼好的擋箭牌，丟了可惜。

通密的腳後跟剛落地，臉色便又一變，三名金甲人早就等在了他身後。

前有金蟒，後有金甲人，擋箭牌只有一個。驚急之下，通密只能憑本能躲避。

金甲人的刀像網般砍了下來，他接連兩次受驚，又躲了很久，體力有所消耗，此刻後背露著空門，即便是憑著大半生的經驗躲了兩刀，卻沒躲得了第三刀。

鬪刀般的金色大刀，順著他脊背劃下。

通密全身以元氣護著，被大刀開出條口子，他關鍵時刻竟又向後彈了個玻璃瓶子，裡面十數道黑氣化去，替他擋災，饒是如此，他背後還是出現一條血淋淋的傷口。

通密一個踉蹌，身上的元氣散去，便立刻被陣位裡的陰煞霎時纏上，但他再抬頭時，雙眼便又是一瞪，面前龍鱗的陰煞已迫近他的脖頸。

通密往後仰，身上挾持著兩個人，往地上滾躲是不成的，於是下意識又將衣妮往前送出。

龍鱗的陰煞頓時纏上了衣妮，通密又笑了起來。

夏芍輕輕挑眉，「多謝你了。」

通密一愣，這才看見龍鱗的陰煞纏上衣妮，衣妮竟沒有七竅流血而亡，而是將她包裹起來。

夏芍原本追逐通密就不是為了傷他，金蟒和金甲人的目標是通密，她的目標一直都是衣妮。以衣妮的修為，根本就擋不住陣位裡的陰煞，只是她被通密挾持，夏芍要護她並不容易。從陣位變換到現在，時間也就幾分鐘，衣妮應該還是受了些傷害。好在現在總算讓通密這個奸狡的老頭入了套，讓她護住了衣妮。

通密一瞬便想通了夏芍的謀算，不由眼底露出驚異。

正是他驚異的時刻，頭頂巨物壓來，他連頭都沒抬就知怎麼回事，頓時連衣緹娜也不要了，往前一送，身子滾地，伸腿踹上兩名金甲人。

不得不說，通密的身手著實了得，他這時候受了傷，竟膽大到撤了身上的元氣護持，赤手空拳對上金甲人。

金甲人對普通人雖然也有傷害，但不如通密身纏陰煞對他的傷害大，他這看著是膽大尋死，實際上思慮周密，可他剛踹翻兩名金甲人站起來，身後便感應到危險。

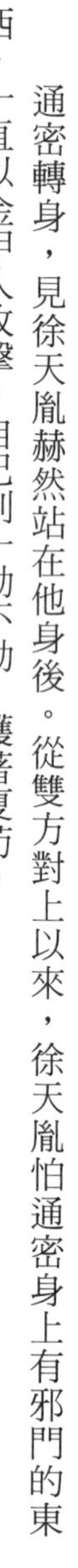

通密轉身，見徐天胤赫然站在他身後。從雙方對上以來，徐天胤怕通密身上有邪門的東西，一直以金甲人攻擊，自己則一動不動，護著夏芍。

此刻，通密身前是站起來的金甲人，頭頂是金蟒，背後站著徐天胤。徐天胤手中將軍已刺出，朝通密的心口而去，眨眼功夫便能了結他的性命。

夏芍忽然看見一道黑影躍了進來，那黑影進來的時機把握得恰到好處，一落進來，便來到了徐天胤身後。

「師兄！」夏芍臉色驟變，心提了起來。這一刻，她的身體快於大腦，龍鱗脫手而出，飛射向徐天胤的身後。

徐天胤在夏芍喊出聲的時候，也發覺到身後異狀，頓時身子一彎，刺向通密的殺招一轉，巧妙又霸道地向後面刺出。

將軍和龍鱗同時出招，那人也不敢接，向後翻去，翻出了後院。

夏芍奔過來，臉色前所未有的冷寒，她意念一動，抄起龍鱗，縱身便去追，徐天胤卻按住她的肩膀，對她搖頭，又看了眼院子裡。

院子裡已經空了，通密、衣妮、衣緹娜都不見了蹤影。

第三章　滅殺宿仇

秋風掠過，月色很涼，卻沒有夏芍的目光涼。

剛才那人來了又走，速度很快，但她還是看清楚了，那人戴著帽子，赫然是那天將乃西達的屍體帶走的人，那名隱藏很深的風水師。

從他剛才出現的時機來看，看起來他是為了解通密之圍，但他若真是在香港毀龍脈的那人，那便是跟玄門有仇。那麼，他剛才出現在師兄身後，是單單為了給通密解圍的虛招，還是實實在在的殺招呢？

一想到有可能是殺招，夏芍的目光就變得極冷。

這個人她必要找到，必要殺之，但現在不是殺這個人的時候，通密未死，衣妮和衣緹娜被帶走，不知這老傢伙想用她們兩人做什麼。之前降頭師們就盯上了衣妮，此時想來，必是要把她送給通密的。衣妮在通密手中，不會有好下場。現在救衣妮、殺通密是首要之事。

夏芍在發現通密帶著衣妮和衣緹娜逃了的時候，第一時間開了天眼，看準了老頭逃跑的方向。她之所以不立刻去追，是因為要去，就要玄門的人一起去，畢竟還有個暗地裡盯著玄門的神祕人。她和師兄去了，師父佈陣消耗不少，萬一那人來個調虎離山，趁機來傷了師父怎麼辦？

夏芍自不會讓這種事發生，她當即和徐天胤火速回去，但兩人剛往前頭趕，溫燁和幾名弟子便奔了過來，「怎麼樣？人跑了？」

「回去說。」夏芍臉色森寒，看見的弟子頓時噤聲，連最想殺了通密為師父報仇的溫燁都只是看了夏芍一眼，沒有吭聲。

此刻前院一片狼藉，二十多名降頭師躺在地上，有的不成人形，有的臉色紫黑，七竅流血，有的更是身上爬滿了毒蟲。

就在夏芍和徐天胤在後院對付通密的時候，幾名弟子也從走廊窗戶跳了出來，引走了乃西達做成的蠱屍。幾人將蠱屍引到前院，蠱屍感應到大量的生人氣息，便向人多的地方撲去。那些降頭師本就被驚門所傷，產生了幻覺，互相打鬥，此刻又添了蠱屍，前院頓時戰況慘烈。

而當陣位在後院變成死門的時候，前院即便是換了生門，降頭師們也已中蠱的中蠱，受傷的受傷，更令他們頭皮發麻的是，蠱屍已經在他們神志不清的時候不知被誰砍了，蠱蟲破屍而出，勢態一發不可收拾。

短短幾分鐘，前院的降頭師便一個個倒下，死狀奇慘。

玄門幾乎沒有出動什麼人力，只是在這些人廝殺的時候，張中先加了把火，把他的陰人符使給派了出去，加快了戰局而已。

降頭師們死了，通密逃了，會館裡的八門金鎖陣這才停了下來。

從佈陣到收陣，前前後後大半夜，唐宗伯消耗不少，但是聽說衣妮被抓走，便也顧不上休息，立刻決定帶人去救。趁著通密也身受重傷，此時不救，難道等他把人殺了或者恢復了再去？況且，唐宗伯向來重情義，年輕時跟衣妮的祖母有過交情，為了這，也不能棄她於不顧。

夏芍心疼師父年紀大了，不肯讓他即刻動身，硬是和徐天胤把他勸住，給他補了些元氣，見他臉色紅潤了許多，這才和弟子們齊動身，往通密逃竄的方向去追。

離開之前，吳老大帶著人開了車前來，這次來的車有七八輛，還是上回那種麵包車。當看到地上降頭師們的死狀時，吳老大等人抽的氣比昨晚還多，但這些人膽子確實比一般人大多了，玄門的弟子把蠱蟲清理完，他們不管人死狀有多淒慘，照樣往車上搬，搬完還對夏芍道：

「夏小姐，您放心吧，今晚兄弟們全程看著，就不信還能有屍體跑了的事。」

對於吳老大的話，夏芍只是笑了笑，若是那人想去拿屍體，他們手上拿著槍也不頂用，可這話她沒多說，因為她知道那人今晚不會去。煉蠱屍的人是通密，通密今晚受傷都自顧不暇了，哪有那時間再練蠱屍？玄門殺到，他就是三頭六臂，也沒這時間。

「那就多謝吳老大和兄弟們了。這件事一了，我請諸位吃飯。」儘管心情很糟糕，面對這些給自己幫忙的人，夏芍還是露出笑容，點頭道。

吳老大連忙擺手稱不必，臉上卻笑開了。

安親會的人一走，唐宗伯便從會館裡出來，召集弟子們，往通密的藏身處去。

這之前夏芍一直以天眼跟著，發現通密上了那男人的車，車開去了衣緹娜住的那幢別墅。男人走前帶走了衣緹娜，留通密和衣妮在衣緹娜的別墅裡。通密盤膝坐在客廳裡擺弄著一些法器，別墅周圍的陰氣聚集到別墅裡，供他療傷。衣妮已經失去意識，目前沒有性命危險。

而那男人開車去了離衣緹娜別墅很遠的一處民房區裡，看樣子像是要給衣緹娜解金蠶蠱。

儘管這回知道了男人的落腳點，夏芍卻還是要先殺通密，為師父報仇。

會館離衣緹娜位於郊區的別墅有段距離，儘管夜深，車流依舊不少，眾人到了別墅外頭時，已是一個半小時之後。

這段時間，通密一直在療傷，夏芍通過天眼可以看見他療傷的手法很詭異。陰氣聚集到別墅房間裡，他衣服裡爬出一條比乃西達昨晚拿出的蜈蚣還長的巨蜈蚣，那蜈蚣爬到他背後的傷口裡，啃食著他的血肉，然後便整個貼在他後背上，如沉睡了般。遠遠望去，後背的刀傷幾乎被那條巨蜈蚣填滿，乍看還以為是紋身。

這樣詭異的療傷方式，夏芍是沒見過，也實在想不出以此療傷的根據是什麼。在車裡時，她將情況說給師父聽，唐宗伯坐在後面座椅裡閉目養神，聞言笑了笑，「奇門江湖門派眾多，祕法也多，哪能什麼事都能清楚緣由？不過，想來這蠱可能是以他的心血養成的，就與妳收服龍鱗時的情況差不多。」

夏芍恍然大悟。按說龍鱗是陰煞之物，只能傷人不能救人，但被她收服後，卻能以陰煞護她，她眼睛一亮，「這麼說來，那條巨蜈蚣能幫通密療傷，便應是以他的精血養成的蠱。若此蠱有損，他便也會有損？」

「要真是能用來療傷的，那應該錯不了。」唐宗伯道。

到了衣緹娜別墅門口，通密還在客廳裡盤膝坐著，閉目調息，看起來就像是入定睡著了。唐宗伯坐著輪椅上，望著別墅，目光炯亮有神。這一刻，他不知是否想起了十餘年前的那晚，堅決站在弟子們的前面，不允許夏芍和徐天胤到前頭為他擋著。

接著，他周身氣勁滿漲，沉喝一聲。只見他手掌一拍，掌心未落到門鎖上，卻有道渾厚的氣勁震出，冥冥中一道看不見的巨力往門上砸去。

門鎖處頓時凹下一道掌印，別墅的大門猛然被震飛。

「我的老朋友，出來一見吧。」唐宗伯坐在輪椅上，聲音雄渾，音量雖不大，卻內勁充沛。

可是，等了許久，別墅裡還是沒有動靜。

眾弟子屏著呼吸，裡面那人可是曾經傷過掌門祖師的人，他們不敢有輕敵之心。

不知過了多久，不知今晚是不是要一直這麼對峙下去的時候，夏芍臉色一變。

她不顧師父的命令，上前幾步，擋在他身前。

徐天胤的速度比她快，把她和唐宗伯一起護到了後面。

夏芍伸手去拉他，「師兄，小心，那裡面……」

她的話還沒說完，門就開了。

眾人全都愣住，就見門裡走出來一名三四歲大的紅衣小女孩。

小女孩的長髮披肩，臉蛋圓潤，眉眼可愛。

玄門弟子先是一愣，接著臉色大變。

那小女孩雖然可愛，臉蛋卻毫無血色，唇色蒼白如紙。夜風吹起她的紅裙子，露出她兩條雪白的小腿。她慢慢抬起頭，漆黑的瞳仁，月光照進去，卻沒有投影。

玄門這次來京的弟子，修為都算得上不錯，這時候莫說是義字輩的年輕弟子，就是丘啟強、趙固、海若等人看見這紅衣小女孩都臉色驟變，上前果斷將年輕的弟子護在後頭。

任誰都看得出來這小女孩不似常人，怨煞非常，但一時之間又看不出對方什麼來路。

小女孩子的瞳孔沒有倒影，卻好像越過夏芍和徐天胤，看向唐宗伯。

在玄門弟子戒備的時候，小女孩張開嘴，發出嬰兒啼哭般的鬼厲叫聲，快速撲了過來。

玄門弟子齊齊倒抽一口氣，那小女孩口中的牙齒不似三四歲孩子那般，竟長勢尖利，牙縫裡染血，舌胎血紅。她和昨晚的蠱屍不同，那蠱屍行動緩慢，如行屍走肉，小女孩卻是行動極為迅速，且像是盯準了唐宗伯一般。

眾玄門弟子反應還算迅速，紛紛喝道：「保護掌門祖師！」然後把唐宗伯的輪椅往後拉，手中順勢拿出符籙，二話不說，先飛射出去探探虛實再說。

符飛出去，落在離門口還差幾步遠的小女孩身上，連蠱屍都能傷害的結過煞的火符，在離她身前一寸便燒了起來。眼見符遇上黑濃的怨氣，兩相一撞，在碰到小女孩身體前就化成了灰。

「好厲害的煞氣！」

「好凶的怨念！」

唐宗伯冷哼一聲，抬手虛空畫了道金符，彈射出去，直擊小女孩的天靈蓋。

夏芍和徐天胤同時出手，龍鱗濃烈的煞氣壓成一線，纏上小女孩。

小女孩張大嘴，整張臉扭曲起來，發出的還是嬰兒般的淒厲叫聲。

龍鱗的陰煞先纏住小女孩，唐宗伯和徐天胤的符緊隨便到。兩道虛空製出的金符，一道擊向天靈蓋，一道直撞心口，小女孩痛苦地嚎叫著從地上飛起，飛過前院，撞向門旁的牆上，「砰」一地一聲，小女孩兒的天靈蓋和心口冒著黑氣。她尖叫著，臉扭曲著，卻好像感覺不到肉身撞上牆的痛苦。讓她痛苦的，是那兩道符帶給她的傷害和龍鱗比她凶煞百倍的煞力。

唐宗伯盯住別墅的大門，怒喝：「竟敢祭煉血嬰，簡直是喪盡天良！」

「血嬰？」玄門弟子們瞪著眼，甚是驚異。

「這是血嬰？」溫燁上前一步。他在捉鬼方面有長才，血嬰卻只是聽過，沒親眼見過。別說溫燁了，在場玄門的每一個人都是第一次見到。

血嬰的惡名甚至在降頭術裡的飛頭降之上，但大多數人未親眼見過，因為煉製的人太少了。

血嬰，也叫血嬰蠱，屬於役鬼邪術中的一種，是與養小鬼、蠱屍同屬一脈的邪術，可其驅使的卻不是陰魂，而是嬰孩。

這嬰孩必須是八字全陰，且一出生就夭折，但天底下哪有那麼多八字全陰的人，更別說一

出生就夭折了。這樣的嬰孩難尋，也是血嬰邪術少有人修煉的原因之一。更重要的原因是，血嬰極容易反噬，雖可被降頭師操控，卻連降頭師都可以殺死，極度危險。

降頭師若要煉血嬰，會先將嬰孩的血放乾，再尋未滿十五歲，同樣八字全陰的童女，以童女的血配合咒法和蠱蟲餵養嬰孩。等嬰孩睜眼，降頭師再將童女做成活蠱，即活生生把一個人當成培養皿，用祕藥與降頭師兩手中指的血各七滴，開壇作法，直到嬰孩完全被降頭師所操控。

血嬰煉成後，會先將作為活蠱的童女血吸乾，之後便需要一直以活蠱供養。將活人煉成蠱的過程極度殘忍，通常童女們死時會有極深的怨念。怨念越深，血嬰越厲害，因此血嬰在邪術中才那麼危險。據說危險度超過了令人聞風喪膽的飛頭降，只有法力極為高深的降頭師才敢煉，並且一旦煉了，便要終生餵養，否則極易反噬主人。

此術法之罕見，向來只聞傳說，卻沒見有人修煉過。

玄門弟子們望著小女孩，一想到她是被殘忍的方法煉成蠱，便不由頭皮發麻。稍有良知的人都無法去想那樣的過程，說煉血蠱的人喪盡天良一點也不為過。

「這孩子竟然長到三四歲大了，怪不得結了煞的符都傷不到她。」

「這孩子長到這麼大，得有多少童女被做成活蠱餵了她？」

弟子們議論著，溫燁卻在這時眉頭一動，沉著臉轉頭問道：「我們門派那三位師姊，當年失蹤的時候多大？」

這一問，眾人齊齊愣住，接著一個令人揪心的念頭浮上心頭，周齊問：「你是說……」

連張中先和海若等人都沉下臉。

有弟子目光閃了閃，小聲道：「其他兩位師姊我不熟，有位失蹤的時候剛好十五……」

「混帳！」張中先當先大怒，「通密老狗，今晚不宰了你，我誓不為人！」

弟子們也都怒了，這時誰也不管別墅裡會不會有什麼暗招或陰損的蠱，玄門這麼多人，哪怕是有危險，衝進去一人一刀也能活剮了這老狗。

夏芍卻往後看了一眼，覺得溫燁的猜測不太可能。

她記得當初余九志的弟子曾說，那三名女弟子是被送去泰國的，而且余九志還打算害她和冷以欣。如果是把人送去泰國煉活蠱，她覺得完全不需要非得是玄門的人。玄門的女弟子都是有修為的，餵養血嬰，何須有修為的女孩子？

她總覺得事情不會這樣簡單。就像通密抓了衣妮，也沒有用來餵養血嬰，他必是另有用途。

但此時夏芍什麼也沒說，現在不是討論這些的時候。

這時候，血嬰被龍鱗縛住，任她凶煞再強，也無法動彈半寸。

通密依舊盤膝坐著，眼閉著，衣妮倒在一旁，暫無大礙。

現在正是進入別墅的最好時機。

玄門弟子奔入院子，在經過血嬰身旁的時候，眾人都特意避開。徐天胤在最前面，他人未到門口，已經一刀劈出。大門被一刀斬成兩半，向裡面轟然而倒。

通密忽然睜開眼，周身邪氣大盛。

「小心！」夏芍喝了一聲，弟子們微愣，夏芍已拉了徐天胤一把，掌力向後發出，眾弟子便被推出老遠。

張中先在後頭推著輪椅，霍然抬頭，只見黑暗裡有一個東西從門裡飛了出來。

有弟子眼快，指著空中道：「人頭！」

其餘人抽氣，夏芍看向別墅裡，通密的頭好好地在身體上，哪來的人頭？但空中飛著的確實是顆人頭，頭的周圍裹著濃腥的血霧，那血霧擋不住夏芍的眼睛，一眼望去，不由一愣。

那顆人頭竟是通密的，確切地說，並不是通密的頭本身，而更像是元氣所化。

「飛頭降？」弟子們呼喝的同時，已經各自在院中散開。

飛頭降，降頭術中最神祕莫測，最為詭異的降頭術。傳說，修煉飛頭降的時候，降頭師的頭顱連帶著內臟會飛出體外，在夜裡去吸人血。這些都是傳說，到底是不是真的，玄門修煉的不是降頭術，也無法知道。但就今晚看到的而言，若不是傳言有虛，就是通密已經修煉到了一定的境界，只需元氣化作頭顱飛出。

夏芍更傾向於前者，頭顱若真帶著內臟飛出體外，那大羅神仙都會死。此法人力不可為，若是內家高手將元氣逼出體外，加上傳承祕法，吸人元氣，倒還說得過去。

通密修煉成了飛頭降，這點沒人稀奇，他連血嬰都煉成了，可讓人驚異的是，這不是簡單的飛頭降，似乎是……

「百花飛頭降！」張中先邊躲邊打出一道符，喝道：「這老東西煉的是百花飛頭降！」

百花飛頭降在降頭術中是最難煉的一種，這種叫法源自南洋。據說飛頭裹在血霧中飛出，僅是觸到了血霧，人也會被殺死。

夏芍盯著那血霧，心頭咯噔一聲。

她知道通密要有修為的童女做什麼用了，簡直是混帳。

飛頭降吸人的精血元氣，普通人的元氣對降頭師的助益自然不如奇門江湖的人。況且，童女的血對通密修煉百花飛頭降助益頗大。

此刻，他元氣所化的頭顱在血霧裡亂飛，那血霧的凶煞之力不輸於血嬰。飛頭忽高忽低，異常敏捷，弟子們連連丟出幾道符都沒打中，連張中先製的符都打偏了。符打不中，便只剩下躲。有名弟子被逼得往後退，忽聽後面嬰兒鬼厲的哭聲傳來，那弟子一回頭，見血嬰被龍鱗縛著，身體半分動彈不得，他往後退卻正送到她身旁。小女孩張大嘴，嘴裡牙齒帶血，向著他的手臂咬了下來。

「小心！」一名弟子眼疾手快，將人往面前拉。那名弟子被他拉得踉蹌，後面的弟子伸手去扶他，眼前卻忽然被腥濃的血霧罩上。

那弟子身體迅速發青，眼前一片血霧，是他最後見到的景色。

而他留在同門師兄弟眼前的最後畫面是七竅流血，面色發青，直挺挺地倒了下去。

咚一聲，四周死靜。

「阿覃！」那名踉蹌著坐在地上的弟子大叫一聲，爬了過去，「阿覃？阿覃？」

那名叫阿覃的弟子睜著眼，無論同門如何呼喚搖晃，他只是瞪著一雙眼，淌著血望天。

「阿覃，醒醒，你給我醒醒！」那名被救的弟子涕淚橫流。

這時，他頭頂又一聲呼嘯。那名弟子抬頭，眼神血紅。

朝他飛來的血頭後面連打來三道符，是唐宗伯、張中先、夏芍射來的。

同時間，兩名金甲人忽然出現，兩把大刀擦著那名弟子的身體飛出，直直釘入血嬰的心口和天靈蓋。血嬰的心口和頭顱頓時被元陽腐蝕出一個洞來，血嬰掙扎了兩下便不動了。

血嬰被釘的瞬間，通密的飛頭飛去高空，躲過了三道符的攻擊。

「師兄，帶人退出去！」夏芍喝道。

「師叔祖……」不待徐天胤回答，那名被救的弟子滿眼希冀地看向她。他也不知道掌門祖師在這裡，為什麼他要向師叔祖求救，但他只是本能地看向夏芍，哭著道：「救救阿覃！他剛中降頭，還有救，還有救！」

其他弟子別開頭，眼睛發紅。這中的是百花飛頭降，撞上的那一刻，大家就清楚沒得救了。

「退！」夏芍只看了那弟子一眼，便再次道。

那名弟子頓時絕望，「求求妳了，師叔祖，阿覃不能死，他家只剩瞎眼老母了！他要是死了，他母親怎麼辦？他母親命苦，會受不了這個打擊的，師叔祖！」

「退！」夏芍還是這句話。她不是神，死了的弟子，她救不活。剛才情況混亂，她發現通密的目標看起來是這些弟子，其實一直圍著吳淑和吳可兩姊妹轉，飛來兩人周圍的次數最多，她便一直在兩人身旁護著。

通密現在受傷，他需要童女的元氣和血，夏芍不能讓他得逞，但他還是傷到了其他弟子。她不是三頭六臂，護不了那麼多人，唯一的能做的就是把傷亡降到最低，然後報仇。

夏芍看向徐天胤，男人明白她的意思。唐宗伯也沒反對，他帶著弟子們往後退。

那名弟子卻蹦起來，神態癲狂，「我不退，我不退，我要為阿覃報仇！」

夏芍暗勁震出，將他往外推，「你要做的不是為他報仇，想想他的老母親。」

那名弟子聞言，身子一震，接著便覺得腰間有大力推來，他被推了出去。

唐宗伯帶著弟子們退去別墅外頭，對著別墅裡喝道：「佈陣！」

弟子們此刻眼睛微紅，二話不說聽令列陣。

唐宗伯看了徐天胤一眼，徐天胤便往別墅後頭奔去。

那飛頭的活動範圍當然不止別墅院子，他見玄門弟子退了出去，便追了出來，誰知後頭忽然一道符打了過來。飛頭後頭沒眼睛，卻敏銳地感覺到了，它倏地升空，空中卻又降一道符。

飛頭的頭在血霧裡抬了抬，抬頭之際，後頭金光照得血霧亮了亮，那飛頭似感覺到異常，敏捷飛轉，卻在它飛轉過來的瞬間，看見面前十數道虛空所畫的金符撲面而來。

飛頭在空中頓了頓，別墅外頭列陣的弟子們也停手，他們幾乎不敢相信自己的眼睛，通密沒看見，他們卻是看得清清楚楚，師叔祖居然用雙手製符。

夏芍站在別墅的院子裡，身後是阿覃的屍身。她的唇抿成一線，手臂在空中揮舞，宛如作畫，手勢果決迅捷。轉眼間，製出數十道符籙，弟子們看得都呆了。

飛頭在血霧裡回轉，看見那數十道符，緊急下墜，貼著地面擦過，直撲夏芍而來。

夏芍不動如山，冷眼望著那飛頭過來。飛頭在靠近夏芍的一刻，夏芍身前鑽出一條金蛟。巨大的金蛟從金玉玲瓏塔裡竄出，頭剛一露出來，便對著那飛頭張嘴咬去。

飛頭急速往後退，卻在這時忽來兩道符。

前有金蛟，後有金符，飛頭只得往上下左右逃，但金蛟卻整個身子都從塔裡竄出，頭身分離，龐大的身子盤在地上，堵住了他再貼地突襲的路。

飛頭雖是通密的元氣所化，但由他操縱，他對外面的情況自然是有感應的。

此時通密也是心驚，他跟這名少女今晚初見，聽說她的名氣卻不是今晚。去年她殺了余九志，殺了他的弟子薩克，他在泰國時便知道了。那時他煉飛頭降正在緊要關頭，沒時間來會會

這不知死活的丫頭，今晚見著她，她確實令他大為驚異。

世上極少見的陰靈，連他活了大半輩子都不曾見過的靈物，竟在她手中有一條。看那靈物的樣子，像是東方傳說中的蛟？

世上法器相對多些，他手中也有不少，但修煉陰煞的他，也從未見過此等凶煞之物。

那匕首又是什麼來路？連他都看不出來，只知匕首的凶煞連他餵養多年的血嬰都遠遠不及。

他從未想過苦心煉了數年的血嬰，今晚竟出師不利，幾乎是不堪一擊。

通密嘴角輕輕揚起。無妨，不管那匕首什麼來路，殺了他的血嬰，就用那匕首來抵。

至於這不知死活的丫頭，一連製符數十道確實令他驚異，但她的元氣想必也消耗得差不多。等解決了這丫頭，再殺了唐宗伯那個老傢伙。

不僅是通密這樣想，連玄門弟子都是這樣想的。他們看著夏芍連製數十道靈符，哪怕是掌門祖師也該到極限了。雖然師叔祖有金蛟和龍鱗等兩大護身利器，但二者都太強，師叔祖若是元氣耗盡會怎麼樣？

「師叔祖，退出來吧！」

「是啊，退出來，我們一起佈陣，耗死那個老狗！」

「對，他的血嬰被徐師叔祖殺了，老狗的飛頭降囂張不了太久，看他的元氣能耗多久！」

張中先卻皺起眉頭，煉飛頭降需七重，每一重要七七四十九天，夜夜飛出吸人元氣，一煉就是一晚。以通密的修為，即便是受傷了，堅持到天明沒有問題。芍丫頭今晚幫助佈陣，又跟通密戰過一回，只怕堅持不了太久……

張中先看向坐在輪椅上的唐宗伯，通密如今應該也看出芍丫頭支持不了多久，他此刻以她為首要目標，到時他和掌門師兄一起出手，定能殺這老狗一個措手不及。

唐宗伯卻是撫著鬍鬚，臉上掛著淺笑。

張中先一愣，忽地感覺到別墅院子裡元氣有一陣波動，只見通密的飛頭朝血霧裡一閃，飛轉去了夏芍的身後。

「芍丫頭小心！」張中先急喝，虛空畫出道符，急射而出。隨著他這道符射出，後頭也跟著嗖嗖射出一陣符雨，其他弟子也出手了。

眾人的符還沒到，金蛟的頭顱離夏芍最近，速度也最快，繞著她腰身一旋便到了她背後。巨大的頭顱比血霧裡的飛頭大上兩倍有餘，它的嘴一張一咬，通密的頭顱急速升去高空。

夜空裡，響起通密桀桀的難聽笑聲，「不知死活！用妳的匕首，用妳的靈物，看看妳能驅使他們多久！」

通密的中文說得並不好，發音很奇怪，加上他的聲音如夜梟般難聽，細聽許久才能反應過來他在說什麼。

「師叔祖，用龍鱗封住上頭！」

「對，上頭用龍鱗，下頭交給金蛟，我們幫妳用符封死老狗！」

弟子們紛紛開口，通密大笑，「區區紙符就想封住我？就讓我看看你們帶了多少……咦？」

通密的話還沒說完，聲音戛然而止。

血霧裡看不見他瞪大的眼，別墅外頭的弟子們眼卻是瞪直了。

夏芍指尖元氣驟聚，一道靈符眨眼便成，她揮手往通密的飛頭處一拍，飛頭險些沒躲過。玄門的弟子都以為夏芍元氣所剩不多，不敢再輕易動用，沒想到她竟還能虛空畫符？這發現對弟子們來說本該是振奮的，但振奮過後憂心更重。人人都覺得夏芍是在勉強，她越是勉強為之，身體的消耗就越快，能撐的時間就越短。可恨他們被通密說中了，他們帶著的符籙有限，飛頭行動又敏捷，且不局限於別墅的院子，他們想打中真的很難。打不中，這符落到地上也就浪費了，出來時又沒帶朱砂黃紙和毛筆，想補充談何容易？再說畫符也是耗費元氣的，他們今晚佈了半晚的陣，消耗也不小。

「佈陣！」張中先果斷喝道。

眾弟子咬了咬牙，急速散開。現在除了佈陣，似乎也沒有太好的辦法了。

就在張中先下令之後，夜空裡又有金色光芒閃現。

又一道金符從夏芍掌中打出，通密的飛頭似乎也認為夏芍是在強撐，反應淡定了許多，敏捷地躲過，囂張地從高空俯視她，彷彿要看她還能撐多久。

顯然夏芍能撐的時間比通密想像得要久，她非但能撐，還冷哼一聲，兩手同時虛空製符。

「師叔祖還能雙手畫符？」

「太勉強了！」

「快停，支撐不了多久的！」

夏芍彷彿沒有聽見弟子們急切的呼聲，她畫符動作迅速，一出手便是兩張。打出去的位置極為巧妙，她知道地上有大黃在，通密不敢來，而她背後也有大黃守著，通密也不敢來，因此符一經打出，便向著夜空。

通密的飛頭在夜空裡躲避，越躲越心驚。

一次、兩次……十次……二十次……

為什麼她的元氣還沒有消耗殆盡？她剛才明明已經打出過數十張符了。通密敢保證，這時就是換作唐宗伯那個老頭子跟他鬥法，他也無法虛空畫出這麼多符來。

然而，很快的，通密發現他震驚得過早了。

夏芍製符的動作始終不停。虛空製符不同於紙符，打不中便落到地上廢掉。虛空所畫之符以元氣為引，即便是不中，也會維持好一段時間，直至元氣消散。

夏芍畫符的速度明顯快過金符消散的速度，只見夜空裡一道道金符亮起，通密的飛頭一開始還躲得迅捷，因為可躲的空間很大，但漸漸的飛頭逃竄躲避的空間越來越少。

不知從什麼時候開始，或許是在眾人還在震驚的時候，飛頭的前後左右漸漸佈滿金符。一開始以為金符只是追著他打，此刻才看出，金色符氣流動，好似用靈符圍起了一座巨大的牢籠。

飛頭躲閃的動作總算看起來有些慌張，這時再聽不到通密桀桀的笑聲，看到的只是他在忙不迭地逃竄。這時的通密哪怕再震驚，也知道這樣下去，死的人會是他。他尖嘯一聲，飛頭四周血霧大盛，猛地往高空撞去。

他竟不顧空中的金符，拚著受傷也要衝出去，可惜飛頭未撞上頭頂的金符天蓋，便驚急著急速下降，半路一轉，想往別墅外頭撞。一道道金符堵住別墅大門，與天際的符籙連成一體。飛頭飛轉向左，金符便向左，飛頭轉向右，金符便向右。

沒有人去數夏芍到底製出多少符籙，也沒有人能數得清。

她的腳下是盤踞的金蛟，她的身後是躺在地上的同門，她的面前是以一己之力鑄就的符籙金棺。眾人已經看不見通密的飛頭，血霧裡的飛頭被牢牢困在了金符鑄就的巨大金棺裡。當眾人看不見通密的時候，夏芍的手勢終於變了。

她手中掐內獅子印，口中念金剛薩埵降魔咒，突然一喝：「收！」

玄門弟子齊齊抽氣，眼前金符恐有近千道，人力之元氣能虛空畫符千道，已猶如神境，此刻竟還能同時收攏這上千道符？

金符棺收緊再收緊，裡面發出一聲不似人聲的慘叫，隨即整座別墅院子裡都有元氣在波動，即便是看不見裡面的情況，任誰也能猜出通密元氣聚成的飛頭，想必是被金符給腐蝕成灰。

符牆漸漸變淺，符籙消失，裡面一道黑煙冒了出來……

別墅裡的通密慘嚎一聲，頭像是遭到腐蝕般，滋啦一聲，頭髮霎時變成灰燼，頭皮和臉皮也像是被燒灼般，頃刻血肉模糊。

通密用手痛苦地抓撓，接著身子一倒，「噗」地一口血噴了出來。

通密血肉模糊的老臉上，一雙血絲密布的眼盯著面前昏迷的衣妮，露出貪婪的目光。

他伸手去掐衣妮的脖子，迫不及待想掐開她的嘴，並快速念咒，驅動背後為他療傷的巨蜈蚣，但他的手剛伸出去，咒剛念出，背後的蜈蚣還沒有動，客廳裡忽地出現兩道血花。

這兩道血花來得太快，通密甚至都沒感覺到痛，身子猛然栽倒，眼前一片血色。直到血色染了他的眼，他才感覺到手臂劇痛，模糊的意識裡，看見一截帶血的手臂靜靜落地。

他縱橫降頭界大半生，並未修煉到不死之身，也自認強悍。經歷大小鬥法無數，生死間徘徊無數次，怎麼也不敢相信，僅僅是斷了一條手臂，他竟有種生命在流逝的感覺。

為什麼意識這麼模糊？

為什麼五臟六腑都在叫囂著疼痛？

通密無法看見，他身後站了個男人，男人腳下是一條劈作兩半死得不能再死的巨蜈蚣。

通密受傷太重，尤其是頭臉受了重傷，他現在意識已經有些不清醒，哪裡還想得清楚。他只是趴在地上，背後一條豁開的大口，鮮血汩汩冒出來。

徐天胤一刀劈下的時候，劈了他的脊骨，卻偏了半寸，留他苟延殘喘半刻。他走過去，提了半死不活的通密，從前院的門走了出去，將人丟在了地上。

玄門弟子還沒對飛頭降解了的事做出反應，哪知下一刻，手臂斷了一條，頭臉血肉模糊的通密就被丟了出來。丟出的位置不偏不倚，正巧落在死去的弟子阿覃身旁。阿覃七竅流血，睜著死不瞑目的雙眼，正望向半死不活的通密。

眾弟子爆發出呼喊聲。不是歡呼，不是雀躍，而是憤怒的呼喊。

「這老狗也有今天！」

「殺了他！」

玄門弟子奔上前，對通密拳打腳踢。

「還阿覃命來！」

「還我們師姊的命來！」

「還我師父命來！」

夏芍退到外圍，也不阻止弟子們，任由他們發洩。

徐天胤走過來，擔憂地看著面露疲憊之色的夏芍。

夏芍身子微傾，靠進他的懷裡。

她還是累的，元氣再無所損耗，長時間製符，她的手臂也疼，手指也疼，像抽了筋似的，想來未來幾天她都不想動了。

徐天胤的掌心貼上她的肚臍，汩汩的暖流補進她身體裡。

不知過了多久，弟子們的拳打腳踢終於停了下來。

大家望著已經不動了的通密，空氣裡只有喘氣的聲音。

身後傳來輪椅轉動的聲音，弟子們分開讓出一條路。

張中先推著唐宗伯走了過來。

和唐宗伯一起過來的，還有玄門已經為師的幾名仁字輩弟子。他們大多到了中年，面對恩怨，並沒有年輕弟子那般衝動，但也並不是所有年輕弟子都衝了上去。

還有一人沒動，那便是溫燁。

溫燁站在張中先身後，跟著他師父海若一起走過來，他的目光直直盯著地上的通密。

通密趴在地上，頭臉血肉模糊，斷臂和背上的傷口冒出的血染紅了院子的地面。

溫燁走到通密身旁，把趴在地上的他翻過來，蹲下身子道：「喂，醒醒！」

通密只有一息尚存，哪裡還聽得見溫燁的聲音？

「喂，醒醒！」溫燁重複這句話，突然讓人心裡發堵。

弟子們看看一言不發的唐宗伯，又看看蹲在地上的溫燁。唐宗伯搖著輪椅上前，俯下身子，掌心能看得見元氣波動，隨即看他將掌心按在了通密的丹田上。

片刻後，通密一雙恍惚的眼慢慢睜開。

「喂，我師父是怎麼死的，屍骨在哪裡？」溫燁的聲音依舊淡得聽不出情緒。

通密兩眼發直，眼底血絲密布，竟也像是死不瞑目的人，但他聽了溫燁的話，半晌，眼珠子還是動了動，看向了溫燁。

「我師父的屍骨在哪裡？」溫燁耐著性子又問。

通密看著溫燁，眼裡漸漸有了三分神采。他的嘴角輕扯，臉上化掉的皮肉都在淌血，看起來猙獰可怖。他不是想說話，而是在笑。

溫燁一直平靜的聲音終於有些沉，沉裡微抖，「六年前，新加坡，余九志和你們串通，殺了我師父。他死在哪裡，屍骨在哪裡？」

通密的眼神裡有著快意和嘲諷，他一生殺人無數，死在他手上的人很多，哪裡記得這些事？

他的眼神惹怒了玄門的弟子，「混帳，你這是什麼眼神？」

幾名弟子壓不住火氣，忍不住上前。溫燁卻是伸手攔住，怒喝道：「別把他打死了。」

溫燁忽然自己一拳揮了下去。這一拳沒打到通密臉上，而是打在他臉旁，地上鋪著的青磚霎時碎裂，隱約可見血水滲了下去，「說，我師父的屍骨在哪裡？或者，誰知道？」

通密扯著嘴角，笑而不語。

「我師父在哪裡？」溫燁又是一喝，這回是一拳打在了通密臉上。通密的整個身子一顫，本就腐了皮肉的臉上血花四濺。

「砰！」溫燁又是一拳，「我師父在哪裡？」

這回一拳砸在通密的鼻樑上，通密眼白一翻，仍是不答。

「砰！」

「在哪裡？」

「砰！砰！砰！」

「在哪裡？在哪裡？在哪裡？」

院子裡除了拳頭聲，便是溫燁的叫喊聲，微帶著哭腔。

然而，沒有人回答他，他也始終沒有得到答案。等其他弟子紅著眼把溫燁拉開的時候，通密的臉已經癟了，通密死了。

眾人想安慰溫燁，卻又不知如何安慰。溫燁無父無母，跟著他師父長大，在他心目中，師父就是父親。如今師父客死他鄉多年，屍骨都尋不著，報了仇卻還是無法讓屍骨還鄉。原本殺了通密和來京的降頭師一行人，玄門可謂大勝，但是此刻所有人都不開心，死去的阿覃還躺在地上，溫燁還在小聲哭泣。

但該善後的事，還是要善後。

衣妮仍舊昏迷著，被玄門弟子從客廳抬出來安置到車上。夏芍今夜出力最重，此刻疲憊不堪，徐天胤擔下處理通密屍體的事。至於那血嬰，唐宗伯決定作法超渡，將小女孩的骨灰帶回香港，供在香火旺盛的佛寺，由高僧誦經，願冤魂能得以超脫再世。

只是當玄門弟子去搬動血嬰的時候，才發現金甲人撤了，龍鱗的煞氣卻仍縛著她。夏芍將煞氣收回，卻沒想到兩名弟子上前剛要去搬動小女孩，小女孩忽然張開了嘴，撲咬向一名弟子。

那弟子大驚，驚得忘了動。這血嬰已被金甲人釘住了天靈蓋和心口，頭和心口都腐去了大半，怎麼可能還沒死？

那弟子一驚，心裡湧出絕望，腦海裡是阿覃倒下時的臉，覺得自己也要交代在這裡了……

卻在這時，一道金光打來，伴隨著男孩怒喝：「縛！」

拂塵帶著道金光打在血嬰的腦袋上，血嬰的嘴閉上，直挺挺倒了下去。

那被救了的弟子還沒回過神來，其餘弟子卻震驚地看向溫燁。

夏芍早就從徐天胤懷裡直起身來，她因為疲倦，離得比較遠，那血嬰咬人的時候其實只是眨眼的功夫，溫燁離得最近，誰也沒想到他出手會比任何人都快。

這倒也罷了，任誰都看得清楚，那道金光是用拂塵揮出去的，那是元氣所化的金吉之氣。能做到這程度的，只有煉氣化神的境界。

而今晚之前，甚至是在剛才，溫燁還是煉精化氣的境界。

夏芍望著溫燁的背影，蹙起了眉頭。她有天眼在，自然看得出這小子身上元氣流動極為混亂，而他也確實晃了兩晃，接著噗地一口血噴了出來。

「小燁子？」海若驚喊，夏芍已一個箭步衝了過去。

徐天胤比她更早一步到，伸手把溫燁扶住。夏芍心裡一暖，她今晚畫符畫得手都疼了，此時確實抬不起來，但她現在沒有時間感動，溫燁的情況看起來像是急火攻心，換句話說，像是走火入魔的前兆。

唐宗伯過來把著他的脈，掌心的氣勁往溫燁丹田覆了一會兒，直到溫燁慘白的臉色好轉，老人才嘆了嘆，道：「這孩子提升也敢這麼亂來。」

弟子們聞言，不由動容。

溫燁的修為本就在煉精化氣的頂層，以他的天賦，會提升到煉氣化神這點沒人懷疑過。只是任何時候，提升都需要契機。今晚許不是那個契機，可他看見同門有險，急怒之下，強行突破，打出那一道符來，身體卻不是正常狀態下的自然提升，一時受不了突然提升，這次致使元氣走岔了路，遭到了反噬。

「帶他回去休養。」唐宗伯道：「來的時候那枚老參也帶來了，給他用用。」

帶著那根野山參來京是唐宗伯怕這次有弟子重傷，用來補養元氣、吊命的東西，沒想到還真派上用場了。

海若在一旁不知是該喜還是該哭，心疼地把溫燁接過來，和其他人一起把他抱去車上。

玄門弟子最後才搬動通密的屍身，但在搬動的時候，又聽驚呼聲。

「怎麼了？」眾人今晚被突如其來的事給驚得草木皆兵，一聽這聲驚呼，都下意識拿出符來，就差一個轉身射出去。誰知轉身的時候卻見那名驚呼的弟子一點事也沒有，只是盯著通密身體的一側，臉色憤怒。

眾人打眼看去，這才看見通密那隻完好的手旁，不知什麼時候用他自己的血畫了個詭異的符，僵直的手指直直指著血嬰被縛住的方向。

這個老傢伙到死都想拉個墊背，惡毒至此，令人咬牙切齒。

他畫符的時候，應該是溫燁質問他和揍他的時候，當時所有人的注意力都在溫燁身上，他一個將死之人，受了這麼重的傷，哪有人想到他還有能力臨死前佈個陷阱？

眾弟子相互看一眼，覺得這老頭太過陰狠，即便是知道他已死，都放不下心來，於是幾名弟子自告奮勇跟著徐天胤開車去了安親會地盤上的那家火葬場，直到親眼看著通密的屍骨燒成灰，這才安了心。

玄門弟子將通密的骨灰和降頭師們的骨灰一起帶回會館。這麼多的骨灰，想拿回香港也是麻煩事，最終唐宗伯決定，還是由玄門作法七七四十九日，去除這些人的怨氣，再就近送去京城的佛寺安放，願這些人來世不再為惡，殘害無辜。

因要作法，玄門一行人決定在京城住下，等超渡作法完成後再回香港。

阿覃的屍身卻沒有火化，而是在會館裡設了靈堂，停足七日再下葬。阿覃的事，眾人商議先不告訴他的老母親，老人年紀大了，身體不好，恐受不住這打擊。

阿覃救了的那名弟子，名叫魯樺，兩人原都是王氏一脈的弟子，入門的時間只差一年，師兄弟之間感情很好。魯樺決定，這事就由他瞞著阿覃的母親，以後老人就由他奉養。

只是，這件事終究是能瞞得住一時，瞞不住一世。玄門來京的弟子都回香港，就阿覃沒回去，要怎麼跟老人說？

弟子們犯了難，夏芍開口說道：「魯樺，你就回去跟老人說，阿覃天賦不錯，來京之後我見他是可造之材，便收他為弟子。日後，他跟著我在京城歷練，不出師便不能常回去看望老人，這是修心的一部分，希望老人理解，但是他會常寫信回去。」

夏芍這話一出口，眾人都愣了。

收徒？確實是個好藉口。

但誰也沒想到，師叔祖的弟子名頭最後落在了阿覃身上。

自從清理門派至今，師叔祖在門派裡的威望自不必說。正因她的威望和修為令弟子們仰望，才有不少弟子私下裡在討論和觀望，不知誰會被她看上，收為弟子。自知道了徐天胤的家世背景之後，弟子們都知道，以徐家的身分，徐天胤是不會接玄門掌門的，玄門的下一代掌門祖師，只可能是夏芍。

夏芍的弟子將來便是嫡傳弟子，承玄門祕術，傳門派香火，也會是玄門下一代掌門祖師。弟子們猜，夏芍或許會從門派裡挑，也或許哪天在外頭看見資質不錯的孩子，帶回門派來親自教導。可猜來猜去，誰也沒猜到，她的第一位弟子竟是阿覃。

眾人看著夏芍，不是不能接受阿覃成為夏芍的弟子，而是不知她這話是不是認真的。

要知道，玄門嫡傳弟子天賦向來傲人，但大家是同門，自然知道阿覃的天賦實屬一般。雖然他已不在了，但收徒之事從門派規矩上來說仍不是兒戲。嫡傳弟子要入承冊，名字永在玄門傳承人的名單上，後世的弟子們都能看到。夏芍選了天賦普通的弟子成為她的弟子，她在不在意後世弟子們一直拿這名天賦普通的弟子拷問她的眼光問題？

唐宗伯看著夏芍，問：「妳決定了？」

「這事還能兒戲？我再愛跟您開玩笑，也不會拿這麼大的事說笑。」夏芍笑笑。

「好，」唐宗伯點頭，目光讚許，「就按妳的意思辦。」

張中先也點頭，「等阿覃頭七一過，下葬之時，一併舉行拜師大禮。人雖然不在了，該有的儀式，一樣要給他。」

「骨灰帶回香港，尋處好的風水地葬了。」唐宗伯接著道：「奉養的事，由門派承擔。」

夏芍微微點頭，她的積蓄不少，到時就當是給阿覃的，匯去他老母親的帳戶保其晚年無憂。有機會去香港，她也會去看望老人家。

眾弟子聽著唐宗伯、夏芍和張中先的決定，無一不動容。若是當初余九志在的時候，死去的弟子哪有這樣的待遇？人死什麼都得不到了，但這樣的身後安排，也叫人感動。

魯樺的眼圈都紅了，起身就向唐宗伯和夏芍砰砰砰磕了三個響頭，「我替阿覃謝謝掌門祖師，謝謝師叔祖。」

夏芍身子微微一側，不願受這禮。有什麼可謝的？阿覃若能活，他絕不願意死。嫡傳弟子的名頭，於他不過是虛名，再多的補償都無法跟一個人的生命相比。

「起來吧，你這頭應該向阿覃磕，你這條命是他救回來的。這七天，你就在靈堂守著他吧。」唐宗伯嘆道。

魯樺擦去眼淚，重重點頭。

給阿覃守靈的這七天，降頭師們超渡除怨的法事自然要推去後頭，不能安排在一起。作法超渡的事唐宗伯會主持，不必夏芍管，但阿覃頭七這幾天，夏芍照樣跟學校請了假。不管怎麼說，這是她認下的弟子，為他守靈是應該的。

徐天胤本也要請假，夏芍卻趕他回軍區。他跟她不一樣，有公職在身，怎麼都要顧及影響。他走到今天這步不容易，夏芍不希望他被人抓著辮子說因私廢公。

徐天胤回軍區週末也一樣可以回來，會館的事夏芍會處理，根本不需要他幫忙。她堅持的事，徐天胤拗不過，加上唐宗伯也是這意思，他第二天中午便回了軍區。

夏芍在會館的大部分時間都待在靈堂，其餘時候則去看看衣妮和溫燁的恢復情況。

衣妮那晚被陰煞所傷，不是那麼容易好的，野山參切片給她含了整整兩天，她才醒來。醒來的第一句便問：「那賤人死了沒？」

夏芍知道她一定會問，聞言輕輕蹙眉，「死了。」

確實是死了。

那晚，夏芍雖知那神祕的男人將衣緹娜從通密手中帶走，也知道他是帶她去了一處民居解

金蠶蠱毒，可她卻無暇顧及這兩人。

等事情了了，第二天一早，夏芍和徐天胤趕過去，那裡已經人去樓空。

確切地說，只有那男人走了。

屋裡留下的是衣緹娜的屍體。衣緹娜並不是死於金蠶蠱毒，她死時肚腹如常，蠱毒已解。她的死因是沒了心臟。

衣緹娜的心臟被人挖了出來，血淌了一地，眼睛直直盯著床頭的方向，似乎到死也不敢相信男人會這樣對她。她生命的最後一刻，是怎樣的心境，無人知道，她所留下的就只是空洞的雙眼和空空的胸口。

衣緹娜的屍體夏芍和徐天胤沒處理，而是瞧瞧又退了出去。於是，這幾天京城出了一宗人心惶惶的大案，一名被人挖了心臟的女人死在了出租房裡，警方介入調查，關於這案子已經流傳出了諸如情殺、諸如人體器官買賣的多種說法。

衣妮聽說衣緹娜的死法之後，躺在床上虛弱地大笑，「活該！當年她幫一個剛見面的野男人挖同門姊妹的心，今天就輪到她被人挖心而死！報應，都是報應！」

這笑帶著三分恨意、三分暢快，最終衣妮笑著笑著，卻笑出了哭意。也不知是哭為母報了仇，還是哭即使報了仇她也換不回母親，回不了寨子了。

夏芍悄悄退出房間，任衣妮在房間裡盡情發洩這些年來的情緒。

一出房間，卻是一愣。

海若站在外面，似乎是在等她。

「是不是小燁子醒了？」夏芍問。溫燁的情況比衣妮嚴重，他強行突破，身體受了相當大的壓力，需要休息，都睡了兩天了，還沒有清醒。

「還沒，掌門祖師說，可能要睡上個四五天。」海若有些憂心地笑了笑，又道：「師叔，您有時間嗎？」

夏芍一聽這話，便知道海若有事找她，於是點點頭，帶她去了會館的茶室。會館還在放假中，員工沒來，夏芍自己去取了茶葉和熱水，泡了兩杯茶，這才問：「什麼事？」

海若欲言又止，有些難以開口的樣子。

「有話就說。」夏芍端量著她的神色道：「若是小燁子的事，妳倒是不必太擔心。師父既然說了他沒事，他就一定不會有事，只是多睡兩天罷了。」

「不是這件事。」海若深吸一口氣，像是下了很大的決心才道：「師叔，我有個不情之請，想請您……收小燁子為徒。」

夏芍愣住，半晌，挑了挑眉。

海若有些難為情，「師叔，我知道這話突然，但小燁子的天賦您也看到了……以我的修為，可能不需要幾年就沒什麼可教他的了。這麼有天賦的孩子，我不想讓他蹉跎在我手上，趁著他年紀還小，我想……不如給他尋個能教他的好師父。自門派清理門戶之後，仁字輩的弟子也沒幾個修為特別高，能把小燁子帶成才的。想來想去，就只有您和徐師叔了……徐師叔的性子，只怕不合適收徒，我就只能來求您了。」

「我曾想過，讓師父收下他，可您也知道，小燁子他師父和我都是師父的弟子，這孩子重情，當初我師兄失蹤以後，哪怕我們都知道他凶多吉少，這孩子還是不肯拜我為師。後來我說我跟師兄感情好，曾說過若有一天對方不在，要替對方照顧對方的徒弟。這孩子以為這話真是他師父和我的約定，這才乖乖跟著我到了美國。可是，那時候他是不肯叫我師父的，後來我唬他，說是他不改口，我就不教他術法，日後他若遇著殺他師父的凶手，便無法報仇。這孩子在他師父的遺像前跪了三天，這才改口拜我為師。」

海若嘆了口氣，「如今他師父的仇是報了，可我這個師父還在世。若叫他改投他人，他是萬萬不會同意的。我還好些，至少和他師父是同輩，若叫他拜我師父為師，他跟他師父不就成了師兄弟？他定會說亂了輩分，死活不會同意的。」

「那他若拜我為師，豈不是亂了輩分？」夏芍聞言捧起茶杯來，輕啜一口。

海若苦笑，「這自然也是亂輩分的，不過，我總覺得若是您的話，或許有辦法讓他答應。我瞧著這孩子跟您親近……當然，我也是有私心的，跟著您，這孩子的前途才最好。」

面對夏芍，海若總覺得實話實說才好。這是個聰慧通透的女孩子，她年近四十，在她面前，總覺得沒什麼年齡上的差別。

夏芍笑著看了海若一眼，「溫燁這小子我是挺喜歡的，不過，這小子的倔強想必妳也知道，他不會願意的。」

「我可以勸他。」

「他的性子妳清楚，勸也無用。況且收徒是大事，兒戲不得。」夏芍給出模稜兩可的話。

海若愣了愣，她原以為玄門眾弟子裡，夏芍對溫燁不同，還以為她即便不一口答應，也會考慮考慮看看。可是此時聽這話，似乎是有些為難，又或者，這是不太願意的意思。

海若不可避免地頗為失望，但她也知道自己此舉確實唐突，只好歉疚地笑了笑，「都怪我只為小燁子著想，沒考慮到師叔的立場。不過，我還是想懇請師叔再考慮考慮。」

海若說完，向夏芍點了點頭，這才起身告辭。

她走後，夏芍別有深意地一笑。

溫燁整整昏睡了五天才醒，他醒了的那天，唐宗伯、張中先和夏芍一起去他房間裡看望，海若在一旁看著夏芍，夏芍卻只當沒發覺她的目光。

溫燁看見唐宗伯和張中先都來了，便起身要打招呼，被張中先給阻了，「行了，剛醒就別逞能了。你這小子，就是倔，修為是你說突破就突破的嗎？也不怕你這身筋骨廢了。」

張中先音量不小，看得海若想讓他小點聲又不敢，只好擔憂地看溫燁。

溫燁臉色還有點蒼白，皺皺眉頭，道：「廢了也比死人好。」

張中先一窒，唐宗伯微嘆，「好孩子。唉，好在都沒事，躺著休息吧，兩天後你覃師兄出殯，你再下床走動。」

溫燁聽了一愣，雖說要他兩天後再下床，他卻當晚就起來了。這小子性子拗得很，不管海若怎麼勸，他都堅持去靈堂。

雖然張氏一脈的弟子跟原先的王氏一脈有仇，但清理門戶後，留下來的弟子都是自己人，這一年多同吃同住，都在老風水堂裡，抬頭不見低頭見，怎麼也有點同門情誼。

溫燁起來的時候已經是晚上，靈堂布置在走廊盡頭，晚上點著燭。他穿著身白色長袖戴帽的衣服，走在走廊上，步伐很輕，卻莫名顯得沉重。走進靈堂，夏芍、魯樺和衣妮都在。

衣妮也沒回學校上課，對她來說，都是她被抓走，玄門弟子去救，人才死的。她這幾天身體好些之後，便天天在靈堂裡守著，時間不比魯樺短。

溫燁沒跟三人打招呼，自己取了香上了，然後走到後頭的白色蒲團上跪坐下來。

夏芍看了溫燁一眼，見他低著頭看不清眉眼。

雖然看不清，卻能看見他的拳頭緊緊握著，微微發抖。

夏芍起身走了過去，溫燁感覺到她過來，頭垂得更低了。

夏芍坐下來，遞上面紙。溫燁不理，用袖子擦去淚水。可是越擦，眼淚越多。

夏芍只看不語，半晌，聽他鼻音極重地道：「我師父，連靈堂都沒有……」

夏芍沒說什麼，不一會兒，起身離開。只是，走到門口的時候微微頷首，淺淺一笑。

阿覃出殯那天，玄門弟子穿白衣送行，按阿覃的八字選了京城方位最合他的殯儀館，骨灰由魯樺抱回來。夏芍在骨灰前上了香，祖師爺畫像前擺了祭祀三牲、杯酒茶水，一杯茶由魯樺代為擺在夏芍面前，又給祖師爺上了香，這就算是完成了收徒的儀式。

玄門弟子們都在場，溫燁得知這件事，沒有什麼反應。小傢伙這幾天身體不好，心情也不好，站在他師父海若身旁，始終低著頭。

唐宗伯表明回香港之後將阿覃的名字入冊，再將骨灰尋處風水寶地安葬。在此之前，要準備給降頭師們的超渡諸事。

為降頭師們超渡的法事，夏芍是不必參與的。玄門有這麼多人在，不必她費心，但夏芍這天卻仍跟學校請了假，留在了會館裡。

作法在會館進行，弟子們都穿上了道袍，由唐宗伯主持。一大早的，弟子們來來往往，搬著降頭師們的骨灰往法壇上走。

溫燁穿著身小道袍過來，他身體剛好，唐宗伯直到年前都不允許他妄動元氣，原本這場超渡的法事是不用他參加的，但夏芍道：「這場法事，凡是參與鬥法的弟子都要參與。通密最後是小熚子打死的，他也不能例外。哪怕是不動真氣，也可以在旁邊幫忙。」

通密最後是被溫熚打死的不錯，可哪怕他不出手，通密最後也活不了，而且通密臨死前，連溫熚師父的屍骨在哪裡都沒說，這種時候任誰心裡都會有怨，師叔祖竟然要溫熚參與超渡的事？

這是不是有點……不近人情？

張中先和丘啟強、趙固等人都看向夏芍，夏芍卻一副這件事就這麼定了的樣子。

在早上準備法事的時候，不少弟子從夏芍身旁走過，都忍不住偷偷瞥她。來來去去的人裡，看夏芍最多次的是海若。

海若一邊憂心地看溫熚，一邊看夏芍。這幾天她幾次想問夏芍對收溫熚為徒的事有什麼答覆，她都只是笑而不語。夏芍態度不明，海若雖然希望她答應，但也知道這事沒有強迫的道理。

夏芍像是沒看見海若，目光在法壇周圍落下，看見幾名弟子去搬法器，有的弟子負責去搬降頭師的骨灰。人人看見那些骨灰都露出嫌惡的神色，通密的骨灰更是沒人願意碰，恨不得吐兩口口水在上頭。

「別耽誤時辰，動作麻利點，那些骨灰趕緊搬過去。」夏芍吩咐道，轉眼看見溫熚拿著些紙符過來，便道：「去幫你師兄們把骨灰搬過來。」

溫熚一愣，弟子們都呆住。

這時候，因嫌惡通密，弟子們都離他的骨灰遠遠的，只有通密的骨灰前露出空位來。弟子們睜著眼，看看溫熚，周齊在一旁道：「我們搬，馬上搬。」說完，他就往通密骨灰那處走，但腳剛一抬起來，夏芍便望向溫熚，「還不去幫忙？」

周齊張著嘴回頭，弟子們也都張了張嘴，看向夏芍。

師叔祖不知道溫燁跟通密有多大的仇嗎？讓他去搬通密的骨灰？沒有人相信夏芍會忘了這回事，唯一的可能就是她在為難溫燁。

從讓他參與法事起到此刻，再不解的弟子也看了出來，可這讓大家很不解，這兩人平時不是常鬥嘴，關係很好嗎？

「師叔祖……」周齊性子急，當即便要開口詢問。這兩天大家都在守靈和忙活雜事，是不是溫燁做了什麼得罪師叔祖的事，而他們不知道？

夏芍卻抬手阻止周齊，看向溫燁。

溫燁低著頭，握著拳頭。他不看夏芍，目光只死死盯著通密的骨灰，死靜的氣氛裡，能聽見他牙齒咬得咯咯響。

弟子們心裡著急，雖覺得夏芍過分了些，卻不敢出聲，只能去看溫燁。

溫燁的脾氣，眾人都是知道的，平時就屬這小子最臭屁最毒舌，跟師叔祖他也一樣頂嘴。此刻讓他去搬通密的骨灰，他怎麼肯？

周齊不顧夏芍的阻止，衝著通密的骨灰去了。

在他看來，師叔祖也不過十九歲，可能不知是什麼時候跟溫師弟鬥嘴，結果大小姐脾氣犯了，跟個孩子較上勁。他去把那骨灰搬了，事後再去向師叔祖道個歉就好了。

周齊的步子剛動起來，溫燁忽然抬起腳絆住周齊，周齊一個不留神，噗通一聲摔倒。

這一摔，弟子們眼都直了，卻見溫燁寒著臉，周身都是暴風雨來臨前的氣勢，大步邁過周齊，自己往通密的骨灰前去，然後在眾目睽睽之下抱起，轉身走向法壇。

「砰」一聲，這小子態度絕對不好，把通密的骨灰重重放在了法壇上。在遠處的海若舒了口氣，她還以為依溫燁的脾氣，會把骨灰給摔了。

法事開始後，由唐宗伯主持，弟子們都忙碌了起來，圍著法壇上擺放的骨灰走步搖鈴，一步不錯，口中念唱經文。

遠處樹下，溫燁站在那裡，目光落在通密和降頭師們的骨灰上，拳頭緊握。

「氣成這樣？」夏芍不知什麼時候走到溫燁身後，淡淡地笑問。

溫燁轉過頭來，聲音很沉，「妳不氣嗎？通密老狗害過掌門祖師，這老狗害了那麼多人，死了還能有人為他作法超渡。我師父沒了那麼多年，現在連屍骨都找不到，想燒紙錢告知他大仇報了，靈位都不知道該往哪個方向擺。這群害人的人反倒有人超渡，妳不覺得很不公平嗎？」

「你想要公平？」夏芍挑眉，「很簡單，再深的仇怨，莫過凌遲曝屍，挫骨揚灰。現在人已死了，凌遲曝屍是不能了，挫骨揚灰還是可以的。骨灰就在上面法壇，你去拿了，隨便撒去哪個窮山惡水。或者，乾脆尋處絕戶穴把這群人埋了，保准他們全族死絕，也算大仇得報。」

溫燁咬著牙，頭一扭，「不去！」

「為什麼？」夏芍來了興致。

溫燁的拳頭握得緊了緊，「師父說過，風水師勘輿地脈，少則影響一人吉凶大運，多則影響一家一族。有仇報仇，不能害人全族。業障太大，不報在自己身上，也會報在親人身上。」

「那就不害他們全族，你若實在氣不過，上去挫骨揚灰也成。」

溫燁抬起頭來，用古怪的目光看她，「說作法事超渡的是妳，說挫骨揚灰的也是妳，妳今

天真奇怪，腦子燒壞了吧？」

夏芍沒好氣地道：「我還不是為某人著想？你本來就是個愛逞能的，再因為這事把氣憋在心裡，要是憋壞了，你師父該說是我欺負你了。」

溫燁氣哼哼轉頭，好像確實是這麼回事。

夏芍嘆氣，「你以為我愛給這些人超渡？這都是掌門祖師的意思。要依著我，這骨灰我就去給他撒在窮山惡水，來他個挫骨揚灰。」說到此處，夏芍臉色冷了下來。

溫燁這回小眉頭是真皺緊了，「妳是風水師嗎？」

夏芍一愣，低頭看他。

「這些人生前就不是好人，死得又慘，怨念太重。掌門祖師要作法超渡這些人，就是要除掉這些人身上的怨氣，免得他們死了還害人。師父都跟我說過，風水師有風水師的職責，有的時候不能任性，任性的結果很可能是痛快了自己，害了無辜的人。就算是仇人在眼前，再痛恨，也得作法給他超渡……」溫燁一開始還教訓夏芍，說到最後，越說聲音越小，嘴癟著，拳頭握著，一副受了委屈的忍耐模樣。

夏芍看著他，目光裡有笑意閃現。

溫燁見夏芍在笑，咕噥道：「還師叔祖呢，這點道理都不懂……」說完，他轉身就走，似乎覺得作法事很吵，想回去休息。

然而，他剛邁出兩步去，便聽夏芍在後頭笑了，「你也可以不叫我師叔祖，願意的話改個口，叫師父也成。」

溫燁聞言頭也不回，想擺擺手，但他的手剛抬起，突然停住。

夏芍慢悠悠地道：「我記得以前跟你說過，這師叔祖你大抵要叫一輩子，現在你倒有個機會換個稱呼了。」

「妳是真燒糊塗了吧？」溫燁瞪著夏芍。

夏芍但笑不語。

她對溫燁的印象本就好，以前她沒想過收徒，她沒那麼多時間。許是因為前幾天收阿覃為弟子的事，讓海若動了請她收溫燁為弟子的念頭。

海若的話不無道理，溫燁是玄門年輕一代裡天賦最高的，趁著他年紀還小，早早教導起來，將來必有一番作為。若是蹉跎了這幾年，許就浪費了一棵好苗子。

可一旦動了收徒的念頭，夏芍必是要好好考察的。即便她對溫燁印象再好，但收徒之事不可馬虎，畢竟這不是她個人喜好的問題，而是關係到玄門傳承，免得玄門再出現余九志之亂。

所幸這小子沒叫她失望，身負深仇，還能有如此自制力，如此看得明白，很不錯。就一個十三歲的孩子來說，他比許多弟子做得都好。

「我看妳是燒糊塗了。」溫燁見夏芍笑意頗深，轉頭就走，走出兩步又回來拉她，「走，回去吃藥了。」

夏芍被這小子氣笑了，「這事你海若師父知道，她沒跟你說嗎？」

夏芍知道海若必是沒跟溫燁說的，要是說了，依這小子的脾氣，早就鬧起來了。她這麼說只是想讓他知道，這件事不是開玩笑的。

溫燁果然停下腳步，看了夏芍半晌，衝著法壇便去。

「你做什麼？」夏芍在後頭攔他。

「找我師父問清楚。」

「你師父也是為你好。」

「不需要！」溫燁忽然甩開夏芍的手，眼裡全是受傷之色，他吼道：「為什麼我總要換師父？一個師父不在了，一個要把我丟給別人！」

夏芍被他吼得微微蹙眉，她蹲下身，看著眼前的男孩，笑容溫暖，「我明白你的感受。即使我的師父不是掌門，如果讓我換，我也不願意。生氣可以理解，但我希望你能明白，這不是你海若師父不喜歡你。恰恰相反，因為她在乎看重你，所以為你著想。」

溫燁身子震了震，「可是，海若師父還在世，我怎麼能改拜別的師父？輩分……」

「你海若師父不會介意輩分，你師父若在世，也不會介意輩分。」夏芍清楚，溫燁拜她為師，便會從義字輩升到仁字輩，他此時跟海若是師徒，拜她為師之後，跟海若便是師姊弟了。

「我介意！」溫燁低吼。

「那你就是迂腐。」夏芍伸手去彈溫燁腦門兒。

溫燁瞪著眼。

「我問你，你海若師父教你再多事，修為祕術能教你嗎？」

溫燁癟著嘴，聽聞這句話有些氣惱，「我才不要因為這個拋棄師父！」

「哦？你覺得修為和傳承祕法不重要嗎？」夏芍不緊不慢地問。

「沒有師父重要。」

「你師父這麼重要，那晚殺通密，你親手打敗他，為你師父報仇了嗎？」

溫燁愣住。

「師父重要，同門重要，修為反在其次，那同門遇險，你若不強行突破，救得了同門嗎？」

「師父重要，同門重要，下回他們再遇險，你還想再體會一次救不了他們的感受嗎？」

「天賦是與生俱來的，同門師兄弟求都求不來，你有，卻不看重，白費了好資質，到頭來再遇上同門被害卻無能為力的事，你該怪誰，怨誰？」

夏芍一連三問，問得溫燁啞口無言。

「可是……海若師父說，我拜她為師就能替師父報仇。現在師父的仇報了，屍骨還是沒能找到……」半晌，溫燁嘴一癟，眼望著地。

「那是因為你還不夠強。如果你足夠強，哪怕找不到你師父的屍骨，也能為你師父報仇。」夏芍摸摸他的頭，「不管你師父的屍骨尋沒尋到，故去的人都在你心裡。只要你不遺忘他，他永遠都在。你師父若能看到你今天，他會欣慰的。」

溫燁低著頭不說話，眼裡終於有淚水掉下來。

夏芍蹲身看他，「重孝道，重情義，你固然是對的，但是身為玄門弟子，你要懂得責任，懂得擔當。若有一天，你能把責任看得更重，你才是真的長大了。」

「我想，你師父會願意看見你長大的。」夏芍笑笑，拍拍他的肩膀，「你們在京城還要待四五天，給你時間考慮，走之前給我答覆。不管你是同意還不同意，我希望你做到不後悔。」

依溫燁的執拗性子，夏芍以為他要考慮很久，沒想到第二天她早起準備去學校上課的時候，門被人一把推開了。

溫燁氣勢十足地站在門口，朝門裡大喊：「師叔祖，請收我為徒！」

……

夏芍要收溫燁為徒的事，一大早便震動了會館，連唐宗伯和張中先都被驚到了。

海若私下請夏芍收溫燁為徒，這件事因夏芍態度不明，她並未對外張揚。溫燁昨晚將自己關在房間裡，誰也不見，連飯都沒吃，今早便直衝夏芍的房間。

除了海若得到消息時露出欣慰的神色，其餘人都被殺了個措手不及。

茶室裡，唐宗伯坐在上首，張中先站在一旁，眾弟子分立兩側，中間站在夏芍和溫燁。

溫燁大聲道：「掌門祖師、師公、師父，我要拜師叔祖為師。」

眾人默然，這是師叔祖的意思，還是溫燁的意思？

如果是前者，那是喜事。如果是後者，那可有點拋師棄祖的意味。

海若擔心溫燁受責難，趕緊上前道：「掌門祖師、師父，這事起初是我的意思，是我私下裡尋了師叔祖，請她收小燁子為徒的。」

海若將事情經過一說，眾人一聽，這才知道竟然是一週以前的事了。

唐宗伯喝著茶，看夏芍一眼，「妳這丫頭，這麼大的事，也不知道跟師父說一聲。」

夏芍笑咪咪的，「跟您說了，您大抵也是呵呵一笑，說這是我徒弟，讓我自己挑，然後您老便在一旁喝茶看戲。既然如此，才不叫您提早知道，免得笑話我。」

唐宗伯被堵得吹鬍子瞪眼。他原來就奇怪，作法的時候這丫頭為什麼為難溫燁，現在才知道原來是這麼回事。

「你想拜你師叔祖為師？為什麼？」唐宗伯看向溫燁。

溫燁這孩子，他看著是不錯的，重情重義。小小年紀，為了他師父的事沒少傷神。這小子既然敢不顧同門誤會說要拜師，想必是想明白了。況且，夏芍看樣子是同意，也就是說她的考驗，這小子通過了。

「師叔祖說，玄門弟子重孝道，重情義還不夠，更要有擔當。我要跟師叔祖學本事，以後我師父、覃師兄的事就不會再發生。誰欺我同門，我揍。欺我師父，我揍。」溫燁腰板挺直，聲音乾脆，目光亮得叫人眼都虛了虛。

其他人震動，海若則眼圈微微發紅。

「好孩子。」唐宗伯感慨，轉頭問張中先：「張師弟，他是你那一脈的孩子，你的意思呢？」

「我什麼意思？哼！」張中先不看溫燁，反倒看向夏芍，「這丫頭撬我的牆角，我得找她好好討要個說法。」

夏芍慢悠悠一笑，「哦？您老打算要我怎麼給您個說法？」

張中先義正辭嚴，「我這脈就這麼個孩子，妳撬去了，妳替他給我端茶倒水、捏肩捶腿？」

「我給您老人家端茶倒水、捏肩捶腿，您老人家就同意小燁子拜我為師？」夏芍笑道。

張中先性子直，哪聽得出夏芍話裡的彎彎繞繞？唐宗伯頗有深意地一笑，奈何張中先沒看到，當即哼了哼，「妳當真能給我端茶倒水、捏肩捶腿？要能堅持到我回香港，我就考慮這事。」

「咳！」唐宗伯聞言咳了一聲，「張師弟，區區幾天端茶倒水，你就把小燁子給人了？」

張中先一愣，這才發現被耍了。

他口口聲聲稱溫燁是他這一脈的弟子，結果為了這麼點好處就把這小子給賣了，這不明顯說明他這個師公也不怎麼看重溫燁，這小子跟著他還不如跟著夏芍嗎？

本來是怪這些人一個個都跟他先斬後奏，想著趁這機會為難一下夏芍，哪知道才幾句話，就被這丫頭給下了套。

見弟子們低著頭偷笑，張中先老臉掛不住，跺了跺腳，背著手走了。

夏芍收徒是大事，自然要好好準備，但眼下正在作法超渡，唐宗伯決定打電話回香港，讓在香港的弟子們都過來觀禮。這事並不急於這一兩天，等作法的事結束之後再操辦不遲。

夏芍回學校上課，回公司處理事務。日子對她來說，又回到了正軌。

夏芍請假半個月，學校已經見慣不怪了。她從開學起，上課的時間和請假的時間幾乎對等。這半個月，元澤、柳仙仙、苗妍和周銘旭都以為夏芍是公司事忙，抽不開身，得知她回校上課以後，自然是第一時間找她相聚。

等來夏芍的時候，卻發現她身邊多了個人。

「介紹一下，新認識的朋友，生物系的，跟我們同年，她叫做衣妮。」

衣妮在班裡人緣不算好，很多男生喜歡她的外貌，卻畏於她的脾氣。同班女生更是覺得她整天一副跟人有仇的樣子，讓人很不爽。

莫說開學兩個多月，衣妮從寨子裡出來，這些年自己一人過活，對人總有一份警惕心，從來都是獨行俠。朋友這個詞，即便是在寨子裡的時候，她也沒有體會過。那時候，她有的只是同門姊妹，因她是黑蠱王的女兒，同門姊妹對她向來多份敬重。雖然同齡，卻沒有體會過友情。

因此，當夏芍向朋友們介紹她是她新識的朋友時，衣妮頓時愣住，以致於元澤等人跟她打招呼，她都沒有聽見。

元澤挑眉看向夏芍，用眼神詢問她。

柳仙仙可沒這麼好的涵養，見衣妮呆愣，抬手便往她腦門上彈了一記，笑著擠兌夏芍，「請了半個月的假，妳是泡妞去了吧？哪兒泡回來的妞兒，傻愣愣的！」

衣妮霍然回神，飛快往後退，目光鋒利如刀。

元澤、柳仙仙、苗妍和周銘旭都呆住，尤其是柳仙仙，看了自己的手指一眼，頓時樂了，又看夏芍，「行啊，妳交朋友，淨交些會功夫的。是不是看妳表妹不在，那個男人婆又回香港了，沒人陪我練練，故意找了個妞兒回來跟我幹架？先說好，老娘不是那麼粗魯的人。」

夏芍對柳仙仙的自戀習慣了，只扶了扶額，便道：「我看起來對妳有那麼好嗎？」說完，她回身對衣妮道：「別理她，這人最自戀，最瘋的就是她，不愛理可以不理。」

柳仙仙柳眉倒豎，「誰自戀？誰瘋？夏芍，妳給老娘說清楚！」

夏芍懶得理她，招呼衣妮，和元澤等人一起進了川菜館。

學校裡的川菜館師傅手藝很不錯，相當受學生們青睞，一到了飯時，上下兩層都是滿座，天天座無虛席，想要三樓的包廂都得提前訂位。

元澤昨天聽說夏芍要回學校，便用了點學生會的人脈，訂下了一間包廂。

一行人去往三樓，一路收穫目光無數。現在學校裡別說沒人不認識夏芍，就連元澤也是校園裡的風雲人物。

元澤明明是大一新生，卻人緣極好，短短兩個月，就讓他混了個監察部副部長的位子。這在京城大學學生會的歷史上也是很少見的，因此元澤這段日子在校園裡也算一炮而紅。

當然，這個風雲人物除了深厚的家庭背景、令人豔羨的個人能力之外，在女生堆裡還有著超高的人氣。也正因這超高的人氣，讓經常跟元澤在一起出入的柳仙仙和苗妍也很受人注意，但苗妍外表看著普通些，柳仙仙卻是舞蹈系的系花，因此學校裡這段時間便開始有傳言，說兩人是男女朋友，正在交往。

這讓柳仙仙受到不少女生的冷嘲熱諷、明裡暗裡的挑釁。

幾人剛走進川菜館，便有諸多目光投來，看夏芍的，看元澤的，看柳仙仙的，光看還不算，外加指指點點。夏芍耳力好，一路往樓上去，把一些話聽在了耳朵裡，目光在微笑不語的元澤和眉眼飛揚的柳仙仙臉上掠過，尤其在元澤那桃花成堆的臉上一落，抿嘴偷笑。

到了三樓，幾人剛想進包廂，便聽見後頭有人驚喜道：「夏董？」

夏芍回身一看，原來是學生會長張瑞等人，他們正巧坐在元澤訂的包廂對面，應該是剛進去，門還沒來得及關。

張瑞帶著人走過來，伸手笑道：「沒想到在這兒碰見夏董，真是巧。」

夏芍笑著跟張瑞握手寒暄，見他身後的人都是她認識的，國際交流部長汪冬、實踐部長姜正文、就業規劃部長鄧晨，還有個宣傳部長王梓菡。

鄧晨看見夏芍，臉色不太好看，他上回在風水課上被夏芍冷嘲熱諷一番，結果那之後學校裡就興起了去聽風水課的熱潮。別說去聽課了，就算他走在校園裡，都感覺背後有人指指點點，他的朋友也沒少拿這事揶揄他，害得他顏面掃地。今天看見夏芍，他臉色能好就怪了。

但是，心情再不好，鄧晨也沒敢找夏芍的碴。這女孩子很有辯才，他知道自己不是對手，而且今天張瑞在場，他看起來對夏芍很是欣賞，也因為和華夏集團簽約就業實習合同的事，張瑞聽說了風水課上的事，還把他訓斥了一頓。

除了鄧晨臉色不好看，其他人都還好。汪冬與夏芍握手點頭，姜正文則揚起他那自以為迷人的笑容道：「聽說夏董剛銷假回來，要我說，公司的事再忙，也要注意休息，徐將軍怎麼捨得讓夏董這麼忙？」

夏芍淡淡一笑，並未多言。姜正文是姜家的人，她到現在還沒見過姜正文的哥哥，傳聞京城四少之一的姜正祈，但就姜正文來說，完全就是個紈絝。在夏芍看來，此人跟同樣有紈絝名聲的王卓都不能比，完全不在一個層次上。

姜正文並沒有介意夏芍的冷淡，往他身上貼的女人多了，對他不怎麼搭理的人，他就只見過兩人，一個是夏芍，一個是王梓菡。

王梓菡是最後跟夏芍打招呼的，她笑容端莊，舉止得體，夏芍拒絕了去王家用餐，她看起來一點也沒有不滿，「夏董，我們已經接到華夏集團的合同，昨天學生會還開會商量，想把舞會定在聖誕節那晚，妳看呢？」

「我沒意見，學生會安排就好。」夏芍道。

「那就這麼定了。日子定下來，很多節目也好安排。」張瑞喜道。

夏芍又與幾人寒暄幾句，這才和朋友回包廂。

王梓菡轉身的時候，垂下的眼眸底有莫名的光芒閃過。

今天有新朋友，為了慶祝，大家叫了啤酒。夏芍向來不喝太多酒，今天卻是第一個舉杯，只是目光看向元澤和柳仙仙，笑道：「為我今天聽見的八卦，乾杯。」

元澤和柳仙仙都是一愣，接著，兩人反應激烈。

「妳怎麼也聽起這些八卦來了？」元澤無奈。

「妳信了那些八卦？」柳仙仙誇張地翻了個白眼。她早就知道元澤對夏芍有好感，她怎麼可能看上元澤？「老娘要真看上他，還用等現在才傳緋聞，高中的時候就傳了好不好？再說了，就他這家世背景，白送老娘都不要。」

柳仙仙的家世，夏芍至今不太清楚，她只知道她是私生女，母親已經去世。這麼多年，她從未提過她父親，也沒見她跟家裡聯繫。當年在青省，過年過節的時候，她都是去胡嘉怡家裡。以柳仙仙的性情和身世，確實不太適合嫁入官門家庭，而且她自己似乎也清楚，只是提到元澤的背景時，柳仙仙的神態明顯輕嘲。

她跟元澤認識這麼久，必然不是嘲諷他。那麼，她嘲諷的是？

夏芍挑眉，柳仙仙卻又恢復常態，笑看元澤一眼，「這小子實在太壞了，妳別以為咱們元少多純潔，最壞的就是他。有這等謠言，身為男人，他也不澄清，擺明了讓那些女人以為他名草有主，讓老娘幫他擋擋往他身上撲的狂蜂浪蝶。他倒是清靜了，我這兒快成戰場了。」

元澤聞言，轉頭看柳仙仙，表情有些鬱悶，「柳大小姐，我就是想澄清，也沒人信我好嗎？去找妳碴的人，妳都很有戰鬥力地擋回去了。我澄清，誰信我？」

柳仙仙一噎，「哦，那些人找碴都找到我面前來了，難不成我能不吭聲給她們欺負？老娘是那種人嗎？找上門來找罵，我當然要讓她們知道老娘的厲害。」

元澤苦笑，看向夏芍，「謠言就是這麼產生的。」

夏芍搖頭笑了笑。其實她從面相上就能看出來，元澤和柳仙仙壓根兒沒有紅鸞星動的跡象，之所以提這事，不過是打趣好友。

她是希望朋友們幸福的，儘管她也知道元澤的心思，但誰沒有個年少懵懂的時候？她已找到自己的愛情，也希望朋友們能找到。若柳仙仙和元澤是兩情相悅的，她自然支持，只是兩人都沒這意思，那這謠言還真是讓人頭疼。

「你要是想斬那些騷擾你的桃花，我有辦法，需要嗎？」夏芍看向元澤。

「求之不得。」元澤苦笑。

「按你的生肖，桃花在子，五行屬水。爛桃花在卯和午，五行分別屬木和火。看看你宿舍的床位，不要睡在正南或正東。若是恰巧睡在此，要麼換床位，要麼儘量睡覺時腳不要朝正南或正東。平時少穿紅、青、綠這三種與爛桃花五行相合的顏色的衣服。宿舍正南和正東方位少放植物，尤其是水生的，更別放魚缸。」夏芍提醒了幾句。

斬桃花最常見的方法就是看生肖，生肖不同，正桃花和爛桃花的方位不同，再依據這些方位進行調整，就能有效地遏制桃花。

據說人青春萌動的時候，荷爾蒙分泌與平時不同，氣場和感官都會變得敏感。這個時候，很容易會被相合的氣場吸引。只是注意穿衣的顏色，聽起來頗神奇，其實色彩在心理學上的作用早已被證實，而夏芍提醒元澤一些擺放東西的注意事項，也是在教他調整宿舍裡的氣場。

事實上，調整人周身的氣場，佩戴用元氣所畫的符最有效，可夏芍沒提這個方法，而是選了最常見的方法。畢竟用符來調整氣場，可能會傷害到正桃花，如果元澤遇到真命天女，她可不想壞了他的姻緣。

元澤聽了點點頭，明顯鬆了一口氣。

這話題一過，菜便上來了。

吃飯的時候，柳仙仙八卦的毛病又犯了，開始打聽衣妮的來路。衣妮只吃飯，不理她。柳仙仙瞪直了眼，她的八卦功夫只在兩個人身上失效過。

一個是徐天胤，一個就是衣妮。

徐天胤當初都給面子地回答了幾句，衣妮居然一句也不回。

這很傷柳仙仙的自信心，她提著啤酒瓶起來，大有衣妮不回答就要幹架的趨勢。

衣妮轉頭，用只有夏芍能聽見的聲音道：「妳朋友好吵，我可以給她下蠱嗎？」

夏芍眼也不抬，「不可以。」

下蠱被否決，衣妮擺脫不了柳仙仙不住下戰帖，最後拍桌而起。

苗妍嚇了一跳，以為兩人要打起來，沒想到兩人提著啤酒，就開始拚酒。拚完了還不算，又開始拚吃辣。

夏芍看兩人辣得滿頭大汗，嘴唇臉頰都像被開水燙過似的，微微一笑。這個比拚的辦法好，辣得說話都不利索，也就不吵了。看來，以後要常來川菜館。

一頓飯吃罷，桌上跟戰場似的。柳仙仙抱著吃撐了的肚子不動了，衣妮則望著一桌飯菜，神情有些恍惚。其實今天她本不想跟夏芍一起來吃飯，但她下課後去她的班級門口叫她，也不知道為什麼，她就跟來了。從未想過會跟人吃這樣一頓飯，似乎在遇到夏芍後，什麼都變了……

夏芍看向衣妮，「以後我要是不在學校裡，他們吃飯妳就跟他們一起吧。雖然都是些鬧騰的，但人都不壞。」

衣妮沒答應，也沒不答應，但是從這天起，夏芍總不忘去叫她，她也就這麼跟著一起了。

自這天起，夏芍的日子恢復如常，學校、公司、會館，三頭跑。公司那邊，華夏拍賣京城分公司的總經理方禮說，王卓這段時間去國外度假了，拍賣公司的事似乎擱置了下來。

王卓哪是去國外度假，分明是躲出去了。他現在在京城，待在家裡被人笑，出門也被人笑，只好躲去國外。

華夏集團在京城的諸多分公司這兩個月來已步入正軌，有的人看的是華夏集團在商場的實力和名氣，有的人則衝著夏芍和徐天胤的事。不管是哪方面，京城公司的營運並沒有遇到什麼阻礙，甚至很順暢。勢頭良好，夏芍沒課的時候便去公司主持大局，晚上回會館跟師父等人相聚。

作法超渡要七七四十九天，聽起來長，不過就是一個來月。時間過得倒也快，作法諸事完畢之後，唐宗伯抽了一天的時間拜訪了京城的香火鼎盛的一座佛寺，他與寺裡已經圓寂的方丈是舊識，寺裡的慧雲方丈聽說之後，親自接待了唐宗伯，在聽了這些骨灰的來歷後，慧雲方丈宣了聲佛號，表情慈悲。

對寺裡的人來說，念經消除惡業也是修行的一部分，慧雲方丈並沒有推辭，聽唐宗伯一說，便同意將降頭師們的骨灰存放在了寺裡。

事情辦妥了，夏芍卻還是沒急著舉行拜師儀式，而是讓師父和弟子們休息了幾天，拜師的儀式挑在了週六那天。

第四章 無端蒙冤

夏芍要收徒，徐天胤從軍區回來，玄門在香港的弟子也都趕到了。

聽說通密死了，眾弟子都很振奮。當初暗害唐宗伯的仇人，三人死了兩個，現在就剩歐洲的奧比克里斯家族了。起先唐宗伯帶人來京城的時候，眾人並沒有想到這一仗能贏得這麼漂亮，只可惜犧牲了一位同門……

聽說通密被殺當晚鬥法的情形時，大家驚呼連連，看夏芍的目光又多了幾分敬仰。而當聽說夏芍要收溫燁為徒的時候，大夥兒當然也驚訝。

拜師這天，會館專門清出一個房間設大堂，正東方位掛祖師爺的畫像，桌上香燭、瓜果、三牲齊備。正北方位設桌椅，唐宗伯坐中間，夏芍和徐天胤分坐兩旁，面前放著蒲團，而三人對面的方位，張中先、海若坐在那裡，其他弟子則站在旁邊觀禮。

溫燁穿著身小道袍，瞧著頗可愛。平時他穿成這樣，夏芍是要笑的，今天卻是難得的嚴肅。

眾弟子看著溫燁走進來，目光跟隨著他。這是玄門年輕一代中年紀最小天賦卻最高的弟子，以前他是小師弟，今天過後，他便是小師叔。或許有一天，他會是嫡傳弟子，堂堂的宗字輩。又或許有一天，他會成為掌門。

溫燁的表情很肅穆，或者說，這小子的表情一直都很肅穆，只不過以前臭屁些。

拜師儀式，先拜祖師爺畫像，上香、敬茶，這是每個入門派的弟子都要做的，溫燁做過兩回，今天是第三回，但他沒有怠慢，每一步走得都穩重，跪地，叩首。

起身後，上香、敬茶。禮畢，轉身，走向張中先和海若。

張中先有著感慨的神色，海若則眼圈紅了。她知道這頭磕下去意味著什麼，但是她甘願。

溫燁拳頭握著，垂著頭，跪下時噗通一聲。他沒跪放好的蒲團，而是膝蓋著地，咚一聲，震得人心裡不知為何有些發堵。

再叩首，這回是謝師。

「師公、師父，弟子不孝，謝謝你們的教導之恩。」溫燁一個頭磕下去，又是砰一聲，這回卻很久沒有起來。

張中先嘆氣，點點頭。這是他這一脈最惹人疼愛的弟子，今天要離開，他卻感到欣慰。阿暉啊，要是你在天有靈，就看一眼吧。這孩子，也算是出息了……

海若忍不住落了淚，邊落淚邊笑，邊笑邊點頭。她沒有子女，這三名弟子就是她的孩子。她將他們視如己出，小淑和小可是她的女兒，溫燁是她的兒子。

我不會失去你，我不是你的師父了，卻還會是你的母親。

海若伸手想去扶溫燁，最終手停在半空，任他跪著。

溫燁起身的時候，倔強得不看人，袖子在眼上一擦，轉身後，步子邁得決然。

來到唐宗伯、夏芍和徐天胤面前，他仍然沒有用蒲團，同樣雙膝落地，接著三叩首。

「弟子溫燁，拜見掌門祖師、師父、師伯。」

夏芍身為師父，有些話該她說。此刻她的目光卻有些恍惚，依稀記起，未滿十歲那年，她在十里村後山的宅院裡遇見師父，在書房裡簡單拜了師，遠沒有今日隆重，沒有這麼多人觀禮，她這一生卻從此走上了不同的路。

今天身分換了，她坐在椅子上，看後輩磕頭拜師。

一瞬間，她有種錯覺，好像從那時到現在，過了很多年。實際上算算，不過十載。

十年的時間，她有了華夏集團，有了師兄，現在，有了徒弟。

夏芍看著溫燁，笑著開口：「抬頭。」

溫燁聞言，這才直起身來。

夏芍道：「接下來的話，你拜師的時候想必你師父已經跟你說過，但我還是要再說一遍。玄門三規六戒：一不准欺師滅祖，二不准藐視前人，三不准江湖亂道，四不准鬥狠嗜殺，五不准姦盜邪淫，六不准妄欺凡人，你可記清楚了？」

「清楚了。」溫燁點頭。

「還有一句話，望你謹記。重孝道，重情義，是你的本分，但是從今天起，重責任也是你的本分，你能牢記嗎？」

「能。」溫燁脊背挺直，聲音更沉。

「好。」夏芍點頭，「從今天起，你就是我的徒弟了。」

夏芍拿出一塊玉佩，是清代老玉，羅漢造型，羊脂白外頭帶著微黃，金吉之前極為濃郁。這是當初用來佈七星聚靈陣時的法器，當初收了九塊，其中七塊佈了陣，一塊去香港的時候給了李卿宇護身，還剩下最後一塊。

夏芍遞給溫燁，「這塊玉佩你收好了。」

屋裡氣氛變了，有輕輕淺淺的抽氣聲。玄門弟子拜師時，師父都會送見面禮給弟子，但法器哪是那麼容易尋得的？師父手上最好的法器都會留給最得意的弟子，因此給大部分弟子的見面禮有的是玉器，有的是符籙，有的是銅錢龜甲，但這些上頭的金吉之氣都很淡，一看就不是古物，只是各自師父帶在身上以元氣蘊養出來的。好一點的，有年輕時候遇見風水寶穴，埋下物件蘊養多年再取出來的，可這些因為年頭有限，都不如眼前夏芍掌心裡的羅漢玉件吉氣濃郁。

這羅漢玉佩一看就不是凡品，像是用高人的元氣長年蘊養過，而且金吉之氣如此濃郁，少說有上百年了。羅漢在面對凶煞的時候，克制力很強，溫燁在捉鬼方面有長才，這戴在他身上，可謂是如虎添翼了。

溫燁伸手接過，握在手裡，低頭道：「謝謝師父。」

這聲師父叫得還有些不太順口，夏芍卻是笑瞇了眼，「起來吧，還跪著幹什麼，等著你掌門祖師和師伯再送點好東西給你？」

夏芍這話是笑著跟溫燁說的，唐宗伯和徐天胤卻都看向夏芍。她笑咪咪的模樣，跟她過年伸手要紅包時一模一樣。

徐天胤看看夏芍，又看看溫燁。

唔……她希望他送禮物？

唐宗伯笑著瞪了夏芍一眼。

這丫頭，剛拜師的時候就眼饞他的龜甲銅錢羅盤六壬式盤，現在自己收徒了，也不忘從他身上搜刮些去。不過，唐宗伯還真準備了見面禮，怎麼說都是他的嫡傳弟子收徒，他身為師公，能不準備禮物嗎？

唐宗伯拿出一個六壬式盤，遞給溫燁，「拿著吧，以後聽你師父訓示。風水、占卜、相術等術也要學起來，嫡傳弟子只在一方面有長才可不成，要是全才才行。六壬神課是玄門鎮派之法，你師父十五歲的時候神占解卦已經青出於藍了，望你也要青出於藍才好。」

那六壬式盤不大，只有雙手掌心那麼大，觀禮的弟子們卻震動了。

只見那盤通體紫沉，細膩光潤，躺在唐宗伯的手心裡，金氣彷彿順著紋理流動，那元氣隔著幾丈遠都讓人覺得心神寧靜，就好像有大梵金光拂面，令人神清氣爽。

這是……門派傳承的法器？

不會吧？

門派的傳承法器，不是都要傳給下一代掌門祖師的嫡傳弟子嗎？

現在給溫燁是不是早了點？

一般奇門江湖有傳承的門派，傳承法器都以羅盤居多，因此弟子們也大多只見過唐宗伯手中的羅盤，其他的卻是沒見過的。見這六壬式盤元氣如此空靜，大家便直覺這是傳承法器。

夏芍從小伴著師父這幾件寶貝長大，自然知道這不是傳承那件。玄門傳承的法器，是歷代掌門祖師帶在身邊之物，傳承千年，元氣之盛，絕不是這只可比。且傳承的法器，按門規是要留給下任掌門的。現在唐宗伯都沒宣布下任掌門的人選，隔代傳是不合規矩的。

唐宗伯給的這六壬式盤也非俗物，夏芍一看便笑了，對溫燁道：「快接著吧，你掌門祖師也不知道從哪裡淘來的，我都沒見過。聞著倒香，瞧著是小葉紫檀的老料，上頭沒上漆竟都沒有裂開，想來是經幾代人不間斷把玩的結果。這可是吉氣不俗，難得的法器。」

眾人聽了才知道，原來不是傳承的法器。

這樣的都不是傳承法器，那傳承法器得是什麼樣子？

唐宗伯笑斥一句，「送件拜師禮，妳還給為師來個鑑定。怎麼？怕拿不值錢的糊弄妳徒弟？」

夏芍慢悠悠一笑，「這不是職業病嗎？有些日子不鑑定點物件，技癢。」

這紫檀的六壬式盤確實是老物件，古時候的紫檀物件表面沒漆，一定時間之後物件表面都會開裂，這個作假是比較難的。自然，師父送的物件也不可能是假的。只是夏芍頗好奇，這物件從哪裡來的，這元氣不是師父的，而且她以前也沒見過。

唐宗伯神情有些感慨，「這六壬式盤是我年輕時用的，不在我身邊三十多年了。」

咦？這話讓夏芍愣了。

「我年輕的時候在內地歷練，來過京城，曾經去寺裡拜訪當時的方丈了慧大師。那時我就是用這六壬盤給大師算了一卦，算出他十年後有大劫。方外之人早已看透生死，方丈留我在寺裡住了幾天，後來走的時候我有急事，這盤就落在了寺裡。我回到香港，很長時間都沒有再來內地，這件事就忘到了腦後。前幾天去寺裡，了慧大師早已圓寂，慧雲大師將這盤拿出來還給我，我才知道寺裡一直保管著這式盤，晨昏誦經佛法光照，這盤歷經這麼多年，早已不是開光的物件可比。」

「拿著吧，這物件就給你了。」唐宗伯遞給溫燁。

溫燁鄭重接過，「謝祖師。」

夏芍和唐宗伯都給了見面禮，就剩徐天胤了。

徐天胤盯著溫燁，溫燁也看著他，兩人大眼瞪小眼。

徐天胤的冷，眾人都領教過。當初在香港，平時遇到他，弟子們招呼都不敢打。溫燁膽子也算大的，竟敢跟他對視。

徐天胤與溫燁默默對視半晌，忽地一拳揮了過去。

明明是拳，卻讓人感覺是一把刀，眨眼便到了溫燁眼前。

「小熚子！」海若驚呼一聲，張中先按住了她。

徐天胤的拳頭在溫熚的印堂前停住，拳風震得溫熚的髮尖向後豎，彷彿有颶風撲面。

溫熚咬著牙，眼睛眨也不眨。

徐天胤淡然道：「以後對你師父不准態度不好。」

溫熚癟著嘴，聲音帶著些鼻音，「嗯。」

「不准惹她生氣。」

「嗯。」

「不准黏她太緊。」

「嗯。」

眾弟子：「……」不准黏太緊是什麼意思？

徐天胤盯著溫熚的眼，直起身來，收回拳頭，攤開掌心，「給你。」

原來徐天胤掌心裡竟然握著東西，卻是三枚銅錢。

夏芍的臉色微變。

那三枚銅錢正是唐代的開元通寶，其中有一枚是市面上見不到的金開元。

弟子們離得遠，看不出那是開元通寶，卻還是一陣驚呼，「金的？金幣？」

「好厲害的元氣！」

夏芍蹙著眉，對她來說，不管這三枚是不是開元通寶，也不管上面元氣如何，她只是震驚，師兄竟然要把這個給溫熚？

這是他長年帶在身上的東西，陪著他不知躲過了多少凶劫，當初在青市，他曾把這三枚開元通寶給自己，她用過之後便還給了他，今天他居然送了出去？

溫燁拜師，師父和師兄按理是要送見面禮，但也沒必要太貴重。徐天胤以前送的那套十二生肖的玉件，夏芍聽他說過，玉料還剩一點，他以為他會雕件什麼給溫燁，沒想到他會送這三枚卜算吉凶的銅錢。

溫燁似也看出這三枚銅錢貴重。

「拿著。」徐天胤把手伸過去，將三枚開元通寶放在溫燁的手裡。

「謝師伯。」溫燁接過，站起身來，向唐宗伯、夏芍和徐天胤敬茶，拜師儀式便算結束了。

眾人紛紛圍過來改口，周齊領著一幫人打趣溫燁，跟他要改口費，也要見面禮。

夏芍趁機把徐天胤叫出去。眼下已是十二月初，京城剛下過一場雪，外頭天氣冷。出來時徐天胤手上拿著件大衣，往夏芍肩上裹。夏芍皺著眉，還沒說話，徐天胤便開了口。

「沒事，在軍區用不到。」

夏芍眉頭一點也沒鬆，「你如今還是時不時會去國外執行任務，要有能用到的地方呢？」

徐天胤默默望著她，很快反應過來，把她擁住拍了拍，「沒事，現在去國外的時候少了，有妳給的將軍在，而且修為也有提升，不必再特意用法器，普通的銅錢也能用。」

夏芍嘆了口氣。

話雖這麼說，徐天胤現在跟她修為一樣，都是煉神還虛的境界，雖還不能路邊隨便投顆石子兒或者拔根草桿兒便能問吉凶，也確實不必拘泥於上好的法器。可隨身帶了這麼多年的物件，用起來總是要得心應手些。而且，許是夏芍擔心，她總希望師兄身邊多些法器，再多一些。

當然，夏芍最希望的就是他不要再被派去國外執行任務。以他如今的軍銜職務，換成別人早就安心待在軍區了，哪還有親自犯險的？怕就怕他在外這麼多年，戰功太出色，一些艱難的任務還是會找到他頭上。軍人向來以服從命令為天職，真到了那時候，他是不能拒絕的。

「他是妳第一個入室弟子，值得。」徐天胤擁著夏芍，聲音落在她頭頂。

夏芍的身子顫了顫，雖然她之前認了阿覃為大弟子，但阿覃已不在世，溫燁確實應該算是她第一個正式收下的徒弟，就因為這樣，所以他才不惜把留在身邊多年的法器送出去？

「以後儘量不去國外。」似是感受到夏芍的氣息有些感動和傷心，徐天胤把她擁得更緊，頭枕在她的肩膀上，像在想辦法安慰補救，「要不，去逛逛古董市場，再去挑三枚回來？」

夏芍聽了氣也不是笑也不是，一拳搗在男人胸口，「哪有那麼多法器好找？」

法器是不好找，但是古錢幣對夏芍來說卻是不難尋。這三枚銅錢，她必然是要找找的。不用他提，她都會去找。

夏芍推開徐天胤，當即就給京城福瑞祥的經理祝雁蘭打了個電話，讓她憑人脈問問市面上有沒有開元通寶或者大齊同寶。

這兩類古錢幣都是存世極少的，但是做古董這行總有些門路，不像收藏者要找尋那麼困難。祝雁蘭家裡的人脈，要找這兩樣東西，應該不難。

這天是溫燁拜師的日子，對玄門來說也是重要的日子，因此中午夏芍請眾人去飯店用餐。香港老風水堂那邊不能離人太久，因此第二天一早，眾人便趕回香港。走的人裡，張中先的大弟子丘啟強帶隊，除了溫燁、唐宗伯和張中先，其他人都一起回香港，帶著阿覃和血嬰的骨灰。

溫燁既然拜了夏芍為師，以後就跟著夏芍留在京城。會館這邊正好需要個人幫忙。雖然京城的會館剛開不久，但是夏芍在風水上的客戶可不僅限於京城的圈子，青省以及國內聽過她名氣的人，常會因為她在京城而親自飛過來請她卜算吉凶。

夏芍如今上了大學，時間多了些，可她的心思還要放在公司上，會館這邊大部分時候是晚上回來。若溫燁在會館裡，確實能幫她不少忙，對他來說也是個歷練的機會。

溫燁自從拜了海若為師，也跟她一起生活幾年了，如今要分開，自然是不捨。機場外，玄門弟子站成一堆，海若眼圈微紅，卻笑著抱了抱溫燁，摸摸他的頭，「以後要聽你師父的話，跟著她多歷練，收收你那臭脾氣，別總使孩子氣，知道了嗎？」

昨晚又下了場雪，機場外頭空氣冷得人鼻尖發紅。海若拿出一條新織的圍巾來，蹲下身子給溫燁圍上，眼神慈愛地望著他，「十三歲了，不算小孩子了，以後要好好照顧自己。冷了加衣，熱了也別打赤膊到處跑，免得著涼，知道了嗎？」

溫燁平時愛裝大人，最不喜別人摸他的頭，今天卻乖乖的點頭，「知道了。」

海若笑笑，「行了，京城離香港不遠，想你了我隨時都能來。」

夏芍在一旁笑著打趣，「我要離家的時候，也是捨不得我媽的。」

溫燁的臉刷一下紅了，看那樣子想否認，又說不出口。

海若很欣慰，這孩子自認識夏芍起，就跟她感情好，想來跟著她，他的日子不會寂寞。

那就好。

那就好……

吳淑和吳可兩人卻抱著溫燁嗚嗚哭了好一陣，這才依依不捨地揮手作別。

唐宗伯和張中先留下並不是為了再住幾天，而是徐老爺子得知唐宗伯來京，想要見見他。

這天正是週末，見面也就定在這一天。

玄門弟子們坐上了飛往香港的飛機後，徐天胤便開著車，從機場載著唐宗伯、張中先和溫燁一起去了他在京城的別墅。

車子開進別墅院子的時候，那裡已經停了一輛紅旗車。

門口兩名警衛員守著，見徐天胤從車裡下來，行了軍禮，迎面走來的正是常開車來接夏芍和徐天胤去徐家的張叔。

張叔道：「老爺子剛來不久，在裡面等著了。」

徐天胤點頭，從車裡拿出毛毯，去後座給唐宗伯腿在蓋上，這才將輪椅搬下來。

唐宗伯是第一次來徐天胤在京城的住處，一進門，他就愣了。

牆上掛著不少兩個徒弟的合照，桌上隨處可見溫馨的小物件，一看就知是夏芍布置的。

客廳沒人，最後在餐廳外頭找到了徐老爺子。

徐康國背著手，面前正是餐桌前那面牆，牆上貼著各式各樣的照片，有徐天胤穿著圍裙的，有吃飯時的，有坐在沙發裡看報紙的。其中有一張，徐天胤正在炒菜，回頭的瞬間，目光柔和，臉上有著淺淺的笑意。

夏芍望著徐康國的背影，笑了笑。來這裡見面是老爺子提出來的，想來他也是想看看孫子的住處，不然在徐家或者在飯店見面都是可以的。

「爺爺。」徐天胤在身後出聲，聲音不太大，想來是怕驚著老人。

徐康國聽見孫子的聲音倒沒被驚著，回過身來，就見孫子推著唐宗伯的輪椅站在最前頭，後頭是夏芍、張中先和一名不認識的少年。

他的目光最先落到唐宗伯蓋著厚毛毯的雙腿上，眼神震動。

唐宗伯笑得自然，語氣感慨，「二十多年不見，你也老了。」

徐康國嘆道：「是啊，二十多年了。時間過得真快，咱們都是老頭子了。」

唐宗伯的腿，徐天胤已跟徐康國提過了。他被同門暗害退走內地那十餘年，徐天胤一直在找尋師父的下落，徐老爺子也是知道的。原以為這曾給自己兒子批命、比他更像祖父照顧了天胤十年的老友就這麼沒了，不曾想吉人自有天相，他竟能重回香港，而他收的徒弟還成為自己的孫媳。冥冥之中，一切自有定數。

「您二老這麼久沒見，想必有不少話說，去客廳談吧，我和師兄就不打擾你們了。眼看要中午了，我們去買些菜回來做飯。」夏芍把兩人請去客廳，端了熱茶來。

屋裡有警衛員在，夏芍沒什麼不放心的。老人們需要什麼，警衛員自然會張羅。

張中先也留在客廳陪著，夏芍便和徐天胤帶著溫燁一起出了門。

徐康國和張中先對面分坐，唐宗伯坐著輪椅上，氣氛一時沉默。

先說話的是張中先。張中先喝完茶，揶揄道：「二十多年沒見，一見面就大眼瞪小眼？嘗嘗芍丫頭泡的茶，手藝不錯。」

這反客為主的作派，讓徐康國看了他一眼。

徐康國和唐宗伯年輕時就相識，那時他對唐宗伯的學識，徐康國是欣賞的，只是他對命理風水並不信服。後來唐宗伯為他的兒子批命，說他有一劫，他卻不相信，結果抱憾終生。

當初批命的時候，這張老頭還不知道在哪兒呢。後來天胤的父母出事，唐宗伯有事來京城，他身邊就帶了個師弟。當時他經歷喪子之痛，對命理的事還有些將信將疑。就因為他不太

信，張中先沒少酸他，兩個人互看不順眼，如今這老頭還這麼討人厭。

唐宗伯看徐康國皺眉頭，笑了笑，岔開話題道：「喝茶喝茶，小芍子自小悟性高，教她什麼，她一學就會，泡茶的手藝還是值得稱道的，有些日子沒喝了，怪想念的。」

若是夏芍聽見這話，定會翻白眼。難道在會館這近兩個月，我給您老泡的不是茶？

徐康國端起茶喝了一口，微微點頭，「嗯，丫頭的手藝是不錯，當徐家的孫媳婦，茶藝一道上是過了關的。」

張中先陰陽怪氣地一笑，「哼哼，徐家孫媳婦？叫得真順口。外頭都知道那是我們玄門掌門的嫡傳弟子，寶貝得很，偏偏有人不信這些。進了你徐家的門，不會把她當神棍吧？」

「砰！」徐康國把茶放下，忍無可忍，「所謂活到老，學到老。我這把老骨頭這輩子學會的事太多，到現在也每日三省。可惜，這種品德不是每個人都有，有的人二十多年前是這個德行，現在還是這個德行，一點都沒變。」

張中先也砰一聲把茶杯放下，唐宗伯趕緊打圓場，「二十多年了，咱們都老了，鬥嘴是年輕人幹的事，咱們就算了吧。」

兩人同時哼了哼，一個是覺得唐宗伯說得有道理，不屑爭吵。一個是給掌門師兄面子，不跟對面的臭老頭計較。

徐康國看向唐宗伯，「老唐，二十多年沒見，要敘舊只怕幾天都敘不完，索性就不多說了。趁著這兩個孩子不在，我倒是有件事想問問你。」

唐宗伯看著他的神色，猜出了他心中的憂慮，「你是想問……天胤的八字命格？」

徐康國的神色果然一黯，「這兩個孩子的事，你應該知道得比我早。既然沒反對，是不是說明小芍子的命格適合天胤？」

張中先一聽這話，眉頭皺起來。徐天胤的命格，在玄門裡只有五個人知道，便是唐宗伯、余九志、王懷、冷老爺子和他。

因為這小子的命格在命理學裡屬於絕命格，命格之詭、之奇，玄門這麼多年來僅見。因此，他的命格當時由身為長老的四人和唐宗伯一起推演過，確定無誤。

如今余九志和王懷已死，知道的人越發少了，連徐天胤自己都不知道。

他父母出事的時候，他才三歲。三歲的孩子哪裡知道自己的生辰八字？他知道出生年月日，卻不知時辰。他只知自己命格孤奇，曾跟唐宗伯問過生辰八字裡的時柱，但唐宗伯告知他的時辰，不是他真正的出生時辰。這事隱瞞了他，是怕他得知後性情從此更孤僻。

在命理學裡有兩大絕命命格，一為天煞孤星，一為殺破狼。

煞孤星乃北斗七星中第四星，也叫天煞孤星。犯此命格的人，五行缺失極重，婚姻難就，刑親剋友，六親無緣，兄弟少力，一生孤獨。

殺破狼則是易經紫微斗數中所述的一種命格，七殺、破軍、貪狼三星在命宮的三方四正會照，即成殺破狼格局。有此命格之人，一生漂泊，無所定局，大起大落。古時為大將軍之人常有此命格，現代見到的極少了，且三者占全的人幾乎難見。

傳說關羽命帶七殺，周瑜為貪狼，張飛則是典型的破軍命格。三人各有各的命運，但也只是各占其一。七殺、破軍、貪狼三星各有所主，一主攪亂世界，二主縱橫天下，三主陰險詭詐。三星所主若在一人身上，天下必將易主，無可逆轉。

徐天胤的命格之奇，唐宗伯見識經歷如此豐富的人都不曾見過。他的命格，聚合了殺破狼

中的七殺、破軍，卻也帶了天煞孤星命格中的孤煞。

因此，唐宗伯對他命格的推演結論是：天生將星，權柄滔天，但刑剋極厲，一生孤獨。

一生孤獨，終生無妻。

無妻，也就等於無子。非但如此，家人在其身邊，往往也會受其影響。只不過，家人有化解的辦法，但命中無妻卻是命格裡帶的，不可改逆。

若是出現命格裡不該有的人，輕則遭遇不幸，重則有性命之憂。

徐康國正是因為知道這點，才想向唐宗伯確認。當初正因知道夏芍是徐天胤的師妹，他才沒有反對。唐宗伯的得意弟子，他必然也是喜愛和心疼的，如果天胤的命格能剋得了小芍子，唐宗伯想必也不會同意兩人在一起。

如果是這樣，那真是老天開眼，給了天胤這孩子一條活路，也了了他多年的心願。

徐康國目光灼灼地盯著唐宗伯，唐宗伯點頭道：「沒錯。不過，小芍子這丫頭的命格我也看不透，她的命格說來比天胤還奇。她的命理軌跡和吉凶，這麼多年來，天機從未顯現過。」

徐康國瞪眼，「這麼說，這孩子還真是最適合天胤的人？」

「就命格來說，確實是這樣。要是連小芍子的命格都不合適，我還真想不出世間有哪種命格能不懼絕命格。我當年沒反對這兩個孩子走到一起，除了這點，也是看小芍子是我玄門中人，與普通人不同。有修為之人，對天胤的命格不如普通人那麼有所畏懼，我跟天胤生活了十餘年，不也活得好好的？」

「好好好。」徐康國不住地說好，激動得有些語無倫次。

多少年了？從被兒子兒媳的死打擊到不得不信命理之說，到得知孫子的絕命格。這麼多年來，他每每想起這孩子命苦，許要一生孤獨，便時常夜不能寐。總想著，或許天底下也有適合自己孫子的女孩子呢？這種想法不得證實，對他來說便只是奢望。奢望得久了，他便安慰自己，哪怕孫子真要一生孤獨，好歹他是天生將星，一生衣食無憂，畢竟逆天改命，人力不可違。

但如此人力不可違的事，竟然出現了奇蹟。他怎能不欣喜？

唐宗伯見徐康國如此激動，不由垂下眼去，眼裡掠過憂色。命格的事徐康國知道，但徐天胤三十一歲有大劫的事，他卻是不知道。當年他白髮人送黑髮人，又得知孫子命格孤奇，已經是受了很大的打擊，如果知道得再詳細些，難免不會出事。

張中先也很驚異，他是頭一次知道夏芍命格奇特，天底下竟有掌門師兄也推演不出的命格？

他本想細問，但剛開口門口便傳來笑聲，夏芍和徐天胤回來了。

兩人帶著溫燁大包小包地進門，進來的時候，三位老人早就停止了這個話題，端起茶來喝。

夏芍過來一瞧，杯中茶都冷了，三位老人家竟還一邊吹氣一邊喝茶，忍不住狐疑地看了三人一眼，「師父，跟老爺子聊什麼呢？聊這麼起勁，茶冷了還喝。」

「聊女大不中留，什麼時候把妳嫁出去，省得整天嘮叨師父。」唐宗伯笑道。

夏芍臉頰微紅，轉身便往廚房走，「我去做飯。」走到一半又折回來，把冷了的茶收走，走時看了唐宗伯一眼，「嫌我嘮叨，以後沒人幫您泡茶。」

身後傳來唐宗伯的笑聲，夏芍去換了熱水來，便去廚房幫忙了。

這天中午，夏芍親自下廚，徐天胤在一旁打下手，兩人合力做了滿滿一桌好菜。大家吃得都不少，吃飯的時候，徐康國和張中先又鬥起了嘴。

徐康國道：「菜做得不錯，就是做太多了，吃不完有些浪費。」

張中先道：「怎麼多了？誰說吃不完？小芍子這麼好的手藝，在香港的時候，我們每週末吃她做的飯菜，哪次不比這桌子大？哪次我們不吃個底兒朝天？有些人我看是吃慣了山珍海味，吃不來這家常菜了。」

徐康國哼笑，「等丫頭嫁進我們徐家，我天天都能吃到她做的菜。」

張中先黑了臉，唐宗伯笑著打圓場，夏芍卻發現這一頓飯吃下來，徐老爺子常看她，目光不知道怎麼的，比以前還要歡喜。她莫名其妙，最後想大抵是老爺子許久沒吃家常菜的緣故，又或者今天與師父久別重逢，心情特別好。

午飯過後，三位老人回客廳聊天喝茶，甚至把棋盤抱出來下棋。

夏芍、徐天胤和溫燁三人則來到別墅外頭的院子堆雪人。

夏芍和溫燁都戴著新買的手套，這是上午去買菜回來的時候，徐天胤特意把車開去商業街上買的。當時夏芍還很意外，心想這男人買手套做什麼？

「妳不是想堆雪人？」徐天胤道。夏芍這才了悟，興許是她回來的時候，瞧著外頭堆的雪人喜人，被他發現，這才以為她想堆雪人。

夏芍也確實想玩。堆雪人已是上一世的記憶，這輩子，除了小時候在山上下雪時在師父的宅院裡玩過，後來就沒時間了。

溫燁和徐天胤陪著夏芍笑鬧，溫燁甚至搓起了雪球。

徐天胤卻盯著那雪球，說道：「她是你師父，你答應過態度好一點。」

溫燁這才想起答應過徐天胤的「三不准」，但他沒理，一甩手，雪球擲了出來。不是向著夏芍，而是向著徐天胤。不准欺負師父，可以欺負師伯。

夏芍噗哧一聲笑起來，溫燁這一下，自然是砸不到徐天胤，但是後果很嚴重。院子裡，頃刻變成了戰場。

這天，在徐天胤的別墅裡吃過晚飯，徐康國才坐著車子回去。當晚，唐宗伯、張中先、溫燁和夏芍乾脆宿在了別墅。

第二天是星期一，夏芍要上課，徐天胤要回軍區。唐宗伯在京城的事已經辦完，他還掛念著香港那邊為血嬰超渡的事，一大早便去往機場，夏芍和徐天胤自是把兩位老人家送上了飛機。

唐宗伯和張中先離開後，日子回復正常，除了會館裡住進了溫燁。

華苑私人會館重新開業，夏芍不在的時候，便由溫燁代她處理預約的事。當然，他這麼小的年紀，大部分人是不信服的。起初只是聽他是夏芍的弟子，於是給幾分面子，但是當問過吉凶之後，不少人也就心服了。

溫燁雖然在捉鬼方面有長才，但對風水局、面相和占卜都有涉獵。夏芍晚上回來會聽他這一天都做了什麼，見了什麼客戶，然後聽聽他解卦或者風水問卜之事，再給些指點。

溫燁年前不能動用元氣，身體要養著，因此教他術法和指點他修為的事，暫且放到年後。年前對夏芍來說是最忙的時候，公司的的各種會議，還有學校的諸多事情。

學校方面，華夏集團已和學生會約定，聖誕節那晚開辦舞會，主題就是就業合同的事。因為時間定在聖誕節，夏芍便不能與徐天胤一起過節了。

事實上，兩人想一起過也不成。

聖誕節前夕，徐天胤接到軍事演習的命令，領命到地方上的演習地點布置。京城大學的舞會，只有夏芍單獨出席。

京城大學舉辦舞會是常事，而且花樣多，比如化妝舞會、聖誕舞會，還有與其他大學聯合舉辦的交流舞會，或者是商業性舞會等等。

各界學者和名流企業家在校辦的演講不少，學生會有時會請這些人與學生們交流，藉機舉辦些表面交流實則有商業性質的舞會。這樣的舞會，出席的學生可以和企業家面對面交談、自薦，比聽演講要近得多，機會自然也多。因此，這樣的舞會，不是全校學生想出席就能出席的。通常此類舞會對出席學生的成就和能力有很高的要求，再不濟，對成績也有要求。

當然，也有全校同樂的舞會，比如聖誕舞會。

只是，今年的聖誕舞會與往年不同。往年的聖誕節這天，是全校學子的狂歡夜，這晚舞會有在校內五星級飯店的，有在禮堂的，有露天狂歡的，學生會會準備很多場子，每處都有新鮮玩性，至於學生們去哪個場子可自由選擇。

今年的聖誕舞會，飯店卻不是人人能進的。

不過，若以商業性質來看待這場舞會，它對出席學生的要求並不像以往的商業舞會那麼高。學生會在宣傳的時候，這場舞會簽訂的是實習定向協議，惠及全體學子，因此凡是畢業生，有意者都可以出席，而且連專業都沒有限定。

沒有限定科系，這晚往飯店裡的學子當真不少。

且不提那些專業適合進入華夏集團實習的，即便是不合適的，也不是所有人都想要以專業就業，一些有雄心壯志的學子總是想跨領域一展身手，哪怕不進入華夏集團，舞會時露個臉，跟夏芍打打招呼，若能留下深刻印象，日後也是個人脈。

於是，聖誕節這晚，夜幕初降，學校裡的五星級飯店頂層大廳裡，熱鬧非凡。

京城大學的這家五星級飯店大抵是常用來辦舞會，在設計方面很獨到，客房極少，大空間都用在了宴會大廳上，尤其是頂層，開闊的設計，一進來彷彿看見了露天的天臺。頂層的天花板是半月形設計，半邊透明，抬頭可見夜空星辰和落下的雪花。

舞會大廳四周以綠葉植物裝點，落地大窗，視野闊大。窗邊站著，可見學校半個校區，尤其今晚是聖誕節，雪花紛飛，底下有露天狂歡的學子、繽紛的聖誕樹。

八點左右，一輛賓士車停在飯店門口，服務生恭敬地前來打開車門，車上下來的少女裙襬落在地上，銀亮如灑出一地月色。

夏芍穿著一身銀色晚禮服，披著雪白的披肩，低調的高雅裡帶些雍容端莊。

服務生引著夏芍一出現在飯店頂樓的舞會大廳，喧鬧的人聲霎時靜了。

夏芍頷首微笑，大廳裡的學子們才反應過來，目露驚豔之色。學生會的眾幹部早就到場，張瑞身為學生會主席，正被圍在中間，見夏芍到來，立刻上前與她握手，「夏董來得真準時。」

「張主席不介意我準時到吧？」夏芍笑道，她是踩著時間到的，不早不晚。主要是合同簽署和演講之後，接下來都是寒暄交談。既然如此，按時到的好處就是可以省去開場前的寒暄。

張瑞笑了起來，「準時又不是遲到，我也想練出夏董這樣準時的功力，可惜每次都不成功，有空夏董多指點指點？」

張瑞這話是開玩笑的，夏芍輕笑一聲，目光掃一眼張瑞身旁，見王梓菡也在其中。夏芍跟

王家關係微妙，兩人握手寒暄，皆面帶笑容，神情自然。

姜正文笑道：「夏董今晚光彩照人啊！」

夏芍淡淡一笑。她本不打算與這人握手，奈何姜正文先伸出手來。他背後是姜家，無論夏芍喜不喜歡，表面文章還是要做的，因此，她還是伸出手跟姜正文握了握。

姜正文在握手時，手勁兒明顯有異，像是輕輕用力，捏了捏夏芍的手。

夏芍垂眸，用一道暗勁不著痕跡地震開他。她的力道掌握得很好，不至於讓姜正文栽倒，又讓他感覺到手心微麻。

這種空穴來風般的氣勁，令姜正文臉色一變，趕緊撒手。還沒弄清怎麼回事，夏芍已笑著和其他人點頭打招呼。

這時，有個笑聲傳來，「就妳忙，想要跟妳一起吃頓飯，結果你在公司裡悶著不出來，害得我們玩得不盡興。」

夏芍轉頭，看見穿著白色西裝的元澤走了過來。

元澤雖然只是大一新生，但他是學生會幹部，因此，今晚的舞會，柳仙仙、苗妍、周銘旭和衣妮都無法出席，他卻可以前來。

「正因今晚有舞會，公司才有些忙。冷落了你們，我賠罪，今晚我就給元少當舞伴好了。」夏芍笑著應道。

「榮幸之至。」

夏芍和元澤是初中、高中的同學，兩人又是同鄉，一起以高考狀元的成績考入京城大學，兩人交情好是誰都知道的。如果不是夏芍和徐天胤的關係全校皆知，僅這麼看著，這兩人也算得上是郎才女貌。

元澤將手臂伸向夏芍，夏芍笑著挽起，兩人走進舞會大廳，又惹來更多的目光。

任誰也不知道，夏芍藉著提著裙襬，將裙下藏著的匕首拉開一條縫，有道陰煞侵入姜正文。據說，姜正文自這晚之後，連續做了一個月的惡夢……

夏芍是踩著時間來的，故而她現身後，簽約儀式便開始了。

整個飯店頂樓的舞會大廳，站滿了盛裝出席的畢業生。

學生會主席張瑞上臺致辭，「感謝貴賓參加今晚的舞會，自建校以來，我們京城大學的學生便身繫國家和民族的命運，走在時代的前端。我們勇於喊口號，更勇於實踐開拓。自學生會成立以來，我們被譽為歷史最悠久、最具影響力的學生組織。前輩們留下過太多輝煌，留下過太多讚譽，而我們卻不是為了輝煌和讚譽留在這裡。我們留在這裡，時刻不忘學生會的初衷，我們以實事為先，以為服務校友為先。至今為止，我們做過的事，也受到過讚譽，甚至被引以為輝煌，但今晚我要說的是，輝煌還不夠，我們可以更上一層樓。」

張瑞也是個即興演講的高手，一番話說下來，底下掌聲雷動。張瑞等掌聲停下，才接著道：「大家都知道，這幾年畢業後就業的形勢。我們為了給各位學子提供就業指引，這幾年與許多國內知名企業簽訂了實習優先的合同，指引各位進入最想去的大集團。而今晚，我們即將添上更為輝煌的一筆，我們邀請到了我們的學妹，也是華夏集團的董事長，國內最年輕的企業家。夏董將代表華夏集團與京城大學學生會簽訂實習合同，從今年開始，華夏集團將優先接收京城大學的學子進入公司實習，並擇優錄用。」

這些事宣傳部早就宣傳過了，在場的人都知道，但有些場面話還是得說，有些場子還是得

捧，因此，張瑞說完這話，底下又是一陣掌聲雷動。

「下面就請夏董上臺跟大家說幾句話。」張瑞紳士地做了個請的動作，將夏芍請上臺。與張瑞的致辭比起來，眾人更期待夏芍發表演說，畢竟她才是華夏集團的董事長，也或許是他們某些人未來的老闆。

夏芍的演說並不長，甚至稱得上精短。她一上臺，先開起了玩笑，「張主席的發言這麼精彩，把我想說的話都說了，我也不知該說什麼好了。」

張瑞咳了一聲，臺下的眾人都笑了。

「簡單說幾句吧。大家要感激，可以感激學生會的努力。如果不是他們的努力，也促不成這次的合作。大家不必太感謝華夏集團，因為對華夏集團來說，同樣需要你們。華夏集團很年輕，需要像你們這樣的高素質人才。華夏集團求才，大家也求一個展示能力的平臺。我只想說，華夏集團求才若渴，歡迎諸位將來進入華夏集團工作。」

這話說得可謂姿態平等。

跟企業簽訂實習合同的畢業生，許多人因為沒有就業壓力而得過且過。名校出身，一畢業就進入大企業實習，之後留下工作。這樣一條由名校和名企的合約而鋪就好的路，雖然在畢業前夕會緩解不少壓力，但惰性也隨之而來。

夏芍明顯是話裡有話。實習，京城大學的學子可以優先，但想留下來，請憑真才實料。人才在華夏集團並不會被埋沒，可若想混日子，抱歉，華夏集團不是慈善組織，不養閒人。

有的人聽了果真感覺到了壓力，有的人則目光晶亮，明顯被激起了鬥志。

一個沒有競爭力的企業是留不住人才的，即便有人才，也會慢慢消磨鬥志。夏芍這番話對於有雄心壯志的人來說，很有激勵作用。自然也有一部分的人開始心裡打鼓，原想著進去混日子，如今也要掂量一下了。

見大家還在沉思，夏芍笑著又道：「張主席，學生會還有什麼要補充的嗎？如果沒有，下面可以進行簽約儀式了。」

張瑞深深看了夏芍一眼，從容地走上臺。

一式兩份的合約，夏芍拿起筆，簽上自己的姓名。

合約簽署完畢，夏芍開始和在場的人討論企業發展的趨勢，並且交流心得。聊了一個多小時，她才有機會歇一歇。元澤端了香檳過來，笑道：「知道妳在這種場合很少喝紅酒，我特意挑了味道淡的香檳。」

夏芍接過去淺嘗一口潤喉，笑道：「我酒量不好，怕喝醉。」

元澤給了她一個和他身分很不符的白眼。恐怕不是酒量不好，是不想喝吧？

這還真讓元澤猜對了，夏芍確實不想也不太愛喝酒，尤其在這種場合。一來是怕喝醉，二來是人心險惡，保不准有人在這裡面加點什麼料。

當然，元澤端來的，夏芍自然放心。

只是她今晚不能多喝，明天徐老爺子讓她去一趟徐家，也不知道有什麼事。

夏芍猜測，大抵、可能、也許是想說過年師兄去夏家拜年，正式拜見家裡人的事，徐老爺子對這事熱切得緊。

又有幾名學生結伴走了過來，臉上興奮，剛要自我介紹，後頭忽然一陣騷動。

大廳入口處，來了三名警察，進入大廳之後，便高聲問道：「哪位是夏芍？」

眾人齊刷刷轉頭，警察也順著他們的目光看見了夏芍。

其中一名警察拿出一份文件，嚴肅地道：「夏芍是吧？關於華夏拍賣京城公司在慈善拍賣會上發現金錯刀贗品一案，有人指控是妳的安排，請妳跟我們到局裡走一趟。」

慈善拍賣會上的事，京城大學的人自是不知其中緣由，但是人人都知道華夏集團是買賣古董起家的，「贗品」兩個字沒人聽不明白。又說是夏芍安排的，難道華夏集團出了什麼不法的事？

各種古怪的目光投向了夏芍。

元澤眉頭一蹙，上前一步道：「你們……」

「請不要妨礙我們執行公務。」帶頭的警察打斷元澤的話，看向夏芍，沉聲道：「請配合我們調查，走吧。」

警方蠻橫，周遭質疑，夏芍笑笑，「可以，不過，我得先回住處換件衣服。」

夏芍的要求，三名警察聽來著實可笑，也絲毫不給面子，「執行公務，沒那個閒功夫。局子裡不冷，等到了局裡，叫人辦手續給妳送吧，帶走！」

領頭的人下令，後面兩人便上前，一個一邊架起夏芍的手臂，不由分說就往外帶。

「外面下著雪，零下十幾度，你們就這麼把人帶走？」元澤臉色一沉，伸手阻攔。

為首的警察拿眼一掃元澤，怒斥道：「幹什麼？你想妨礙公務？」

這人顯然不認識元澤，並不知面前的少年是青省省委書記之子，而元澤也並非那種拿父輩身分壓人的二世祖，他不提自己的家世，卻沉著臉，看得那三名警察微愣。

還沒等說話，元澤便有了動作。

他不再阻攔，而是脫了自己的西裝外套，蓋住夏芍的肩頭，「衣服我一會兒去妳會館拿，給妳送過去，要不要通知妳的律師？」

「當然。你到了會館，找一個叫溫燁的孩子，他是我的徒弟。你跟他要律師的電話，另外告訴他，我不會有事，讓他別擔心。」夏芍微微頷首。

其實她對警察提這要求，不是真的為了回去換衣服。以她現在的修為，身體素質比普通人好很多，出去便是坐警車到警局，又不用她一路走過去，哪那麼容易凍著？再說，其實她今晚開來的車裡有棉外套，壓根兒不用回住所換衣服。

她這麼說，是想看看警察的態度。

夏芍自然知道警方辦案，是不可能讓嫌疑人回去換衣服。她雖到京城不過一句，但現在京城即便是沒有見過她的人，也該知道她和徐天胤的事。眼下派系爭鬥，官場上的人行事向來謹慎，即便徐家沒有對外承認她，這些人也該有所顧忌。

如果她提出的不是特別過分的要求，這些人應該會滿足，可是外頭零下十幾度，連她回去穿件厚衣這些人都擺出一張「公事公辦」的臉，那就是說……事情比她想像的要嚴重。

有人連徐家的面子也不顧忌，這是有人要找她的麻煩。

元澤應該也看出這一點來，所以他沒有跟這些人理論。今晚這場聖誕舞會，她的「自己人」也只有元澤，他留下，有些事才好看準了再動作。

「我沒事，你也別太擔心。」夏芍深深看元澤一眼，話裡有話。

她在提醒元澤，先不要有所動作，看看情況再說。元澤畢竟現在還是學生，他雖有家世背景，夏芍也不希望他急切之下動用元明廷的人脈。在京城這派系爭鬥得一潭渾水的時刻，沒摸

清楚什麼事就動作，很有可能會給家裡惹麻煩。

「帶走。」領頭的警察不耐煩地看了夏芍和元澤一眼，自然沒這閒功夫聽兩人囑咐來囑咐去，他一個命令，另兩名警察便架著夏芍往外走。

夏芍神色不動，暗勁震出，兩名警察只覺得架著夏芍的手微麻，接著齊齊往兩旁栽倒。

「你們兩個怎麼回事？」為首的警察怒目看向同事，顯然是嫌丟人。兩人爬起來的時候，臉都紅到脖子了，也不知道發生了什麼事。

夏芍涼涼地道：「兩位還是顧好自己吧，我自己會走。」

那兩名警察看著夏芍的笑容，咬牙切齒，但有火也沒處發，誰叫是他們自己摔倒的呢？兩人都沒往夏芍身上想，畢竟她一個十九歲的女孩子，柔柔弱弱的，剛才明明沒動，怎麼能把兩個大男人推倒？所以說，剛才那一摔，可真有點邪門啊……

夏芍看向張瑞，歉疚地點頭，「張主席，抱歉，擾了大家的興致，你們繼續吧，今天的事不會影響到我們的合作。」說完，她悠然地走出了大廳。

張瑞望著夏芍離開的背影，直到此刻還有些回不過神來，不懂發生了這麼大的事，她怎麼還能這麼悠閒？

元澤唇一抿，「會長，我先告辭了。」

張瑞這才看向元澤，他還以為元澤會匆匆離去，沒想到他還跟他打招呼。他的家世背景不低於他，家庭教養顯然更好。張瑞道：「去吧，有什麼事回來說一聲，需要幫忙別客氣。」

元澤點頭，轉身離去。

他剛走，便有人嗤笑一聲，「華夏集團竟然造假？還說是大集團，也不知道打的是誰的臉！」

說話的是鄧晨，他跟夏芍本就有怨，此時滿臉快意。

張瑞皺著眉頭，他聽說過慈善拍賣會上的事。不是說，造假的是一位姓于的專家嗎？怎麼又變成華夏集團了？

「事情還沒弄清楚，不要輕易下結論！」張瑞斥責道。

鄧晨心中一怒，覺得張瑞不知道哪根神經搭錯了，怎麼就覺得夏芍不錯？

當然，這怒氣鄧晨也只敢發洩在心裡，不敢表露出來，但這麼多學生在，今晚的事想遮是遮不住的，鄧晨便道：「萬一證實華夏集團是造假，跟我們學生會簽訂的合同怎麼辦？」

張瑞眉頭皺得更緊，如果真是這樣，那這合約必然是要想辦法終止的，畢竟學生會不會背負著讓學生們去不光彩的企業實習的名聲。儘管張瑞不願相信這件事是真的，但身為學生會主席，他有他的職責，必須對這件事做出表態。

「假如證實是真的，學生會會設法終止合約。」

周遭的人開始小聲議論起來，誰也沒想到，本是全校矚目的聖誕舞會，最終竟是這樣收場。如果這件事是真的，那屬於這名少女的傳奇，豈不是要終結了？

低聲的議論裡，有人擔憂，有人疑惑，有人不可置信，也有人暗地裡一笑。

沒人看見王梓菡的笑容，卻見鄧晨毫不避諱地地笑了。

這合約必然是會取消的，華夏集團的知名度在京城大學必然是要一落千丈的。京城的人都知道夏芍和徐家的嫡長孫關係親密，如果不是證據確鑿，警方會不顧忌徐家來抓人嗎？

夏芍死定了！

如果夏芍知道鄧晨的想法，一定會點頭稱許。這富二代腦子裡還是有點東西的，她此刻想的，也是這個問題。

當初去警局做筆錄的時候，夏芍就看出此事還會出現變故，卻沒想到變故出在今晚。

怎不早一天，不晚一天，或者哪怕就是要今天出事，為什麼不是上午，也不是下午，偏偏是晚上她出席聖誕舞會的時候？

呵呵，看來真是有人要抹黑她！

而且，夏芍早就發現，來傳喚她的三名警察她都沒見過。不是周隊長和他手下的人，這三人也必然不是秦系，秦系不會不顧念徐家，那便是姜系了。

夏芍目光微冷，警車從京城大學裡出來的時候，是開著警笛的，彷彿就怕學生們不知道她被警車帶走了一般，這更加堅定了夏芍的想法。

這事幕後有人操縱，她總覺得和王家脫不了干係。這個贗品事件，只跟王家利益有牽連，不是王家，還能是誰？

不過，如果是王家，這倒奇怪了。上回車行的事件後，王家有意結交徐家，怎麼會這麼快就對她動手？難道就因為她和徐天胤沒有去王家吃那頓飯？可是，若真有意結交，一次不去，再請就是了。上回車行裡的事，王家又不是沒見識過徐天胤待她如何。為了生這一頓飯的氣，再去得罪徐天胤？

夏芍搖頭，王家沒這麼傻。

這件事有蹊蹺。

夏芍往座椅裡一靠，閉目養神，此舉讓坐在她左右的兩名警察眼裡有驚異之色。

這少女自從他們出現在舞會上開始，臉上就掛著笑，絲毫沒有任何不安的情緒。她太淡定了，淡定得他們這些押解慣了罪犯的人都有點靜不下心來。

半個小時後，警車開進局裡，下車時，那兩名警察沒敢去架夏芍，兩人眼睜睜看著她從車裡出來。天空還在下著雪，零下十幾度，如此薄的衣裙，她竟不發抖。她泰然自若地走進警局裡，那氣度，看起來警車就是她的座駕一般。

兩名警察好半天沒反應過來，直到領頭的人怒道：「還不趕緊跟進去！」兩人才回過神。

夏芍被帶進最裡面的審訊室，一進去，她便在椅子上坐下，不等警方訊問，主動開口說道：「好了，現在讓我聽聽吧。誰指控贗品一案是我安排的，你們警方有什麼人證、物證。」

三名警察進來，習慣性地倒水，然後捧著水杯去審訊。然而，水剛倒上，走了兩步，聽見夏芍的話一個踉蹌，開水灑出來險些燙著自己。

為首的警察見夏芍有種反客為主的意思，不由打量起她來。

嫌疑人他審多了，尤其是有身分的。通常那些有身分的人，一進來就會大呼小叫，最常說的就是「你知不知道老子是誰，信不信老子……」之類的威脅。眼前這名少女可比那些人有身分有倚仗多了。雖然她還沒被徐家承認，但就憑徐家嫡孫已經跟她求婚，她完全可以搬出徐家來恐嚇他們。平時那些京城權貴子弟的女朋友飆個車被抓進來，都一副要吃人的樣子，眼前這少女卻不怒，還很淡定。

為首的警察沒有多想，便道：「不用著急，妳的案子由我們隊長親自審，他一會兒就來了。」

「哦。」夏芍挑眉，原來這人不是管事的。

管事的果真一會兒就來了，此人姓馮，一肚子肥肉，這身材真叫人懷疑他抓不抓得住犯人。

馮隊長顯然已經聽過手下人對夏芍的態度的報告，他一來便坐去審訊桌後，陰沉笑了笑，「夏小姐，不管妳有什麼倚仗，到了局子裡都最好配合。拍賣會的贗品案已經由我們接手，之前負責辦案的周隊長幾人涉嫌刑訊逼供，已經停職接受調查。現在案件涉及的被告人于德榮、謝長海、劉舟在庭審上翻供，聲稱這件事是妳自編自導。我們奉命調查這案子，請妳配合。」

周隊長雖然跟夏芍不算熟，但畢竟經手這個案子，如今他被停職調查，三名案犯又翻供。帶她來的三名警察走進審訊室坐到馮隊長身邊，望向夏芍，等著看她或震驚或憤怒的反應。

夏芍卻只是挑眉，問出她最在意的一個詞：「庭審？」

馮隊長陰沉的眼微瞇，似有深沉的光芒閃過。

夏芍別有深意地笑道：「哦，原來那件案子庭審了啊！」

案子庭審了，她居然不知道。這算是好消息呢，還是壞消息呢？

贗品的案子，華夏集團是受害方，與這案子關聯這麼大，庭審居然沒有接到法院的傳票。非但華夏集團沒有接到，夏芍敢保證，祝雁蘭的父親祝青山老先生一定也沒有接到傳票。祝青山身為國內古董鑑定方面的泰斗，且是拍賣會那天鑑定金錯刀為贗品的關鍵人，在這件案子裡應該屬於很重要的證人。他如果出庭，祝雁蘭必然知道，沒可能不告訴夏芍。

與案子有直接關聯的受害方沒有接到庭審通知，最重要的證人沒有出庭作證。

「呵呵，真厲害，不愧是權貴！」夏芍笑容微嘲。

馮隊長臉色霎時很難看，拍桌子道：「把妳傳喚來，不是為了讓妳耍花招浪費警方的時問。這件案子歸我們重案二組，現在要重新審理，問妳什麼，妳老實回答。」

「當然，我一向很配合警方辦案。」夏芍笑了笑，「有什麼話，馮隊長問吧。」

馮隊長深深看著夏芍，原本他準備了萬全的對付夏芍不配合的辦法，以為她會鬧騰一夜，沒想到她還真如底下的人所說，態度出奇的鎮定。

說實話，馮隊長不怕夏芍鬧，大鬧警局，不配合警方辦案，正好有理由多關她幾天。正因為她態度好，他才頭疼。

雖然夏芍態度好，他們可以直接進入訊問階段，但是不知道為什麼，馮隊長總覺得眼前這名女孩子，絕對不像她表現出來的這麼好說話。

「今年九月二十九日那天早上，妳人在哪兒？」不知道夏芍在打什麼主意，馮隊長只好直接訊問，邊問邊觀察夏芍。

夏芍道：「在京城大學對面的公園裡。」

馮隊長目光頓亮，緊接著便問：「時隔三個月，為什麼記得這麼清楚？」

「那天是京城大學軍訓檢閱的日子，第二天學校就放假，國慶假期。馮隊長也當過學生，應該知道對學生來說，這樣的日子是不容易忘記的。」夏芍道。

馮隊長臉一沉，喝道：「問妳什麼，妳就答什麼，別扯有的沒的！」

旁邊的警察轉頭看馮隊長，對他這態度暗暗心驚。不是怕馮隊長得罪夏芍，而是怕馮隊長這態度把夏芍給惹毛。難得她配合，惹毛了可就不好審了。

誰知夏芍好脾氣地點了點頭，表示配合。

馮隊長又深深看夏芍一眼，「妳幾點鐘去公園的？」

「五點。」

「去公園做什麼？」

「晨起，散步。」

「砰。」馮隊長又拍桌子，「想清楚了再回答，妳只是去散步？」

「那馮隊長倒是替我說說，我是去幹麼的？」

「我跟妳說過，別耍小心思。妳以為警方沒有足夠的證據，會傳妳來問話嗎？」

夏芍微笑，這回只笑不語了。

馮隊長心底竄出一股火氣，「我看妳是不見棺材不掉淚！小梁，把證據拿來！」

小梁正是那帶隊去抓夏芍的警察，聽見馮隊長的話，卻是一愣。這不符合程序啊！即便是重審的案子，案情的經過還是要詳細地再問一遍的。就算他知道這案子有內情，重新問不過是個形式，但是筆錄仍是要做，這都是要給上頭看的東西。現在沒問幾句，就把證據拿出來，這真的不符合程序。

馮隊長卻很煩躁，他從警二十多年，什麼樣的人沒遇到過？但是今晚不知道為什麼，他這眼皮子直跳，就是靜不下心來，心裡一股邪火壓不住。他瞪向小梁，讓你去拿你就去拿。筆錄那些東西都是可以自己寫的，到時候讓人按個手印就行了，這麼簡單的事都轉不過彎來？

小梁無奈，官高一級壓死人，他只得轉身出去。

不一會兒，他拿著所謂的證據幾張光碟回來。

第一張光碟放出來，背景是審訊室，坐著名老人，容顏憔悴，正是于老，「我兒子因為賭博欠了不少錢，這件事不知道怎麼就被夏董知道了。拍賣會三天前，她找到我，宣稱想跟我合作，事後給我一筆錢。」

「她以我的名義給金錯刀鑑定，再把這枚金錯刀放到華夏集團的慈善拍賣會上，當眾揭穿，其實就是想以此打擊競爭對手。她讓我當眾說贗品是西品齋的謝總給我的，還讓我說聽見謝總和王少商量著打擊華夏集團。那天出席拍賣會的賓客都是有分量的人物，她這麼做，就是為了打擊西品齋的名譽，以此在這些賓客面前抬高華夏集團的名氣。我為了給兒子還債，哪怕名聲都可以不要，所以……就同意了。」

一張光碟放完拿出來，第二張放進去，裡面的人是西品齋的總經理謝長海。

謝長海表情憤怒，語氣激動，「我根本就不知于德榮在說什麼，我們西品齋送拍的古董都是有記錄在冊的，裡面壓根兒就沒有那枚金錯刀。那枚金錯刀什麼時候放進去的，我不知道，反正是華夏集團拍品徵集結束之後。那個時候所有拍品入櫃封存，他們自己也有記錄。我們又進不去華夏拍賣公司的庫房，怎麼把東西放進去？簡直是血口噴人。我看，就是他們自己的人能把東西放進去的，為的就是打擊我們西品齋的名聲。」

「這件事我一開始就是這麼跟辦案的警察說的，可是周隊長他們一口認定是我們幹的。不承認就拷我們，不給水喝，有的時候還拳打腳踢。看，我現在身上還有傷。」謝長海把袖子擼起來，手臂上確實有沒好全的傷，「這是刑訊逼供，我要告他們！」

第二張光碟拿出來，第三張放進去，這回是華夏拍賣京城分公司的原總經理劉舟。

「金錯刀的贗品是我們董事長找到我，讓我放進去的。這件事只有我一個人知道，在拍賣會那天早上，我支開祝經理偷偷進了庫房，把贗品放進西品齋的拍品裡面。事後，我們董事長還叫我把那段監控錄影剪掉，但是我沒想到她會過河拆橋。」

「我很氣憤，一開始就是說實話，但周隊長他們認定我是西品齋安排在華夏集團裡的內鬼，他們刑訊逼供，我熬不住了，就給了假供詞。」劉舟也把袖子挽起來，上面有傷痕。三張光碟放完，還有第四張，內容是拍賣會那天，劉舟進入庫房的視頻，剪輯版的。第五張光碟則是經過技術人員恢復的完整版本。

這兩張光碟是夏芍當初給周隊長當作證據的，那完整的版本是徐天胤恢復的，後來夏芍讓人燒錄出來，給了周隊長，但這兩張光碟現在卻成了指控夏芍的證據。

馮隊長冷笑一聲，「夏董，這些事，給個解釋吧？」

夏芍也笑了，笑得讓在場的人都是一愣。

馮隊長氣得大聲道：「我再問妳一遍，九月二十九日那天早上，妳去幹什麼了？」

「公園，散步。」

「胡說八道！」馮隊長從椅子上站起來，「你們這些學生，太陽不曬著屁股不起床，妳會起這麼早？妳也說那段時間你們在軍訓，軍訓那麼累，哪有學生起那麼早？于德榮供稱，妳是拍賣會三天前找到他的，二十九日那天剛好是拍賣會前三天，妳分明就是找于德榮去了，跟他談贗品的事，對不對？」

夏芍眼神嘲諷，「原來早起也可以被人懷疑，真是長見識了。」

馮隊長一怒，剛要說話，夏芍又道：「馮隊長，你剛才也說了，學生軍訓累，不愛起早。假如我真找于老談事情，中午不行嗎？晚上不行嗎？為什麼要早上五點？」

馮隊長冷哼，「妳真當警方是吃乾飯的？妳軍訓完就放假了，妳的同學都說看見妳軍訓完了就跟著徐將軍的車走了。妳跟男人有約會，放假了就抽不開身，當然要趁著軍訓之前。」

哦，原來這些人還是做過功課的！

夏芍點點頭，看起來很贊同馮隊長的話，但她接著目光更為嘲諷，「既然馮隊長調查得那麼清楚，想必也知道我去了公園之後遇到了什麼事吧？那天有個擺攤的小攤販，跟于老做局騙財被我識破，當時很多散步的老人都在。其中一位險些受害的老人姓馬，跟于老認識，很可能是鄰居，不知道馮隊長調查過這件事嗎？」

沒想到，馮隊長一聽這話就笑了，像是巴不得夏芍提起這件事，「攤販？古董局？夏董，妳可真會編故事，周隊長不做調查就信妳，妳以為全世界的警察都這麼傻，聽妳忽悠嗎？于德榮確實有個鄰居姓馬，妳要見見嗎？」不等夏芍答應，馮隊長便道：「把老人帶進來認認人。」

那名姓梁的警察又出去了，這回帶了位老人回來。

正是那天公園裡，因夏芍識破騙局才沒被騙財的馬老。

「認識這個女孩子嗎？」馮隊長一指夏芍。

馬老被帶著站在審訊室外頭，隔著鐵欄杆，看了夏芍一眼。

那一眼，目光明顯有些躲閃，「不認識。」

「九月二十九日那天早上，你做了什麼，還記得嗎？」

「我在家裡看孫子。」

「為什麼記這麼清楚？」

「以往我都是去公園散步的，但是那天早上我孫子拉肚子了，所以記得特別清楚。」

馬老說這些話時低著頭，聲音不大，不敢看夏芍。

「帶老人家下去錄份口供。」馮隊長吩咐一聲，馬老就被帶走了。人一離開，馮隊長就笑了，這回看向夏芍的目光有些看好戲，「說說吧，為什麼撒謊？」

夏芍輕輕挑眉，不說話了。

原來是這樣，這幕後的人手段不錯。

案子悄悄庭審，悄悄翻供。翻供還不算，還要指控周隊長等人刑訊逼供。

不管事情是不是真的，周隊長等人都要立刻被撤離這件案子。秦系的人停職接受調查，接手案子的堂而皇之地就換成了姜系，之後的事就好辦了。

讓于德榮、謝長海和劉舟等人改口供，把所有的髒水都往她身上潑，那是很容易的事。只是沒想到，這些人竟然連馬老都找到收買了，真可謂滴水不漏。

那天廣場上那名小攤販，不用問，必然是查無此人了。即便能找到這人，也定然是回答「沒發生過這件事」。

不必問，那天帶走那名攤主的兩名警察，想必也找不到了。至於那天公園裡和馬老一樣晨練的、目睹了古董局的老人們，夏芍更不會要求馮隊長等人去查。京城大學附近的社區特別多，住戶多得找幾名老人那等於是大海撈針。且不說這些人愛不愛這麼費時費力地查，即便他們去查了，查出來了，結果也會是和馬老一樣。

那樣只會多幾份供詞證明那天的事不存在，證明她在撒謊。

呵呵，能做到這個地步，幕後那人可真是權勢滔天，非要扳倒她了。

不過，有這麼容易嗎？

夏芍笑了，她這一笑，原本勝券在握的馮隊長，不知為何又是眼皮一跳。在他眼裡，夏芍這是在裝淡定，在玩心理戰術。其實說不定她心裡早就慌了。於是，他一瞇眼，怒喝道：「坦白從寬，抗拒從嚴！不用我跟妳說，京城大學的高材生，這些都是懂的吧？」

「懂。」夏芍微笑，「我不但懂得坦白從寬，我還懂得國家規定犯人也有人權，更何況，我現在還只是嫌疑人，並沒有定罪，所以，我有權要求人道主義對待。現在時間已經晚了，而且我穿著單薄，身體有些不適，我要求休息。」

「休息？妳以為這是妳家，妳想休息就休息？」馮隊長氣得笑了。

「哦？聽馮隊長的意思，也想給我來個刑訊逼供嗎？」

馮隊長皺起眉頭。他聽說過青省變天時的那起案子，那時，姜系損失一名省部級大員，他們警察系統的人也丟盡了臉面。當時，青市警方在報紙上公開道歉，道歉的就是刑訊逼供的事。這件事被警方引以為恥，當時還特意發過公文，嚴肅批評此事，並督促他們自覺整改。

這件事雖然過了幾年，但是正因為有當初的事，這次秦系的人被指控刑訊逼供，才停職調查得這麼快。

「馮隊長，你要知道，我在法庭上也是可能會指控警方刑訊逼供的喔！」夏芍微笑。

馮隊長霎時震了震。他相信她絕不是在說謊，其實這件事，上頭既然要他負責，他就是知道內情的，不然沒法往上面的人想要的結果審。正是因為他知道內情，所以他知道這是冤案。任何人無辜被冤都不可能不聲不響地認罪，更何況這女孩子性情、經歷不凡，她會受這冤枉？

雖然上頭把證據做全了，她即便不認，也有辦法入罪，但保不准她有死也要拉個墊背的心思，刑訊的事一旦捅出去，上面的人不會有事，有事的不過都是他們這些小蝦米罷了。

馮隊長也覺得自己倒楣，攤上這麼件棘手的案子。這徐王兩家的爭端，他這種小嘍囉，一

不小心就會被拍得渣都不剩，可上頭說得很明白，夏芍如今還不是徐家的孫媳婦，她如果有劣跡在身，徐家便不會要她。沒有了徐家，她不過就是一名普通的企業家。有錢又怎樣？當權的要整她，她只有自認倒楣的份。這件案子審好了，他的前程將會大放光明。

既然是為了前程，馮隊長自然犯不著冒著在庭審上被指控刑訊的風險，反正現在的證據對夏芍不利，她想休息一晚，就叫她休息，他有的是時間跟她耗。

正權衡著利弊，夏芍往椅背靠去，慢悠悠地道：「明天早上之前，我什麼都不會說。」馮隊長回過神來，冷笑一聲，「那就請夏董好好休息吧，希望妳好好想想，明早再見。」

馮隊長站起身來，兩名警察上前，帶著夏芍去拘留所的房間。

而就在夏芍走出審訊室，到了警局大廳的時候，一道急切的聲音從門口傳來：「小芍！」

夏芍轉頭，見元澤帶著衣服從門口奔了進來。

馮隊長從後頭出來，一看見元澤，怒道：「誰叫他進來的？」

跟著元澤一起進來的警察，聽見馮隊長的怒斥便趕緊過來，在他耳旁小聲嘀咕了幾句。馮隊長的怒容頓時僵住。

青省省委書記元明廷的公子？

雖然兩方分屬不同陣營，但就官職來講，馮隊長在元明廷面前都算不上官，他當下果斷閉嘴，卻緊張地盯著夏芍和元澤。

今晚的事，上頭是看好了時間的，如今正值年底，軍區軍演，徐天胤去了地方上，不在京城，現在動手夏芍找不到任何後臺。等徐天胤回來，案子應該就能定下來，但馮隊長沒想到元澤今晚會來。不過，想一想，他便放下了心來。

這裡是京城，可不是地方上，派系爭鬥這麼白熱化，元澤如果敢以他父親的名義大鬧警局，那無疑會給元明廷惹麻煩，姜系這邊巴不得拉下秦系一名省部級大員來。

夏芍先一步道：「我沒事，你先回去。放心，最遲明天中午我就能離開。」

這話不僅讓元澤愣了，也讓馮隊長等人呆住。

離開？她憑什麼這麼說？

「他們沒把妳怎麼樣吧？」不管夏芍剛才說的話是真是假，元澤只是打量著她問。

夏芍笑著把元澤的西裝外套脫下，手上並沒有看見刑訊的傷痕，元澤卻眉頭一皺，上前把夏芍的羽絨服給她披上，夏芍也把元澤的外套遞給他，「穿上吧，別著涼了。」

「穿的少的是妳才對。」元澤看夏芍心情和精神都還好，便道：「他們都來了，在外頭等著，妳徒弟和衣妮也來了。」

「勸著他們，別讓他們鬧出事來，等明天。」夏芍又深看元澤一眼，「行了，你們都早點回去休息，不必擔心我。」

她這麼說，是在暗示元澤別妄動。元澤聽得懂，但眉頭還是皺緊，「妳被拘留了？拘留所裡晚上冷嗎？妳著涼了怎麼辦？」

夏芍笑著看向馮隊長，「放心吧，馮隊長不會讓我著涼的。我若是著涼了，明天就要就醫，這件案子就得往後拖，是不是啊，馮隊長？」

馮隊長聽著夏芍和元澤的話早就不耐煩了，聽見這句話，臉色黑了起來，「夏董放心吧，警方不會連這點都不尊重嫌疑人的。」

夏芍臨走前再囑咐元澤：「記著，勸住他們，一定要等明天。」說完，轉身走了。

馮隊長聽著夏芍的話裡幾次三番提到明天，明天到底會有什麼事？他很想認為是夏芍在故作高深，但不知道為什麼，他心裡一直噗通噗通跳個不停。

元澤走出警局，這年的聖誕節雪下得特別大，他才進去一會兒，地上的雪已經又厚了一層。警局外頭候著五個人，他們頭上臉上都落了雪，直到見元澤出來，才圍了上來。

「怎麼樣？」

「怎麼就你一個人出來？」

「他們不放我師父？」

柳仙仙、苗妍、周銘旭、溫燁和衣妮一齊圍上去問。

元澤搖頭，「她今晚被拘留，但她說明天就能出來。」

幾人一聽說夏芍被拘留，哪管元澤後面說什麼，當即便怒了。

苗妍焦急地道：「那怎麼辦？我們得想想辦法。我去打電話給我爸，他認識不少人，說不定能幫忙把小芍放出來。」

周銘旭眼睛一亮，「對了，小芍不是認識安親會和三合會的當家嗎？誰能聯繫上他們，他們一定有辦法！」

「不行。」柳仙仙出聲道。幾人裡向來最瘋的她，此時臉色嚴肅，「你想想，小芍和徐將軍的事，誰不知道？這樣他們還敢動她，對方肯定很有背景。這是有意找她麻煩，你讓黑道上的人出面，是嫌她麻煩不夠多，還想給對方找碴的理由？」

「那怎麼辦？」周銘旭撓撓頭，急得團團轉，「徐將軍這時候又不在京城，現在軍事演習，他的手機肯定打不通。」

就是能打通，夏芍也不會願意驚動徐天胤。以徐天胤的性子，要知道她現在在警局，還不得連夜回來？他在軍演，萬萬不能回來。

這點眾人都清楚，因此找徐天胤的事，壓根兒就不考慮。

幾個人七嘴八舌討論，衣妮恨恨地道：「下蠱！下蠱！」

溫燁看了衣妮一眼，握著拳頭，臉色森寒。他剛拜了師父，就有人欺負他師父。

元澤趕緊道：「她說明天中午就會沒事，我想她一定有什麼應對辦法。我們現在先不要到處找人，不要給她添亂，就等到明天中午。」

元澤轉身，望向警局斜對面的一家飯店，「今晚我不回校，在飯店住下，就近看情況。」

元澤這麼一說，柳仙仙等人自然也決定不回學校。幾人都是大一新生，夜不歸宿，按照校規是要記警告處分的，但這時候誰也不理這事，連從來都沒違反過校規的周銘旭和苗妍也沒說什麼，跟著元澤去了飯店。

五人自然是睡不著的，衣妮拍拍元澤，「喂？」

元澤轉頭看衣妮，衣妮拉他往窗邊走，指了指窗外。因為就在斜對面，警局門口看得很清楚，她道：「看那裡，誰抓了夏芍，出來的時候告訴我。」

「妳想幹什麼？」元澤問。

「告訴我就行。」

於是，元澤一晚上就站在窗邊，盯著警局門口。

衣妮也蹲在窗下，如潛伏山林的小獸似的。

周銘旭、苗妍和柳仙仙都覺得她古怪，但這個時候大家都沒說話。

下半夜，溫燁也去窗邊和衣妮一起蹲守，盯著警局門口。兩個人起先誰也不搭理誰，後來湊在一起嘰嘰咕咕，聲音小得連站在窗前的元澤都聽不見。

一個道：「下蠱！」

一個道：「敢欺負我師父，揍扁！」

這晚，馮隊長等人卻沒有離開警局，原因是他總覺得心裡不踏實，眼皮在下半夜跳個不停。

一夜過去，拘留室裡夏芍睡得很好，反倒是他們這些警察一夜沒合眼，這讓馮隊長心裡有些不平衡。也是內心不安的情緒作祟，天一亮，他便跳起來，早餐都來不及吃，就讓人去叫夏芍起來，開始審訊。

夏芍睡了個覺就像變了個人，態度與昨晚大不一樣，一點也不配合了。她要求洗漱，要求吃早餐，馮隊長被她折騰得很暴躁，可為了能讓她配合，只好叫來小梁，買早餐來給夏芍吃。

與此同時，徐康國也在吃早餐。清粥、雞蛋、一杯牛奶，沒有鹹菜，另有兩盤清淡小菜。原本還會準備點心，但是徐康國不愛吃那些，也不想浪費，索性就不叫廚房做了。

大清早的，兒女們都還沒回來，他在餐廳裡獨自用餐，面帶笑容，顯然心情很好。

警衛員進來，笑道：「老首長，今天開車去會館接夏小姐嗎？」

夏芍現在還沒嫁進徐家，通行證不好辦，肯定是需要警衛員去接的。今天剛好週末，聽說夏芍現在在會館住，所以警衛員來問問。

「叫那丫頭自己來吧，你去外頭接她進來就行。」徐康國道。

「好。」警衛員點頭，轉身出去打電話給夏芍。

奇怪的是，她的手機一直沒人接。

警衛員連打了好幾次，才轉身回去報告。

徐康國道：「這丫頭，大清早的忙什麼？等一會兒看看吧。」

但等了一個小時，夏芍的電話還是沒人接。

今天雖然徐天胤不在，但是徐康國卻把子女都叫回來了，想跟夏芍說說過年的時候，徐天胤去夏家正式拜見的事。反正徐天胤那性子，跟他商量他也話不多，還不如直接跟夏芍商量。

徐康國也知道夏芍年紀不大，夏家人站在長輩的立場上，未必希望孩子這麼早結婚，所以老人今天叫夏芍來，也是想問問她父母對這件事的意見。

可左等右等，等到徐彥紹、華芳夫妻和徐彥英、劉嵐母女來了，夏芍的電話還是沒人接。

「這孩子是不是在公司開會？」徐彥英納悶道。隨即她覺得這不可能，之前都跟夏芍說過了，她既然答應今天上午來徐家，中午在家裡吃飯，怎麼會在公司開會？她絕對不是那種遲到或者臨時有事不知通知的人。

「不會是出事了吧？」華芳這時開了口。

徐彥英看向她，見她皺著眉頭，看起來竟有些擔心。這讓徐彥英覺得奇怪，華芳不是一直不太喜歡夏芍嫁進徐家嗎？她這時候不是應該怒斥小芍不守時嗎？今兒怎麼這麼奇怪？

「要不，怎麼現在都沒來？」華芳也覺得自己表現得太明顯，立刻就拉下臉來，「我倒希望是有點什麼事拖延了，不然，可就是不守時。年輕人不守時，可不是什麼好習慣。」

徐彥英這才把目光收回來。她就說嘛，要華芳關心小芍，那是太陽打西邊出來。

「我也覺得是不是出了什麼事，不然怎麼會不接電話？找人去看看吧。」徐彥英馬上就不

理華芳了，轉頭看向老爺子。

徐康國皺眉，叫來警衛員，「你去看看。」

警衛員立刻就出去了，華芳望著張叔的背影，難掩眼底正中下懷的光芒。

徐彥英著急著，劉嵐低著頭，一句也不插嘴。她起先對夏芍嫁進徐家也是反應很大的一個，但現在跟夏芍有關的事，她都很沉默。徐彥紹不住地安慰著老爺子，稱讓他放寬心，夏芍肯定不會有事。華芳卻在一旁哼道：「沒事最好，不過這不守時的習慣可不好。」

「妳少說兩句！」徐彥紹低聲斥責妻子，覺得她越來越沒眼力了，沒看見老爺子擔心嗎？

華芳閉上嘴，眼底卻有算計的笑意。

她剛剛有些心急，險些惹徐彥英懷疑，所以此時即便是冒著被老爺子罵的風險，她也要說幾句對夏芍不滿的話，這樣才不會啟人疑竇。

華芳不說話了，徐家客廳便只剩徐彥紹和徐彥英兄妹安慰老爺子的聲音。徐康國擺了擺手，不用他們安慰，自己拿起電話打給警衛員，問警衛員到哪兒了，見到夏芍沒有。

見這情況，徐彥紹目光深了深，華芳則垂著眼，眼底神色憤慨。

還沒嫁進徐家，老爺子就這樣待她如寶，要讓她嫁進來，還有她的位子嗎？

等了一個多小時，警衛員回來了。

「老首長，出事了。」警衛員一進來便道：「夏小姐昨晚在京城大學的舞會上被三名警察帶走了，至今未歸。」

「什麼？」不待徐康國反應，徐彥英就站了起來，急問：「出了什麼事？」

「聽說是因為國慶期間華夏集團慈善拍賣會上出了贗品那件事，警察來帶走夏小姐時，說有人指控她此事是她指使的，然後她就被帶走了。」

「小芍指使的？」徐彥英皺眉。別人不知道這事的內情，她是知道的。車行那事的晚上，夏芍和徐天胤回來，是說過這件事的來龍去脈的。

徐彥紹也愣住，他也聽說過，所以說夏芍指使，這對政治敏感度極高的他來說，第一個念頭就是這事是個圈套，有人刻意為之。

「砰！」徐康國的拐杖往地上重重一敲，對警衛員道：「去查查怎麼回事！」

徐康國要查一件案子，那報告來得自然是極快的，十分鐘後警衛員就回來了，將案子情況如實敘述，徐家人卻都愣了。

華芳第一個站了起來，怒道：「我就說她年紀輕輕的，公司做這麼大，定然有蹊蹺，果真是無奸不商，這種造假的事也能幹得出來！」

眾人沉默。

華芳繼續道：「生意競爭有是有，可也不能用這樣不正當的手段，那跟誣陷人家有什麼兩樣？而且誣陷的還是王家的西品齋！」

「這孩子做生意不走正道，這政治敏感度也太低了。徐家雖還沒承認她，在外界眼裡，她就是徐家的人，她這麼對付西品齋，置王家和徐家的關係於何地？老爺子早就說了，徐家子弟是不參與派系爭鬥的，她這樣一鬧，別人可不以為徐家要和王家過不去？這不是逼著咱們牽扯進派系之爭裡嗎？她莫不是以為，有天胤給她撐腰，就可以為所欲為了？荒唐！」

「這案子要真是這樣，這孩子真是好大的心機。請專家鑑定作假，連什麼公園的古董局她都能編個故事出來矇騙拍賣會上的賓客，她還有什麼不敢……」

「砰！」華芳正說得興起，客廳裡忽然重重一聲響。

華芳倏地住嘴，轉頭看向老爺子。

徐康國的拐杖又往地上重重一敲，厲聲道：「誰說公園的古董局是編出來的？」

啊？華芳愣住。

徐彥紹、徐彥英和劉嵐都看向老爺子。

「一群混帳，那天我就在場！」

「……」

華芳一時沒反應過來，整個人懵住。

徐康國霍地從椅子上起身，看向警衛員，「走，去警局！」

老爺子走了，剩下的人都傻了眼。

華芳懵愣地望著老爺子離去的背影，好半天像被雷劈了一般站在原地。

「爸剛才說什麼？」徐彥英與其說是在問別人，倒不如說是在喃喃自語。

「爸說那天……他也在公園？」徐彥紹覺得不可思議。

華芳在兩人身後晃了晃，險些站不穩。

老爺子那天在公園？老爺子那天在公園……

華芳腦子一片空白，根本無法思考。

徐彥英最先反應過來，「我去看看。」說完又對女兒道：「妳就別去了，中午餓了自己吃。」

劉嵐看看母親，愣愣地點頭。

徐彥紹也跟著離開，劉嵐看向臉色蒼白的華芳，問：「舅媽不去嗎？」

華芳正發愣，盯著幾人離去的方向。聽見劉嵐的聲音，陡然一驚。劉嵐怪異地看向她，華芳扯出笑來，「我也去看看，妳中午在家，想吃什麼跟廚師說。」

不待劉嵐點頭，華芳便也走了出去。

華芳一走出去，立刻去摸手機。走在前頭去開車門的徐彥紹回過頭來，看見妻子也跟出來，便招呼她道：「快點上車。」

華芳心臟撲通撲通跳，但面對丈夫的催促，她只得放下手機，無奈過去。

這時候的警局裡，將夏芍帶來的三名警察坐在桌後，目光在夏芍和馮隊長之間飄來飄去。

馮隊長煩躁地抓著頭髮，在原地走來走去，而夏芍卻坐在椅子裡，悠然自得。她轉頭看著審訊室裡的電視，電視是關著的。

她在看什麼？沒人知道，知道的只是她維持這樣的姿勢半天了。

馮隊長一夜沒睡，一早就把夏芍提到審訊室裡，奈何她昨晚的配合今天全然沒有，先是要求吃早餐，整整吃了一個小時。吃過早餐，她又要求休息。

不給休息？對不起，有很多事記不清了。

這明顯就是在拖延時間，審訊過太多罪犯的警察都該清楚，這絕對是在拖時間。詭異的是，馮隊長以往遇到這樣的人早就發火了，今天卻只是煩躁地走來走去，而夏芍就更奇怪了，她自從說了要休息，便一直望著電視牆，可電視根本就沒開，她在看什麼？

這段時間，馮隊長幾次想發怒，但當看向夏芍時，竟好像有所顧忌般，竟一句重話沒說過。這實在是讓人奇之又奇。最想審夏芍的是馮隊長，現在夏芍就坐在這裡，他又任由她莫名

其妙地發呆，這不正常。

然而，負責這件案子的是馮隊長，三名警察也不敢說什麼，他們只好沉默地坐著等。小梁看向夏芍，她朋友給她帶了衣物，她昨晚卻沒有換，至今還是穿著昨晚的禮服，只不過外頭套了件長身的羽絨服。她斜身倚著椅背，神態懶散，看起來像在發呆。

這時，夏芍忽然打了個哈欠，「嗯，我休息好了。」

馮隊長霍然轉身，三名警察也都在此刻坐直了身子，還以為她要用這方法混過四十八小時。

「馮隊長，昨晚你列出的指控恕我不能承認。」夏芍慢悠悠道，卻沒人看到她袖子裡一直掐著的掌心訣在此刻鬆了開。

馮隊長維持著轉身的姿勢，眼底本在剛才轉身一瞬被希冀蓋過的光芒，此刻沉了下去。他頭髮抓了一早上，都掉了一撮，現在她說不承認？

雖然清楚夏芍不承認才是常理，但馮隊長的怒火就是爆發了。他忍了夏芍一早，每次要發火，不知道為什麼，總是有些氣弱，心裡沒底。於是幾次要發怒，這火就是發不出來。

「砰！」馮隊長把手中的茶杯重重往桌上一放，身子前傾，死死盯住夏芍，像頭發怒的公牛，「妳給我差不多一點，別想著拖時間，妳以為警方的時間是那麼好拖的嗎？」

夏芍挑眉，「我拖時間？難道不是馮隊長一直走來走去，不肯審我嗎？」

「妳……」馮隊長被她噎得兩眼翻白，險些沒背過氣去。那不是她說要休息，他才不審的嗎？「好好，那我現在就開始審。」

「我不承認指控。」夏芍又道，袖子裡掌心訣又掐了起來，只不過這回變換了個指腹。

馮隊長頓覺怒不可遏，氣得渾身直哆嗦，「拍賣會的事有物證，公園的事有人證，妳不承認？妳以為妳不承認，憑這些證據，我們就不能申請逮捕妳嗎？」

「物證？那物證是我給周隊長的，馮隊長可知你昨晚放的那張完整的監控錄影是誰恢復的？是徐將軍。你們拿著徐將軍恢復的錄影來指控我，可真有本事。」夏芍目光冷了下來。

馮隊長和三名警察愣住。什麼？那錄影是徐天胤恢復的？小梁憂心地去看馮隊長，馮隊長目光一閃，冷笑道：「徐將軍一定是被妳蒙在鼓裡，不知道這件事是妳一手策劃的。可笑，妳把這證據交給周隊長，作為指控妳的原總經理劉舟的證據，結果卻給自己挖了墳墓，這就叫法網恢恢。法律可不管妳是什麼國內最年輕的企業家，犯了法，妳一樣要接受制裁。」

馮隊長說得義正辭嚴，大義凜然。

夏芍笑容更冷，「這話還給馮隊長，以及你幕後的那位。公園的人證是怎麼回事，你知道。有沒有公園的事，你也知道。法網恢恢，法律可不管你是不是國家公職人員，也不管你背後的人權勢怎樣大如天。犯了法，你們一樣要接受制裁。」

馮隊長目光倏地一縮，小梁也眼神閃爍，其他兩名警察卻是震驚地看向馮隊長。怎麼？難道這件案子另有內情？

有內情的事自然不會讓所有人都知道，但是馮隊長沒想到夏芍居然看出他也牽涉其中。夏芍是冤枉的，她自然能猜出是有人要整她，可這事是上頭的意思，他們這些人也只是按指示辦事，馮隊長還以為夏芍會認為他們只是替人辦事，並不知情。

沒想到她竟然能看出這麼多來？

馮隊長心底打了個突，這女孩子知道的太多了，必須要讓她乖乖認罪，不然對他很不利。

「不要聽她的。」馮隊長轉頭對手下兩名警察道：「我看她是不見棺材不掉淚。侮辱誹謗國家公職人員，你知道是什麼罪嗎？」他轉頭盯向夏芍，目露凶光，「拿銬子和警棍來。」

兩名警察一愣，這是要刑訊？

馮隊長心底一陣煩躁，轉身便從其中一人身上抽出手銬，又順手從另一人身上抽了警棍，對著夏芍冷笑，「告訴妳，我辦案這麼多年，證據確鑿還負隅頑抗的罪犯見多了。我們警方是講究人權的，覺給妳睡了，飯給妳吃了，妳呢？還想浪費警方的時間。警方要是再縱容妳，就是對受害者的不公。今天妳承認也得承認，不承認也得承認。」

馮隊長只想讓夏芍承認，竟不惜讓她吃些苦頭。在他看來，她在外再享有盛名，那也是個柔弱的少女，受得起警方的這些手段？手銬不銬她，光警棍就夠她受的了。而且，這還沒有傷痕，任她在法庭上怎麼說，沒痕跡就沒人信她。再說，庭審那天，上頭應該會安排法官，到時候她就是冤死也沒人理。

這樣一想，馮隊長頓時有些後悔，早想到這點，昨晚就應該不那麼順著她。說來也奇怪，為什麼他到現在才想通？昨晚和今早都是被這女孩子的虛張聲勢給牽著鼻子走，竟覺得她似乎還有什麼籌碼在手上。他可真蠢，這明明就是她在虛張聲勢。

想到自己竟被一個十九歲的女孩子耍了，馮隊長怒上心頭。這一怒，頭腦一熱，惡向膽邊生，拿著手銬和警棍，往桌上狠狠一敲。

「砰！」一聲巨響，審訊室裡桌角竟然被這一棍給敲掉了。

兩名警察抽氣，只覺這一聲震得耳膜生疼。兩人緊緊盯著馮隊長，萬分心驚。

這得多大的力氣？隊長不會想拿這樣的力氣去打人吧？那會死人的！

連小梁都看向馮隊長。

誰也沒注意到就在剛才那敲桌子的巨響時，一名拄著手杖的老人走了進來，被這突如其來的聲響震得一愣，停住腳步。

夏芍怒道：「你們敢刑訊？」

馮隊長冷笑一聲，「刑訊？刑訊妳又怎麼樣？告訴妳，妳再不承認，有妳苦頭吃。這電棍上身的滋味，我看妳是想嘗嘗。」

「混帳！」這時，門口的老人怒喝。

馮隊長一驚之後，也是一怒，「什麼人？誰叫你進來的？」

「你混帳！」幾乎是同時，老人身後匆匆奔進來一名穿著警服的中年男人，一進來就指著馮隊長，手指顫抖，臉色漲紅，眼睛瞪著像要吃人似的。

馮隊長左手提著手銬，右手提著警棍，看見這男人卻愣了，「局、局長？」

高局長。正是車行那天晚上，帶著人去的那位高局長。

高局長現在想死的心都有了，他怎麼那麼倒楣，前段時間才遇上車行的事，現在又遇到這麼件事。雖然他得過王家的指示，算是知道情況，但是他死也想不到，徐老爺子竟然會來警局。來了也就算了，還不聲不響就往審訊室走。警局裡的人哪攔得住那些國家領導人的專屬警衛人員？證件一亮出來，整個警局的人都傻了。眼見著老爺子在來了審訊室，還好有機靈的告訴了他。他從局長辦公室裡奔下來，連電梯都忘了坐，下樓的時候絆了兩跤，緊趕慢趕奔到門口，居然看見馮隊長那個二楞子指著徐老爺子罵。

高局長只覺得眼前發黑，恨不得當場暈過去。當然，他沒暈過去，他現在只想宰了馮

隊長。

馮隊長看見高局長，還不知怎麼回事，呆呆地問：「局長，您怎麼來了？」

這件事局長也是知道的，但他不明白局長為什麼親自過來？這種活兒不都是他們幹的嗎？

「我再不來，我看你能把警察的臉都給丟盡了！」高局長血壓升高，氣得直哆嗦，但一身警服穿著，話說得比馮隊長都正氣。

馮隊長傻了眼，張著嘴，這才看向徐老爺子，此刻才發現老爺子身後跟著兩人，看著不起眼，但是氣勢冷沉，只是用目光盯著他，他就有種被萬箭穿心的驚悚感覺。他也不傻，一看高局長都來了，便知道老人肯定大有來頭。

「局長，這位老人家是？」馮隊長試探著問。

「我是徐康國。」老人不用人介紹，拄著手杖自己邁上前一步。雖只是一步，這一步卻穩健如松，手杖敲在地上，聲音不重，但氣勢如虹。

馮隊長像是沒反應過來，只是聽著這名字耳熟。不僅聽著這名字耳熟，老人家這長相……好像看起來也眼熟。

當反應過來老人姓徐的時候，馮隊長一口氣抽得老長，險些休克。

「主主主主……」主了半天，沒主出來。

主席這個稱呼，這個人經常在電視裡聽到看到，但同樣身在京城，這樣的國家級領導人，哪是馮隊長這樣的人能見得到的？他就是做夢也想不到，這位名聲顯赫半個世紀的老人家，這位共和國僅存的開國元勳，今天會親自來警局。

惡夢！這一定是惡夢！

馮隊長身後的三名警察也驚住不動，盯著徐康國的眼睛，眨也不敢眨。

夏芍從審訊室裡走了出來，「老爺子。」

她一開口，審訊室裡回頭的回頭，抬頭的抬頭，只有馮隊長感覺脖子僵住。

徐康國見夏芍竟只穿著薄禮服，雖然裹著羽絨服，但正是隆冬時節，外面還下著雪，此刻再看她單薄的穿著，老人家頓時皺了眉頭，「怎麼穿得這麼少？」

夏芍一笑，「昨晚在舞會上被帶來，衣服沒來得及換。」

「沒來得及換？是沒讓妳換吧？」徐康國臉色很沉。

「警方辦案，您見過有讓回去換衣服的嗎？這可是遵從您的教誨，不搞特殊待遇。不過，還好我人緣不錯，有朋友送外套來。」夏芍眉眼含笑，語氣像在聊天一般。

徐康國哼了哼。

審訊室的人驚了，高局長和馮隊長瞪大眼。怎麼瞧著一老一少說話這麼熟稔？

外界都知道徐家還沒表態承認夏芍，但是怎麼今晚看這情況，像是徐老爺子和夏芍早就見過，而且相處還不錯的樣子？

直到此時，在場的人才從見到徐康國的震驚裡想到另一層問題：老人家來警局幹什麼？

當然，他直衝著審訊室而來，必是為了夏芍來的。且不提他是怎麼知道夏芍在這裡的，就說老爺子是為了夏芍來的，那就令人震驚。

徐老爺子什麼身分？徐家什麼地位？如果不是老爺子已經承認夏芍，他今天會來？

徐老爺子親自來，表明的是怎樣的看重，傻子都知道。

於是，這個時候高局長開始希望自己是傻子，可惜他不是，所以他有一種暈眩感，幾乎站

立不穩。而下一刻，老爺子的一句話，幾乎讓他跌坐在地上。

「好，就不應該搞特殊待遇。那麼，今天我老頭子也來叫他們審訊審訊，看看是不是要拿著手銬和電棍，也給我點苦頭吃。」徐康國說罷，看也不看審訊室裡的這些個警察，拄著手杖健步入內，往審訊嫌疑人的椅子上一坐，轉頭看向外頭眾人。

馮隊長噗通一聲，坐在了地上。

高局長也軟了腿。

第五章　揪出內鬼

「主席，這這這……」高局長兩腿打顫，表情看起來像是要哭似的。

「這什麼？這是你這個局長的失職！」徐康國坐在椅子上，腰背挺直如松。

高局長大氣不敢喘，聽著這嚴厲的批評，一時不知怎麼解釋。

徐康國怒哼一聲，「看看你底下的人，手裡拿著什麼？我再晚來一步，看見的就是刑訊。警方督促整改嚴禁刑訊的公文才發下不到三年，你們就已經這麼鬆散了？這裡可是京城！」

京城都這樣，可想而知，地方上天高皇帝遠，會是什麼情況。

高局長點頭哈腰，陪著苦臉。這個時候，他已經沒心思去瞪馮隊長，他覺得恐怕今天連他的官位都要不保。眼前這位老人家，在百姓心中有很高的威望。雖然他年事已高，這兩年也有安享晚年的意思，但絲毫不減他的地位。在國家重要會議和外賓來訪的重大場合，總能看到他的身影。他現在已成為一種依託和象徵，連國家當權的那位聽說都經常去看望他。

徐老爺子至今保持著一代領導人最樸素的觀念，眼裡容不得官僚主義。被他親眼見到局裡要刑訊，對象還是他認可的孫媳婦，高局長覺得，他的官做到頭了。

「問問你底下的人，是不是也想叫我嘗嘗電棍上身的滋味？叫他來，我坐在這裡等著。看看國家拿著百姓、拿著納稅人的錢，都養出了些什麼無恥的東西！」徐康國喝道。

馮隊長癱坐在地，他身後那三名警察也都恨不得此刻變成透明。小梁還知道些內情，那兩名警察只覺得今天倒楣透頂。如果是在其他場合能見一見眼前的老人家，那真是莫大的榮幸，而現在只能說是莫大的惡夢。

馮隊長想說，一切都是誤會，但是他連張口的勇氣都沒有。

徐康國怒氣未消，手杖往地上重重一敲，「辦案，拿證據說話，是叫你們拿棍棒說話嗎？你們是警察，還是打手？如果是打手，脫了你們這身警服。老百姓的錢，不是用來養打手的！」

審訊室裡靜悄悄的，老人家坐在受審的椅子上，一群警察站在外頭聽訓。所有人只覺得五雷轟頂，誰也不知道今天要怎麼收場。

正當這時，門口兩個聲音傳來。

「爸。」

「小芍。」

徐彥紹快步走進審訊室，喘著氣，看起來走得很急。他見老爺子坐在受審席上，皺了皺眉頭，「爸，你怎麼能坐這裡？」

徐彥英則看向夏芍，見她穿這麼單薄，也是一愣，「怎麼穿這麼少？昨晚就是這麼在拘留所裡睡了一夜？」

夏芍見徐彥英眼神擔憂，頓覺溫暖，「讓姑姑擔心了，不礙事的，這不是有外套嗎？」說完，她又轉頭，跟徐彥紹和華芳打了招呼，「叔叔，嬸嬸。」

只是這句嬸嬸叫出來，音調古怪。華芳站在徐彥紹和徐彥英後面，也不知是不是心虛，與夏芍的視線撞上，臉色刷得紅白難辨。

她本是想打電話給王卓，通知事情有變，奈何丈夫把她一起叫來。一路上，她心裡不安，下了車本想藉去廁所的藉口打電話，哪知一進警局裡，便見局裡炸開了鍋似的，警察們聚在一起議論個不停，老爺子和高局長都已經去了審訊室。

不知道情況怎麼樣，徐彥紹急得說了句「走」，三人便趕來了。華芳又沒找到機會，本想

待在後頭靜觀情況，沒想到被夏芍的目光驚到。

她這眼神……怎麼感覺像是什麼都知道了似的？

不可能，這件事是她和王卓密謀，具體是由王卓執行的，夏芍就算能猜到這事是王卓安排的，也猜不到她也參與其中。

「徐委員？徐部長？華處長？」高局長一眼就將人認了出來，即便馮隊長和那三名警察的眼力沒那麼好，但也能猜得出來。

只是相比起徐家人的到來，高局長等人的震驚都給了夏芍，她剛才稱呼徐家人什麼？

高局長恨不得奔出去，找王卓掐上一掐。他不是說徐家沒承認夏芍嗎？沒承認的話，老爺子今天來幹什麼？徐家人今天來幹什麼？這稱呼都改了，還叫沒承認？外界不知道，那是外界的事。王家這樣的家族怎麼會連這消息也不知道？

這不是坑他嗎？

下一刻，高局長就知道哀嚎早了。

「你們怎麼來了？胡鬧！」徐康國看見兒女進來，一點也不給面子，「這裡是警局的審訊室，我老頭子是在作證。你們跟這件案子無關，過來做什麼，給我回去！」

高局長：「……」

什麼作證？這話是什麼意思？

華芳這時候也沒心思去想夏芍的事了，她站在徐彥紹和徐彥英後面，眼神發飄。

徐康國看向高局長，「叫你的人進來審訊。我作證，公園那天，確實有古董局，我就在場。」

我就在場！

華芳身子晃了晃，高局長瞪直了眼，馮隊長在地上眼看軟成一灘爛泥。

「您在場的意思是？」高局長試探著小聲開口問，表情真的快哭了。您老是開國元勳，誰敢讓您作證？難道開庭的時候，法庭上要迎來建國以來官職等級最高的證人嗎？

他還不想死！

徐康國瞪眼，「什麼我的意思是？我有什麼意思？你認為我能有什麼意思？收起你官場上那一套，我老頭子今天就是來作證的，那天早上五點是我叫這丫頭去公園陪著我晨練的！」

沒人說話，所有人都看著徐老爺子，包括徐彥紹、徐彥英和華芳。

那天？那天不是九月底？夏芍是國慶假期快結束的那天來徐家的，老爺子這麼說的話，那不就是說明他們早在夏芍來徐家之前就見過了？

三人這才想起來，夏芍初次來徐家的時候，和老爺子說話甚是熟稔，當時他們就看出兩人之前已經見過了。但是，誰也沒想到，這兩人竟是在這天之前就見過了？

之所以說在這天之前，是因為老爺子說是他叫夏芍陪著去晨練的，顯然兩人不是這天才見面，而九月底的時候，細細想來，似乎離天胤求婚的時間沒過幾天？

難道是老爺子主動去見夏芍的？

徐彥紹目光閃動，他想起夏芍去徐家那天，徐天胤還問了句：「跟爺爺見過了？」顯然，徐天胤也是不知道兩人見過面的。唯一的可能，就是老爺子在得知天胤求婚後，迫不及待去京城大學見了夏芍。

徐彥紹能想得到這點，徐彥英和華芳自然也很快想通，只是兩人反應不一。

徐彥英鬆了口氣，臉上露出笑容。這可真是巧了，可謂冥冥之中自有天定。

華芳卻眼前發黑，怎麼會這樣？怎麼會這麼不巧？這是天都要幫夏芍？

「我目睹了整個古董局的過程，是誰說沒有這個古董局？你們是怎麼辦案的？你們這是想製造冤案？誰給你們的權力和膽子？」徐康國每說一句，手杖便重重敲地。

審訊室裡靜悄悄的，所有人大氣不敢出一聲。華芳頭腦暈眩，有些站不穩。

她怎麼會想到，原以為抹去古董局的事，可以證明夏芍在撒謊，卻到頭來，反而暴露了警方的企圖？她怎麼會想得到，機關算盡，竟算漏了老爺子？

原本這件事該是天衣無縫的，他們特意選了這一天，讓夏芍在京城大學的舞會上被帶走，先毀她的名聲，再讓她第二天無法赴老爺子的宴，老爺子必然會查她為什麼沒來，也必然能查出夏芍犯了什麼事。向來厭惡心不正的老爺子，若是知道夏芍不僅古董造假，還捏造事實陷害競爭對手，她必遭老爺子厭棄。

到時候就算徐天胤再喜歡夏芍，再敢對徐家人說出那番話來，他也不會動老爺子。

這是天衣無縫的局，如今卻功虧一簣。

華芳開始心慌，壓抑不住的心慌。以老爺子在政壇滾打半生的敏銳，他會不會看出來背後有指使？畢竟若無人授意，警方哪敢動夏芍？她就是真犯事，這些京城裡油滑的人也未必敢辦她，莫說她沒犯事，這些人往她頭上硬扣罪名了。

夏芍看起來已經懷疑她了，如果她做的事被老爺子知道……

華芳偷偷瞥向夏芍，夏芍敏銳，感覺到有人在看她，便轉過頭來，衝著華芳意味深長地勾了勾唇角。華芳霎時臉色大變，眼底再掩不住驚慌。

馮隊長卻早就慌了，他從徐康國到了審訊室裡就坐在地上沒起來，此刻更是面色灰敗。

馮隊長當初接下這件案子，為的不過是自己的前程，眼看著到手的前程飛了，此刻別說是前程了，就連他這身警服都要扒下來，搞不好還得坐牢。霎時間，懊惱、後悔、不甘、恐懼、茫然等情緒一股腦兒向他襲來，他幾乎看見了後半生他的牢獄生涯、家人的失望、親戚的白眼，以及朋友們的落井下石……

當一個人的情緒頻臨崩潰的時候，人往往會瘋狂。

馮隊長還沒到瘋狂的程度，但他在瞬間竟行為快過理智，坐在地上大吼：「我們沒有，我們都是按程序辦案的，找到當天的證人都說沒有！主席，您不能冤枉我們，您這也是製造冤案！」

高局長險些跳起來，這二楞子瘋了嗎？知道他在跟誰說話嗎？

那三名警察也用一種看瘋子的表情看馮隊長，徐彥紹皺了皺眉頭，對他用這種語氣跟自己的父親說話很是不喜，徐彥英更為關切地看向老爺子，就怕他因這話氣出個好歹來。

徐康國的反應卻比眾人想像中的要淡定的多，他重重一哼，「我老頭子一生不以權壓人，今天也不例外，那天在廣場上的監控呢？」

馮隊長一聽，眼底爆發出希冀的喜意。他們既然敢稱事情不存在，監控當然不會留著。

沒想到徐康國又哼了哼，心裡什麼都明白，轉頭對警衛員道：「廣場上的監控沒了，就去附近看看，我跟丫頭去過附近一家老京城風味的早餐店。」

馮隊長倏地僵住，高局長也愣住，眼睜睜看著門口的警衛員轉身便去了。

華芳轉著頭，脖子都快擰了。老爺子還有證據？他就是沒有證據，他說要作證，他說那古

董局存在，誰敢說沒有？可是，他竟然還要找證據？那不是一點落人口實，說他包庇未來孫媳的機會都不給嗎？

這證據要是找到了，那就是要實實在在給這件事的幕後主使一個誣陷的罪名。一個以權謀私，隻手遮天的罪名。那她參與其中，會怎麼樣？

華芳開始後退，望著門口，心裡祈禱那證據千萬別找著。

這時候，夏芍開了口：「還有，馮隊長刑訊逼供且不說，既然你認定沒有冤枉我，可敢讓我跟馬老見上一見？我相信世上善大於惡，我想跟他談談。」

馮隊長心裡咯噔一聲，臉色已白如紙。讓夏芍跟那姓馬的老人再見一面？那怎麼行。要是那馬老知道徐老爺子在，他還敢作偽證嗎？到時候，他真的就徹底完了。

「放心，為了公正起見，我可以單獨見馬老。同樣的，我想見原華夏拍賣京城分公司總經理劉舟、西品齋總經理謝長海，還有鑑定專家于德榮。」夏芍眸光一冷，此刻再沒有慢悠悠的神情，「高局長、馮隊長，別跟我說這不符合程序。這件案子發回重審，你們有提審的權利，現在我要還自己一個清白，你們也不想背負陷害我的罪名。那麼，就讓我們雙方對質，孰是孰非，你們在外頭看個分曉。」

高局長和馮隊長愣住，誰也沒想到夏芍會提出這樣的要求。單獨見指控她的人，這對她來說完全沒有優勢。這些人要是知道徐老爺子在，可能會嚇得什麼也不顧了，但是單獨面對夏芍，他們怎麼可能說實話？

實在搞不懂，這女孩子在想什麼。

高局長以前在京城混著，算不上姜系的人，也算不上秦系的。他向來善於逢迎，但在這派系爭鬥的緊要關頭，前段時間王卓找到他，當他知道不得不接下這件案子的時候，他就知道，他等於是上了姜系的船。

今天徐老爺子前來作證誰也沒想到，徐老爺子恐怕也看出這件案子背後有主謀，以王家在軍中的權勢，即便是知道這件事的幕後是王卓，出於政治上的考量，徐老爺子未必能把王卓怎麼樣，但是他們這些人就不一樣了，那必然是要拿來以正國法的。

沒有人不為自己考慮，高局長其實比馮隊長急，他只是表現得此事與他無關，可一旦事發，他不敢保證王家會不會把他推出來當替罪羊，所以，夏芍的提議，他想同意。

就算一會兒警衛員回來，真能找到監控證據，證明徐老爺子當天真的在公園，證明公園裡的古董局真的存在，只要跟夏芍對質的時候，馬老等人不承認，那他們便好辦了。到時大可把這件事推給馬老，說他作偽證，誤導警方和偵察方向，他們的罪就輕得多了。他頂多就是個不察之罪，馮隊長倒楣點，被逮著刑訊，丟了這身警服，不至於坐牢，想必他也願意。

這麼一想，高局長覺得夏芍的提議真好，這女孩子簡直就是在給他們找臺階下。

於是，他順著臺階下了，一副真金不怕火煉的模樣。這時候，他像是忘了徐老爺子在，也忘了請示了，即刻就吩咐警員去把人提來，看起來巴不得夏芍與人對質，還他清白。

徐康國沒有阻止，他看也不看高局長，只看夏芍。警局裡這些人從他來了都什麼反應，心裡打著什麼小九九，他還能不清楚？他現在就是想知道這丫頭有什麼打算。她像個小狐狸似的，連他都動不動吃個虧，她會做對自己沒有好處的事？

他不信，他總覺得小狐狸又在打什麼如意盤，搞不好今天連他會來，都在她的算計之中。要不然，她昨晚怎麼不要求對質，等他來了，她的要求也來了？

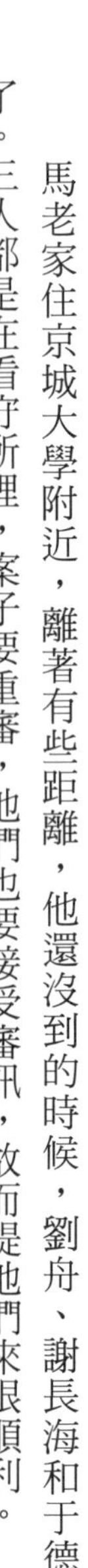

馬老家住京城大學附近，離著有些距離，他還沒到的時候，劉舟、謝長海和于德榮就到了。三人都是在看守所裡，案子要重審，他們也要接受審訊，故而提他們來很順利。

三人抵達的時候，警局外頭的大廳裡，氣氛很詭異，但是看見三人被帶進來，沒有人說話。他們一路被帶進來，受著注目禮，心裡都噗通噗通打鼓。

他們知道昨晚就應該抓夏芍來警局了，難不成出了什麼變故？

變故，顯然是有。

劉舟先被帶進審訊室，審訊室裡只坐著夏芍一個人。

馮隊長呢？梁警員呢？連審訊的桌子都被撤去，搬來兩張嫌疑人坐著的椅子，夏芍坐著一張，劉舟被安排坐去夏芍對面，手銬上好，鐵門一鎖，審訊室裡，只剩夏芍和劉舟兩人面對面。

這明顯不是正常情況，劉舟驚著心瞄外頭站著的警察，那個警察卻背對著兩人，好像根本不管裡面的事。劉舟不敢看夏芍，夏芍竟也不說話，就這麼盯著劉舟。劉舟知道夏芍在看他，但他不敢跟她對視，於是他眼神四處飄，不是看那警察就是看門外，似乎在等人進來審訊。只是他心裡也清楚，審訊的桌子都撤了，這麼詭異的情況，看起來就不像是有人會來的樣子。

到底出了什麼情況？

心裡沒底，又被夏芍看得難受，劉舟終於受不了地抬起頭，瞄向夏芍。

這一眼瞄得很快，卻足夠叫劉舟心驚。

他還記得改變他命運的那天。夏芍坐在辦公桌後，也是用這種目光看他，威嚴而涼薄，而今天涼薄更甚。只那一眼，他感覺面前好似有把匕首，劃出一道雪光，下一秒就出現許多猙獰的人臉和血腥的氣味。

劉舟猛然後退，大聲道：「夏董，妳妳妳妳……妳饒了我，饒了我吧！」

夏芍挑眉，看著劉舟不語。

劉舟被她看得心裡發毛，這時候才反應過來自己剛才竟然在求饒。有些事咬牙不說或許還能扛一陣，一旦開口，哪怕只是一句，心理上也會如同潰堤的大壩，洪浪滔天，一發不可收拾。

劉舟心裡這時候已經沒了底，他開始思考為什麼審訊室裡只有他和夏芍兩人？為什麼他戴了手銬，而夏芍沒戴？為什麼馮隊長他們不來？為什麼本該這時候在受審在吃苦頭的夏芍，會這麼悠閒地坐在他面前？為什麼……

太多個為什麼，把劉舟的腦子攪成一團漿糊，讓他本就脆弱的心理防線幾乎垮掉。當他再抬眼瞄夏芍，同樣是極快的一眼，卻讓他更為驚恐。

他竟然在夏芍身後看見了一個人。

一個穿軍裝的男人，目光冷得像冰，看著他，像在看死人。

劉舟被拷住，根本就逃不掉。

他開始絕望，他錯了，他真蠢，那天在辦公室裡他見過徐天胤，那天自己在他的眼裡就不像一個活人，而且他也聽說過見識過徐天胤對夏董的疼寵，為什麼他還敢跟王卓合作？這是把自己的命往裡填啊！

夏芍不知道他看見了什麼，陰煞入腦，負面情緒多過正面，看見的往往是他內心恐懼的事。她不管劉舟看見了什麼，她要的只是結果。

這個結果，很快就有了。

劉舟頭砰砰往審訊桌上磕，聲音驚恐，語氣後悔，「董事長，我我我……我錯了，我不該吃裡扒外，不該聽從王少的意思，把贗品放進公司裡，毀公司聲譽，但但但但……請妳相信我，我是有認罪的，我起先真的認罪了的，可是前段時間馮隊長找到我，他要我翻供，說這是王少的意思，我不敢不聽……不聽我會死在獄裡的！聽了我就有一百萬可以拿，就算我以後出獄，什麼也沒有，王少還可以讓我去西品齋……我真的不是故意要陷害妳的，我不是……」

夏芍垂眸，掐著的指訣鬆開。

劉舟身子還在抖，但已經漸漸平靜下來。

審訊室旁邊的房間裡，馮隊長跌坐在地上，指著螢幕，「他、他胡說，他陷害我！」

「混帳！」坐在沙發裡的徐康國怒斥一聲，瞪向馮隊長。

此刻除了馮隊長，高局長甚至徐彥紹、徐彥英和華芳都是不解的，為什麼夏芍從頭到尾一句話都沒說，劉舟就嚇成這樣，如實招了？

是不是如實，高局長清楚，馮隊長清楚，華芳也清楚，所以高局長才瞪著眼，怎麼也不敢相信，他覺得劉舟在沒弄清楚發生什麼事之前，不敢說出來的，他就不怕說出來會沒命？

接下來他就會發現，他驚得還是太早。

劉舟被帶走，于德榮被帶進來。

夏芍還是一言不發，于德榮便跟劉舟一樣驚恐，接著便什麼都招了。

「我兒子……我兒子……我不知道他又去賭錢了，他欠了地下錢莊好多錢……王、王少說我肯翻供，他就跟地下錢莊說一聲，這些錢一筆勾銷……我也是沒辦法，我要是不答應，他們會拉著他再去賭，他還不起，就沒命了啊……」

于德榮哭喪著被帶走，換謝長海進來。

奇了的是，夏芍還是不說話，謝長海也招了。

「這都是王少的意思，我我我、我之前就是聽王少的，扛下所有罪責，王少說會補償我，可是我哪知道他後來又讓我翻供。我哪敢不聽王少的？我一家老小都在京城，我身上這些傷就是馮隊長找一名姓梁的警員打的，為的是法庭上翻供，告周隊長他們刑訊……夏董，這事妳別怪我，要怪就怪王少……真是他指使的！」

隔壁房間裡一片寂靜。

叫囂著冤枉的馮隊長不知什麼時候收了聲，梁警員也臉色煞白。

高局長張著嘴，已經不會說話了。

叫他說什麼？這根本就是不可能的事！

這三個人腦子被門夾了？遇上靈異事件了？要不，怎麼就倒豆子似的全招了？

「催眠，一定是催眠！」馮隊長臉色難看地跳起來，指著螢幕大聲嚷嚷。

高局長回頭瞪他，「都在這兒看著，哪有什麼催眠？太難看了！」他心裡也急得一團火似的，奈何還要裝成痛心疾首的模樣。

催眠？夏芍從頭到尾一句話也沒說，連引導的話都沒有，世上有這麼厲害的催眠術嗎？你說是催眠，法庭會採信？

這時候，有警察敲門進來，說馬老帶到了。

高局長頓覺一陣暈眩……

他開始後悔，極度的後悔，為什麼剛才要把人都叫來？為什麼要感覺這件事情會對他有利？

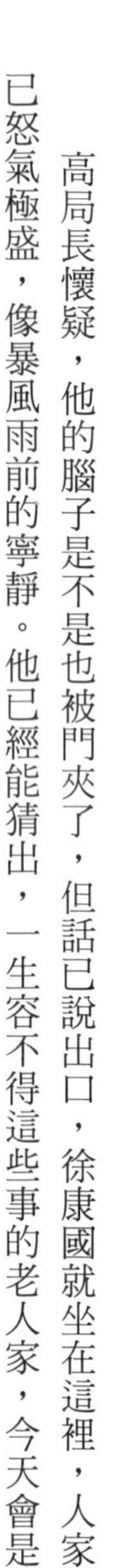

高局長懷疑，他的腦子是不是也被門夾了，但話已說出口，徐康國就坐在這裡，人家此時已怒氣極盛，像暴風雨前的寧靜。他已經能猜出，一生容不得這些事的老人家，今天會是如何的震怒，他們這些人會是如何的吃不了兜著走……

可惜高局長阻止不了，也不敢阻止，只能眼睜睜看著馬老被帶進了審訊室。

這一回，夏芍開了口：「還記得我嗎？」

馬老看向夏芍，眼神裡明顯有愧疚之意，尤其當老人家看見她還穿著昨晚那身單薄的禮服時，眼圈紅了。夏芍見老人家眼底明顯有青暗的神色，顯然是這幾天沒睡好。

馬老沒回答夏芍的話，而是小聲問她：「妳犯了什麼事？他們、他們給妳定罪了嗎？」

夏芍微微一笑，「公道自在人心，我相信人間自有正道在。我沒做過的事，他們就算誣陷，也無法給我定罪。」

馬老望向審訊室外頭站著的警察，低著頭，不敢多說話。

夏芍無奈，又在袖子裡掐了個指訣。

情況跟劉舟三人沒什麼兩樣，但馬老是愧疚多於恐懼。

六十多歲的老人，涕淚橫流，「我知道妳一定在怪我，但是民不與官鬥，咱們鬥不過啊……那些警察真黑，我又不認識他們，他們以辦案的名義來我家裡，拿出兩樣古董來就說我買賣國家文物，我我、我百口莫辯。我看著他們從身上拿出來的，他們怎麼能說是我家裡的，但是我跟他們說不清，他們凶神惡煞地要帶我走，我的小孫子才上幼稚園，嚇得一直哭……我也是沒辦法，不知道他們為什麼不讓說那天公園裡的事，我是怕了他們，才順著他們說的。以為不礙事，哪知道昨天晚上才知道是針對妳……小姐，我一輩子沒做過昧良心的事，這、這叫什麼事啊？要是妳有個什麼事，妳就怪我吧，是我不好……妳幫了我，我還害了妳……」

夏芍微微一笑，這是自劉舟三人進來審訊室後，她臉上唯一一次露出的真心笑容，隨即她轉頭望向審訊室裡監控鏡頭的位置，目光森寒。

砰一聲，徐康國竟掄起手杖，一杖砸向馮隊長的後背。

馮隊長早就懵了，被這一棍砸得趴在地上。高局長、徐彥紹、徐彥英和華芳也愣了。

老爺子揍人，說實話，他們成家之後就沒再見過了，今天看來是動了多年不曾動過的怒氣。

果然，徐康國站起身來，瞪著趴在地上的馮隊長，「這也是你幹的好事？好好好，國家養的不是警察，養了一群土匪！」

「孩子面前幹這些土匪一樣的事，讓國家的下一代怎麼相信你們？陷害同僚，威脅證人，隻手遮天，真當國家是你們這些人的嗎？當權勢可以庇佑你們嗎？」

徐彥英緊張地上前，想幫老爺子順順氣。他畢竟年紀大了，萬一氣出個三長兩短……

正當這時，警衛員回來了，「老首長，監控找到了。」

那家百年老店安裝著監視器，正打算過了元旦把之前沒用的錄影畫面給刪除。只差幾天，可謂很險，好在及時找到。

警衛員安排播放，畫面裡正看見一位穿著白色中山裝的老人和一名穿著運動裝的女孩子一起走進店裡，女孩子讓老人去桌前坐下，自己去點了十來樣風味早餐。一坐下，老人開始訓話。監控錄影拍得不算特別清楚，但是徐家人自小聽老爺子訓話，已經對老爺子的樣子再熟悉不過，一眼便認了出來。

錄影畫面裡，老人和少女的互動像是祖孫倆，這一頓飯吃了很久，吃完之後，兩人又坐了將近半小時，這才將剩下的早餐打包帶走，一起離開早餐店。

外頭馬路上也有監視器，畫面裡正顯示兩人走回公園，一個遠遠的鏡頭，看見公園裡有一堆人圍著，兩人向那邊走了過去，想來便是擺攤的古董局了。

徐老爺子說要作證的事，竟然是真的。

高局長原以為老人家再怎樣也有私心，許是知道未來孫媳有難，前來解圍。作證只不過是老人家說說的，到時警衛員回來，說一句監控錄影刪除了，便「死無對證」，而他說看見過那古董局，誰敢說他撒謊？

沒想到老爺子的話是真的。

這證據實實在在的，要是劉舟和馬老等人沒招供，警方還有話說，可以說馬老作偽證，也可以說廣場上錄影畫面刪除了，又沒有找到有力證人，而他們當然存在著一點小小的工作漏洞，忘記了沿路的商店裡可能也有監視器。

現在該怎麼圓這件事？

圓不了。刑訊逼供、陷害同僚、威脅馬老、陷害老首長的未來孫媳，警方作為王家幫凶，企圖製造冤案……這種種劣跡圓不了。

高局長已經不敢去想，他唯一慶幸的是，自己還沒有暴露，畢竟他身為局長，這些事他沒有必要親自出馬。局裡知道他知情的人，只有馮隊長。

高局長看向馮隊長，看他被老人家一手杖揍趴下，忽然希望他一直懵下去，不要把自己供出來，卻在這個時候，夏芍走了進來。

徐彥紹、徐彥英兄妹首先看向夏芍，兩兄妹的目光一個是深意難明的，一個是讚許頷首的。老爺子已經很久沒有露出錄影裡那麼放鬆愜意的神態了，這讓他們當兒女的見了，心中除了感慨，還有一些愧疚。

夏芍進門後卻是看向馮隊長，「馮隊長，你還有什麼話說嗎？」

馮隊長聽見這話，不知被什麼驚著，眼底竟露出驚恐之色，猛地跳了起來，往後縮去，然後瘋狂喊道：「不關我的事，我只是聽上頭的命令行事，都是高局長指示的！」

高局長也往後縮，「馮隊長，你瘋了嗎？」

在場的人刷地轉頭，看向高局長，徐老爺子震怒的目光投向高局長，而高局長不待馮隊長再開口，便連連喝道：「他神志不清了，先拘捕起來，這種警局的敗類，必須嚴肅處理！」

梁警員一臉灰敗，謝長海把他也供出來了，他也完了。

而另外兩名跟著梁警員一起去京城大學帶走夏芍的警察也傻了眼，這時候哪裡還聽高局長的命令，兩人早就被這接連的事情給震懵了。

他們昨晚跟著梁警員去，路上就曾問過拘捕夏芍到警局真的不會有問題嗎？梁警員信誓旦旦保證一點問題都沒有，結果呢？

德高望重的徐老爺子親自來了，而且最大的問題竟然是他們自己。馮隊長和梁警員都被指控，現在連局長都牽涉其中，他們這兩個無權無勢的小警察會怎樣？

兩人都懵了，聽見高局長的話，眼神發直地看他，然後又望向徐康國。這位老人家在，哪怕局長沒有牽涉其中，沒有老爺子的指示，他們也是不敢妄動的。

高局長尷尬地站在原地，手還指著馮隊長，沒想到就這麼冷了場。其他人都在大廳不敢過來湊熱鬧，高局長眼看著沒有可用的人，急得心裡直冒火。

馮隊長哈哈大笑，「我敗類？你也好不了哪兒去！今天我完了，你完了，大家一起完！」

馮隊長恨高局長當初把這件任務派給他，他告訴他這件事拉他上船，恨王卓機關算盡，反漏算了徐老爺子，誤了他們這一堆人的前程。但他就是沒想過，若不是他貪心，這一切根本就不會發生。他也還是他的刑警隊長，家庭幸福，朋友和睦，前途光明。

他這話說出來，高局長眼底卻爆發出希冀的亮光，他緊緊盯著老人家道：「主席，他、他這是自己完了，想拉個墊背，我是被誣陷的，我是清白的！」

徐康國看著高局長，目光清明，「清者自清，你是清白的還是被誣陷的，調查之後自會給你個說法的。」說完，他看向自己的警衛員，「老張，通知紀委監察局的同志過來。」

高局長一聽，只覺正中下懷。紀委的人來了，無非就是先停職，再讓他們接受調查。走正規程序的話，其實是有很多文章可以做的。別的不說，就說王卓。劉舟三人說得很清楚了，這事的幕後主使是王卓，王卓雖然不在軍政，但王家三代裡就他這麼一個兒子，徐老爺子如果想以國法辦王卓，就需要過王家這一關。

王家在王老爺子還沒有過世的時候，跟徐家關係也算好，畢竟王老和徐老都是開國元勳，並肩打下這江山。只不過建國後，一個在政，一個在軍。就算現在王老不在了，王家三代王卓又不肯從軍從政，外界瞧著王家有沒落的趨勢，但是王家在軍界積蓄這麼多年的人脈和威望，還是不可小覷。王光堂任軍委委員，上將軍銜，權柄遮天，也不是那麼好說話的。

要動王卓？哼，王家哪那麼容易答應？

只要王家不答應，就必然會活動起來。高局長覺得，他雖然在王家眼裡不過是個廳級幹部，不值一提，但他這些年左右逢源，知道的內幕不少，王家想必不想讓他說出來吧？既然這樣，應該會想辦法保他。

替罪羊，只需要馮隊長和梁警員這樣的小嘍囉就可以了。

高局長垂著眼，難掩喜意，卻沒發現夏芍正看著他，輕輕挑眉。

紀委監察局的人很快就到了，也就是半個小時，一名中年男人小跑著奔進來的，身後跟著十來個人，一進來，中年男人第一眼看向的自然是徐老爺子。

「主席，您、您老……」紀委監察局的局長賀長征趕忙上前，事情他已經在電話裡聽說了，只是他怎麼也沒想到，這位老人家竟然會出現在警局裡。

徐康國擺擺手，徐彥英已經把他的手杖撿起來遞過去，徐老爺子用手杖指了指高局長、馮隊長和梁警員，「事情你都知道了，這件事一定要嚴查，給受冤受脅迫的人一個交代。」

「是是是，請您放心。」賀長征點頭，一擺手，便上來幾個人。

這房間本來就不寬敞，紀委的人一來，頓時擠得滿滿當當，而正是這人擠人的時候，誰也沒注意夏芍提著裙襬往旁邊讓了讓，然後偷偷掐指訣。

最希望被紀委帶走的高局長，忽然驚恐萬分，不住地大喊：「你們不能殺我！」

紀委的人都愣住，所有人看向高局長，徐康國眉頭皺起來，「沒有人要殺你，你有沒有罪，是什麼罪名，紀委的人會調查。」

高局長這番表現，想讓人相信他沒罪都很難，這明擺著就是心虛。

「高進義，現在有人指控你，你要配合組織的調查！」賀長征也是一怒，心道，這人平時不是八面玲瓏的嗎？今兒怎麼像瘋了似的？徐老爺子在，他也敢這樣叫。

高局長哈哈笑了起來，「配合組織調查？那我的前程就毀了。以為我不知道你們打什麼主意？賀長征，你可是秦系的人，到了你的手裡，我還有活路？」

「混帳！」徐康國震怒，他雖然剛正，但不代表他不通世故。眼下高局長有很大的嫌疑跟王家在一條船上，來帶他的紀委的人怎麼可能會是姜系，必須是秦系。

「你們就是想整死我！」繼馮隊長之後，高局長這時候看起來竟也像是瘋狂了。

「別把我想得跟你們一樣！」徐康國怒道：「告訴你，清者自清，你沒事，誰也冤枉不了你，你要是有事，那就逃不了！」

「我逃不了？那你們也別想好過！」高局長手往腰間的配槍摸去。

所有人的眼皮狠狠一跳。

「爸！」

「保護主席！」

徐彥紹和徐彥英驚駭的大喊聲和賀長征的命令聲混在一起，三人往老人家的身前撲去，卻撞在了一起，同時一個趔趄。

警衛員這時候已經拔槍，老爺子的警衛員都是中央警衛團的，這些人的一切對外界來說相當神祕，據說身手訓練嚴苛的特種軍人都不能比。張叔和另一名警衛員在高局長的手往腰間摸的時候便已經掏出槍。

一聲槍響，高局長的手腕霎時炸開血花，是張叔開的槍，而另一名警衛員則蹲在徐老爺子的身前，保持防禦的動作。

令所有人沒想到的是，高局長手腕爆開血花的瞬間，人擦著牆飛了出去，接著摔在地上，兩眼一翻，暈死過去。

所有人看得眼神發直。

在場的人沒有傻的，都知道剛才那槍是徐老爺子的警衛員開的。警衛員開槍，對方的手腕穿了個窟窿也就算了，為什麼會飛出去？而且，高局長飛出去的方向不是向後，而是向左，這顯然不符合物體的運動規律。

就在這時，馮隊長目光一閃，轉身往外奔去。

他不想坐牢，雖然之前認命地任由紀委的人帶走，但剛才高局長的反抗就像在他心底敲開個裂痕，把他不想認命的欲望激出來。這時候，眾人都被高局長吸引了注意力，多好的逃跑時機？他從警多年，藏匿、反偵察，他都懂。只要逃出警局，他就有辦法躲起來。

馮隊長奔出去的動作沒有猶豫，撞開一名紀委人員，俐落地向外奔跑。

在場的人臉色大變，但這時只來得及望見馮隊長的背影，連警衛員都來不及開槍。

就在這時，馮隊長的身子忽然飛起，往走廊的牆上撞去，然後兩眼一翻，同樣倒地昏迷。

夏芍貼著門口的牆邊站著，眾人驚駭的目光中，慢悠悠地收回手。

所有人瞠目結舌，總算知道高局長為什麼會飛出去了。

但是……她是怎麼辦到的？

她站在門邊，離馮隊長還有一段距離，伸手根本搆不到馮隊長，馮隊長是被什麼震飛的？同樣的疑問也在高局長身上，夏芍離高局長更遠。

張叔是在這時唯一一個激動的人，他不僅激動，還激動得有些難以自持，兩眼放光，「是內家功夫？暗勁？」

他就說嘛，能給人造成這麼大的傷害，還看不見摸不著的功夫，那只有內家功夫。看夏芍手沒觸到人，勁力已發，那必然是達到了勁力外放的境界。這是很高的境界，以她的年紀來說，這簡直就是奇才。

夏芍微微一笑，搖頭道：「不，是化勁。」

「什麼？」其餘人沒聽懂，張叔驚得差點跳起來，「不可能，夏小姐，妳才多大？化勁在當今內家功夫的高手裡，只怕不超過五個人，而且都在老首長這年紀了，妳才多大？」

夏芍也不爭辯，笑道：「看來張叔對內家功夫頗有研究，改日有時間，我陪您練兩手。」

張叔受寵若驚，老爺子是承認夏芍的，所以他知道夏芍未來的身分。要徐家未來的當家主母陪他過招？他理智上知道應該拒絕，情感上卻笑了起來。

兩人的對話沒人聽得懂，什麼暗勁化勁，但是內家功夫卻是每個人都聽見了的。

外練筋骨皮，內練一口氣，說的就是外家功夫與內家功夫。在大多數人的認知裡，那些飛簷走壁的功夫，大多是杜撰的，但民間確實聽說有功夫高手。少林、武當，這些國學功夫確實還存在，有的不像武俠小說裡那麼誇張，但有的很難解釋得清。

外家功夫還容易理解，因為練的是筋骨，外在的發力，而內家功夫的氣則充滿了神祕。眼前這女孩子，竟是內家功夫的高手？

夏芍來京城才短短三個月，京城的人對她的認知多是華夏集團的董事長，是傳說很神準的風水大師，近來更是被她和徐天胤的事吸引了注意力，很多人不知道她竟還是內家功夫高手。

小梁是最不解的一個，他想起帶走夏芍那晚，兩名警察莫名其妙摔倒，應該就是她出的手，但讓他困惑的是，她既然有這麼好的身手，為什麼在馮隊長拿出電棍手銬要刑訊的時候，她表現得雖然驚怒，卻像是個手無縛雞之力的女孩子？
梁警員茫然，以他此時的境地，他是想不明白的。
夏芍向老爺子走去，兩人親暱得像是祖孫倆。
徐老爺子為了夏芍親自來警局作證，兩人的相處早已表明徐家承認了夏芍。雖未對外公開，但今天之後呢？這個消息恐怕便不再是祕密。
從今往後，想動這女孩子的人，恐怕要先掂量掂量徐家的分量。
賀長征很快就讓人把高局長、馮隊長和三名警察帶走，接受調查。他自己卻留在屋裡，恭敬地陪著徐康國出去。
徐彥紹上前去扶，老爺子卻推開自己的兒子，說道：「丫頭，我們走。」
夏芍笑了笑，扶著老爺子，隨他一起走出審訊室。
華芳走在最後面，臉色慘白。
警局大廳裡，此刻擠滿了人。
徐康國來了，紀委的人來了，高局長、馮隊長和三名警察被帶走。高局長的罪名是刺殺國家領導人，馮隊長等四人是偽造證據、陷害同僚、威脅證人、以權謀私。
徐康國看著大廳裡的警察們，語重心長地道：「你們記著，不是國家的錢在養你們，是百姓的錢在養你們。辦案做事，要對得起自己的良心，對得起這身警服。」
警察們咕咚一聲嚥口唾沫，這、這是老人家在訓話？
這可是開國元勳啊，平時只在電視上看得到，沒想到今天能面對面。什麼局長犯事被帶走的震驚都被此時的興奮所取代，大廳裡上百名警察齊齊敬禮，表情振奮。

徐康國點了點頭，這才對賀長征道：「這件案子要好好調查，尤其是那個姓馬的老人家，一定要給人家一個交代。」

賀長征連忙應下，「主席，您放心，違紀的事，我們一定會派專人嚴查，還那位老人家和夏小姐一個公道。」

「嗯。」徐康國點頭，握著夏芍的手，說道：「走吧。」

夏芍在眾目睽睽之下坐上徐老爺子的專車，徐彥紹、華芳夫妻和徐彥英坐著另一輛車在後面跟著，離開了警局。

華芳一路上心臟跳個不停，高局長和馮隊長被震出去的畫面總是在她眼前閃爍，儘管她知道夏芍要嫁進徐家，怎麼說她也是晚輩，她應該不至於會打她，但她就是止不住地想。她現在心裡七上八下的，總覺得夏芍好像已經知道些什麼。

在後座的徐彥英道：「王家的事要趕快解決，離元旦還有三四天，天胤在地方上軍演，很快就要回來。這事要是處理不好，以天胤的性子，要讓他知道了，那就難以善了了。」

華芳打了個寒顫，她總算明白她為什麼這麼不安了。

依徐天胤的性子，若說他真會讓她吃槍子兒，她是不信的，畢竟她是他嬸嬸，老爺子也不會同意他傷害長輩。那王卓呢？他會怎麼對付王卓？

華芳不怕徐天胤傷害王卓，甚至到了這時候，她還巴不得徐天胤這麼做。徐天胤在軍，王家也在軍，但王家的勢力多年積累，比徐天胤這個獨闖軍界的要深厚的多。他要是動了王卓，王家不會善罷甘休，到時定然會影響他的前途。

他自毀前途，徐家日後才會是她兒子的。

但是，華芳還是怕的，她怕老爺子。

老爺子若是知道她和王卓聯手，必然會震怒。訓斥她不怕，反正這些年聽的多了，她怕的是徐天胤要是因為她身為長輩，對她手下留情，在老爺子眼裡許又成了他付出了莫大的犧牲，到時候怒上加怒，會不會有所遷怒？

華芳臉色蒼白，突然希望這車就一直在路上開著，永遠不要停下來，不要到達目的地，但也正是望向窗外的時候，華芳愣住了。

這不是回徐家的路，這是往哪兒去？

車子正往華苑私人會館開。

眼下時間正是中午，雖然發生了這些事，徐康國也沒有吃飯的心思，但是今天本來說好了要去徐家，他便還是提出讓夏芍跟著去。夏芍沒有拒絕，可她還穿著禮服，得回去換衣服。

在車上的時候，夏芍打電話給元澤，告訴朋友們她已經沒事了。

到了會館，徐家人都沒下車，夏芍一人進去換衣服。

夏芍剛才在跟元澤通電話的時候，已經知道溫燁和他在一起，幾人昨晚在警局對面的飯店住下的，她在電話裡說晚上再聚，便先跟著老爺子回了徐家。

到了徐家，剛好是中午。

徐康國雖然年紀大了，但身體很健朗，經歷了上午的事，只是微現疲態，並未精神不濟。

夏芍和徐彥英扶著老爺子坐下，徐彥英道：「爸，您也累了，先休息一會兒吧。」

徐康國擺了擺手，讓她去下頭坐下，看樣子是有話要說。

見這情況，已經坐好的華芳，頓時縮了縮。

夏芍笑道：「老爺子，今兒中午廚房準備了什麼好吃的？昨晚我就沒吃東西，早上胡亂在警局喝了碗粥，現在可是餓了呢！」

徐彥紹看向夏芍，老爺子有事要說的時候，徐家還沒哪個人敢推脫，這孩子膽子確實大。

徐彥英則眼裡帶著笑意，微微頷首。

華芳不解地看向夏芍。難道她想錯了，夏芍並不知道她和王卓合謀的事，不然她怎麼可能不急著報復，反而岔開話題？

徐康國嘆了口氣，咕噥道：「年輕人就知道吃。想當初，我們那個年代三四天沒東西吃也算不了什麼事。」但咕噥歸咕噥，他還是站起身來，道：「走吧，先吃飯。」

劉嵐上午獨自在徐家，覺得無聊便先走了，中午沒過來。徐彥英打了個電話問了問，聽說她和朋友約好出去吃飯，便掛了電話，幾人一起用餐。

吃飯的時候，夏芍給老爺子夾了些清淡的菜食，笑道：「上回國宴吃得我到現在還想著，今天中午的不是國宴，可味道也不錯。」

華芳臉色一白。上回的事雖說已經過了兩個多月，但華芳整整噁心了一星期。那一星期，她見著肉菜就想吐，吃什麼吐什麼，去醫院打了幾天的點滴。直到現在，當時宴席上的菜，她都不敢碰。出去應酬的時候，遇上這類菜餚，她都不知道自己是怎麼撐過來的，還好今天桌上沒這些菜，但是不知道為什麼，夏芍一提出來，她又開始覺得這一桌的菜都很噁心，胃裡一陣翻攪，忍不住白著臉跑出去吐了。

這桌上沒了華芳，夏芍吃得歡快。午飯過後，徐康國又召集去客廳議事，夏芍卻在這時道：「昨晚沒睡好，睏了。老爺子，能不能先午睡？現在的年輕人，體力越來越不如老人家了。」

徐康國瞪眼，她是內家功夫的高手，敢說體力不如他這個老頭子？但是看夏芶一副不怕他的模樣，只好擺擺手，「有客房，去睡一會兒吧。」

夏芶要午睡，卻先把徐康國扶著去睡，自己才去了客房。

她沒有睡，而是開了天眼，搜索徐家，找到徐家二房的房間。

徐彥紹沉著臉，問華芳：「這件事是不是跟妳有關？」

華芳臉色一白，這表情已經替她招供了。

「妳瘋了？」徐彥紹壓低聲音，從沙發裡站了起來，「妳跟王家暗中來往？這事要是讓老爺子知道，妳知道後果嗎？我看妳是昏了頭了！」

華芳咬著唇，擔心受怕了一上午，就怕被揭破，此刻被丈夫指著罵，她不知為何，反而沒那麼怕了。她看向丈夫，擰眉道：「我去找王家，還不是因為你，誰叫你把那丫頭算計王卓的事告訴我？徐彥紹，跟你做夫妻二十多年了，你是什麼人我還不清楚？你不就是因為老爺子把徐家第一把交椅給了天胤，你這個當叔叔的臉面上過不去，就把我當槍使嗎？」

徐彥紹震驚。這事確實是他告訴妻子的，但是他沒想到她會去找王卓合作。

「我讓妳去找王卓了？華芳啊華芳，我看妳是越活腦子越不清楚！妳這樣等於是把徐家和王家綁在一條船上，王卓幹那些事，是老爺子最痛恨最不齒的，就算王家護著王卓，老爺子這回也會敲打他！他到時候要是咬出妳，帶出徐家，這不是打老爺子的臉嗎？」

華芳臉色變換不定，「我哪知道老爺子那天跟那丫頭一起去公園的？本來是場好局，這回就能扳倒那丫頭！」

「結果呢？現在妳有辦法收場嗎？」

「老爺子敲打王卓，要是王卓還想跟我合作，他未必會咬出我來。這事只有我和王卓知道，那丫頭未必清楚。你想想看，她要是知道了，能不想著馬上報復我嗎？剛才吃飯之前，就應該在老爺子面前拆穿我了。」

華芳知道夏芍聰明，她今天也見識到了。沒有人知曉她那天和老爺子去了公園，她自己卻是心知肚明的。她早不要求和那些指控她的人對質，一直等到老爺子來了才做這種要求。雖然那些人被她看一眼就招供了很令人不解，但事實就是如此。那些人招了，老爺子知道她受了多大的冤枉，必然會為她做主。她有這麼大的優勢，剛才不把握好機會揭穿她，只有一個可能，那就是她根本就不知情。

那麼，之前她看她時的那種別有深意的目光，或許只是試探。

徐彥紹沒華芳那麼樂觀，「妳以為老爺子傻嗎？他會看不出這事有蹊蹺？在警局的時候，他不讓我扶，這說明什麼？他在懷疑我。剛才在客廳，他明顯是想問我們，妳沒看出來嗎？」

「那又怎麼樣？只要那丫頭不知道，我們不承認不就行了？老爺子又沒有證據！」

徐彥紹直喘粗氣，最終覺得也只能這麼辦。說起來，這還得感謝夏芍，如果不是她勸老爺子吃飯午睡，夫妻兩人還沒有時間串供，下午老爺子問起，妻子頂不住了，還得連累他被訓斥。

夏芍收回天眼，冷冷一笑。

她不急著揭穿華芳，當然不是為她考慮，而是她心疼徐老爺子。老爺子年紀大了，這件事對他來說必然會是個很大的打擊，而忙了一上午，她真怕老人家撐不下去，才讓老人家先去吃飯休息，養足精神，她也正好趁著這時間看看徐彥紹和華芳夫妻兩人是不是有什麼悄悄話要說。

夏芍本來不知道徐彥紹跟這件事有多少關係，現在所有謀害她的人，一個也別想逃掉。她讀唇語還不是那麼熟練，但是望著口形，有些話她還是看得明白的。

夏芍這一覺「睡」了一個小時，等警衛員來敲門，她才開門出去，來到書房。

徐康國已經坐在上首，下方左邊是徐彥紹、徐彥英、華芳，夏芍坐到了右邊。

徐康國看向自己的兒女，目光重點在兒子徐彥紹和兒媳華芳臉上，道：「說說吧，今天這事，你們不覺得奇怪嗎？」

徐彥英點頭，「是奇怪，王家怎麼這回這麼大的動作要整小芍？按理說，在這關頭，他們不會想跟徐家作對才是。」

「除非，有人跟王家通了話，聯合起來了。」徐康國看著自己的兒子，「老二，你說呢？」

徐彥紹眼裡有震驚，被冤枉的震驚，「爸，您怎麼懷疑到我頭上了？」

「不是你，難道還有別人嗎？」徐康國語氣嚴厲，「上回在書房，只有你和彥英在。知道這丫頭對付王家的人，只有你們兩個。如果不是知道了這事，王家為什麼要對付她？必然是有人跟王家通了氣。我想不出彥英有什麼理由，有理由的人只有你。」

夏芍聞言，心中讚嘆。不得不說，老爺子的反應真快，不愧是官場半生風雨過來的，這麼快就想明白問題出在哪裡。

徐彥紹喊冤，「爸，您可是冤枉我了，我去跟王家通什麼氣？我知道您恨黨派爭鬥，怎麼會跟王家搞到一起？」

徐康國看著自己的兒子，他的兒子他了解。因為天胤的事，他心裡有不服氣是肯定的，若說他會有動作，他也相信。他只是不信他會和王家搞到一起，他這兒子性子太謹慎，徐家的地位在這裡，他平時在官場上並不需要強出頭，所以養成了他什麼事都思量再三、萬無一失才會動作的性子。陷害夏芍的事，雖然看起來佈局高明，但也是有風險的，畢竟這麼做等於是把徐家和王家綁在一條船上。上船容易下船難，不管成不成功，這件事以後都會成為王家手裡的把柄，代表著他要牢牢和王家成為盟友了。

徐康國覺得，依他這兒子的性子，不把他逼到一定的程度上，他是不會冒這麼大的風險。現在夏芍還沒嫁進徐家，天胤在軍界又屬獨闖，就算在家裡他的地位被提高，老二心裡再不滿，也還不至於冒這險。不是他，那麼能是誰？

答案很明顯。

徐康國又看向華芳，華芳驚得差點跳起來，隨即笑了，「爸，您看我做什麼？上回開會，我又沒回來。我就是想跟王家通氣，我也不知道通什麼氣，而且，我哪敢啊……」

徐康國哼了哼，「難道老二就不能告訴妳嗎？你們是夫妻，什麼話不能說？」

這下子，兩人一起喊冤。

「爸，哪有的事？您看您說的……」

「是啊，爸，沒有的事，我還問他來著，他跟我說，是因為天胤動用警衛連，您給叫回來訓誡了一番。我哪知道還有……」華芳邊說邊瞪徐彥紹一眼，看起來真像是在怨怪丈夫隱瞞她。

夫妻兩人表現得自然無比，卻不知道兩人周身聚滿了陰煞。

兩人的背後就像是有陰森的背後靈，印堂發黑，臉上一片死氣。

只這一會兒的功夫，徐彥紹和華芳就眼神躲閃，開始心驚。不知道為什麼，他們總覺得老爺子的目光很可怕，像是將他們看穿，兩人心裡一突。

這一突，不由眼神閃避，後又覺得避開顯得心虛，只好又扯出笑看回去。誰知這一看，夫妻兩人從椅子上蹦起來，驚惶跌倒。徐彥紹指著徐康國身後，華芳更是驚叫一聲。

「爸、爸……」徐彥紹嚇得手指顫抖。

徐康國卻是怒道：「幹什麼，大驚小怪的！晚輩面前，成何體統？」

這一喝問，嚇得華芳又是大叫：「不是我的錯，你們別找我，找她，找她……」

華芳指向夏芍，徐彥英莫名其妙，這是怎麼了？

「都是她的錯，我我我、我只是不想叫她嫁進徐家，我這也是為了天胤好！她的出身背景根本就配不上徐家，讓一個風水師嫁進家裡，外頭的人怎麼看？我們天哲在官場上會被人笑話的，天胤也……」華芳嚇得不敢看徐康國身後，她抓著丈夫的衣服，抖得不成樣子。

「混帳！」徐康國大怒，華芳這話，等於是招了。就是她吃裡扒外，聯合王家陷害自家人。

華芳被嚇得快哭出來，徐彥紹比她好一些，他雖也驚恐，但還沒有被嚇得什麼都說，只是眼神發直，以一種恐懼、不可置信的目光盯著老爺子身後。

徐康國和徐彥英不知道這夫妻兩人看見什麼。

事實上，他們看見了一男一女。

男人的眉宇跟徐彥紹年輕的時候有著幾分相似，只是氣質斯文。女子則長得很美，可那表情不是她生前那般讓人舒服的笑容，而是滿臉厲色。

兩人周身都被黑氣裹著，猶如厲鬼一般，露出眼白，而且兩人身上全是血，就像是出事時

的模樣，他們正是徐天胤的父母。

徐彥紹和華芳不會知道，這是夏芍用意念和陰煞幻化出來的，她也是第一次做這樣的嘗試，為的只是讓這兩個無恥的人看看已故的親人，看看他們還認不認得。

他們當然是認得的，只是覺得不可思議，下意識就覺得是撞鬼。

徐彥紹張著嘴，口形像是在叫大哥大嫂，但是這稱呼始終沒叫出來。他雖然驚恐，但還是有理智在，覺得這是不可能的事。

然而，就在他還強自鎮定的時候，兩個厲鬼忽然撲了過來。

徐彥紹驚懼得往後退，把華芳撞開。華芳見到這情景，頓時「啊」一聲大叫，身下一陣濕熱，竟是嚇得失了禁，但她渾然不覺，躲在丈夫後面大叫：「是他，是他告訴我的！」

徐彥紹陡然轉頭，連話也說不出來，等到他再回頭，厲鬼不見了。

徐康國看著自己的兒子和兒媳，蒼涼一笑，「這就是我的兒子、我的兒媳，我徐家子孫！」

徐彥紹懵住，華芳還在後面哆嗦。

徐康國砰一聲拍著桌子站了起來，夏芍趕緊去扶，握著老人家的掌心，元氣暗暗送了進去。

徐彥英也連忙過來扶著，徐康國喘著氣，看著自己的兒子兒媳，「你們這是徇私枉法，到了無恥的境地！真以為是徐家人，我就不辦你們嗎？你們等著，這次的事，王家小子和你們兩個，一個也跑不了！」

徐老爺子不是說說的，他去警局的事，很快傳遍了軍政上層的圈子。上層震動，震動的不僅僅是因為徐老爺子為了夏芍去警局，還有王卓被指控的罪名。

誰也沒想到，一件拍賣會上的贗品竟會引出今天的局面。西品齋和華夏集團的恩怨，竟讓王卓動用了這麼多的力量，意圖栽贓陷害。

徐老爺子最恨以權謀私，王卓不在政界，竟還買通了高局長和其下的警察，偽造證據，陷害無辜。這事好死不死撞在老爺子的槍口上，老爺子的震怒可想而知。而且，在警局的時候，高局長還意圖槍殺徐老爺子，這件事當天就驚動了國家當權的那位領導人。

王卓出手的原因，王家人是清楚的，但是沒想到最後會牽扯進徐康國來，功虧一簣。這件案子如果真的嚴查，王卓勢必要坐牢，這對王家來說是個不小的打擊。他們自然不想讓兒子入獄，當天便一面活動在軍界的勢力，一面打電話給王卓，讓他先別回國。

王卓自從蘇瑜退婚的事後，淪為京城裡的笑柄，便避去國外度假。此時正巧，可以讓他先在國外避避風頭，看看京城的形勢再說。

王卓躲在國外不回來，其餘涉案的人卻是一個也沒跑掉。

高局長以蓄謀槍殺國家領導人的罪名，第二天就被正式逮捕，等待他的將是死罪。

馮隊長和梁警員以偽造證據、刑訊逼供等多項罪名被起訴。那晚跟梁警員一起去京城大學逮捕夏芍的兩名警察，也接受紀委調查組的調查，目前看起來兩人對此事並不知情。

劉舟、謝長海和于德榮等法庭上虛假翻供，三人的罪名自此又多了一條。

至於徐彥紹和華芳，兩人的事外界並不知情，只知道華芳本是最高檢察院檔案處的處長，卻在工作中被捉到錯處，降級處分。華芳娘家的大哥本有望連任政協委員，因華芳而受到波及，促使外界產生了一些猜測，使得他的連任形勢並不理想，華芳因此受到娘家不少的埋怨。

雖然降級處分不是有多嚴重，但是華芳是徐家的兒媳，能動得了華芳的，必然是大人物。

外界猜測動手的應該是王家，畢竟王家也不是吃素的，王卓不可能一直在國外躲著，他總要回國，如果徐老爺子不鬆口，王卓就有可能面臨坐牢的命運。兔子急了也會咬人，王家未必不敢反撲，給徐家點顏色瞧瞧。

可外界這次真的冤枉王家了，王家是知道華芳跟王卓合謀的。事實上，嚴查的消息一傳出來的時候，王卓的父親王光堂便前往徐家，想要求見徐康國。他想把華芳參與這件事的消息透露給老爺子，讓他清楚地知道，現在徐王兩家已經是一條船上的，一損俱損。假如王家把這件事透露出去，秦系會怎麼想？外界會怎麼想？老爺子必然是要考慮的。

王光堂沒想到，徐康國連見都沒見他，只讓人傳出話來：「愛往外說就說，有本事把華芳一塊兒辦了，徐家沒有這種以權謀私的子孫。」

王光堂傻了眼，徐老爺子這樣的話，反而打亂了他的計畫，讓他不知道該怎麼辦了。他是不想動華芳的，華家在徐王秦姜這四家一線家族上來說，雖然只能算二流，但是華家在政協裡的地位很重，也不是好惹的。王家現在正是多事之秋，當然不願意再惹外敵，而且動華芳，無疑等於是王家自己斬斷了和華芳的這條線，以後還有什麼把柄說徐王兩家是盟友？

正在王光堂頭疼的時候，他得到了消息，華芳受到了降級處分。

外界猜測是王家動的手，王光堂卻知道，這是徐老爺子開的刀。

王光堂眼前一黑，暗道老爺子這招真狠。

大義滅親？不，徐康國的目的絕不止是大義滅親。

外界絕對不會想到，處分華芳，打壓華家的是徐老爺子，只會認為是王家。在外界眼裡，徐家和王家就不可能是一條船上的。這是老爺子親自動手，剪了這條線。哪怕日後秦系知道實情，徐老爺子這舉動，已經很明顯說明他不願和王家是盟友了。

一個處分，讓王光堂手裡挾制徐家的籌碼沒了。

更嚴重的是，現在外頭恐怕不知有多少人認為王家瘋了，兒子得罪了徐老爺子，老子還敢去動徐家的兒媳，這是怕老爺子不夠怒嗎？這件事是上頭那位發的話要嚴查，老實說，現在就是姜家也不敢出面，王家這回要是真把徐家惹毛了，是絕對沒有好果子吃的。

眼下正值派系爭鬥的緊要時候，也不知道多少觀望的人會因此覺得姜系在這件事上會受挫，而決定投入秦系。

王家頓時陷入了水深火熱之中。

這幾天，陷入震動中的還有一個人，那便是夏芍。

徐康國親自去警局接夏芍出來，這足以讓她在這幾天裡處在風口上。徐家雖然沒有公開說什麼話，但是這一舉動比說一百句話還管用。這很明顯就是徐老爺子已經同意讓夏芍嫁入徐家，而且她還沒過門，就驚動了老人去警局接她，這是何等的重視？

感受到這個訊號，華苑私人會館這些天是賓客盈門，這些人打著諮詢風水運程的旗號，或是打著想來會館養生的名頭，總之，來的人不少。這惹煩了溫燁，那些諮詢風水運程的，有一半是不太信服的，有一半是根本就沒有什麼問題的。

溫燁在跟降頭師鬥法的時候強行突破，傷了經脈，過年前都不能妄動元氣。他每天雖然是不用打坐了，但是夏芍給他的功課著實不少。玄門嫡傳的占卜書籍，他每天要研讀，晚上夏芍回來的時候還會考他。

來會館的人，凡是諮詢風水的，夏芍不在時都得由溫燁接待，但這些人一看溫燁才十二三歲，立刻露出不信服的表情。溫燁的脾氣本來就算不上好，再看這些人完全就是沒事找事，便撂下話：「我師父不在，你們來得不是時候。」然後轉身就走。

就是這麼一句話，把那些高傲的、不拿正眼看人的權貴給驚得眼都直了，然後好脾氣地把他哄回來，恨不得拿出糖或者玩具來搏他歡心。

儘管來的人大部分目的不純，但也不是每個人都沒有問題。這期間，還真被溫燁看出幾個走楣運或者近期有事的，於是這小子本著不練白不練的心思，給人指點了幾句，最後還真是應驗，給會館帶了不少真有所求的客戶。

這些都是只是華苑私人會館在三天內發生的事，同樣的，京城大學也震動不小。

聖誕舞會上，夏芍被警方當眾帶走，因此飯店的舞會還沒散，參加舞會的人還沒出來，夏芍被拘提的事就傳遍了校園。等舞會結束，聽說是華夏拍賣公司出了贗品的事，更是全校譁然。

一時間，流言四起。

有說華夏集團這次會被重罰的，有說夏芍可能會坐牢被退學的，有說華夏集團可能因為這件事一蹶不振的，有希望學生會取消和華夏集團合作的。當然，也有不太相信的。

不利的猜測實在太多，一時壓過了那些不信的聲音，幾乎一晚的功夫，京城大學裡就產生了一種氣氛，好像華夏集團的傳說就此終結了。

誰也沒有想到，僅僅是第二天下午，事情便一舉逆轉。

消息是從元澤、柳仙仙、苗妍和周銘旭的口中傳出去的，幾人在飯店接到夏芍的電話，聽她說晚上再聚，鬆了一口氣的同時，首先想到的就是她的名譽問題，於是把溫燁送回會館後，剩下的人回校，把消息傳了出去。

京城大學的學生會是最關注這件事的人，元澤一回來，首先找到了學生會會長張瑞，張瑞一直是不太信的那些人之一，聽說這件事本該高興，但他卻震驚了。他當即打電話回家，果然，從那任京城市長的父親已經得到消息，他還囑咐兒子，要跟夏芍多接觸，打好關係。

這事不用交代，張瑞都知道怎麼做。在還沒有夏芍一定會嫁進徐家的消息的時候，他就沒有打算跟夏芍作對，畢竟在張瑞眼裡，還是欣賞有能力的人的。雖然他當初招攬夏芍進入學生會用了些手段，可她不願意加入，他也沒有為難她。總地來說，夏芍雖然從商，與他日後進入政壇的身分不同，但從她的能力上來說，張瑞還是很佩服的。

張瑞放下電話的時候，在一旁的學生會眾人早就臉色不知道變了幾變。鄧晨的臉色比吃了蒼蠅還難看，而王梓菡早已白著臉色走到旁邊打電話回家。

「這回和華夏集團簽約的事，還有人想取消嗎？」張瑞冷笑一聲，先去看喊夏芍完了喊得最凶的鄧晨，接著看了王梓菡一眼，有些不快。

他剛才打電話給父親時，自然聽說事情是王卓挑起來的，王梓菡是王卓的親妹妹，她會不知道嗎？這讓張瑞想起這場舞會的時間，就是王梓菡極力建議的。她說聖誕舞會是京城大學的傳統，趁這時候簽約更好宣傳效果。

張瑞當時覺得有道理，便同意了，現在想想，總覺得她這個提議別有企圖，難道是王家認為聖誕節這時機最好，故意把時間定在了這天？張瑞越想越覺得是這麼回事。要知道，聖誕舞會這晚，徐將軍去地方上軍演不在京城，學校裡又全校狂歡，這比夏芍私下被不聲不響帶走，影響更大。看看，這才一晚的功夫，流言傳到了什麼地步？

張瑞心中起了怒氣，王梓菡這事辦得也太不道地了，連學生會也利用，要是讓夏芍知道了，她對學生會的印象會怎樣？

「李副部長，你們宣傳部馬上去宣傳，就說跟華夏集團的合約不會取消，夏董是清白的，現在已經沒事了。」張瑞立刻安排補救措施。

有了學生會的宣傳，自然比元澤等人去散布消息要快的多，而且算是官方背書。

消息很快傳遍全校，不必說，又是一番不可思議的震動。

徐老爺子是何等人物？許多人一生都沒有榮幸親眼見一面，夏芍竟被老人家親自接出警局，坐了老首長的專車離開。徐家孫媳，現在已經是再無懸念。

昨晚還喊著華夏集團傳說要就此終結的人，現在瞪大了眼，恨不得自己沒說過這話。

傳說要終結？開玩笑，徐家是什麼背景，以後哪有人敢惹華夏集團？

這時候，當然沒有人取消合作，要是以後能進入華夏集團工作，說出去都極有面子。

在夏芍回到學校上課的時候，她受到了比以往更熱切的關注。有的人看她的眼神輕飄飄的，就怕自己說了什麼話，被夏芍記仇，但夏芍看起來就像是一切都不曾發生過，該上課上課，該吃飯吃飯，如此過了三天。

三天後是元旦，這天是徐天胤結束地方上的軍演，回京的日子。

徐康國讓徐天胤和夏芍回去吃晚飯，可徐天胤其實是中午回來的。

當她踏進家門時，廚房傳來的炒菜聲和少女指揮人的輕笑聲，令他冰冷的表情逐漸融化。

他大步走過客廳，遇上端著熱騰騰的菜往餐桌走來的夏芍。

看見徐天胤，夏芍驚喜地道：「師兄！」

徐天胤張開手臂，緊緊抱住夏芍。夏芍驚呼一聲，好在她反應快，及時將端著的菜盤放到餐桌上。徐天胤抱得很緊，她竟感覺到他在發抖，「妳沒事……」

夏芍笑笑，抱住他的腰，臉靠著他的胸膛，說道：「我沒事。」

這似乎沒有讓他得到撫慰，夏芍感覺得到他的憤怒，他說：「他們要害妳。」

「我沒事。」夏芍還是這句話，「老爺子說，晚上讓我們回去吃飯。他們都在，等你回去。」

果然，這話讓徐天胤有了反應，他只說了一個字：「回。」

夏芍拍拍他，「先吃飯，吃飯的時候不要想不開心的事。我早早就去買菜了，做了一桌好菜，你可得吃光。」

她這麼一說，徐天胤又抱緊她，這回抖得沒那麼厲害。夏芍去扳他的手，卻發現他的手很涼，就像她問起他父母的那晚。很明顯，他嚇到了。她無法想像，他想到會失去她的瞬間，會是怎樣的心情。夏芍的目光變冷，這件事沒那麼簡單結束。

這件案子是當權的那位下的嚴查令，王家再怎麼活動關係，也不敢讓王卓在國外躲太久。就算王卓敢一直躲在國外，她也有辦法找到他，解決他。

傷害她的人，師兄必不會放過，如果由他來動手，會沾上這惡業，這業報不如她來擔。

「好了，再不吃飯，菜就涼了，這是我一上午的心血呢！」夏芍笑道，知道這話管用。果然，她的話音落下，徐天胤便放開了她，但沒放徹底，他只是給了她一點活動空間，然後低頭，目光深深的，像是要將她看仔細，怕這一切是幻覺。

夏芍一拳輕輕打在徐天胤胸口上，道：「好了，去換衣服，洗手吃飯，你不餓嗎？」

「餓。」徐天胤答得簡潔，目光卻盯著夏芍的唇。

就在這時候，溫燁淡定地從夏芍身後走過，手裡端著盤子，吊著眼角看兩人，「喂，自覺點，這裡有未成年人。」

徐天胤微微皺眉，盯著溫燁，眼神好像在說：這小子為什麼在這裡？

「晚上咱們回老爺子那裡，中午我總不能也把小燁子落下吧？今天過節，他一個人在會館裡多孤單。他現在是我的徒弟，當然得跟著我。」夏芍笑咪咪地道。

「嗯。」徐天胤點頭，沒再嫌棄小豆丁來當電燈泡，轉身換衣服洗手，三人圍坐一桌吃飯。

傍晚的時候，夏芍先把溫燁送回會館，順道下廚給這小子做了熱騰騰的晚餐，這才放心和徐天胤回了徐家。

這一次，沒讓警衛員來接，徐天胤自己開車回去。車子開進紅牆大門的時候，天色已黑。徐家的晚宴還沒開始，徐康國坐在客廳上首，徐彥紹、華芳夫妻低著頭，沉默地等在客廳，徐彥英也坐著等。今晚只有二代的長輩，沒有徐家第三代。

徐天哲在地方上任市長，儘管是元旦，他也是沒時間回來的。徐彥英的丈夫也沒時間回來，而劉嵐被徐彥英打發去她父親那裡過節了。

今晚徐家有很多問題要解決，徐彥紹和華芳夫妻要面對的是徐天胤。徐康國要求的，要他們夫妻兩人要給徐天胤一個交代。

華芳轉頭望向外頭，風大雪急，一男一女牽手而來，華芳的臉紅了紅，又白了白。

她覺得沒臉，三天前在書房裡，她竟嚇得失禁。出身高貴的她，這輩子沒這麼丟臉過。她都不記得自己當時是怎麼從地上爬起來的，又是怎麼回去的。

這三天，她更不知道是怎麼過來的。先是降級處分，雖然降得不大，將來也勢必會升回來，但是在她平順的人生裡，這絕對是從未有過的恥辱。她上班抬不起頭，回到家裡還要接娘家的電話，受娘家的埋怨。

她和王卓串謀，也不知是誰透露給了娘家人，她父母和大哥大嫂知道她得罪了徐老爺子，沒有不怨她的，父親更是將她訓斥一頓，要她滾回來向老爺子道歉，直到老爺子消氣為止。可是，天在知道老爺子根本就不見他們夫妻。

徐彥紹向來謹慎，平時在工作上儘量不留錯處，他倒是沒有被處分，但是這三天無論他怎麼請求回來跟老爺子解釋，老爺子就是不見。夫妻兩人的壓力很大，覺都沒睡好。好不容易今天元旦，老爺子才叫他們回來。

可是，今天也是徐天胤回京的日子。

徐天胤和夏芍走了進來，男人披著軍大衣，攤開來為少女遮擋風雪。兩人進門後，夏芍接過徐天胤手中的大衣，替他在門口抖了抖，然後掛到衣架上。

徐天胤站在客廳門口，一身筆挺的軍裝，襯得他的眉宇越發冷冽。他的目光在家人臉上逐一掠過，徐康國望向自己的二兒子和兒媳，徐彥英則擔憂地看著徐天胤，徐彥紹和華芳低著頭。

「爺爺、姑姑，我回來了。」徐天胤聲音依舊平板，只跟徐康國和徐彥英打招呼。

徐彥紹和華芳臉皮泛紅，平時笑呵呵的徐彥紹，第一次抬不起頭來。平時徐天胤話再少，回家的時候禮數從來不少，跟長輩都會打招呼。

「嗯。」徐康國點點頭，卻好像不懂徐天胤為什麼不跟二房的人打招呼一般，問道：「見

過你叔叔、嬸嬸了嗎？」

徐彥紹和華芳的頭又更低了，前者臉皮一臊，後者頭皮一緊。當徐天胤看過來時，兩人雖未抬頭，卻都感覺得到空氣為之一窒。

華芳掐著衣角不敢抬頭，徐天胤這性子她實在不太了解，真不知道他今晚會怎麼樣。不過，想來……也不會怎樣吧？畢竟，她是長輩。

徐彥紹深吸一口氣，抬起了頭。要不，怎麼辦？就這麼僵持著？他相信這件事他過錯不大，只要誠心認錯，還是可以揭過去的。老爺子這幾天都不見他們夫妻，今晚卻叫他們回來，不就是想看看他們反省和認錯的態度？

「天胤啊，這次的事是……」

「你們害她？」徐天胤打斷徐彥紹的話，明擺著的事，他的語氣卻是疑問的。

徐彥紹一愣，對上徐天胤深暗的眼眸，笑意僵在嘴邊。

「你們還是想要我失去她？」徐天胤緊緊盯著自己的叔叔，只是此刻，他的聲音明顯低啞，「因為這是徐家？」

徐彥紹驚訝地望著徐天胤。在他眼裡，他一直覺得這個侄子不太懂人情世故，他就像國家暗處的殺人機器，在他眼裡可能也沒有人情世故。沒想到，他一直都懂。他為什麼會把夏芍的目的說給妻子聽，妻子跟王卓聯合的目的，他都知道，因為這裡是徐家。

徐家是地位、權力的代名詞，生在這個家庭，權力地位是生來就應該得到的，從來沒想過徐家有一天會娶個經商的女孩子進門。到了徐家這樣的高度，權錢聯姻已經不是需求，權權聯合才是正途。商人的身分且不說低不低，這女孩子風水師的身分在關鍵的時候，或許會成為別人攻擊的焦點，而徐彥紹要考慮的是老爺子還在的時候，沒有人敢動徐家，但老爺子要是不在了呢？

徐家想不走王家那樣慢慢沒落的路，現在就要未雨綢繆。雖然徐家三代裡，自己的兒子天哲政途坦蕩，比王卓成器得多，但是天胤在軍，早些年徐彥紹就在打算，他要是能娶個軍界千金，徐家軍政勢力都有了，那是再好不過的。

沒想到他看上的是門不當戶不對的夏芍，而老爺子對他的疼愛又是誰都不能比的。假如日後徐天胤成了徐家的大家長，他這性子，要怎樣帶領徐家走向更強盛的路？

身在家族裡，自然知道家族利益對個人利益的影響。這才是徐彥紹暗中把話透露給妻子，讓妻子給夏芍找找麻煩的真意所在。他覺得他這種做法也算不上不厚道，畢竟普通百姓家裡，子女戀愛的對象長輩看不上，不也有使絆子的？

徐彥紹覺得，他此舉不過是人之常情，而且說句實話，他的出發點也並非全為他個人和兒子的前途考慮，而是在維護整個徐家。只是他沒想到，妻子會和王卓合謀，闖了大禍。

他更沒想到，徐天胤平時人冷性情也冷，心裡竟然明鏡似的，什麼都明白。

徐彥紹嘆了口氣，他是看出來了，這孩子就是除了夏芍誰也看不上。這件事他是受害方，老爺子也在氣頭上，不如先道個歉，日後再慢慢開導他好了。他既然心知肚明，那麼他應該會懂得，娶個對他徐家有幫助的，對他自身也有莫大助益。

「天胤啊，這件事，二叔和你二嬸都……」徐彥紹話沒說完，聲音陡然一停。他瞪大眼，不可思議地盯著徐天胤，「你……你這是幹什麼？」

從徐天胤和夏芍進門起就低著頭的華芳，聞言忍不住抬起頭來。

這一看，她倒吸了一口氣，瞪大了眼睛。

徐天胤的手裡多了一把黑色手槍，槍口裝了消音器，對準了他們夫妻。

「師兄！」夏芍很驚訝，她沒想到師兄會亮槍，老爺子還坐在上頭呢！

徐康國端坐在椅子裡，面不改色。

徐彥英驚得站了起來，「天胤……」不管怎麼說，那是他的叔叔嬸嬸，就算做得再不對，罵也好怎樣也好，就是不能拿槍指人。

徐天胤彷彿聽不見，他牽著夏芍的手，緊緊握住，手很涼，槍口動都不動，目光盯緊徐彥紹和華芳，「我說過，誰要我失去她，先過這一關。」

徐彥紹和華芳瞪眼。他這是動真格的？真要他們吃槍子兒？他們是不信的，但是他們卻心驚地看著徐天胤槍口上的消音器，他這明顯是有備而來。

夏芍愣住，師兄他……竟對徐家人說過這樣的話嗎？

她說不出來是感動還是心疼，只覺得一顆心揪得緊緊的。

這時候，徐彥紹已經反應過來，臉色一沉，「天胤，我是你……」

「砰！」一聲槍響。

槍聲不大，經過了消音處理，卻嚇壞了一干人。

華芳放聲尖叫，徐彥紹翻下椅子，跌坐在地。他剛才坐著的地方，後頭的牆面上，出現了一個冒著煙的彈孔。

子彈沒有打中徐彥紹，而是擦著他的頭頂釘去牆上，徐彥紹的頭髮都焦了。

華芳顫著手腳扶起丈夫來，見他沒事，卻被剛才那顆差點打中人的子彈嚇得傻，她回頭尖聲叫道：「你瘋了，他是你……」

子彈擦著華芳的臉頰而過，華芳驚懼地呆住，然後歇斯底里地指著徐天胤，喝道：「你竟敢開槍？我是你……」

「砰！」又一槍。

「砰！」子彈擦著華芳的手指而過。

華芳尖叫著收回手指，只覺剛才慢一步，手指就會被打殘。

華芳懵了，嘴唇不由自主發顫，「你真的敢……」

「砰！」又是一槍，子彈擦著華芳另一側臉頰而過。稍微往上一厘，她的耳朵就得廢掉。

「徐天胤！」

「砰！」子彈擦過華芳的腳尖，她驚叫著往後退，撞上身後的椅子，砰一聲，連人帶椅子一起翻倒，四仰八叉地栽在地上。她狼狽地爬起來，人還沒站穩，又一聲槍響。

「砰！」這回子彈擦著華芳的頸側動脈而過，華芳忍不住蹲下身子，抱頭尖叫：「啊……」

槍聲沒有她的尖叫聲大，徐天胤換彈夾的速度快得讓人看不清。子彈如雨紛飛，直到華芳蹲在地上，連叫也不敢叫。

華芳嚇傻了，到了後來，只能聽到子彈釘入牆面的聲音，再聽不見華芳的尖叫。

好一會兒，終於安靜下來。

徐彥英捂著嘴，這一切發生得太快，快得她不知如何阻止，自那第一聲槍響，她便傻了眼。

徐彥紹坐在地上，這位走到哪裡都風光無限的高官，這一刻，前所未有的狼狽。

徐康國和夏芍沒動，兩人只是漠然地看著這一切。

華芳不敢抬頭，怕抬頭又是一槍。人的槍法不可能總那麼神準，搞不好會擦槍走火，或者偏那麼一厘，她的命就沒了。徐彥紹懵著盯著徐天胤，他的眼裡已沒有驚恐，沒有不可思議，沒有憤怒，有的只是被極端的恐懼嚇懵了的空白。

兩人從來就沒想過徐天胤會真的開槍。

「你是我叔叔，妳是我嬸嬸，但我不是你們的侄子，在你們眼裡，我不是。」

徐天胤的聲音冷沉，沉得讓人心口生疼。

「我是多餘的，我是威脅。」

徐天胤懂，他什麼都懂。

他的手忽然一顫，一道心疼的目光朝他望來。他感覺得到，卻沒有轉頭去看，只是握緊對方的手，冷漠地看著面前的人，「從今以後，你們是多餘的。」

你們是多餘的……

這是什麼意思？

徐彥英捂著嘴，「天胤……」這是不認他叔叔嬸嬸了嗎？

「害她的人，就是威脅。威脅，就要清除。」

徐彥紹總算有了反應，他看向徐天胤，對上他冷得沒有溫度的眼眸。

「國法，我不懼。軍法，我不懼。家法……有爺爺在。有她，才有家。我沒有家，你們就沒有命。」徐天胤道。

他不是在說謊，現在，徐彥紹和華芳不敢認為他會說謊。徐天胤的世界是黑，是他父母的死和國家的有意培養造就的冷血利器。他的眼裡只有目標或者非目標，活人或者死人。只是他身旁那名總是笑著的少女的出現，照亮了他心底的一角，從此她是他全部的陽光，誰奪走他的陽光，讓他再次陷入黑暗，誰就要面對黑暗的恐懼和報復。

「我沒有叔叔和嬸嬸了。」徐天胤低頭看向夏芍。這句話聽著像宣告，只有夏芍知道，男人的手心裡全是冷汗，抖得只有緊緊握著她的手才能緩解。

這不是宣告，是屬於他的悲涼。

夏芍微微一笑，「人生就是這樣，總會遇到不在乎你的人，但幸福不會因為不在乎你的人而變得單薄，只會因為在乎你的人而變得充實。你沒有失去，他們不配讓你失去。往下走，你會遇到更多懂你的人。」

徐天胤深深地望著她，好一會兒，輕輕點頭，把槍收了起來，然後帶著夏芍走到徐康國面前，「爺爺，我剛才對長輩開槍，我錯，任您處罰。」

徐康國看著徐天胤，眼神悲涼。他之所以不阻止，是因為他懂他的孫子，他是個重情的孩子，即便他的親叔叔親嬸嬸趁他不在，想奪走他的戀人，他也不會真的大開殺戒。

他能做的只是震懾、恐嚇，哪怕日後不再有叔叔嬸嬸，傷的更多的人也只會是他。哪怕是在說出不認叔叔嬸嬸之後，他還是會因向長輩動手而請罪。

他只是不善言辭，卻比誰都重情，為什麼家裡這些人就是看不見？

徐康國長長一嘆。

他罰徐天胤面壁思過，卻允許他回去再執行。

徐天胤是答應了就不會反悔的人，回去後，給夏芍放了洗澡水，讓她沐浴休息，他自己便去了陽臺，焚香面壁。

夏芍洗過澡，想著今晚離開時，華芳那驚恐得癱在地上的模樣，冷冷一笑。

她曾說過，哪天師兄不看重他們了，就是他們的死期。

死期，徐老爺子還在的時候不會到，但是活罪少不了。她會讓徐彥紹和華芳知道，有師兄把他們當作親人，是件多麼值得慶幸的事。

夏芍回到房間，房門一關，盤膝坐下，接著喝道：「大黃，咱們今晚找人玩玩。」

徐天胤轉頭往房間的方向望了一眼，隨即低頭，繼續面壁。

金色大蛟盤踞，擠得看不見坐在床上的夏芍，唯有她的聲音傳出來：「你現在修為與以往不同了，應該可以控制自己的煞氣，你一出來就需要這麼大的地盤，我可沒法讓你出去玩。」

一聽說可以出去玩，大蛟的眼裡爆出亮光，接著它張大嘴，深吸一口氣，窗簾、桌上的擺設劈啪亂飛，像經歷了一場颱風。這貨的身子不是在變小，而是如氣球般膨脹起來，越脹越大，整個房間都讓它擠滿了。

很快的，大蛟又像洩了氣般，化作一條金色小蛇，四處遊走。

夏芍瞇眼，「下回你找別的辦法變小，試試用意念。再用這種法子，罰你一年不得出塔。」

房裡有鬼哭狼嚎的聲音傳來，若是此時有人聽到，必然以為是鬧鬼。夏芍淡定地道：「今晚只有你出去，我給你指路。你我意念相通，不會有問題，但你出去要藏好，別被人發現了。」

金蟒身形縮小，煞力也被壓制，以它此時身上能感受到的煞氣，它出去是不會對所經之處的陰陽氣場造成太大的影響。陰氣不是絕對壓制了陽氣，普通人是看不見靈體的。夏芍不怕金蟒被人發現，她只是擔心這貨出去溜達，忘乎所以，一不留神嚇著人。

「今晚做得好，以後你還有出去的機會。做不好，你懂的。」夏芍警告道。

金蟒早知這主人有多無良，她給的糖不一定能吃，但是她給鞭子卻是說到做到。

金蟒從窗戶遊出去，一路往京城的重心，紅牆之內而去。

夏芍開著天眼，指示金蟒應該去的方位。紅牆之內的守衛之重不言而喻，但是普通人看不見的陰靈卻是防也防不下。金蟒順利地進去，走到門口守衛跟前，還在人家面前來回遊走三圈。直到夏芍警告它，這貨才尾巴擺得特別招搖地入內。

徐彥紹也是住在紅牆裡的，他是現任委員，也屬於領導人級別。這是慣例，一般來說，到了國家領導人的級別，就可以搬進來住。這裡雖是辦公為主，但是為了方便，也有生活區。一般來說，如果某位領導人去世，其配偶和子女便需要搬離，由辦公廳或者其他機構按照生前的級別在外安置住宅，基本上都是高級別墅。

比如說王家。王老爺子去世的時候，王光堂還不是軍委委員，王家人當初就是搬出去的，但是去年王光堂任軍委委員，王家便重返這紅牆大院。

徐彥紹一家略有不同，因為徐老爺子還健在，所以他一直都是住在這裡的。只不過，他年輕的時候也經歷過下放，曾經去地方上任職。他是個很會揣測老爺子心思的人，他知道老爺子很希望子孫憑自己的本事工作生活，不要總想著受祖輩庇蔭，所以在他成家後，就提出搬到外邊去住，那時候還受到了老爺子的稱讚。

但是，華芳不樂意。嫁進徐家，就是嫁進開國元勳的家庭，這是多少人盼都盼不來的。能住進這紅牆大院是多榮耀的事，為什麼要搬出去？可老爺子明顯對兒子的決定很稱許，為了不得罪老爺子，華芳一結婚就跟著徐彥紹在外頭住。

這一住就是近三十年。雖然華芳在京城工作，過年過節和平時週末常回來看老爺子，但是搬回來住一直是她的心願。直到去年，徐彥紹也升任委員，她趕緊催促丈夫搬回來。

這讓夏芍根本不必費心去找他們的住處，大黃一溜進紅牆之內，夏芍便讓它停下，以天眼在有限的範圍內一掃，很快便發現了徐彥紹的住處。

夏芍冷笑一聲，指示大黃過去。

此時已是夜裡十一點多，徐彥紹和華芳還沒睡。他們怎麼睡得著？今晚的遭遇是他們一生中沒有遇到過的，驚心動魄。

華芳抽抽噎噎，「看看你的好侄子，他對我們開槍，他居然對我們開槍！」

徐彥紹坐在床邊抽著菸，煙霧裡看不清他的眉眼，只看見他猛抽菸，一言不發。

「老爺子也不說他……這分明就是偏袒。要是咱們天哲做這樣的事，早不知道被老爺子罵成什麼樣了。當然，我們天哲也不會做這樣的事。對長輩開槍，他可真敢。」華芳繼續啜泣。

徐彥紹終於煩了，「妳就不能少說兩句？都是妳闖的禍，誰叫妳把王家攪和進來的？」

華芳見丈夫又提起這件事，怒火中燒，「你就只會怪我！徐彥紹，我還知道去為兒子做點事，你呢？你做了什麼？你只會把老婆當槍使，之後還得受你埋怨！」

「妳能少說兩句嗎。」徐彥紹煩躁地掐滅菸頭，手往頭髮上一抓，頓了一下。他的手下面能摸到頭髮燒焦了一塊，明顯禿了。徐彥紹臉色變得很難看，華芳見了又想起今晚被槍指著，子彈從身旁數度擦過的恐懼，不禁驚恐地安靜下來。

他們何曾受過這樣的對待？莫說是去地方上，就是在京城，誰見了不是恭敬以待，陪著笑臉？今晚倒好，笑臉沒有，槍子兒倒有。

華芳安靜不了太久，她隨即便問：「現在該怎麼辦？」

「現在？妳去洗澡，然後睡覺。」徐彥紹不耐煩地道。

華芳瞪眼，「我哪兒睡得著？」

「睡不著就躺著，閉上嘴巴。」徐彥紹起身道，見妻子臉色沉下來，又要大吵，便擺手道：「妳能不能安靜一下，讓我想想怎麼辦？」

一句話把華芳的怒氣堵在嘴裡，她看了丈夫一會兒，這才轉身往浴室走。誰知，門一打開，華芳便悚然大驚。

臥室外便是客廳，窗外有顆碩大的蟒蛇頭顱正盯著她，那雙金色眼睛如成人的拳頭般大，與華芳的目光對上，眼中的殺氣讓華芳倒吸一口涼氣，隨即發出驚天動地的尖叫聲。

「啊……」

徐彥紹被這尖叫聲嚇得一蹦三尺高，還沒等看清什麼，就被奔過來的妻子撞倒。夫妻兩人摔倒在地，徐彥紹被壓在下面，後腦杓咚一聲，撞得他兩眼發黑，差點連胃裡的酸水都撞出來。更倒楣的是，兩人爬起來時，華芳哆哆嗦嗦地指著客廳的窗戶，徐彥紹卻什麼也沒看見。

徐彥紹生平第一次覺得，政治聯姻娶到的妻子這麼難以容忍。

華芳懵了，她剛剛明明看到了。

「我看妳是受驚嚇太大了，還是去洗澡睡覺吧。」儘管一肚子火氣，徐彥紹還是安慰妻子。都夫妻這麼多年了，他是了解妻子的脾氣的，她是典型的吃軟不吃硬，要是指責她，今晚會沒完沒了。為了自己的清靜，徐彥紹壓下怒氣，好脾氣地哄著妻子。

華芳愣愣地點頭，似乎也接受了這個說法。都是徐天胤，害她精神緊張，出現幻覺。華芳被丈夫推著往門外走。她今晚是真的受了驚嚇，走到門口，像是尋求丈夫安慰似的回頭，手指著客廳窗戶，「彥紹，你再看一眼，真、真沒有什麼吧？」

「沒有，妳眼花了。」徐彥紹道。

華芳往他身後臥房的窗戶看了一眼，這一眼，她嗷地一聲又跳了起來。

「啊……」這聲尖叫就在徐彥紹耳旁，差點把徐彥紹的耳朵震聾。

徐彥紹捂著耳朵，臉色發黑，正當他忍無可忍的時候，華芳抓著他轉身，然後他的臉色由黑翻白，眼神驚恐得不亞於徐天胤拿槍指著他的時候。

他拉著妻子往客廳狂奔，大叫道：「警衛！警衛！」

警衛離得不遠，很快過來，「徐委員，什麼事？」

「有蟒蛇，怎麼會有蟒蛇？」徐彥紹和華芳指著窗戶問。

警衛莫名其妙，哪來的蟒蛇？您當這裡是動物園啊？

儘管認為不可能有，警衛還是按照徐彥紹和華芳的指示，去兩人臥室的窗戶看了看，結果別說蟒蛇了，連蟒蛇的影子都沒有。

警衛員回來報告，徐彥紹和華芳都有些愣，兩人回臥室窗前看了看，確實什麼也沒看見。

徐彥紹覺得這事有蹊蹺，如果只有妻子看見，那可能是她看花了眼，可是連他也看見了，難不成真是他們兩個都受驚嚇太重而產生幻覺嗎？

徐彥紹不太信邪，假如是兩人都產生幻覺，那怎麼看見的幻覺都一樣？這樣一想，徐彥紹不放心，讓華芳在屋裡待著，自己開門出去，和警衛四處看了一圈。華芳不敢一個人待在房間裡，便趕緊跟出去。

圍著房子轉了一圈，眾人發現確實是沒有什麼蟒蛇，而且據徐彥紹的敘述，那蟒蛇的眼睛有成人拳頭那麼大，可這怎麼可能？要是一條小蛇還有那麼一丁點的可能，蟒蛇？還是巨蟒？您這也太看不起警衛團了。這麼大一條巨蟒進了國家領導人的生活區，您當警衛團是吃乾飯的？

警衛心裡暗笑，表情卻很嚴肅，「徐委員、華副處長，您二位要是擔心，我們就在這兒守著。放心吧，絕對不會有事，你們請安心休息。」

華芳一聽警衛團在屋前屋後守著，這才鬆了口氣，連警衛員稱她為副處長，她也忘了計較。

夫妻兩人重回房間，徐彥紹經過這一場驚魂，覺得自己是累了，沒有精神地往床上躺倒，催促妻子趕緊去洗澡睡覺。華芳又往窗外看了看，確認沒再有幻覺，然後才去浴室洗澡。

徐彥紹聽著浴室傳來水聲，嘆了口氣，閉上眼睛。自出生起就順遂的一生，從來沒有過大起大落，今年卻感覺什麼都不順。這不順，完全是從徐天胤求婚開始，自從那女孩子被老爺子承認，家裡就雞飛狗跳，沒一天安寧日子。

妻子原本在家裡話題的重心都在兒子身上，近幾個月倒好，天天開批鬥會似的，一天不說幾句那女孩子配不上徐家就不算完，而她前段時間終於有所動作，換來的卻是這種結果。

徐彥紹嘆氣，想起兒子國慶假期後回地方上任，臨走前曾經提醒過，讓他們夫妻若是不喜歡夏芍，眼不見為淨，相安無事就是，千萬別去惹她。

他問兒子這話什麼意思，兒子的表情是他從未見過的複雜。最終他什麼也沒說，只提醒他們別惹夏芍。他就弄不明白了，到底為什麼？

就在這時，浴室裡傳來尖叫聲：「啊……」

徐彥紹猛地從床上彈坐起來，大聲問：「怎麼了？」

門被推開，華芳從浴室裡奔出來，大叫道：「蛇！有蛇！」

「在哪兒？」徐彥紹見妻子裸著身子從浴室跑出來，在客廳裡驚恐地尖叫，但是她的身後根本什麼都沒有。

「在哪兒？妳又眼花了？」話雖這麼問，但是剛才親眼看見過巨蟒，徐彥紹這話問得很沒有底氣。華芳這時候也沒有心情跟丈夫爭論，她嚇得直跺腳，伸手就往浴室裡指。徐彥紹抄起拖把就往浴室走，走到門口，探著頭，小心翼翼地往裡面看。

正當他把頭探進去，面前赫然有條手臂粗的東西撲了出來。那東西黑乎乎的，還能看見金色鱗片，而且迎面撲來的速度太快，徐彥紹只來得及看見一張張大的嘴，裡面有尖利的倒鉤牙，更有黑氣襲來。

徐彥紹也「啊」一聲大叫，整個人仰倒在地。華芳見金蟒竄出來，尖叫著轉身就往臥室跑。金蟒的速度，豈是她的兩條腿能比的？蟒蛇繞到她身前，華芳又往狂奔，結果被徐彥紹的腳絆倒，撲通一聲栽倒，把想爬起來的徐彥紹給壓到了下面。

幾個警衛聽見屋裡有尖叫聲，在門口問：「徐委員、華副處長，什麼情況？」

「有蛇！」華芳此時的聲音已經變調，尖叫聲裡帶著驚恐，驚恐中還有哭腔，她已經被嚇得歇斯底里了。

警衛們儘管心裡不太相信，但是華芳的尖叫太驚悚，幾個警衛當下大喊：「開門！」但不知這時候屋裡徐彥紹和華芳是不是被嚇得沒有能力過來開門，於是喊歸喊，他們還用腳踹門。

徐彥紹一聽要開門，下意識道：「等等，不可以！」

警衛都是些什麼身手？在徐彥紹還沒喊出來的時候，門便被一腳踹開。

「砰！」房門大開，華芳迎面裸奔出來。

警衛們全體呆滯，但他們反應仍然迅速，齊齊退去一旁，堅定地往屋裡看。

徐彥紹的臉黑成鍋底。

所謂的蛇，壓根兒不存在。

而屋外，冬夜的寒風吹過，裸奔出去的華芳被凍醒，回過神來，低頭看自己的身體一眼，然後再次發出驚天動地的尖叫聲……

第六章　佈陣反擊

這晚成為了華芳記憶中不可磨滅的一晚，她的尖叫聲引來更多的警衛，人人都在院子外頭停住，驚得不知眼睛往哪裡看。只看見風雪裡全裸的女子掩面尖叫奔回屋裡，砰一聲把門關上。

寒風呼嘯，警衛們站在門外，風中凌亂……

徐彥紹和華芳的吵鬧聲早就被兩旁的鄰居聽見，只不過已經太晚了，便沒出來看。可警衛踹門的聲響實在太大，被驚醒的人開窗探頭出來看，便有人看見裸奔回屋的女人。

這個女人是誰，發生了什麼事，警衛的口風很緊，但鄰居又不是傻子，猜也猜得出來。

這可不是外頭的別墅，這紅牆大院裡的房子，除了女主人，還能有別的女人？

附近鄰居也都是委員級別的，平日抬頭不見低頭見，徐彥紹和華芳夫妻這晚可算是把這輩子的面子和裡子全都丟光了。

夫妻兩人一夜沒睡，徐彥紹的臉一晚都黑得像鍋底，華芳一句話也沒說，把自己關在臥室。她不怕蟒蛇了，不怕幻覺了，她覺得被蟒蛇咬死也比今後被人想起她一絲不掛的樣子要好。

由於覺得沒臉見人，徐彥紹和華芳夫妻天不亮就離開住處，開車前往他們在外面的別墅住。

結婚近三十年，華芳一直渴望著住進紅牆大院裡，從未想過，住進去了，還會有想搬出來的一天，而且這一天來得這麼快，她才住不到一年。

第二天是元旦假期，不用上班，但徐彥紹和華芳卻有飯局。夫妻兩人去吧，怕昨晚的事傳出去沒臉見人。不去吧，又怕昨晚的事傳出去，兩人不去，更印證了流言，以後豈不成了笑柄？最終兩人決定，還是硬著頭皮去了。

事情確實已經傳開，因為不知道實情，所以流言版本甚多。有說聽見昨晚華芳在家裡喊有蛇，但眾人一笑置之。有蛇？也不看看是哪裡。正因為大家都不相信有蛇，而華芳又裸奔到外頭，所以延伸出了一些香豔版本，比如兩夫妻對房事有些什麼特殊的愛好之類的。

這些流言當然不會當著徐彥紹和華芳的面說，但兩人一晚上總覺得見人在恭維地笑，背後就好像被無數雙眼睛盯著，那滋味別提有多難受。華芳的臉從宴會開始紅到結束，離開的時候像是在逃，回到家裡就推了所有的聚會。儘管她也知道避不見人會讓流言傳得更誇張，但是她實在不想再出門了，那種感覺簡直就像是所有人都知道她脫光一般。

華芳躲在家裡不出門，但她和徐彥紹的惡夢還沒結束，他們又見到了那條金色的蟒蛇。這條金蟒只在晚上出現，神出鬼沒，嚇得徐彥紹和華芳不敢睡，整晚都睜著眼盯著房間，四處亂瞄，精神極度緊張。

華芳快要崩潰了，她不明白這條陰魂不散的蟒蛇不是在那紅牆大院裡嗎？怎麼又跟著自己來到了別墅裡？

她覺得這不是幻覺，如果是幻覺，為什麼她和丈夫都能看見？可如果不是幻覺，這條蟒蛇是怎麼跟到這裡來的？昨晚在紅牆大院的家裡，看見這條蟒蛇她還可以覺得是近來倒楣碰巧了，但是現在她和丈夫搬回別墅暫住，這條蟒蛇又出現了。

這怎麼可能？難不成這條蟒蛇在後頭跟蹤他們夫妻？這太可笑了。他們開著車回來的，一條蟒蛇跟在後頭招搖過市地跟著他們回來嗎？而且他們開門的時候後頭根本沒有東西。

更詭異的是，這條金蟒看起來不正常，它渾身散發著黑氣，絕對不是普通蟒蛇。

正因為詭異，因為弄不懂，再加上這幾天連番受挫、驚嚇和羞辱，華芳情緒極度緊張，處在崩潰邊緣。她坐在床頭，眼神四處瞄，眼底有血絲，看起來頗癲狂。

正當此時，她感到小腿一僵，有種冰冷到麻木的感覺襲上她，她忍不住一驚，還沒低頭看，就已經驚叫起來。她本能地跳起來，但腿麻了，身子便往旁邊撞，跌倒在地。倒下的時候，華芳看清腿上的情況，有條成人手臂粗的金蟒盤在她的腿上，吐著血紅信子。

「啊……」華芳放聲尖叫，握著水果刀衝著腿上刺了過去。

噗一聲，鮮血染紅了眼，把華芳的眼神染得更加癲狂，彷彿覺得一刀不保險，她把刀抽出來，連連猛刺。血濺了臥室一地。徐彥紹拿著拖把，驚得忘了動作。等他反應過來，華芳刺向自己小腿的動作已經停了下來。

她喘著氣，嘴角帶笑，像是想看看那條蟒蛇死在自己手上的模樣。然而，她盯著自己的腿，好半天沒反應過來。

她的腿上已經數不清刺了多少刀，血從傷口裡汩汩冒出來，流了一地。

華芳眼中的癲狂漸漸散去，她開始驚慌，「這是怎麼回事？我的腿怎麼會變成這樣？」

她的腿這時根本感覺不到疼痛，有的只是一種腿浸在冰水裡的刺骨感，全然的麻木。如果華芳還有點理智，她會發現金蟒纏上她的腿時，她感覺不到滑溜，她剛才刺金蟒時也沒實體，更沒有實實在在刺中的感覺。水果刀穿過金蟒的身體，最終扎進她自己的腿，可過度的驚恐讓華芳沒心情想這些，她只知道金蟒不知道什麼時候不見了，而她的腿被自己扎成了重傷。

華芳大叫，徐彥紹反應過來，掏出手機就打電話叫救護車，再去找東西給妻子止血。

就在徐彥紹轉身的時候，華芳指著他身後大叫，金蟒已到了他眼前，眼看著就撲到他。徐彥紹殺雞殺魚都不會，讓他鬥蟒蛇？他能躲開就不錯了。

他往後閃躲，摔了個跟頭才險險躲過，順勢拿起拖把往上頭戳，詭異的事情發生了。

金蟒的頭顱忽然與身體分開，頭身分離的蟒蛇竟然還活著，頭飄在天花板上俯視他們夫妻，吐著信子，頭頸斷掉的部分，還能看見血淋淋的血肉。

華芳一口氣沒上來，往後栽倒，咚一聲，暈了過去。

徐彥紹被嚇得動彈不得，救護車來的時候，醫護人員敲了半天門，他都沒有反應，直到手機響起，直到金蟒在他眼前消失，他才兩腿發軟地去開門。

華芳傷勢不輕，她刺了自己的腿很多刀，最深的一刀險些把大動脈劃斷，救護車若是晚來五分鐘，她就沒命了。緊急輸血和手術後，她昏迷了好幾天。

自從和王卓密謀陷害夏芍失敗，華芳就沒好好休息過，後來又經歷降級處分、徐天胤威嚇、自己裸奔的醜事和金蟒的驚嚇，她早已透支，再加上失血過多，她這一昏迷便是好幾天。而華芳自殘的消息被封鎖，對外只稱她生病需要休息，但禁止探望這點引起了外界不少猜測。

昏迷中的華芳不知道，卻苦了徐彥紹和徐天哲父子。風言風語全進了徐彥紹耳裡，可笑的是，竟然有人因為華芳裸奔，便說他在房事上有特殊癖好，惹得妻子受不了要自殘。

這種傳言讓徐老爺子震怒，要徐彥紹去跟華家解釋。徐彥紹有苦說不出，只能跟老爺子和華家人說是華芳做錯事，壓力太大所致。

可是自家人相信沒用，外界還是議論紛紛，難道他要逢人便解釋自己和妻子的房事沒問題，於是，徐彥紹只好頂著「變態」的形象去上班。這個時候，徐天哲回來了。

徐天哲本來被瞞著，但有人去試探徐天哲，徐天哲才知道母親出事。

母親勾結王卓鬧出這麼大的事，他當然知道，只是，從事發到母親住院，時間太短，他得知的時候已經晚了。他連夜坐飛機回來，在醫院見到的是昏迷的母親和醜事纏身的父親。

徐天哲從父親口中問明事情的經過，臉色沉了下來。

徐彥紹半輩子沒吃過虧，哪想到遇到夏芍會出這麼多的事。想起夏芍，徐彥紹認真地問：「天哲，你老實跟爸說，你國慶那時走之前說的話到底是什麼意思？」

徐天哲並沒有回答，只是神情凝重地反問：「爸，大哥真的說以後不認你和媽了？」

徐彥紹臉色一青，答案再明白不過，「這次的事，爸和你媽確實有錯在先，你大哥開槍也確實是他不對。不過，爸相信他只是在氣頭上，這不是沒打到我們嗎？你可千萬別因為這件事去和你大哥鬧，你爺爺……」

徐彥紹不希望兒子介入這件事，他和妻子已經焦頭爛額，不能讓兒子也捲進來。兒子將來是要回來的，他不想兒子和侄子不和，這會影響老爺子對兒子的印象。

徐天哲轉身就走，「爸，我有事，先離開一下。」

「你要去哪兒？別去找你大哥鬧！」徐彥紹在後頭急得大喊。

徐彥紹以為徐天哲會去找徐天胤，結果徐天哲開車直奔京城大學。

京城大學還有半個月就放寒假，近來正是期末考的時間。夏芍大一上學期請假比較多，但是她的主修科目跟商業有關，因此她並不擔心成績，其他幾門選修課就更不用說了，尤其風水課她是絕對能夠過關的。

這天上午考的正是風水概論，元澤、柳仙仙、苗妍和周銘旭也選修了這門課，大家不是在同一間教室考，但距離都不遠。一考完幾人便會合，要去生物系找衣妮一起去吃午餐。

夏芍等人剛來到走廊，便聽到驚呼聲。

她轉頭望去，不禁挑眉。有個穿著白色西裝的男人站在那裡，眉眼看起來有點眼熟，正是與徐天胤有著幾分相像的徐天哲。

元澤一眼就認出了徐天哲，畢竟在華夏集團的拍賣舞會那晚見過面。那晚的事並不愉快，看見徐天哲來找夏芍，元澤本能認為沒好事。柳仙仙和周銘旭擋在夏芍前面，護著她。

徐天哲像是沒感覺到夏芍朋友們的不友善，他上前對夏芍點頭喚道：「大嫂。」

圍觀的人群頓時炸開鍋。

「咳咳！」柳仙仙當先咳了起來，轉頭看夏芍，原本提防的眼神變得饒富興味。夏芍現在還沒過門，就算前幾天傳出徐家承認她的消息，她還是不認為徐家二房會接受夏芍。徐天哲這聲大嫂，叫得可真有意思。

周遭的學生，表情古怪的古怪，羨慕的羨慕。古怪的是徐天哲的年紀明顯比夏芍大很多，這聲大嫂聽著可不怪嗎？而羨慕的，自不必說了。

元澤垂眼，苗妍和周銘旭都看向夏芍。夏芍很淡定，似乎對見到徐天哲不感到意外，問：「哲少回來了，有事嗎？我正要跟我朋友去用餐，下午還要考試。」

「我是來請大嫂吃飯的。大哥在軍區，年底比較忙，我這個弟弟回來，也該來見見大嫂。」徐天哲的態度很自然。

柳仙仙湊到夏芍耳邊道：「叔嫂之間要避嫌啊！這小子看起來不像好東西，小心又要坑人了！」說完，她對徐天哲挑釁地道：「我們跟小芍已經有約，哲少只請一個人是不是不厚道？」

徐天哲看向柳仙仙，見這女孩子一臉媚氣，直覺不太喜歡，但沒表現出來，謙和地道：「說的有道理，不知道幾位是不是願意賞光？」

周圍的學生們頓時用羡慕嫉妒恨的目光盯向柳仙仙，尤其幾個女學生更是面色憤慨。近來流言雖然少了，可有些人還是相信元澤和柳仙仙是情侶，沒想到她這麼花心，居然當著元少的面勾引別的男人，也許是看徐天哲的家世和成就比現在的元澤高。

事實上，柳仙仙是怕徐天哲出陰招，萬一夏芍還沒過門就傳出勾引小叔子的緋聞，那就糟了，所以最好是大家一起跟去，卻沒想到徐天哲會一口答應。

一行人走出教學大樓，夏芍打電話給衣妮，要她來學校裡的五星級飯店會合。

夏芍挑了飯店裡的義大利餐廳，柳仙仙等人點菜，她先和徐天哲去隔壁的空桌談事。

柳仙仙沒阻止，反正是鄰桌，就算被人看到，也可以說有其他人在場。菜大部分是她點的，元澤則正時刻注意著夏芍和徐天哲那邊的情況。

徐天哲背對著元澤等人，他們看不見他的表情，只看見夏芍笑得從容。

「……哲少的意思我不懂，這事跟我有什麼關係？」

徐天哲皺眉，「大嫂，怎麼說我們日後都是一家人，大嫂真要把我父母往死路上逼？」

徐天哲今天當著那麼多的人面稱呼夏芍為大嫂，此時稱呼仍然不改，展現他的誠意。他有夏芍的私人電話，卻親自來請，展現的也是誠意。

夏芍冷淡一笑，「一家人？不見得吧？在你大哥眼裡，只怕現在沒有叔叔和嬸嬸了。」

徐天哲表情微變，顯然是想起夏芍曾經說過的話。

「我說過，若有一天，他不愛你們，便是你們的死期。我也說過，他重視親情，因為他重視你們，你們才能安全到今天。可惜，你們沒有聽進去。」

「我有提醒過我父母，但是有些事大嫂應該不希望我跟他們實話實說吧？我了解我媽，要是她知道那件事是大嫂所為，只怕對大嫂更不利，我只能隱瞞，但隱瞞的結果就是說服力不夠。」徐天哲苦笑，捏了捏眉心，「我真的沒想到我媽會和王家勾結，我知道這次的事給大嫂帶來了危險，我替他們道歉，希望大嫂能看在爺爺的分上，就此罷手。」

夏芍的眼神冷了下來，「這時候想到老爺子了？你也知道你父母出事，老爺子會難過。那你可曾想過，你大哥傷心，老爺子就不難過嗎？他們做這些事，有想過老爺子，想過罷手嗎？」

「在他們眼裡，我還沒有嫁進徐家，我不過就是個你大哥暫時迷戀的女人。沒了我，他會遇到出身更好的女人，但是他們有問過你大哥的意思嗎？人的感情在他們眼裡，不如自己的利益重要。或許，他們也有考慮你的利益，但他們連老爺子的想法都沒顧及，更何況你大哥的。」

「徐天哲，你在徐家長大，可能早就接受聯姻，可是如果有一天你愛上一個女人，但在你的父母眼裡她不合適你，你能接受你的父母趁你不在就陷害她嗎？」

徐天哲愣了愣，接著自嘲地一笑，「我沒遇過，無法回答。」

夏芍嘲諷道：「這次幸虧老爺子那天也在場，知道我是冤枉的，否則你大哥回來，可能我已被陷害入獄。你可以說以我的本事，即便沒有老爺子作證，我也有辦法脫身，但你敢保證你日後愛上的那個女人有我的本事，也不懼你父母的手段嗎？也許你回來的時候，她早就人間蒸發，或者變成一具冰冷的屍體。」

徐天哲從來沒談過戀愛，不知道愛情是什麼滋味，但是夏芍的話還是讓他驚心。

「如果真有那麼一天，你能接受你的父母以對你好為由，做出這種事嗎？如果你不能，憑

什麼要求你大哥能？」夏芍站起身，冷冷地道：「最後再告訴你，你的道歉，我不接受。」

「這件事你沒有參與，沒有過錯。你的道歉，我不接受。在我的觀念裡，沒有父債子償這樣的道理。誰做的事，誰來承擔，就這麼簡單。」

見夏芍臉色沉了下來，柳仙仙抓著菜單，大有徐天哲敢惹怒夏芍，她就把菜單當暗器射過去的架勢。所幸夏芍回來坐下，問道：「菜點好了？」

「好了。」柳仙仙點的菜幾人根本吃不完，明顯有痛宰徐天哲一頓的意思。

徐天哲獨自坐在隔壁桌，許久都沒有起身。

衣妮等到服務生來上菜的時候才過來，聽說徐家人在，連忙湊過來低聲問夏芍：「是那個惡婆娘的兒子？可以下蠱嗎？」

「不行。」夏芍眼皮也沒掀地道。徐天哲比他父母更識時務，而且為了父母他肯來求情，至少說明他在乎親情，這就表示他沒有無藥可救。那天在徐家，她對師兄說，世上總會有不在乎他的人，他並沒有失去什麼，那話不過是在安慰他，她還是希望世上多一個在乎他的人。

這次，徐家人傷害了師兄，不把整治得他們乖乖的，她不會善罷干休。

餐點陸續上來，元澤等人也不知是默契還是怎樣，這頓飯明明是徐天哲請的，他們卻故意圍坐得滿滿當當。倒是徐天哲起身走過來，沒找空位，只是看著夏芍，眼神有些複雜，「我會好好想想大嫂的話，也會勸勸我父母，所以，希望大嫂再考慮一下。」

徐天哲說完，也沒有坐下的意思，「不打擾大嫂和各位用餐了，我還要去醫院看我媽，先失陪了，祝你們用餐愉快。」說完，他去結了帳，便轉身離開。

柳仙仙好奇地問道：「這小子有這麼乖嗎？你把他怎麼了？」

夏芍哭笑不得，什麼叫她把徐天哲怎麼了。

衣妮也插話問道：「老妖婆住院了？是不是要死了，我去送她一程！」

「都消停點，這事我會處理。」夏芍道。

「妳做的嗎？」元澤也問道。徐天哲不說，他都不知道華芳住院了。這消息必是封鎖了，如果是正常生病，沒道理封鎖消息，只可能是住院有很大的內情，不能對外公開。

夏芍無奈，這些事本不便太多人知道，但是這些朋友還算靠譜，故而她省略了重要的部分，把事情始末簡單說了一遍，還說自己用了些風水上的手段。

眾人越聽眼睛睜得越大，柳仙仙甚至爆笑出聲。

夏芍看了柳仙仙一眼，柳仙仙連忙捂嘴，「裸奔……一大把年紀了還玩這套，口味真重啊！」

衣妮皺眉道：「為什麼不直接宰了？換成我，要這老妖婆死得難看。」

這話一出口，元澤等人一起看向衣妮。

夏芍搖了搖頭，「她有不能死的理由。」

徐彥紹和華芳都不能死，這不僅是老爺子著想，而是他們若死了，徐家的權勢會受到重創，到時候開心的只會是王家，是姜系人馬。從夏芍心裡來說，她還是希望秦系當政。

徐彥紹和華芳應該受的不是死罪，而是活罪。

當然，這件事還沒完。除了徐彥紹和華芳，王家尚未受到懲罰。

這幾天，除了徐彥紹和華芳夫妻一直出洋相外，案子的調查也在繼續。

高局長、馮隊長和梁警員的案子很好審，尤其是高局長，有當時的監控錄影為證，他是

最先被定罪的。馮隊長和梁警員恐嚇證人，有馬老出面指證，而刑訊，也有審訊室裡的監控錄影。至於謝長海說自己身上的傷是馮隊長指使梁警員打的，這點也找到了當時看守所的人作證。這個案子如今轟動京城，沒人敢包庇，證人很好找。

真相大白時，周隊長等人便恢復了職務。

王卓的罪名還在調查中，王家就他這麼一個兒子，當然得不停走關係。他們也知道這個案子是當權的那位所關注的，因而不敢有大動作，只得把心思放在尋找對兒子有利的證據上。

根據于德榮的供述，王卓答應他，如果他翻供，他就會跟地下錢莊的人打招呼，于德榮的兒子所欠的錢就可以一筆勾銷。王卓在外做生意，黑白兩道的勢力都有接觸，依王家的能力，自然能查出哪家地下錢莊。

王家想找到那家地下錢莊的老大，給一筆錢，讓他跑路，不要在京城等著警方上門抓人，可惜王家找到地下錢莊時，人家早就關門，老大不知所蹤。

這本來對王家來說是好事，但讓王家五雷轟頂的是，兩天之後的深夜，一名飛車黨將某個人和于德榮的兒子一起進錢莊的監控畫面和照片丟進警局裡，裡面的資料還有于德榮的兒子賭博的情景，以及輸錢的日期和數目。

警方的人依照片找到了于德榮的兒子及與他進錢莊的人，證實是王卓西品齋的員工。因為于德榮常幫西品齋鑑定古董，他的兒子跟西品齋的員工也認識，那天正是那人拉著他去地下錢莊賭錢，輸了之後又慫恿他跟錢莊借錢，這才有了王卓以此事威脅于德榮翻供的事。

王家只覺得晴天霹靂，他們實在不知道這事是誰做的，但是不利的證據確實指向了王卓。無奈之下，王家人又提出，劉舟、謝長海和于德榮的證詞不可信，三人的證詞改了又改，無法確定真實性，請求警方再仔細調查。

這不過是在拖延時間，明眼人都知道，權貴犯案向來是這樣三拖兩拖，拖得上頭消了氣，拖得再出點別的大事，原本的事也就能慢慢淡出眾人視線。

夏芍可沒打算任其不了了之，華夏集團已經正式向西品齋提告，告其損害名譽，而且，要王卓回京，夏芍當然有辦法。

王家人不知道那個地下錢莊是三合會的。這裡雖然是京城，屬於北方，卻是政治中心，三合會和安親會在這裡都有自己的人脈，這些人脈包括官場上的官員。

事情鬧得這麼大，戚宸應該是知道了。戚宸自上回跟夏芍不歡而散後，便沒有打過電話來，這次的事他做得也是不聲不響，夏芍聽說後，還以為是安親會的錢莊，找了吳老大問情況，這才知道是三合會的。

夏芍實在不知道該說什麼，她本想打電話向戚宸道謝，想想還是算了。以戚當家的脾氣，打電話給他想必也聽不到什麼好話。她過年還要回香港跟師父拜年，到時候再當面謝他吧。

讓夏芍意外的是，她見到了龔沐雲。

考完試，再過三天夏芍就可以回家了。在她回家之前，徐康國請她去徐家吃飯，多半是要商量徐天胤過年去夏家正式拜訪的事，夏芍也打算在這天對王家動手。

開著車剛離開學校不久，在轉角處她看見了一輛停著的黑色林肯。車窗搖下半扇，露出了一雙眼尾微微上揚的鳳眸，以及如畫的面容。

龔沐雲含笑指指前面，然後車子往前開。夏芍會意，開車跟在後頭，兩人來到了一家茶苑。

這家茶苑是四合院式的，裝潢雅致，夏芍和龔沐雲在雅閣裡對坐，外面雪花紛飛，面前茶香嫋嫋，很是愜意。

自上回慈善拍賣會後，與龔沐雲幾個月不見了，他還是老樣子。這麼冷的天，也穿著淺色的唐衫，第一句話便是調侃：「妳總是事故不斷，怎麼也不打個電話給我？忘了我這個朋友？」

夏芍笑道：「我是想打來著，但是這案子涉及地下錢莊，雖然那不是安親會的錢莊，可現在京城查得嚴，安親會的生意一定也受了不少損失。你知道，我向來愛錢，我怕你讓我賠償安親會的損失，怎麼會往你的槍口上撞？」

龔沐雲挑眉道：「多謝妳提醒我，原來我還有挽回損失的辦法。那麼，改天安親集團會將損失明細遞給華夏集團的。」

夏芍被逗樂了，輕聲笑了起來。

龔沐雲望著夏芍，眸中有幾分笑意。

夏芍問道：「你平時那麼忙，來趟京城不容易，不會是為了這次的事專程過來的吧？」

龔沐雲眼皮微垂，遮住裡面的悵然若失，「的確是專程過來的，所以，晚上妳是不是要盡盡地主之誼，請我吃一頓便飯？」

朋友來訪，哪有不請的道理，夏芍應得乾脆，「當然，不過希望別再遇到什麼暗殺的事。」

「我來見妳，戚宸就是想殺我，也不會動手。跟妳在一起，才最安全。」龔沐雲開玩笑。

夏芍想起戚宸曾說龔沐雲跟他有殺父之仇，想開口問問到底怎麼回事，最後還是把話嚥下去。龔沐雲專程來京城，提這些往事，不知道會不會壞了他的興致。

說是夏芍請客，其實這家茶苑裡就有上好的特色菜餚，夏芍便點了幾道菜，與龔沐雲就在這兒用餐。等上菜的時候，龔沐雲進入正題，「妳打算怎麼處置王卓？我幫妳查到他的藏身地了，正派人盯著。只要妳一句話，馬上給妳綁來。」

夏芍聽了並不意外，其實她已經知道王卓藏身在加拿大。雖然王家隱瞞了王卓在國外的藏匿地點，但是徐天胤通過出入境記錄和在國外認識的朋友，也查出了王卓的藏身地。

「這倒不必，哪怕是暗殺，也是能查出蛛絲馬跡的。王家在軍，安親會在暗，跟軍方作對只怕會對幫會不利。你放心，我有辦法對付王卓。」夏芍說到最後，目光冷了下來，「這個年沒過完，他就得回來，到時我請你看一場好戲。」

夏芍這話可不是隨便說說的，她準備要動王家的風水。動王家，迫使王卓回國，不過是她計畫中的一部分。徐老爺子介入這件事，在姜系看來，徐家已被當成是秦系。將來派系爭鬥，勢必不會再繞開徐家，而首當其衝的，便是在軍中的徐天胤。王家的勢力在軍方，夏芍不會給對方有對徐天胤使絆子的機會。

紅牆大院裡不太好佈法陣，有不少警衛在監視，夏芍想動王家的風水，只能趁著和徐天胤回徐家的時候想辦法試試看。

這幾天，她用天眼仔細觀察了徐家和王家之間的路上有沒有較隱蔽的地方，徐天胤說，紅牆大院裡面採用的都是最先進的監視器，沒有死角。她只得想了其他辦法，到時再冒險一試。

第二天，徐天胤從軍區回來，夏芍和他中午就去了徐家吃飯，只有徐老爺子和徐彥英在場。

華芳昏迷了很多天才清醒，醫院說她沒有生命危險，可以回家休養，但她怕了那條無處不在的金蟒，在醫院的時候金蟒沒出現，所以她賴在醫院不肯回家。徐彥紹可能也是想避著夏芍和徐天胤，便藉口要照顧妻子，也沒有回來。

至於徐天哲，早在跟夏芍談完話的那天，就又飛回任職的地方。他這次回來是以看望母親的名義請假的，但也只請了一天假。夏芍不知道他有沒有做到承諾，也不想理會。她沒打算罷手，等她動了王家的風水，就會讓華芳和徐彥紹「好好」過個年。

用餐的時候，徐彥英笑道：「天胤啊，聽說你見過小芍的父母了。不過，這回是正式拜見，按規矩，咱們這邊最好是有長輩陪著。你看，姑姑和姑父陪你去好嗎？」

徐天胤還沒說話，徐康國便道：「不用，讓他自己去。咱家要是去太多人，不是給人家父母壓力嗎？你們去了，叫人家父母當面說同意還是不同意？還是讓天胤一個人去，也給芍丫頭的父母一點時間考慮。」

夏芍聞言，暖心地一笑。最盼望師兄早些成家的人就是老爺子，老爺子應該知道她年紀小，父母未必願意她這麼早把終身大事定下來，沒想到他會顧慮到她父母的心情。

徐彥英苦笑，「爸說的也是這麼個理兒，那就聽您的吧。」說完，又勸徐天胤：「你記著，小芍年紀小，她父母要是不同意，那是情理之中，你可不要衝動，知道嗎？」

夏芍頗為無奈，徐彥英這是怕萬一她父母不同意，徐天胤會像那晚對徐彥紹夫妻那樣對她父母開槍嗎？看來她還是不了解徐天胤的性子。雖然徐彥英是徐家少有的疼愛徐天胤的人，但是因為不常見面，終究不夠了解他。

徐天胤放下碗筷，點頭道：「好。」

徐彥英看他態度恭敬，絲毫沒有那晚的戾氣，不禁嘆了口氣。她像是有很多話想說，又不知從哪句說起，只好拍拍他的肩膀，語重心長地道：「不管怎麼說，一家人打斷骨頭連著筋，儘管有合不來的時候，但畢竟是家人，就算長輩有錯，姑姑也還是疼你的。」

徐天胤看著姑姑疼惜的目光，眼神恍惚，好一會兒，他才答道：「謝謝姑姑，我會記得。」

徐康國有些感慨，他最擔心的事還是沒法避免，但是他已經不想把時間浪費在無謂的憤怒上。有生之年，要是能看見孫子成家，還能看見一家和睦，那他死的時候就能閉上眼睛了。

這天，夏芍和徐天胤沒急著走，不僅陪老爺子吃午飯，還留著吃了晚飯，夏芍說道：「老爺子這裡的飯就是好吃，吃得我都撐了，我們出去散散步再回去吧。」

徐彥英道：「這大冷的天兒，剛吃完飯，可別凍著。」

徐康國擺擺手，「年輕人，這點凍哪挨不了？想當初，我們打仗過雪山的時候……」

徐彥英趕緊對夏芍和徐天胤使眼色，夏芍挽著徐天胤的手臂，兩人逃也似的離開了徐家。等到走出一段路，步伐才慢了下來，夏芍饒有深意地看了徐天胤一眼。

徐天胤對上她的目光，點頭道：「走。」

兩人出去散步，警衛員識趣，沒有跟著。夏芍之前已經用天眼把紅牆大院的格局摸透，王家和徐家有段距離，夏芍和徐天胤故意走得慢悠悠的，沿途欣賞風景，「不知不覺」就走遠了。

來到王家附近，夏芍和徐天胤沒有靠太近，兩人從離王家最近的一條小路走上去。冬天的北方天黑得早，路燈照亮小路，雪花翩然落下。難得風不大，徐天胤穿著黑色的羊毛大衣，脖子上圍著鬆軟的條紋圍巾。夏芍還記得剛認識他的時候，大冷天的他也只穿薄外套，現在她自是不許他穿這麼少，而一定要他穿得嚴實，圍巾還是夏芍親手織的。

徐天胤也戴了手套，他看起來像是怕夏芍冷，還把大衣脫下來攤開，裹住兩個人。夏芍則趁著有遮蔽物，不動聲色地用手指彈了一下，某個東西激射而出。因為是晚上，所以很難發現。

那東西彈出後，嗖一聲釘入旁邊的泥土地裡。

原來那是一顆小石頭，卻不是普通的石頭，而是夏芍從警局出來後就開始用龍鱗的煞氣蘊養了半個月的凶石。它釘入的位置，正是王家西側，白虎位的方位，但是只有一顆還不夠。

夏芍以那顆石頭為基準，沿路又彈出了七顆石頭，釘入不同方位的泥土地裡。若有高手在，便能看出這是八卦聚靈陣，而且居然是用石頭佈陣。

八卦聚靈陣是聚生氣的風水陣，可以調理身體，最好是用玉石類的法器佈陣，以法器的吉氣作為牽引，調整和聚納天地元氣，供身在法陣中的人調理五臟氣場，達到修身養性的效果。世上只有極少數的高手，可以不用玉器佈陣，比如用石頭或隨便什麼東西，以自己的元氣蘊養，便可形成一件法器。

這樣高手少之又少，修為少說要煉神還虛。因為不是什麼東西都容易吸收陰陽之氣，玉是天地間元氣所化，最易吸收。若石頭也那麼容易吸收天地元氣，豈不早已成玉？所以說，要把一顆石頭蘊養成法器的難度比玉石高得多。

奇怪的是，夏芍彈出去的石頭上面明顯不是吉祥生氣，而是陰煞死氣。

以陰煞之力來佈八卦聚靈陣？前所未聞。這法陣是聚生氣的，陰煞之力能聚生氣嗎？

事實上，這是夏芍的新嘗試。天下任何的風水局，應該都是可吉可凶，端看佈陣的風水師採用什麼手法，而八卦聚靈陣確實是聚吉祥生氣的風水局，但是若用煞力來佈，還是佈在不能動的白虎位上，結果會怎麼樣呢？

夏芍冷笑一聲，對徐天胤道：「走。」

法陣還沒完成，夏芍還需要將其催動，把煞力催生出來，但是這一步顯然不適合在這裡做，她必須回去進行。對夏芍來說，這也是不小的挑戰，她從未試過遠距離催動陰煞，好在石頭的陰煞是以龍鱗的煞力蘊養的，她與龍鱗意念相通，應該可以一試。

夏芍和徐天胤散步回了徐家，與老爺子和徐彥英打過招呼後，便開車回了別墅。

回到別墅，徐天胤看著夏芍，劍眉輕蹙，「可以嗎？龍脈雖死，紫禁城裡龍氣仍在。」

夏芍笑笑，「應該沒問題。現在的龍氣與古時候不能相比，從天時地利來說，佈陣容易多了，況且以龍鱗陰煞蘊養的陣位開陣所聚的是煞氣，不會傷到龍氣。」

徐天胤的擔心不是多餘的，中國二十四條龍脈，雖然龍氣已幾乎耗盡，不可能再有王朝出現，但是紫禁城的佈局是出自風水大家之手，自明清時期到現在，至今仍有龍氣在，而這龍氣出自國脈，夏芍催動聚靈陣，得確保不會傷到它，否則業障之大可不是香港那條龍脈可比的。

「確定要試。」徐天胤的語氣不是疑問，而是肯定的。

果然，夏芍一笑，她頭都洗一半了，難道要停？

「我想試試八卦聚靈陣到底可不可以聚陰煞。放心吧，我有分寸。萬一發現法陣到時候還是會聚生吉之氣，我會讓大黃把石頭吸走，停止作法，不會有事的。」

紅牆大院裡的生吉之氣就是龍氣，夏芍佈的八卦聚靈陣是以陰煞為基，與龍氣相沖，要是將龍氣吸過來，會對夏芍造成重創。不過，有大黃在，她可以隨時停止法陣。

徐天胤凝視著夏芍，最終說了一個字：「好。」然後，轉身就走。

他來到門口，守著房門盤膝坐下。夏芍狐疑地看了一眼，看樣子師兄是想要給她護持。其實她有把握，不需要護持，可這樣能讓他安心的話，自是隨他去了。

夏芍在床上坐下，把大黃叫出來。這貨前陣子去嚇華芳，玩得很歡快，今晚一出來便很自覺地變小，等著撒歡，夏芍卻道：「今晚不是讓你去玩，看好了，如果法陣會聚來龍氣，便即刻把陣位上的煞氣吸收掉，將法陣廢掉。這事馬虎不得，你可得認真些。」

金蟒聽出夏芍話裡的嚴肅，乖乖地點頭，接著熟門熟路地竄出窗外，向著紅牆大院而去。

夏芍開了天眼，指示金蟒找到王家西面佈陣的方位。金蟒維持小蛇的狀態，窩在草叢裡等待，而夏芍見金蟒到位，便即刻動手。

催動八卦聚靈陣的術法很簡單，只需要幾個簡單的指法變換。雖然徐天胤的別墅離王家很遠，但是有龍鱗的煞氣作為媒介，夏芍的元氣離得遠也照樣對法陣有影響，這與一些法師拿到人的八字或頭髮指甲就能作法是同樣的道理。

夏芍用天眼緊盯紅牆內金吉之氣的流動，儘管相對於國脈應該有的龍氣來說，此時的龍氣量已經很微弱，但是僅僅是觀望著，依然令人生出敬畏之心。

過了一會兒，夏芍把焦點轉向王家西側，八卦聚靈陣的方位。她掐的指訣一刻未停，成或不成與法陣啟動快慢沒有關係，所以她毫不猶豫，果斷地激發法陣。等到掐起最後一道指訣，法陣內黑氣大盛，以八卦方位釘入地裡的陰煞發動煞力，很快就形成了吸納的氣場圈。

紅牆之中有的不只是龍氣，也有數百年來的深宮怨煞之氣。由於龍氣強盛，怨煞之氣始終不足以作祟，但如果以人為強行聚集，後果卻是可想而知。

今晚的成或敗，就看這八卦聚靈陣聚的是龍氣還是煞氣了。

金蟒也從草叢裡抬起頭，蓄勢待發。

忽地，夏芍的眉尖蹙了起來，最先有反應的竟然是龍氣。

當龍氣開始輕微流動時，金蟒跳了起來，張大嘴，對著法陣的位置就想吸。

夏芍喝道：「慢！」

金蟒在空中翻了個滾，輕巧地落回地面。

夏芍的唇角慢慢勾了起來，龍氣是有流動，但不是向著法陣，而是朝遠離法陣的方向避開。

周圍的龍氣離開，陰氣開始往法陣中聚攏。夏芍想的沒錯，法陣是吉是凶，與風水師怎樣佈陣有很大的關係。即便是調理身體的法陣，也可能會成為殺陣。

夏芍將法陣佈在王家西側的白虎位上。白虎喜靜，煞力催動，便開始聚煞，聚的還是紫禁城中數百年來的怨煞，煞力之強自不必說，如此一來，王家不是只有血光之災這麼簡單。

「可以回來了。」夏芍對金蟒下了指示。

本來白虎煞就是很簡單的法陣，因為王家住在紅牆大院裡才這麼麻煩。

「師兄，成功了。」夏芍笑著回頭，見徐天胤坐在門邊，正收起指訣，點頭道：「嗯。」

夏芍的表情陡然一變，往屋內四周掃視，「法陣？」

那波動雖然只是瞬間出現，夏芍還是感覺到了，「師兄，你佈陣了？」

「沒什麼。」徐天胤起身走過來，將她擁住，這回卻沒換來她的會心一笑。

「你佈了什麼法陣？」夏芍很在意，她根本不知道徐天胤在房間裡佈陣。

「沒什麼。」徐天胤還是這句話。

「你說過，永遠不會騙我。」夏芍嚴肅地看著徐天胤。

徐天胤凝視著她，最後小心翼翼地答道：「八卦聚靈陣。」

夏芍一時沒反應過來。

八卦聚靈陣？跟她佈在王家的法陣一樣，但她知道用處絕對不同。

雖然剛才只有短暫的靈氣波動，可那不是陰氣，而是吉氣。

腦中靈光一閃，她總算明白剛才看見徐天胤坐在門邊時她心裡奇怪的感覺是什麼了。既然要為她護持，為什麼要坐那麼遠？此刻知道他佈了八卦聚靈陣，答案出來了。他坐的位置一定是陣眼，如果剛才她催動法陣失敗，大黃也沒來得及廢了法陣，紅牆內的龍氣被撼動，向她反噬的話，那反噬之力會先被徐天胤佈下的聚靈陣吸收，受創的人絕對不會是她。

夏芍渾身發冷，一拳打在徐天胤的胸口，「你混蛋！」

徐天胤把她抱得更緊，臉埋到她頸窩輕輕蹭著。他知道這種方法可以安撫她，讓她軟化。可惜夏芍眼下不好哄，她伸手去掐徐天胤的腰。

徐天胤悶哼一聲。

「為什麼不事先跟我說？」

「不一定會失敗。」

「萬一失敗了呢？」

「有大黃。」

徐天胤答得很順，夏芍嘴唇抿緊。現在他知道有大黃了？佈陣的時候他怎麼不想想有大黃在？他明顯是不信任大黃會把事情辦好，所以自己給加上一道保險。

夏芍推開徐天胤，讓他看著自己的眼睛，「我知道師兄不想讓我冒險，但是在我心裡，你有危險，我的感受是一樣的。答應我，別再有下回。」

「嗯。」徐天胤瞅著她。

「你答應了，我可是聽見了。你說過不騙我，所以不能有下回。」

「嗯。」徐天胤又應道。目光轉到她唇上，然後果斷低頭。

夏芍本能往後退一步，腰身卻被禁錮住。

元旦的時候徐天胤回了京城，但徐家出了那樣的事，他一直沒什麼心情。元旦那幾天假期，夏芍把心思都放在陪伴他，晚上等他睡了，就讓大黃去問候華芳，兩人有段時間沒上過床，而今晚卻來得突然，猶如洪水猛獸。

當金蟒回來的時候，臥室裡已是春光無限，金玉玲瓏塔則被放在一旁的桌上。夏芍感覺到窗外有陰煞，這才想起大黃還在外面，她轉頭看見窗外有顆巨大的蛇頭，咧開嘴，露出倒鉤牙，對她嘶嘶地吐著信子笑，那畫面要多驚悚有多驚悚。

夏芍臉一紅，伸手往身邊抓，想找衣服遮擋裸露的身體。伸手的時候才發現衣服都被身上的男人粗魯地丟到地上了，此刻兩人在被子上翻滾，沒有任何遮蔽物。

「師兄……」夏芍喚一聲，伸手環上徐天胤的腰。她的本意是把他拉下來一點，好遮住她，但她的聲音和動作卻讓他變得更狂野，加快了動作。

窗外的大黃開始嘆氣。

為什麼主人這麼淡定呢？那晚它去嚇那個老女人的時候，她就沒穿衣服跑出去了呀！

如果夏芍知道金蟒在想什麼，她大概會把金玉玲瓏塔丟出去，但是還沒等她行動，金玉玲瓏塔就被人砸破窗戶丟了出去，正中金蟒的腦袋。金蟒呼地被收了進去。寒冬的冷風吹進房間，徐天胤拿起被子將夏芍裹住，抱著她去隔壁房間繼續奮戰。

只經過一晚，王家的風水就發生很大的變化。夏芍第二天醒來，第一件事便是開天眼觀察王家的狀況，就見白虎位上的聚靈陣聚集了不少煞氣，猶如龍捲風一般。

民間有「寧讓青龍高百丈，不讓白虎抬半頭」的說法，白虎抬頭，則強賓壓主，下屬不安分，有失威信。懂風水的人在選擇住宅的時候，絕不會讓白虎方高於青龍方。在居家擺設上，也會讓白虎方保持低矮和安靜，衣櫃、空調、冰箱等物不會放置在白虎方，否則家中女主人脾氣易暴躁，掌權奪位，男主人則暗弱，易生不快和凶險。

王家的白虎方並非實質上的高於青龍方，但是煞氣暗聚，氣場蓋過了青龍方，也算是白虎抬頭的一種形式，而且，煞氣躁動，白虎方不靜，王家必有好戲可看。

臨近年關，京城大學已經放寒假，夏芍要忙完公事再走。回到青省，她還要去一趟青市，今年公司擴張的動作很大，有不少主管她必須見見，還有許多年終會議要開。雖然華夏集團旗下諸公司落戶京城這幾個月出了不少事，但夏芍處置及時，沒給公司造成實質性的影響，尤其王卓要開拍賣公司的計畫被迫延遲，給華夏拍賣公司來到京城後爭取客戶提供了寶貴的時間，而這段時間，外界得知徐家承認夏芍後，公司的發展更是順之又順。

徐天胤也忙，軍區元旦前剛進行多兵種聯合軍演，軍演結束後有不少總結會議要開。夏芍在京的最後一晚，徐天胤晚上從軍區回來，兩人度過溫馨的一夜，並說好大年初二徐天胤去夏家拜訪。因為夏家的習慣是大年初二那天全家團聚，徐天胤要正式見夏家人，那天大家都在。

隔天天不亮，徐天胤便又趕回軍區，夏芍也早早起來，回了私人會館。

今天她和元澤、柳仙仙、周銘旭約好一起開車回青省，三人在學校等她，而她在去學校前需要把溫燁和衣妮送去機場。

溫燁要回香港跟海若團聚，在他心裡，海若就像他的母親。雖然他可以跟夏芍回東市，但夏芍知道他更想與母親團聚。於是，她早早訂了兩張機票，其中一張是給衣妮的。

衣妮這些年來都是獨自過年，如今大仇得報，她卻依舊沒有可去的地方。唐宗伯年前就打電話來交代，要衣妮來香港跟玄門一起過年，畢竟衣妮的祖母和唐宗伯相識一場，故人的後輩流落在外，他總要照顧一下。夏芍也很贊成，勸了衣妮好幾回才把她勸動。

夏芍開車把溫燁和衣妮送到機場時，意外看到了海若。海若是特地來京城接兩人去香港的，當在機場大廳相遇的時候，溫燁好半天沒回過神來。

海若抱住溫燁，細細打量他，然後笑道：「長高了。有沒有惹你師父生氣？」

「沒有。」溫燁癟著嘴，看起來像是在極力忍著不哭。

夏芍打趣道：「有長高嗎？我怎麼沒看出來？我從認識這小子起，他就是個小豆丁。」

這話引來溫燁殺氣騰騰的一瞥，「誰說我沒長高？剛認識妳的時候，我到妳這裡，現在已經到這裡了！」溫燁用手比劃，惹得夏芍和海若忍俊不禁。這小子的生日在臘月，雖說是十三歲，但身高一點也不像十三歲的孩子，看起來也就十歲。身高是溫燁最介意的事，同門師兄弟喊他小豆丁，他都是要跳腳的。

「長高了就好，希望你過年的時候多吃些，再長高一點，不然等回來你上學，我怕同學們把我們溫大師當成小學生了。」夏芍笑道。

海若聽了一笑，夏芍跟她提過溫燁上學的事。以前在國外，溫燁就沒有去學校讀書。不是

她不想讓他去，而是這孩子那時候一心要為他師父報仇，無暇他顧，她勸不動，只好退一步，請了家庭教師來教他，後來到了香港也一樣。海若真沒想到夏芍能說動溫燁，讓他答應去上學。

其實夏芍的性情跟海若雖然都有溫柔的一面，但夏芍要果決多了。她只說了一句「不上學你就給我回香港，看看你海若師父會不會對你失望」，然後，溫燁就乖乖點頭了。

不管怎麼說，溫燁能和別的孩子一樣有學生生活，不再是每天圍著風水命理轉，海若就很滿足了。她感激地對夏芍笑笑，夏芍道：「時間差不多了，你們趕緊準備登機吧。」說完又看向衣妮，見衣妮正望著海若和溫燁，眼裡有羨慕之色，直到夏芍的聲音傳來，她才回過神。

「去香港過個好年，我開學前會去香港跟師父拜年，到時候再見。」夏芍拍拍衣妮的肩膀。

衣妮點頭，道：「好，祝妳過年回家一切順利。」

送走海若、溫燁和衣妮，夏芍離開機場，開車回學校。

就在她開車去學校的時候，華苑私人會館門口發生了一件小插曲。

有輛黑色奧迪停在會館門口約兩百公尺外，從車窗外看不見裡面坐著什麼人，只是裡面的人瞧著鬼鬼祟祟的，舉止可疑。

車子後座有個女人肩上披了件昂貴的羊毛披肩，頭上裹著名牌絲巾遮住側臉，就連正臉也用墨鏡遮擋了大半，而前頭的駕駛座裡，男人轉頭望過來，一臉的不耐煩，「妳到底進不進去？」

女人皺眉，「我不去，要我去求那個丫頭，這也太丟臉了！」

「妳最近丟的臉還少嗎？」男人氣極，「好，妳不去是吧？那妳回去晚上繼續做惡夢！」

女人聞言噎住。

這兩人正是徐彥紹和華芳。

徐彥紹和華芳近來過得很不好，華芳一直賴在醫院裡，哪裡知道好日子沒過幾天，她醒來後的第三天晚上，她又開始做惡夢，夢裡總有那條蟒蛇纏著自己。一開始她以為是受驚嚇太重，日有所思夜有所夢，沒想到徐彥紹也開始做惡夢，夢境幾乎跟她一模一樣。

前天晚上，兩人夢見一個穿著黃衣的無頭女子，渾身是血地在病床旁邊走來走去，華芳還聽到那個女子在自己耳邊不住念叨「我的頭呢」。

華芳滿身冷汗地被驚醒，她慌忙把病房裡陪睡的徐彥紹喊起來。可是，徐彥紹醒過來後，並沒有看見無頭女子，卻在床邊看見一排血腳印。

華芳嚇得從床上摔下來，癒合的傷口再次裂開，尤其是那刀深及大動脈的傷口，讓她當晚險些又進手術室。醫生護士趕來，卻沒看到地上有什麼血腳印。醫生認為華芳精神狀態不好，準備對她進行檢查，並要她好好休息，可第二天晚上她又做了同樣的夢。

這次不僅她夢到了，徐彥紹也夢到了。

精神緊張和身心疲累讓徐彥紹的狀態很不好，他還要工作，再這樣下去，可不是好兆頭，而華芳萬一被認定精神有問題，那麼她這個副處長就做到頭了。

兩人心急火燎，就在這時，徐彥紹想起前幾天一名關係不錯的同事偷偷問他是不是近來運氣特別差，還說：「聽說夏小姐會嫁進徐家，你怎麼不請她幫忙看看？」

徐彥紹這才想起夏芍是風水師。

說實話，如果不是親身經歷這段的詭異事情，徐彥紹是不信這些的。他本來就不需要請人

卜算官運，徐家的背景已經足夠讓他的官路亨通。直到有了這幾天的恐怖經歷，他才知道，人在倒楣的時候，喝水都會塞牙縫。

那條蟒蛇的事說出去誰信，但他和妻子都見到了，這要如何解釋？

晚上做惡夢已經嚴重影響他的精神狀態，難道……真要去找夏芍幫忙？

徐彥紹最初是否定這個想法的，他們不同意夏芍嫁進徐家，一開始就是因為她的風水師身分，如今又因為怪力亂神的事有求於她，這不是笑話嗎？再說，華芳和王卓勾結在一起陷害夏芍，去求她，她會願意幫忙嗎？

這件事埋在徐彥紹心裡幾天，直到昨晚，徐彥紹覺得事情嚴重到不解決不行的程度。

「丟臉，還是丟工作，妳自己選吧。」徐彥紹道。

華芳咬著嘴唇。

「不進去，妳就繼續做惡夢。」徐彥紹撂下一句狠話，發動車子就往回走。

車子剛開出去沒多久，便調頭回來，開進了華苑私人會館。

華芳坐在車裡不出去，讓徐彥紹進去問，結果會館員工的話讓他的心涼了半截：「抱歉，我們董事長今天已經回鄉過年了。」

徐彥紹回到車裡的時候，臉都黑了。

華芳皺眉，問道：「那丫頭讓你吃閉門羹了？哼，我就知道她沒那麼好心幫我們！」

「幫什麼幫？人家早回家了！不管好心壞心，妳連面都見不到！」徐彥紹對妻子大吼，「讓妳早點來，結果人家走了，活該妳過不好這個年！」

徐彥紹氣得發動車子，駛了出去。華芳臉色刷白，她今天出來想著要求夏芍，心裡自然是猶豫的。她連車都換了，也捂得嚴嚴實實，就怕有人知道她來找夏芍。她有想過夏芍很有可能不會幫自己的，卻沒想到連她的面都沒見到。

那這個年要怎麼過？

華芳這個年怎麼過，夏芍是不管的，她只想著要回家陪父母過年，而且今年這個年，對夏家來說是隆重的，現在家裡人還不知道忙活成什麼光景。

這天的天氣出奇的好，京城連下了幾天的雪，卻從兩天前就開始放晴，路況很好，夏芍便打算自己開車載朋友們一起回家。

白色的賓士車停在宿舍大樓下面，夏芍側頭望著正往後車箱放京城特產的男生，道：「你是不是該考慮買輛車了？難不成你打算以後都蹭我的車坐？」

元澤放好東西，關上後車箱，笑道：「夏董應該不缺油錢吧？那就當是做好事，關照一下我們這些買不起車的窮學生吧。」

夏芍搖頭，這小子越來越貧了。他買不起車？他不是買不起，而是元明廷對兒子的管教嚴格，不允許他買車。這點她倒是很欣賞，元澤身上沒有官二代的不良習慣，對這些事也不在意。

「不是吧？我有這麼大的魅力，讓你們兩個在外頭吹冷風等我？」柳仙仙從遠處提著大包小包走過來，誇張的程度幾乎趕上夏芍開學報到的時候了。

元澤笑看夏芍，「妳當初買車買七人座的，真是有先見之明。」

「說什麼呢？快來幫幫忙啊！」柳仙仙朝兩人招手。她買的東西很多，除了京城的特產，還有很多衣服，足有二十多樣東西。

夏芍知道柳仙仙是不回家過年的，她平時從不提家裡人，這些東西自然不是買給家人的。

元澤幫忙把東西塞進車裡，柳仙仙才在車旁插腰喘氣，「胡嘉怡來電話了，說她跟學校請假，要帶朋友回家過年。妳今年過完年一定要來青市，咱們好好聚聚。」

夏芍很高興，聽說胡嘉怡要帶朋友回來，沒多說什麼，到時碰面就知道狀況了。

柳仙仙買的東西應該是帶給胡嘉怡的父母，她今年果然還是在胡嘉怡家過年。

三人上車等周銘旭，這小子去機場送苗妍了。苗妍不住青省，她坐飛機回家，拿的行李不多，周銘旭還是自告奮勇去送她。他的心思，夏芍等人都看出來了。

柳仙仙拿出一包瓜子，邊嗑邊笑，「你們說這小子呆不呆，他到現在都還不知道苗妍是玉石大王的女兒，身家雄厚啊！」

華夏集團辦的慈善拍賣會那晚，苗成洪也出席了，原本周銘旭是可以知道的，但是徐天哲和劉嵐來了，所有人的注意力都在這上面，周銘旭便沒機會打聽苗家的事，他還以為苗妍只是出身普通家庭的孩子。

不僅是周銘旭，學校多半沒人知道苗妍的父親是苗成洪。苗妍本來就不喜張揚，低調的程度比夏芍有過之而無不及。

「妳覺得他呆，怎麼不提醒他？」夏芍笑問。

「呸！」柳仙仙吐掉瓜子殼，「我傻啊？告訴他了，我到哪兒看熱鬧？」

夏芍和元澤都是笑了笑，兩人也是這個心思。

「你們說，等這個傻小子知道了，會是什麼表情？」柳仙仙興致高昂。

不管是什麼表情，夏芍只希望不會讓周銘旭產生退卻的心思。感情很多時候是要爭取的，但是雙方的家世差距太大，難免令人卻步，尤其又是女強男弱。周銘旭現在對苗妍的好感有多少，到那時候或許都會變成考驗。

正想著，有人在外面敲車窗，周銘旭回來了。他凍得臉都紅了，一鑽進來就直哈氣搓手，搓到一半發現其他人在看他，便傻乎乎問道：「你們……看什麼？」

「沒什麼，就等你了。」夏芍笑笑，發動車子，駛離學校，直奔青省。

京城到青省開車要十二個小時，夏芍早上十點才從學校出發，回到東市已經快晚上十點。元澤和柳仙仙傍晚時就在青市下車，回東市的是夏芍和周銘旭。

夏芍打電話給父母，說把周銘旭送回十里村再回家，順便把爺爺奶奶接回來。按村人的習慣，這時間大多在歇息了，村口的路燈卻亮著。夏芍的車子一靠近，就看見很多人站在電線竿下，遠遠的見有車過來，全都揮起了手。

周銘旭撓了撓頭，「這也太誇張了吧……怎麼搞得像迎接大官似的？」

車子停下，夏芍一下車，村長老王叔就立刻握住她的手，激動地道：「小芍回來了，妳這孩子真是有出息啊！」

夏芍原以為村裡人出來迎接是因為她和周銘旭是從京城大學回來的，十里村一下子出了兩個京城大學的學生，是很榮光的事，可現在看來，應該不是這個原因。

「可不是嗎？咱們村裡出一位企業家就很了不起了，結果這孩子還能嫁進老主席家。從前有人說是老夏家上輩子燒高香，現在看看，說不定是咱們村裡這塊地好，專出貴人。」有個嬸子說道，眼裡都是喜氣和羨慕。

其他人紛紛出言附和，夏芍微微蹙眉，眾人好像已經認為自己一定會嫁進徐家似的。可是，她和徐天胤現在別說結婚，連婚都還沒訂，眼下這陣仗卻搞得跟她已嫁進徐家一樣，那東

市那邊的人又會怎麼想？

她可不希望自己家人被說成還沒結婚，就擺起皇親國戚的譜來，這對老爺子的名聲也不好。老爺子一生清廉，他未來的孫媳婦回趟老家，就全村老少來迎接，這叫什麼事？

夏芍無奈地道：「老王叔，這麼冷的天，你把大家叫出來做什麼？快讓大家回去休息吧，改天我再回來看望各位叔伯嬸子。」

眾人忙說不礙事，夏芍眉頭皺緊。老人和孩子都出來了，這還叫不礙事？著涼生病怎麼辦？

周銘旭把買的東西從車上拿下來，周旺和妻子笑呵呵地跟兒子說話，周嬸對兒子道：「就你這小子臉大，小芍的車你也敢坐？」

周銘旭撓撓頭，「朋友的車，怎麼不敢坐？」

周嬸瞪兒子一眼，眼裡卻帶著驕傲的笑，並不只是覺得兒子坐夏芍的車回來很有面子，還因為兒子小時候在村裡不算最機靈的孩子，但現在就屬自己兒子最有出息。老杜家的兒子和老劉家的女兒雖然都考上大學，可兩人的學校沒有周銘旭好，杜平去京城念書都一年半了，放假也沒回來過。雖然老杜家說杜平是在打工，但村裡已有閒言碎語傳出。暑假打工也就算了，過年還不回來看父母？今年早就有人問杜平回不回來過年，老杜家都沒個準話。

看看兒子給自己夫妻買的特產，再看看站在人群最後頭看不見臉色的老杜夫婦，周嬸忽然嘆了口氣。這時候，老王叔已在招呼眾人回家。村人七嘴八舌地又跟夏芍說了幾句話，這才三步一回頭地各回各家，走時看見周旺夫妻手裡提著的大小禮盒，紛紛羨慕地稱讚起了周銘旭。

夏芍把村長留在後面，像是在說悄悄話。

老王叔滿不在乎地笑道：「妳是咱們村裡看著長大的，出來迎接妳是大夥兒自動自發的，妳別過意不去啊！」

夏芍皺眉，見老王叔雖然是笑著，眼神卻有些躲閃。

「老王叔，您為村裡辦了不少實事，我卻不知道您這麼喜歡搞排場，晚上還讓老人和小孩出來吹冷風。」夏芍臉色沉了下來，「您再不說實話，我可要走了。」

老王叔連忙把她拉住，支支吾吾了半天，才說道：「小芍啊，這……其實真不關我的事，實在是上頭安排的。我就是個小小的村官，妳王叔還在國土局地籍科當科長，咱們要是不按著上頭的指示做，對妳王叔也不好。」

「怎麼回事？」夏芍問。

「這說起來都是妳那個倔爺爺惹來的。」老王叔一開口，讓夏芍愣了愣，「前幾天，有兩個市政府的人來找妳爺爺，說是要幫他安排退休的事。妳爺爺年輕的時候脾氣臭，得罪了人，人家沒給他退休軍人的待遇，現在人家幫他報了個退休老幹部的待遇，親自上門送給他。他倒好，把人家罵出來了。我想那些當官的也是知道妳有出息了，要嫁去老主席家裡了，就想著把這事給辦好，誰知道妳爺爺硬是不收，人家來一次，他罵一次。政府的人多半也是為了完成任務，就找上了我。主意是他們出的，我也沒有辦法。」

夏芍很無語。

老王叔嘆了口氣，「小芍啊，那些人也是混口飯吃，這主意雖然不對，但說不定也是上頭的意思。這年頭官大一級壓死人，妳回頭勸勸妳爺爺，別再那麼倔了。」

「我知道了，老王叔，謝謝您告訴我。您上車吧，我送您回家。」夏芍道。

夏芍鬆了一口氣，她還以為村裡來這麼一齣是因為知道徐天胤過年要來夏家。這事只有自己家裡人知道，夏芍知道父母的性子，他們絕不會四處炫耀，叔叔姑姑就不一定了。不過，沒傳出去就好，政府的人好料理。

夏國喜和江淑惠剛接到兒子兒媳的電話，說夏芍要來接他們，兩位老人家趕緊開始收拾行李。江淑惠才把幾件衣服裝好，夏芍就笑著進門了，「奶奶，我回來了。」

江淑惠見孫女回來，高興地拉著她上下打量一番，這才點頭道：「這回瘦的不多，看來老主席家裡的飯很好吃。」

夏芍笑笑，看向夏國喜，點頭道：「爺爺。」

「好，回來就好。」夏國喜到現在都覺得對夏芍有愧，見到她，表情不是很自然，但是看得出他還是很高興看見孫女。他有很多話想問，但馬上要出門，也就忍了下來。

李娟在家裡不住地往外看，嘴裡叨念著：「怎麼還不回來？你說是不是閨女開車累了，路上出了什麼事？」

夏志元哭笑不得，坐在沙發上喝著熱茶不搭腔。他要是一開口，妻子肯定又是一大堆的話。

李娟皺眉說道：「那是泡給女兒喝的。」

夏志元啞然失笑。好嘛，女兒還沒進家門，他在家裡的地位就開始直線下降了。

「她回來再泡新的不就好了？」夏志元咕噥一聲，話出口，他就知道要糟。

果然，李娟道：「你這個當爸的，就是不懂得心疼女兒。她開了一天的車，這大冷的天，一進家門就能喝上熱茶多好？泡新的不是得等半天才能喝上？」

「怎麼還得等半天？妳加壺熱水，茶不就能喝了？」

「加熱水茶不就淡了？你又不是不知道你女兒挑嘴，到時候她該嫌茶不香了。」

夏志元覺得他還是閉嘴吧，反正在孩子的問題上，當媽的總是有理。

夫妻倆正說著話，夏芍扶著兩位老人家走進院子。她耳力好，老遠就聽見父母鬥嘴了。夏芍笑眯了眼，說道：「爸、媽，你們又在編排我什麼？我路上打好幾個噴嚏了。」

夏志元聽到女兒的聲音，立刻從沙發上站起來。站在門口的李娟卻早早跑了過去，上上下下打量女兒，這才把公公婆婆迎進去。

到了屋裡坐下，夏芍剛捧上李娟塞過來的熱茶，回頭就被嘮叨了。

「不是媽說妳，妳這孩子也太有能耐了，開車回家也不先說一聲，我和妳爸都以為妳會坐飛機回來。妳要是坐飛機多好，用得著這麼晚才到家嗎？開十幾個小時的車，妳也不怕累著。沒看電視報紙上說，多少人疲勞駕駛出事？下回不許開車回來了，聽見沒？」

夏芍一口熱茶還沒吞下，便露出苦笑，「媽，您要是看報紙電視上說的，那真是什麼交通工具都不安全了。飛機、火車，都有出意外的。」

「小芍說的對。」夏志元附和，附和完才發現妻子瞪他們父女，他馬上換上嚴肅的臉，看向女兒，「妳媽的擔心也有道理，疲勞容易出事。」

李娟放過丈夫，出門看了一眼，回來道：「妳又買新車了？家裡有車，香港有車，現在又買，淨會亂花錢。」說完想了想，「等妳回學校的時候，讓妳爸送妳回去吧。你們父女兩個都會開車，兩人輪流開，這樣就累不著了。」

「不用，師兄來拜年，我們一起回去，到時候讓他開就好了。」夏芍道。

李娟一愣，在旁邊喝茶的兩位老人家也呆住。雖然夏芍打電話回來說過，但直到現在他們還覺得像在做夢。徐老爺子的嫡孫要來夏家見長輩？夏家真的要跟開國元勳家的人結親了？

比起已經在求婚後去京城見過徐天胤的夏志元和李娟夫妻，夏國喜是最激動，也是最不敢相信這件事的人。徐老爺子在抗戰年代可是他的首長，他對當官的人印象不好，唯獨讓他敬重的就是徐老爺子了。雖然做夢都想在進棺材前見見自己的首長，但是夏國喜也清楚，徐老爺子是國家領導人，不是誰想見就能見的。

當年他因為脾氣倔得罪了人，沒能得到城裡的工作。和他一起退伍的幾個老傢伙不知道嘲笑他多少年，而且他們的孩子都得了好工作，只有自己在農村過了大半輩子，自己的兒女也只是工人，沒想到老夏家會因為夏芍這個孫女，發生了天翻地覆的變化。

相比起夏國喜的恍如在夢中，夏志元不高興了。

他瞪起眼來，「那小子的開車技術比妳爸好嗎？他才開幾年車，妳爸都是老司機了。」

李娟趕緊對女兒使眼色，夏芍無奈解釋道：「爸，您怎麼聽話不聽重點？您的閨女明明是在心疼您。您開車送我去學校，到時還得坐飛機回來，我這不是不想讓您在路上折騰嗎？」

「是嗎？我只看見女生外向，還沒嫁人，手肘就往外拐。」夏志元哼道。

夏芍連忙起身走到沙發後頭幫父親捏肩，「我就這麼一個爸，誰能比？誰也比不上！」

夏志元沒忍住，笑了出來。

夏芍舒舒服服地在家休息了三天，陪父母和爺爺奶奶，每天在家轉悠。她這次回來，因為徐家的事，省裡比以往的震動更甚。一旦她現身，必然有許多推不掉的飯局。

夏芍想躲清靜，可惜公事不能躲。夏芍在京城時，課餘時間的心力幾乎全放在了公司上。

還有一星期就是小年夜，各分公司的經理和高階主管將齊聚華夏集團在青市的總部，除了開年終總結的會議，還要參加公司的年終舞會。

夏芍剛回家就要走，一去又是好幾天，李娟萬分不捨，但是華夏集團已經不僅僅是女兒的事業，還是她的責任。她這個當媽的再心疼，也知道自己不能束縛女兒

果然，夏芍剛到青市，飯局就找上門。青省的政府官員們做東，對這一年來對省內經濟做出貢獻的商界人才進行嘉獎，但出席的人都知道這頓飯主要是請夏芍的。

夏芍抵達飯店時，人都到齊了。穿著淺紫連身長裙的她一出現，就讓許多人眼睛一亮。京城傳出徐老爺子承認她的消息，給青省帶來極大的震動。原本對夏芍與徐天胤的關係持觀望態度的人，現在看她的眼神已經像是在看徐家嫡長孫媳，目光熱切裡透著謙恭。

夏芍迎著眾人的目光走進來，笑著道：「元書記，您可不厚道，我走到半路才接到消息，今晚來遲了可不是我的錯，不許藉此罰酒。」

眼前的中年夫婦，正是元澤的父母親。元明廷身材微微發福，流露著深厚的文人習氣。看得出來，元澤的好相貌遺傳自他的母親，元夫人身材高挑，保養得極好，很有大家閨秀的氣質。

「夏董回來到底是出席了多少場飯局，這才剛來就怕喝酒。」元明廷搖頭一笑。

元夫人道：「夏董畢竟年紀輕，不喝也好，正巧這裡有個也不喝酒的。」

元夫人邊說邊笑看身後，元澤對夏芍聳聳肩。他現在已經上大學了，父母有意培養他走仕途，這樣的飯局他自然得跟來。而在元夫人眼裡，徐秦是同一派的，夏芍是徐家未來孫媳，跟元澤又是同學，多接觸是好事。

這時有個笑聲傳來，「飯局上灌酒是最沒品的事，我們不做沒品的事，我們就想八卦一

下，徐司令求婚的招數，是他自己想出來的嗎？」

夏芍循聲望去，一名二十七八歲，穿著米色西裝的男人，面帶笑容地走過來。

來人正是秦瀚霖。

這傢伙自夏芍在青市一中讀高二起就來青市任紀委書記，如今已經兩年多過去。她去了香港讀書，跟秦瀚霖就沒怎麼見過，如今一見，這傢伙還是老樣子。

「難道不是你教他的嗎？」夏芍挑眉，意有所指。她知道師兄求婚的主意不是秦瀚霖想的，但這傢伙以前沒少出餿主意。

秦瀚霖誇張地道：「天地良心，小師妹，妳別冤枉我，那麼老掉牙的求婚方式，怎麼可能是我想出來的？」

兩人你一言我一語，周圍的人看得摸不著頭緒。聽說秦瀚霖和徐天胤是好朋友，看夏芍和秦瀚霖熟稔的程度，想來是屬實了。只是，「小師妹」是什麼意思？

夏芍跟秦瀚霖說了一會兒話，便對周圍的人點頭致意。眾人見了，忙上來跟她寒暄。這些人裡自然有熊懷興、胡廣進等人。夏芍在跟胡廣進打招呼的時候才知道胡嘉怡還沒回來，她要過年前三天才回家，夏芍便說好過了大年初七去胡家拜年。

這可把胡廣進高興壞了，聽得一旁不少人羨慕不已。要知道，夏芍如今的身分不同以往，胡廣進能招待她，那簡直是迎了貴人進門。

夏芍四處走動半天，覺得有些悶，便想到陽臺透透氣。這時秦瀚霖走了過來，一手端著香檳，一手挑著西裝外套，遞給夏芍。

夏芍披著羊絨披肩，暖和著呢，而且依她的修為，不至於凍著。她不禁笑道：「不冷。」

秦瀚霖皺眉，「男人表現紳士風度的時候，怎麼就是有女人喜歡逞強？」他這話聽著是在說夏芍，但語氣有點不太對。

夏芍正愣著，下一秒便見秦瀚霖恢復玩世不恭的笑容，主動把外套給她披上，調侃道：「小師妹幫我看看。」說完，他指指自己的臉，笑成了一朵花。

夏芍瞥了他一眼，「看什麼？桃花？」

「有嗎？」秦瀚霖問道。

夏芍沒理他。依秦瀚霖的面相來看，桃花雖多，但他並非輕浮之人。要真是如此，他早就是個紈絝子弟，哪會年紀輕輕就做到市紀委書記？秦老爺子又怎麼會把他當成接班人栽培？秦瀚霖定是個有頭腦有分寸的男人，儘管十句話裡九句不離美女，也未必沒有糊弄別人的意思。不過這樣的男人像風，很少有女人能抓住。看上他的女人，有苦頭吃了。

聽秦瀚霖剛才話，似乎在暗示什麼，可是看他的面相，或者暑假的時候看張汝蔓的面相，兩人都未有紅鸞星動的跡象，不知道他們在這兩年裡有沒有交集。

對於別人的感情，夏芍一直是採取順其自然、不多干涉的態度。如今看來，她的想法沒錯，這兩人還有很長的路要走。

夏芍不答，秦瀚霖也不多問，笑著往陽臺欄杆上一倚，吹冷風喝香檳，愜意得很。

夏芍忍不住又看了他一眼，結果臉色當即變了。

冷風吹起秦瀚霖的瀏海，只見他髮際線的位置隱隱泛青。

「你的工作有異動嗎？」

秦瀚霖聞言，笑道：「厲害。再過半年，我在青市任職就滿三年了，準備要回京城述職，

只是到時不知道是外放還是留京。」他指著自己的臉，「看看，會是升官、發財，還是桃花開？」

「我看是官災。」夏芍道。

秦瀚霖笑了，以為夏芍在跟他開玩笑。

夏芍卻是認真的，依秦瀚霖面相來看，他確實有官災的預兆。若是升官，髮際線會泛紅，額際光亮，可他額頭雖亮堂，髮際線卻開始泛青，這預示著他可能會被降職，或是官位不保。離事情發生還有一段時間，髮際線只是隱隱泛青，還不到官災臨頭的時候，但她沒心情等到那時候，她當下開天眼看。眼下她與王家有恩怨，不得不謹慎。儘管她知道跟自己有關的事，天機從來不顯示，可秦瀚霖的官災未必與自己有關。

果然，夏芍的猜測沒有錯。

她的眼前掠過兩個畫面，一個是秦瀚霖與某位長相甜美的女子在一起，兩人的氣氛很微妙，眼神都有些複雜，而另一個是他被紀檢工作組的人帶走。天機所顯現的都是重要的事，也就是說，秦瀚霖的官災與這名女子有關。

秦瀚霖仕途受阻，秦家會受到波及，到時得意的人會是誰，不言而喻。

夏芍覺得，只要是跟派系爭鬥的利益掛鉤，事情都不會太簡單。

「走吧。」秦瀚霖叫夏芍一起回大廳。陽臺上畢竟很冷，站一會兒透透氣也就罷了。

「你回京城之後，切記要小心女禍。」夏芍忽然說道。

秦瀚霖愣了一下，隨即笑了，「女禍？很好啊！」

顯然他不相信她的話。他的自信或許來自於這麼多年來，從來就沒有女人能讓他有災禍。

夏芍沒有多言，秦瀚霖還要半年才回京，等她過年回京城，看看京城的局勢再說。

這晚的飯局到後來夏芍只是簡單應酬，她的心思都放在秦瀚霖的事情上。等宴會散了，她便在眾人的相送下回飯店休息。

接下來的一週，便是華夏集團的會議和年終舞會。

夏芍見了各分公司的總經理，聽取年終總結。

陳滿貫是所有高階主管裡最悠閒的一個，福瑞祥古董店遍及全國古董市場。古董業很特殊，並非像其他行業那樣把銷售額看得很重。古董是可以收藏囤積的，出不出手都看趨勢。華夏集團占了國內古董市場最大的比重，從成交額來說，今年增長的趨勢已經可以看得出來很平穩。另外，夏芍幾年前讓陳滿貫在南邊買地種植的黃花梨，現在行情暴漲，讓他們大賺了一筆。

孫長德對陳滿貫只能說是羨慕嫉妒了，他可是忙得腳不沾地。以前拍賣公司的分公司都開在全國各地古董市場所在的省市，今年卻是大規模擴張，遍及全國各省。自從出了劉舟的事，他凡事親力親為，這幾個月在全國各地飛來飛去，親自查看分公司情況。幸好夏芍風水師的名聲遠近馳名，他很少遇到有人下絆子。在姜系人馬的地盤，難免有不順的地方，但是自從徐老爺子承認夏芍的消息傳開，現在連姜系也不敢動了。今年分公司才開業，盈利的情況要看明年。當然，前景還是很樂觀的，畢竟華夏拍賣公司在國內很早就立足，何況還有夏芍的人脈加持。

艾米麗也從香港趕過來，艾達地產的總部轉去香港，這段時間吸收了當初世紀地產的業務，穩紮穩打。有了夏芍在香港時給風水界和地產業帶來的震撼，如今艾達地產可是很出名，專案銷售狀況極為樂觀，漲勢是最快的。

同樣從香港來到青市的還有華夏網路傳媒的總裁劉板旺，華樂網的用戶目前已經超出之前

的預估，情況喜人。華樂週刊旗下十家報刊雜誌也取代了當初的港媒週刊，成為香港發行量最大的週刊。作為新興產業來說，華夏網路傳媒是相當令人期待的。

此外，還有和香港嘉輝國際集團在東市陶瓷上的合作，一直有新產品被常久研發出來，在高端瓷器方面，國際上的好評始終沒斷過。

夏芍有陣子沒見到常久了，常久和他母親不再是以前那般窮困潦倒，生活水準大為提高。眼下常久名也有了，利也有了，還是一門心思放在研究陶藝上，這種心態實為難得。他也到了成家的年紀，常母總希望他能早點成家，可惜他的心思全然不在結婚上。

華夏集團的壯大，帶給夏芍名利、地位，卻也帶給她必須向前走的責任和壓力。她無法再像一開始那樣，只想著改變自己的人生，讓父母不再辛苦和受委屈。現在她的目光除了自己家，還要放到更多跟隨她的人身上。

年終舞會散場的時候，看著外面紛飛的雪花，聽著身後員工們嬉鬧地說明天就可以回家，夏芍忽然也生出了想家的心情。於是，第二天一早，夏芍就開車趕回家裡。

夏家這個年過得既忙碌又緊張，徐天胤初二要來，夏家的親戚都很緊張。

李娟年前就買了一堆菜放在家裡，這兩年夏家大年初二都是去飯店吃團圓飯，今年李娟和丈夫商量著，把親戚都請來家裡，在家招待徐天胤，這樣顯得更用心些。

夏志元皺眉，「爸媽在，他們三家也來，這麼多人的菜，妳哪能忙得過來？」

李娟笑嗔道：「女兒沒開公司的時候，咱們年年回家過年，我就不做菜了？那時能做到，這時怎麼就做不出來？不就是孩子們大了，再添小徐一張嘴嗎？你還真以為我清閒了幾年，就成了闊太太，什麼也做不了？我看啊，咱家闊太太沒有，大爺倒是養出一個來。」

再說，以前過年都是自己和丈夫早早回老家，幫著婆婆圍著鍋灶轉。夏志濤和蔣秋琳總是踩著飯點回來，一點忙也不幫。當然，那是以前了，現在他們夫妻倆哪還敢這樣。如今人再多，李娟也不會是一個人忙活，她累不著。

夏志元悶頭轉身走開。

他大爺？他享受？

那個臭小子拐走他的寶貝女兒，還讓他老婆做飯給他吃，他不平衡行不行？

再說，求婚那麼大的事，他都還沒考慮好，京城就傳來徐老爺子承認自己女兒的消息，搞得現在夏家這麼緊張。除了他這個當父親的，其他人好像都巴不得徐天胤來。本來他還想端著岳父的架子，敲打敲打這小子。看這情形，初二那天可能會變成他一個人唱獨角戲。

京城開車到東市要十二個小時，到了初二那天，徐天胤乾脆坐飛機過來，早上十點就抵達。李娟在家裡忙活，夏芍開車去機場接他。

一大清早，夏志梅、夏志琴和夏志濤三家人過來了，其中只有夏志琴來過桃源區。當初分家，夏志梅和夏志濤兩家來社區門口堵人，後來被治得服服貼貼，直到現在，兩家人也不敢來打擾夏志元和李娟，所以這還是他們第一次登堂入室。

夏志梅等三家人都是開車來的，夏志梅丈夫的廠房當年失火，損失慘重，靠著夏芍的臉面在銀行貸到款，前不久剛把債務還完，家裡目前有了點積蓄，但跟以前比差距還是很大。

夏志濤的建材生意倒是做得不錯，因為夏芍，夏家人在東市都很有名氣，想攀附的人不少。雖然夏志濤不敢太明目張膽沾夏芍的光，但是這親戚關係還是給他帶來了不少客戶。他這人愛面子，賺了錢之後最先買了車，就怕出去掉身價。

三家人裡，過得最和樂的是夏志琴一家，張啟祥從部隊退役後，被分配到青市市警局工作，他這人踏實肯幹，現在已升任刑警隊的大隊長，立過兩次功，前途看好。夏志琴平時在家照顧丈夫和女兒，張汝蔓倒也爭氣，課業成績很好，明年即將考大學。

夏志元出去將三家人帶進社區，夏志梅和夏志濤兩家人開著慢車，沿途看著桃園區裡景致，讚嘆不已。社區裡都是傳統的四合院式別墅，儘管是冬天，四周的景致也宛如山水畫。另外還有超市、餐廳、健身房等，生活機能相當周全。

到了夏家宅子前，下車的時候，夏志濤一臉讚嘆，蔣秋琳牽著女兒的手四處地看，眼神羨慕，再瞥一眼丈夫，撇了撇嘴。就連當初有千萬家產的劉春暉也忍不住東張西望，目光複雜。夏志梅更是五味雜陳，劉宇光倒似受到了些震動。

「趕緊進去，外頭很冷。」夏志元招呼三家人進屋，到了宅院裡，夏志梅和夏志濤兩家人自然又免不了一番打量。這一看，宅院三進，明堂開闊，裝潢得像以前大戶人家的府邸似的。

「大哥，你這裡面的家具值不少錢，看起來點像古董啊！」進了客廳，兩位老人家在客廳裡喝茶，三家人跟他們拜完年，夏志濤就端詳起客廳的桌椅。

蔣秋琳暗暗去拉夏志濤的衣角，瞧你那樣兒，像劉姥姥進大觀園似的，簡直是土包子。

夏志濤回頭瞪了妻子一眼，他是做建材生意的，這幾年也想涉足實木這個領域，奈何他手裡沒那麼多錢，但平時還是會留意這些東西的。

劉春暉雖然現在身家大不如前，眼界和見識仍是有的，他當即摸了摸面前的桌子，木色金黃，觸感溫潤，木質紋理如行雲流水，當下忍不住說道：「大哥，你這家具不會是黃花梨吧？」

夏志元正給幾人倒茶，順口就說道：「聽小芍說是黃花梨，我對這些東西也不太懂，反正她非得換這麼一套，我和她媽說不過她，只好由著她了。」

夏志濤和劉春暉兩人頓時眼睛都直了，現在市面上黃花梨都炒瘋了，聽說一斤好料比黃金都還貴，那這一客廳的黃花梨得多少錢？

蔣秋琳聽夏志濤說過幾句，黃花梨是他叨念最多的，整天說自己這幾年的積蓄還不夠買個千八百斤，別人去賭木，眼都不眨，開口就是他幾個身家之類的話。蔣秋琳當時聽得心裡不舒服，還嗆了他幾句，「身家？你有嗎？開家建材店還真把自己當老闆了！」

然而，此刻聽夏志元說她眼前的就是黃花梨，她不由瞪大了眼，把寬敞的客廳瞄上一圈，總覺得自己恍惚看見了一屋子的黃金。

劉春暉又問道：「大哥，這些黃花梨家具不會都是古董吧？」

這麼一說，在場的人紛紛看向夏志元。

夏志元點頭道：「小芍說是明清的，不過收購得早，沒花多少錢。」

夏志元說得輕描淡寫，是為了不讓兄弟姊妹們坐不住。其實得知黃花梨的價值後，他和李娟兩人幾乎一個月沒敢在客廳裡坐，後來夏芍說這些是低價收來的，這才讓兩人以平常心對待。

夏志梅和夏志濤兩家人倒抽一口冷氣，明清的黃花梨？

夏志濤的屁股往上抬了抬，彷彿如坐針氈。他可是年年關注華夏拍賣公司的拍賣品行情，去年有明清黃花梨專場，其中有個架子床，成交價竟然要四千萬，還有一張桌子上千萬，一把椅子幾百萬，這要是坐壞了一個角，得費多少錢？

劉春暉比夏志濤有見識，坐得穩些，笑道：「小芍的眼光就是好，早幾年就看出趨勢了。

做生意就是要有遠見，走在別人前面才能賺錢。」他說這話的同時，看了自己的兒子一眼。劉宇光比夏芍大兩歲，家裡出事時對他的打擊很大。他一下子從劉少變成破產商人的兒子，那段時間也影響了他的學業，他考大學沒有考好。可事情都過去幾年了，他從去年起也不知道怎麼就開始發奮圖強，用自己的積蓄開了個網路商店，生意還不錯。劉春暉對於兒子的改變很是欣慰，現在是抓住時機，給他來個機會教育。

「大哥好福氣，小芍會賺錢，還孝順父母，如今眼看就嫁到老主席家裡去，你和大嫂這輩子算是有享不完的福了。」蔣秋琳笑笑，看了眼夏志濤和性格內向的女兒，嘆了一口氣。

三家人的目光都被客廳裡的家具吸引了，這時候蔣秋琳開口，眾人才想起今天徐天胤要來。

夏志琴站了起來，「嫂子呢？是不是在廚房？我去幫忙。」

夏志琴一站起來，蔣秋琳和夏志梅也趕緊起身，這可不比從前，她們哪敢坐著等著吃飯？三個女人進廚房忙活，客廳就留下幾個長輩和張汝蔓、劉宇光、夏蓉雪三個晚輩。

張汝蔓比以前沉穩多了，她打算報考軍校，現在人還沒進軍校，就已經有女兵的架勢。而夏蓉雪才十歲，母親一離開，她就明顯放鬆，笑著往張汝蔓身旁湊，喚道：「姊姊。」

張汝蔓親暱地揉了揉她的頭。

這時候，眾人已經把話題轉到夏芍和徐天胤身上。

最先開口的是張汝蔓的父親張啟祥，他看著夏志元，目光認真，「大哥，你跟我說實話，當初我轉業的事，是不是徐司令幫的忙？」

他要錢沒錢，認識的人也不多，跟他一起退役轉業的軍官都是發回原籍，只有他被分配到青市的市警局刑警隊。他只在部隊學過偵查，查案是隔行如隔山，局長卻特地指派快要退休的老刑警帶他，他才有今天。當然，他有今天與他自己的努力也有關，可是如果他沒被分配到青市市警局，局長又不關照他，他再努力都沒用。

這件事張啟祥一直想不通，直到得知徐天胤向夏芍求婚，他才恍然大悟。他平時沒空過來，正好趁今天帶妻子回娘家的機會確認他的猜測。

夏志元愣住，他真不知道這件事，想想，確實有這個可能，「這孩子……唉，她也不說。」

夏志濤聽明白了，不禁嘆道：「小芍就是厲害，人家到處送禮送錢，也得等幾年才能補缺，咱家小芍一句話就解決了，還是徐司令親口指示的，那市警局的局長敢不照顧姊夫嗎？」

劉春暉問道：「小芍和徐將軍在那時候就認識了？」

「你不知道？」夏志濤開始賣弄，本來他也不知道，是過年的時候問了幾句才知道的，「咱家小芍魅力大著，多半那時上高中年紀小，徐將軍才沒行動，等她一上大學，人家就求婚了。而且前陣子咱家小芍在京城遇到幾個不長眼的，把她弄到警局去，猜猜是誰把她領出來的？是徐老爺子啊！誰有這麼大的面子？咱家小芍就有。老爺子特地去警局作證，把她領出來。」

這件事，夏芍會說給父母聽，卻不想跟其他親戚談論，奈何事情鬧得太大，傳到東市，已經傳了好幾個版本，家裡人問起，她也只好簡單一說，但只說了有人陷害她，徐老爺子那天正好在場，成了她最有力的證人，所以去警局作證，順道把她帶出來。

這是為徐老爺子正名，他是去警局作證，並非因為徐家有權就以權謀私，可這話在夏志濤

聽來還是很有面子的，畢竟有開國元勳為妳作證，還不算有面子嗎？

劉春暉是第一次聽說真實情況，感到很驚訝。徐老爺子親自作證，至少說明老爺子相當的重視她。當時求婚的事傳開，夏家人還緊急聚會，詢問夏志元夫妻到底是什麼情況，當時一家人頗為擔憂，徐家門庭高，華夏集團再牛氣，嫁進徐家也得看人臉色。

不過，他們似乎都擔心太多了，徐老爺子很喜歡夏芍，如果不是這樣，怎麼會這麼快就讓徐天胤來夏家正式拜訪了？

正一邊喝茶一邊聽兒女們聊天的江淑惠，看了看牆上的時鐘，說道：「都十一點了，不是說十點就下飛機，怎麼還沒回來？」

夏芍和徐天胤當然不會準點到，夏芍一接到人，兩人就一起去百貨公司買禮物，等到他們回家的時候，手裡已經是提了大包小包的東西。

一踏進夏家的門，徐天胤冷淡的視線在夏家每一個人的臉上掃過，像是要將在場的人全都記心裡。夏志濤等人被他那清冷的眼神一瞥，下意識有些腿軟。

直到徐天胤將人看了一遍，這才對先前見過的人打招呼道：「爺爺，奶奶，岳父，岳母。」

這稱呼一出口，夏志元的臉漲成了豬肝色，他憤憤地瞪向徐天胤。這小子，他還沒答應把女兒嫁給他，叫什麼岳父岳母！

李娟笑得合不攏嘴，她伸手拽一把丈夫，對徐天胤笑道：「小徐來就來，帶這些東西做什麼？來來來，快放下。過來暖和暖和，坐下來吃飯。」

夏家人這才反應過來，趕忙附和，視線卻還在徐天胤臉上停留著。剛才他進來，夏家人只是被他的氣質驚著，此刻細看，見他穿一身筆挺的黑色名貴西裝、銀黑襯衫，領帶、手錶，每一樣看起來都價值不菲，與他孤漠的氣質、冷淡的眉眼極是相襯，果真是人中龍鳳。

這就是共和國最年輕的將軍，徐家的嫡長孫。

夏芍挽著徐天胤的手臂，笑著為他介紹：「這兩位是大姑、大姑父，那是我表哥劉宇光。」

夏芍是按照長幼輩分介紹的，但是被第一個提到，夏志梅一家還是覺得很有面子。劉春暉伸出手跟徐天胤握了握，道：「徐將軍，久仰大名，老主席身體還康健吧？」

「爺爺身體不錯，謝謝姑父。」徐天胤淡然答道。

劉春暉頓時滿面紅光。徐家的嫡長孫啊，居然叫他姑父，他這輩子活到今天算是值了！

夏志梅在旁邊微笑，劉宇光對徐天胤道：「徐將軍，歡迎。」

徐天胤點頭，夏志元忍不住咳了咳。

夏芍瞥了父親一眼，見他正狠狠瞪著夏志梅一家，便忍著笑，繼續介紹：「這兩位是小姑、小姑父。這是表妹，在青市你見過了。」

「汝蔓和徐將軍見過了？」夏志琴驚訝地看向女兒，「妳見過徐將軍了，怎麼在家不說？」

張汝蔓聳聳肩道：「這得問我姊。我見是見過了，可是我根本不知道他是徐司令。我姊對我保密，我有什麼辦法？」

「那妳也應該跟家裡人說一聲啊！這麼大的事，妳就沒想到人家是妳姊的男朋友？」夏志琴笑斥女兒。張汝蔓在青市見過徐天胤，那應是夏芍念高中的時候。十七八歲就交男朋友是早

戀，但是夏芍的情況特殊，誰也沒辦法把她當孩子看。

張汝蔓對此更加理直氣壯，「出賣我姊的事，我才不幹！媽，妳閨女明年要考軍校，當兵的人要有當兵的品格，吃裡扒外的事，我絕對不幹！」

「妳這孩子，都是一家人，說什麼吃裡扒外？」夏志琴被女兒氣笑了，戳了戳她的額頭。

張啟祥看著徐天胤，神情激動，還舉手做了個標準的軍禮，「徐司令。」

「我現在已經不是青省軍區的司令了。」徐天胤道。

「但是在我心裡，您永遠都是我的司令。我退役轉業的事，真的很感謝您，我們一家……現在過得很好，謝謝您。」張啟祥的眼圈微紅，感激之情溢於言表。

徐天胤的眸光難得柔和了些，道：「那就好。姑父不用客氣，我只是舉手之勞。」

夏芍挑眉，師兄還會說客套話了，看來他應該對張姑父一家觀感不錯。

夏志元又咳嗽了，但沒人理他。

夏芍又接著介紹：「這兩位是叔叔、嬸嬸，這是我堂妹夏蓉雪。」

「叔叔，嬸嬸。」徐天胤對兩人點頭，看到十歲的夏蓉雪時，見小丫頭抬著頭，圓圓的臉蛋如粉團捏的，尤其一雙眼睛跟夏芍有三分相似，只是目光怯怯的。他的目光更柔和了，還伸出手摸了摸夏蓉雪的頭。

小丫頭頓時睜大眼睛，跟徐天胤兩人大眼瞪小眼。

夏芍忍著笑，忽然覺得，師兄以後或許會更喜歡女兒。

夏志濤和蔣秋琳倒都笑開了花，夏志濤搓著手，激動得都不知怎麼好了，最後他上前跟徐天胤用力握了握手，道：「徐將軍，我們家的人都盼著你來，你總算是來了。」

「咳！」夏志元狠狠咳了一聲，接著狠狠瞪了夏志濤一眼，只覺得這弟弟實在是把自家的姿態放得太低，徐家是比夏家門庭高，但現在是對方想娶他女兒，他的寶貝女兒又不是要倒貼。

夏志濤哪裡理夏志元，他熱絡地掏出一根菸遞給徐天胤。

徐天胤道：「我不抽菸。」

這讓夏志濤一愣，他沒想到徐天胤竟不抽菸。

夏志元總算找著機會教訓臭小子了，「不抽菸？在社會上走動，不抽菸不喝酒，怎麼應酬？」

「菸癮對身體不好，執行任務的時候身上有菸味，容易暴露目標。」徐天胤簡單解釋。

徐天胤到青省軍區任司令的時候，國內基本上沒聽說過這號人物，聽夏芍說他以前是在國外執行任務，立下不少軍功。先前徐天胤過來，夏國喜已知道他參加過越戰，當即點頭道：「說的對。軍人執行任務不是兒戲，不抽菸是對的。」

江淑惠連忙道：「行了，一家人都見過了，小徐也別站著，趕緊坐下喝杯熱茶，準備開飯，再不吃，這一桌子的菜都涼了。」

一家人趕緊招呼徐天胤入座，夏志元被晾在旁邊，翁婿對決第一回合，岳父敗退。

徐天胤和夏芍一坐下來，李娟就趕緊倒熱茶給兩人。兩人只得又起身，夏芍接過道：「媽，我來吧。」但她剛碰到，徐天胤就把茶壺拿過去，「小心燙。」

夏家人看得驚奇，連倒杯茶都怕她燙著，這以後嫁過去能受委屈？不可能的事。

「咳。」夏志元咳了一聲。

夏志元這一咳，一家人都看向他，徐天胤也轉過頭來。他也發現了，從他進門起，岳父大

人的咳嗽聲就沒停過。

徐天胤一看夏志元，其他人就開始緊張。其實家裡人都理解夏志元的心情，他是最擔心夏芍嫁進徐家會受委屈的人，而且有個男人把自己的女兒搶走，誰也不會高興，但是也不能太過了，畢竟人家的家世在那裡，不能讓人太沒有面子。

夏志元和徐天胤翁婿兩人大眼瞪小眼，夏志元努力端出他這幾年磨練出的威嚴，半晌，徐天胤低頭，夏志元大喜，他終於贏了。

徐天胤倒了杯茶，起身親手奉給夏志元，「岳父，潤喉。」

「噗！」不知道是誰沒忍住笑了出來，在座的人也都笑開了。

夏志元的臉再次漲成豬肝色，翁婿對決第二回合，岳父再次敗退。

用餐的時候，眾人都對徐天胤很熱情，徐天胤起身敬了三回酒，這讓夏志濤、劉春暉兩人感覺非常有面子，把徐天胤誇得天花亂墜。徐天胤面無表情，兩人誇一句，他就看夏志元一眼。夏志元最初不明所以，後來才後知後覺地覺得這小子是故意的。

張啟祥不像夏志濤和劉春暉這麼諂媚，他對徐天胤的敬重是發自內心的，因此頻頻向徐天胤敬酒，連老太太都夾了好幾回菜給徐天胤，還慈愛地道：「多吃點，芍子她媽一大早就開始在廚房忙活了，盼著你來呢！」

徐天胤聞言看向李娟，李娟笑得溫柔，「別聽你奶奶誇我，你姑姑嬸嬸也沒少忙活。家裡的飯菜比不上外面餐廳的好，卻是我們的心意，你不嫌棄就多吃點。」

徐天胤點頭，「謝謝姑姑、嬸嬸。」

簡單的一句謝，讓幾個女人笑開了花，爭著說這道是我做的，那道是她做的，拚命勸徐天胤吃菜。徐天胤照單全收，二十來道菜幾乎都吃了不少，到最後看得夏芍膽戰心驚。她是知道徐天胤有多少飯量，這麼吃下去，他的胃哪裡受得了？

夏芍忍不住拉了徐天胤一把，「師兄……」

徐天胤面色如常，對她搖搖頭，「沒事。」

等到用完餐，大家移師回客廳閒聊。

張啟祥先開了口：「大哥，徐司令在省軍區的時候，可是讓我們心服口服的。有一次紅藍兩軍對抗的演習，他一個人摸到兩軍指揮部，把指揮部給端了，我們就沒見過這麼演習的，徐司令的身手那是沒話說。今天你也看見了，他對小芍很好。我理解大哥的心情，哪個當父母的不擔心女兒嫁去婆家受欺負，但是你不能否認，這樣的女婿不好找，換了我，半夜都能樂醒。」

夏志濤也跟著附和：「大哥，咱們家小芍是受氣的人嗎？再說，小徐也捨不得呀！」

他藉著酒勁兒，都改口叫小徐了。蔣秋琳拉拉他，要他別忘形，自己則笑道：「是啊，大哥，徐將軍的家世背景、身分地位、氣質相貌，哪樣不是頂尖的，你還有什麼不滿意的？」

「我看著小徐會疼人，話少了點，但是對長輩孝順，對小芍也好，兩個孩子又都有那個意思，這不是挺好的嗎？」夏志梅這話可沒有奉承的意思，說的也是實話。不是她看不起自家人，徐家嫡長孫今天來夏家，禮數周全，給足了面子，一點架子也不端，還有什麼好挑剔的？

眾人都在徐天胤說話，夏志元覺得自己成了孤家寡人。這才一頓飯的功夫，這個臭小子就把自己家裡的人都收買過去了。

夏志元心裡不舒坦，氣悶地道：「小徐剛來，這事你們說得太早了。」說完，起身走了。

李娟趕緊打圓場，「小徐，別生你叔叔的氣。我們就小芍這麼一個女兒，他寶貝著，不想她嫁得太早。阿姨是很喜歡你的，咱們不是第一天認識，你對小芍好不好，阿姨心裡清楚。你叔叔那邊，我下午勸勸他，你別往心裡去。」

徐天胤點頭，李娟就招呼大家先去休息。夏芍家的房間多，中午眾人都喝了不少酒，李娟就留他們在自家歇息。李娟也給徐天胤安排了房間，就在夏芍的臥室對面。

夏芍擔心地扶著徐天胤去房間，果然，徐天胤剛進門，手就捂住了肚子，臉色微微發白。

「你還說沒事？」夏芍連忙把他扶進廁所讓他吐一吐，自己跑回房間找消食藥。回來發現徐天胤坐在床邊，還是捂著胃，臉色比剛才還白。她沒叫他立刻吃藥，而是讓他靠著枕頭軟墊休息了半小時，才把藥給他。

「幹麼這麼拚？你就是什麼都不做，大家也會幫你的。」夏芍一臉擔憂。

徐天胤雖然不舒服，卻還是道：「沒事。」

夏芍不忍心再念他，默默幫他揉肚子。看她這麼心疼，徐天胤想把她抱過來拍拍。夏芍哭笑不得地躲開，「你睡一會兒，我在旁邊陪你。」

這時候李娟已經收拾好碗筷，回到房間見丈夫還在生悶氣，而且不等她開口就抱怨道：「一個個的都幫著徐家那小子，才一頓飯的功夫就叛變了，怎麼不想想我的心情？妳也是，不也擔心女兒嫁過去受委屈？今天倒好，連妳也不幫我。」

李娟走到丈夫身邊坐下，「我是擔心來著，不過我也想通了，閨女長大了，早晚要嫁人。現在她看上了一個，對她好，家裡老人也喜歡她，我們還有什麼可擔心的？」

「那他家親戚呢？都同意了？」夏志元鬱氣不減。

「我當初嫁給你的時候，志梅和志濤都覺得我配不上你，爸也看不上我，我們兩個還不是走到今天了？」李娟笑道。

「可妳受了多少年的委屈啊！」夏志元的臉色和語氣皆是心疼和感慨，「我就是不想咱們的女兒也走妳走過的路。」

「可她的路得她自己去走。如果她覺得值得，有苦她也願意受，就像我當年一樣。」李娟笑著說話，眼圈卻有些紅。結婚二十多年，這樣的話，她是第一次跟丈夫說。

夏志元明顯被觸動，情不自禁地握住了妻子的手。

「人是她看上的，徐家就是有委屈她的地方，這也是她的選擇，我們不能替她過。我知道你是擔心她，但是我們當父母的看見的是苦，也許他們兩個在一起就覺得甜呢？就像當年，朋友們都覺得我跟著你受了苦，可是我覺得咱們一家在一起的日子是快樂的，到現在我都不後悔。而且，如今有多少人羨慕我跟著你享福？」

夏志元噗哧一聲笑了，「那是咱們跟著女兒享福。」

「那也是我們在一起，才有了女兒。」李娟平時反應沒有這麼反應快，今天為了把丈夫的脾氣給扭轉過來，算是卯足了勁。

夏志元溫柔地看著李娟，李娟被丈夫注視的臉紅，忍不住甩開他的手，嗔了一句，然後轉頭躲了出去。她這一躲，就躲去了女兒的房間，結果夏芍的房間沒人在。於是，她又去了敲了徐天胤的房門。

夏芍走出來把母親拉走，將徐天胤身體不太舒服的事告訴她，李娟當即擔心地道：「他吃藥了沒？妳爸中午生悶氣去了，酒喝的少，我讓他開車送小徐去醫院看看。」

夏芍跟她說徐天胤睡著了，她看著就好。李娟卻還是不放心，回房跟夏志元說了這事。

夏志元很驚訝，立刻起身道：「什麼？我開車送他去看醫生。」

李娟拉住他，「行了，小芍說他沒事，已經睡了，等他起來要還是不舒服再去醫院。」

「這小子，這麼大的人了，吃東西不會節制嗎？」夏志元埋怨著，心裡卻是著急的。

「還不都是你！人家才進門，你就不給他好臉色，為了讓大家幫著說說，他可不是得拚命哄著我們開心？你啊，現在滿意了吧？這女婿為了把你閨女娶到手，可沒少遭罪。」

夏志元瞪著眼，沒說什麼，態度卻是有所鬆動。

「小徐的父母過世得早，聽小芍說徐老爺子很疼他。要是老爺子知道他來咱家吃了一頓飯就生了病，不得難受死？」李娟好一通念叨。

夏志元咕噥道：「我……我也是擔心閨女嘛，我哪知道這小子會這麼拚命……」

「你現在知道了，那晚一點可得對人家好些。」

「知道了。」夏志元嘆了口氣，態度軟化，「妳累了大半天了，晚上我們就別在家裡吃了，去飯店吧，點桌清淡的菜。」

徐天胤直到傍晚才起來，人看起來已經沒事了，夏芍卻硬是要他休息到晚上八點，一家人才開車出了桃園區，去市區裡的飯店吃晚餐。

夏志梅三家人都聽說徐天胤中午吃多了不太舒服的事，便抓著夏志元說道了一通。用餐的時候，夏家人看徐天胤的眼神比中午的時候平和，夏志濤也不勸酒了，老人家也不勸吃菜了，一桌人圍坐著，一邊吃一邊聊。

徐天胤主動給在座的長輩都倒了杯茶，遞到夏志元手裡的時候，夏志元深深看了面前的年輕人一眼，嘆了口氣，讓他坐下。

眾人都看著夏志元，夏志元這回不犯倔了，只是感慨地道：「小徐啊，我這當父親的心，你將來有一天會懂的。叔叔不想說太多，我們都清楚你們兩個年輕人的意思。聽說小芍已經去過徐家，見過你的家人，徐老爺子好像挺喜歡她的。我們也欣賞你，認識也有幾年了，你是什麼樣的人，我們都看得清楚。你阿姨說的也有道理，你們的路我們不能替你們走，但我還是想問，我的女兒跟了你，你能保證不讓她受委屈嗎？」

「能。」徐天胤堅定地保證。

夏志元點點頭，「我記著你說的話了。既然你們兩個都願意，那就這麼定了吧。」

「謝謝岳父。」徐天胤點頭。

「嗯。」夏志元這才應了這稱呼，轉眼他又想起一件事來，「不過，小芍年紀還小，現在還在讀大學，我和她媽媽都覺得結婚……」

他想說，結婚還太早，等畢業再說。

然而，這話沒說完，服務生敲門進來，恭敬地說道：「有三位貴客想要見夏小姐。」

第七章　正面交鋒

有貴客想見夏小姐？

夏家人面面相覷，第一個念頭是，劉市長來了？畢竟夏芍回東市這麼久都沒在外面走動，劉春暉、夏志濤沒少被人追問她的事，所以兩人知道東市有很多人想見她。好不容易她今晚出來吃飯，消息傳出去也是有可能的。

「請他們進來吧。」夏芍淡然地點頭，既不感到驚喜，也不覺得意外。

不一會兒，服務生請了三位所謂的「貴客」進來。

領頭的是約二十來歲的年輕男子，後面跟著一對穿著頗為貴氣的中年夫妻。

夏芍站起身，意有所指地笑道：「徐委員、華副處長、徐市長大駕光臨，果然是貴客啊！」

徐天胤也跟著站了起來，表情相當冷淡，並未開口。

夏家眾人瞪眼，徐……委員？

夏志元驚訝地問女兒：「小芍，這三位是小徐的……」

「是徐家人。這位是徐市長，另外兩位是徐委員和華副處長。」夏芍淡然道。

夏芍的話，細品頗為古怪，尤其是徐天胤還在場的情況下，為什麼不以親屬關係稱呼，反而用職務介紹？只是，包括夏志元在內，誰都沒有想到這一層，他們早就震驚得說不出話來。

徐家來人？怎麼沒聽夏芍和徐天胤說過？而且，來的還是徐委員。人家可是徐家二代裡最牛氣的人物，政府領導級別的，今晚竟然親自來夏家了。

夏志元趕緊上前和徐彥紹、華芳以及徐天哲握手，夏志濤等人則都站在原地，沒敢上前。

夏志元又招來服務生加三把椅子和三副碗筷，熱絡地請三人入席。一坐下來，他就尷尬地開口說道：「徐委員，沒想到您三位會過來，這兩個孩子也沒先跟我們說一聲。」說著，他還暗暗瞪了夏芍一眼。

夏芍也不在意，拉著徐天胤坐下，笑看徐彥紹、華芳夫妻和徐天哲一眼，那一眼看得三人笑的笑，躲的躲，夏芍接著對夏志元道：「爸，您可冤枉我們了，我們也不知道有貴客要來啊！」

徐彥紹連忙解釋道：「這事不是他們的錯，是我知道天胤今天要來岳父家拜訪，覺得我們這邊沒長輩來不好，就臨時決定一起過來了。來之前也沒打聲招呼，有叨擾的地方，還望兩位老人家、兩位親家別介意。」

兩位老人家有些激動，夏志濤等人則是受寵若驚。受寵若驚之餘，還看向夏志元，意思都很明顯——你之前還擔心徐家除了老爺子，別人可能會有意見。看吧，現在人家都親自過來了。這可是委員啊，這還不夠重視嗎？

夏志元不知道該說什麼，只好點頭道：「徐委員，您來就來，還帶這麼多東西做什麼？不過是是小輩的事，您這也太客氣了。」

徐彥紹三人手裡都提了禮盒，一看就不是便宜的東西，只是三人的氣色都不太好，尤其是徐彥紹和華芳，眼下烏青，臉頰泛黃，眼裡還隱約有血絲，樣子十分憔悴。

徐天哲從進門起就往夏芍身上瞄，奈何夏芍穩穩當當地坐著，看也沒看他一眼。

夏芍沒理不請自來的徐彥紹等人，逕自對夏志元說道：「回來之前，我和天胤已經見過徐老爺子。原本天胤的姑姑要陪著過來，但是老爺子怕來的人太多給你們壓力。老爺子雖然贊成我和天胤的婚事，但還是尊重您和媽的決定，所以就只讓天胤一個人來。我和天胤也沒有想到，徐委員他們會突然過來。」

夏志元和李娟頓時相當感動，徐老爺子竟然還考慮到了他們的心情。想想自己白天對徐天胤的態度，夏志元不由感到汗顏。

夏家人當中，最感動的莫過於夏國喜。他本就是徐老爺子當年手底下的老兵，對老爺子一直很敬重。聽到老爺子身居高位這麼多年，還如此為人著想，他不止激動，也非常感動。

徐彥紹一家卻是非常尷尬，他們根本不知道老爺子說過這樣的話。

徐天哲看向父親，徐彥紹反應很快，硬著頭皮說道：「我不知道老爺子原來已經發過話了，這兩個孩子去見老爺子那天，內人身體不太好，我陪著去醫院了。」

夏芍微微一笑，心裡很清楚徐彥紹一家三口今晚過來的目的。她可是很不待見他們的，在別人眼裡，他們是貴客，在她眼裡，他們卻是不速之客。

夏志元這時也後知後覺反應過來，趕緊笑著打圓場，「徐委員，我們沒有什麼意思，您千萬別多想。你們來也是對小輩婚事的重視，我們能理解的。」

徐彥紹的尷尬才有所緩解，華芳則是進了門就低眉順眼，沒敢看夏芍，也沒開口說話，但是好歹臉上一直帶著笑，沒擺什麼架子。

徐彥紹沒想到夏志元很給他們面子，看來夏芍沒告訴他京城發生的事。他深深看了夏芍一眼，對夏志元道：「既然老爺子的意思是不給你們壓力，我就不多說什麼了。其實我們都很喜歡小夏，今天過來就是怕你們對天胤不滿意。天胤是個好孩子，雖然話不多，可是對小夏非常體貼，既孝順長輩，又會照顧人。我們這邊不是很在乎門第，孩子自己願意最重要。」

夏家人對看一眼，鬧了半天，糾結的人只有他們自己？

夏志元感慨道：「我女兒不是我自誇，我和她媽沒本事，家裡全都靠孩子撐著。我們希望她嫁得好，又怕她嫁得太好，受了委屈。沒想到徐委員和華副處長這麼通透，倒叫我們慚愧了。我們都知道天胤是個好孩子，之前只是擔心徐家不接受我女兒，現在有了徐委員這番話，我們也就能放下心了。」

夏志元說完，又去看夏芍，「難得妳能嫁到這麼好的家庭，長輩開明，妳要好好珍惜，不能恃寵而驕。咱們家雖比不上徐家，但是我們不丟人。」

夏芍含笑聽著，卻瞥了徐彥紹一眼。那一眼，意味深長。

徐彥紹被她看得面皮一紅，低頭咳了一聲。他知道自己說的那些話是打了自己的臉，但是有什麼辦法？誰叫他們熬不住了，只能向夏芍低頭了。

夏芍之所以沒有揭穿徐彥紹等人的真面目，是為了自己家的人，她不想讓父母擔心，反正等一下吃完飯，她就會解決徐彥紹一家的事了。

夏志元又轉頭道：「徐委員，你們沒來之前，我就說了，這兩個孩子的事讓他們自己決定。不過，我女兒過了年才二十歲，還在讀大學，我和她媽都覺得現在談婚事太早了，想等她大學畢業再說，你們看呢？」

「這事啊……呵呵！」徐彥紹一聽就笑了，「天下父母心，這個可以理解。你們的意思，我們回去會轉達給老爺子的，看看老爺子有什麼想法，到時大家再商量。」

夏志元點頭，卻有人忽然開口道：「可以先訂婚。」

眾人轉頭一看，說話的是徐天胤。

徐彥紹望著徐天胤。徐天胤始終沒跟他們打招呼，看他們的目光很警戒，讓徐彥紹苦笑。

這孩子是真不認他們了嗎？不管怎麼說，他們今天來是想促成這事的，也是在夏芍面前表表心意，好讓她出手幫忙，沒想到徐天胤有這想法。

華芳嘴角的笑容像是刻上去的。徐家嫡長孫訂婚是多大的事？一旦訂婚，夏芍就等於是徐家的孫媳婦了，地位大為提高。

她的心情是複雜的，一方面她知道夏芍頂著風水師的身分嫁入徐家，對徐家有負面的影響，另一方面，她現在有求於夏芍這個風水師。如果夏芍不幫忙，她和丈夫的精神狀況不好，影響了工作，徐家的名聲一樣有損。

如今她被惡夢纏身，再這樣下去，她會被逼瘋。如果不是熬不住了，等不到夏芍開學回去，她不會不請自來，來東市求夏芍。

為惡夢所苦的不止是她，還有她的丈夫。她的工作丟了，大不了當個全職家庭主婦，可是徐彥紹不能。他是徐家除了老爺子以外的頂樑柱，他要是垮了，徐家就垮了一半。再者，兒子看他們兩人狀態不好，自己也受到影響。再這樣下去，他們一家都得被拖垮。

求夏芍，就是保自己，保他們一家，保徐家，所以徐彥紹才這麼賣力地說好話，卻沒有料到徐天胤會要求先訂婚。

華芳看向丈夫，還沒等她示意，徐彥紹就笑了起來，「對，先訂婚，是該先把婚事定下來。」

「這……」夏志元有點懵，和妻子互看一眼。

「這樣是不是太高調了？」夏志元感到遲疑。京城的消息剛傳回來之後，他走到哪裡被奉承到哪裡。夏志元和妻子都是實誠人，不希望成為別人注目的焦點。這婚要是一訂，不知道會不會要面對更多人諂媚的嘴臉。

「岳父。」徐天胤看著夏志元，態度相當堅定。師妹說過，要求婚、訂婚，然後才能結婚，所以，必須要訂婚。

徐彥紹看徐天胤一眼，笑道：「這婚還真是得訂，不管兩個孩子什麼時候結婚，先把名分確定下來才好，免得有人亂作文章。至於什麼時候結婚，咱們兩家可以再商量。」

夏志元和李娟面面相覷，其他夏家人，包括兩位老人家，卻都是贊同地點點頭。

半晌，見妻子也微微點頭，夏志元這才鬆口：「既然這樣，那……就先訂婚吧。訂婚的時間，勞煩你們回去問問老爺子的意思。」

「好。」徐彥紹面上高興，暗地裡更是鬆了一口氣，「那這事就這麼定了。」

徐天胤直到這時才看了徐彥紹一眼，不過仍是保持沉默。

夏志元帶頭乾杯慶祝，看到桌上的菜都偏清淡，覺得不太好意思，「徐委員、華副處長、徐市長，我們中午吃的多，晚上就吃得清淡，也沒想到你們會來，這桌菜你們可別見笑。」

徐彥紹和徐天哲自然是說沒關係，夏芍卻笑了，「華副處長，東市沒有國宴，您多包涵。」

華芳的臉刷地紅了。夏家人不明就裡，齊齊看過來，把華芳的臉看得更紅。徐彥紹和徐天哲都有些尷尬，也終於明白，雖然促成了訂婚的事，但是夏芍這一關，不是那麼容易過的。

「妳這孩子，怎麼能跟長輩開玩笑？」夏志元輕斥一聲，「還有，天胤都改口了，妳是不是也該改了？以後都是一家人，叫什麼副處長，多生疏啊！」

夏芍笑笑。以前她倒是叫了嬸嬸，可是人家不稀罕，現在想讓她改回來，她也不稀罕了。

「不用不用，總得給孩子適應的時間是不是？」徐彥紹連忙擺手道。

接下來，碰杯的碰杯，吃飯的吃飯，只是這頓飯吃得有人歡喜有人愁。不知道事情真相的夏家人是歡喜的，而徐家人則是憂愁的。

這頓飯吃了整整兩個多小時，等酒足飯飽，都已經晚上十點多了。

夏家人都不怎麼累，下午休息過了，現在還很興奮。他們見到了平時只能在電視報紙上看見的人，如今不止見了真人，還跟人家結了親，怎能不興奮？

倒是本來就精神不濟的徐彥紹三人，變得疲累不堪，但更累的還在後頭。

他們來得晚，打算吃完飯就在這家飯店入住。眾人出門的時候，徐彥紹看向夏芍，說道：「叔叔和嬸嬸有點事想跟妳談談。」

夏志元以為徐家人有事想要私下囑咐夏芍，便對女兒道：「妳去吧，我們先回車上等妳。」

夏芍笑了笑，挽著徐天胤的手臂，跟著徐彥紹一家，去了他們事先訂好的房間。

一進門，夏芍和徐天胤兀自走到沙發上坐下，淡然道：「徐委員有什麼事想談？」

徐彥紹一家很尷尬，但是都到這種時候了，再丟臉也得開口。

「之前的事是我和妳嬸嬸做得不道地，但是我們現在真的遇到了麻煩，看在以後是一家人的情分上，我們……想請妳幫個忙。」

夏芍裝傻，「我一個做小本生意的人，沒有好出身，能幫徐委員和華副處長什麼忙呢？」

這是以前華芳嘲諷夏芍的話，現在被人家拿來打臉。

還有更打臉的。

徐彥紹臉皮抽了抽，「我、我們是想請妳……幫我們看看風水運勢。」

夏芍挑眉，嘴角微微勾起。

華芳露出難看的笑容，徐天哲則是皺著眉，焦慮地看著夏芍和徐天胤。

夏芍淡淡地道：「是徐委員想諮詢嗎？」

她這麼說，顯然是沒把華芳算進去。

徐彥紹卻覺得既然夏芍肯接話，事情就有轉圜的餘地。

「呃……」徐彥紹有些尷尬。夏芍和徐天胤坐著，他們一家三口還站著。沒想到有一天他會淪落到要一個晚輩讓他坐，他才敢坐的地步。

「請坐。」夏芍沒說讓誰坐，徐彥紹一家三口便趁機都坐了下來。

夏芍不說話了，氣氛僵硬得徐彥紹又開始尷尬，不知道接下來應該怎麼開口。

過了半天，夏芍終於說道：「徐委員眼下發青，眼內現血絲，印堂無光，容顏憔悴，想必近來精神不濟，有夢魘之禍？」

徐彥紹一驚，華芳也抬起頭來，徐天哲卻表情古怪。他總覺得父母從之前總是看見幻象，到後來母親自殘和這陣子做惡夢，都跟夏芍脫不了關係，所以他才會力勸父母跟夏芍示好道歉。在徐天哲看來，這是解鈴還需繫鈴人。

夏芍的詭異手段，徐天哲到現在也沒跟父母提，他怕父母若是知道事情是夏芍做的，他們會更鬧騰。他知道夏芍的性子，他的父母遇到她，只有道歉才是最好的解決辦法。

「徐委員應該聽過一句老話，不做虧心事，不怕鬼敲門。」夏芍道。她知道徐天哲必是知曉這事是她所為，可她淡定地坐在沙發裡，看也不看他一眼。

徐彥紹一家哪能聽不出這話是什麼意思，徐彥紹不自在地笑笑，「妳還在生那件事的氣啊？那事是叔叔和嬸嬸做得不道地，我們反省過了。這樣吧，我們向妳道個歉，妳原諒叔叔和嬸嬸一回，畢竟以後我們都是一家人，抬頭不見低頭見，何必呢？」

「一家人？徐委員和華副處長現在願意把我當作一家人了？」夏芍冷笑。

徐彥紹心虛地道：「剛才和妳家人吃飯的時候，叔叔的態度不是很明確了嗎？」

夏芍和徐天胤兩人訂婚的事，可以說是徐彥紹促成的，他這麼說，言下之意是希望夏芍看在這件事的情分上，幫他們一個忙。

夏芍笑而不語，徐天哲在一旁看著乾著急，忍不住開口說道：「大嫂，我爸媽對妳和大哥的婚事也算是有力出力了。我爸說的對，以後都是一家人，妳就幫幫忙吧。」

華芳的身體僵住，被他對夏芍的稱呼震驚到。直至現在她才想到，夏芍嫁入徐家，自己的兒子就得叫她大嫂，而她的年紀比自己兒子還小。

夏芍冷冷地瞥了徐天哲，讓徐天哲的心都吊得老高，有種自己說錯話的感覺。接著，她伸出手，指著自己身邊的男人，說道：「一家人？那他是嗎？」

「這……當然是了。」徐彥紹見夏芍指著徐天胤，不明所以地答道。

「可是，從剛才進門到現在，我完全沒有聽到徐委員和華副處長向他道歉。」夏芍的表情冷了下來，「先前的事，我是受害者，難道他不是嗎？」

徐天哲臉色微變，他是知道夏芍對徐天胤的重視，看來今晚他的父母沒開個好頭。

「如果不是有求於我，今晚我也見不到徐委員和華副處長吧？我真是佩服你們，對你們有利的人，可以得到你們的歉意，而對於你們用不到的人，就可以忽略不計。」夏芍壓抑著心頭的怒氣，「誰跟你們是一家人？他才是。你們算計的不是我，是他的心上人。你們陷害的不是我，如果沒有他，你們沒有害我的機會。害了我，你們也沒辦法活到現在。一直是他，因為有他，你們今晚才能坐在這裡跟我說話。可是，他卻一直是被你們忽略的那個。他是你們的親人，但是到現在卻得不到你們一句道歉的話。」

徐彥紹和華芳愣住。

徐彥紹覺得夏芍的話有些過了，居然說他們沒辦法活到現在，難道她還想要殺人不成？

華芳則臉色紅白交替，她和丈夫來夏家的家宴，難不成夏芍原本是不打算讓他們進的？她還能把他們打出去嗎？夏家人不過是小老百姓，敢把他們趕出去嗎？

徐彥紹和華芳都關注錯重點，只有徐天哲聽出了夏芍在意的事。他的臉色驟變，他知道夏芍不是在說空話，她真的做得到。

「大哥……」徐天哲起身，剛想對徐天胤說什麼，夏芍也站了起來，拉起徐天胤，說道：「我們走吧，爸媽還在外面等著。你今天胃不舒服，早點回去休息。」

「嗯。」徐天胤應了一聲，聲音很沉，透些倦意。他垂著眼，不看那一家三口，只是緊緊握著夏芍的手，兩人並肩往外走。

「等一下！」徐彥紹急了，在後頭喚道。夏芍和徐天胤充耳不聞，徐彥紹忍不住大聲喊道：「你們給我站住！」

夏芍停下腳步，轉身看著徐彥紹，目光冷寒。

徐彥紹與夏芍的目光撞上的瞬間，又是氣又是無奈地重重嘆了一口氣，「你們這些年輕人啊，就是得理不饒人，不知道長輩有的時候拉不下臉來嗎？」

夏芍不說話。

徐彥紹朝兩人招手，「過來，坐回去，有話好好說。不就是要談嗎？談！」

夏芍看向徐天胤，徐天胤抿著唇，面無表情地望著地上，那模樣頗令人心疼。夏芍捏了捏他的手，帶著他走了回去。

親情一直是師兄的弱點，且看徐彥紹這回是不是還放不下身段吧。

兩人重新坐回去，卻都不說話。

徐彥紹感慨道：「唉，時代不同了……」

他感嘆過後，好一會兒都沒開口，沉默了半晌，終於說道：「你們啊，只考慮自己的感情，也不想想，你們兩人家世差距這麼大，到底合不合適。」

夏芍不贊同這話，但她不發表意見，想聽徐彥紹能說出什麼道理來。

徐彥紹臉上總算少了虛偽的笑容和客套的話，他實在地說道：「從天胤帶妳回徐家，我們之間發生的事不少。我們對妳有看法，妳對我們也有意見。妳對我們的意見是因為什麼且不說，我們對妳的看法妳應該也明白。妳的出身與天胤差太多，我們知道妳有本事，如果不是妳跟天胤的關係，我可能會欣賞妳這樣的年輕人，但是妳對徐家沒有幫助。依徐家現在的地位，已經不需要政商聯姻，這是我反對你們在一起的原因。妳可以說我們勢利，但是徐家有徐家的難處。徐家站在了這個高度，要麼只能往更高處走，要麼只能維持現在的地位，就是不能後退。退一步，可能面臨的就是難以挽救的境地。」

「權勢將徐家推到了今天的高度，如今能保得住徐家的也只有權勢。妳的華夏集團之所以有今天的高度，是因為妳的資產雄厚。妳想保住妳的事業，只能用更雄厚的資產當手段。」徐彥紹見她垂著眼不說話，他又嘆了口氣，「我們反對你們，是有我們的立場，但是在這件事情上，確實是讓天胤受委屈了。」

徐天胤不說話，夏芍卻知道他聽到這句話時，握著她的手都緊了緊。

徐彥紹看向徐天胤，眼神很複雜。今晚他面對夏芍雖然尷尬，還能強顏歡笑，唯獨對徐天胤，他不知道該以怎樣的心態對待他。許是這些天經歷了從前沒有過的煩心事，心情鬱悶，加上今晚喝了些酒，這話既然開了頭，也就一股腦兒倒了出來。

「天胤啊，你也別怪叔叔有些事做得不道地。我不知道你父母如果還在，會怎麼看待你們兩人的事。我只能說，你從軍，那些軍委家的千金更適合你。你和小夏是一時看對了眼，就算是分開也只是難受一陣子，以後也就好了。」徐彥紹說到這裡，苦笑一聲，有點自嘲，「當然，我是這麼想的，現在看起來是我低估了你們兩個在一起的決心。」

徐彥紹提到徐天胤的父母時，徐天胤的情緒明顯有爆發的趨勢，夏芍連忙按住他的手，果然當徐彥紹把話說完，徐天胤的情緒平復了些。

徐彥紹的語氣很感慨，「當年因為你父母的事，徐家得到了國家的補償。你年紀小，這些補償就落在我、你嬸嬸和你姑姑身上。老爺子覺得我們受了你父母的恩，應該對你百般的好，可是我們對你不好嗎？我可是你親叔叔。」

徐彥紹說到激動起來，「我就是再看重徐家的利益，你是徐家的孩子，那利益也有你的一份。你父母去得早，我不希望幫我大哥保住你這根獨苗嗎？我能想到的就是徐家地位更高，你的背景更強，你在軍界就能走得更平穩。當然，你好了，徐家也會更好，這就是家族。只不過我沒想到你要的不是這些，我試著幫你拿開，你的反應會這麼大。」

華芳看著丈夫，從來不知道原來他心裡是這麼想。

徐彥紹繼續說道：「你父親去世的時候，我還只是個芝麻小官。那時你才三歲，天哲沒出生，你姑姑還沒嫁人，徐家就我和你爺爺撐著，我不拚不爭能怎麼辦？當時又正好趕上換屆，中央各個派系爭得你死我活，我是親身體會過徐家當初的艱難……」

徐彥紹抹了把臉，「所以，你別覺得你叔叔現在只看重利益，我也有想保住的東西。你為了保住你的感情不惜對叔叔開槍，我為了保住徐家的地位也不惜做那些事。」

徐彥紹像洩了氣一樣，「不過，也可能是這麼多年來我習慣了看眼前的利益，忽略了家人對你來說有多重要。也是，你從小就不在家裡，我們什麼都沒能給你，好不容易你自己找到了喜歡的人，我們還想拆散你們……難怪你覺得沒有我們這些長輩也無所謂。」

「通過這件事，叔叔知道了你的決心有多大。我可能是老了，觀念轉不過來，總覺得你們這些年輕人太盲目太衝動。既然你們都這樣了，我們還能說什麼？」徐彥紹無奈攤手，「大不了以後小夏的身分被人拿來作文章，叔叔兜著唄，反正是欠了你爸媽的，總是得還。其實老爺子說的有道理，你父母犧牲了，沒道理讓你再犧牲。雖然我覺得找個門當戶對的女人對你的前程更有幫助，可是，現在看來，我們也只能妥協了。」

夏芍嘴角勾起，淡淡地道：「徐委員的擔心未必會成真，你只看到我風水師的身分會成為別人攻擊徐家的目標，卻看不到另一面。」

徐彥紹聽得雲裡霧裡，徐天哲卻是明白。他見識過夏芍的神祕手段，她未必對徐家沒幫助，而且這幫助或許還很大。軍委千金嫁入徐家，帶來的是權勢背景，而夏芍能帶給徐家的好處，卻是是表面上看不到的。

當然，這只是徐天哲的猜測。他只見她出過一次手，並不知她的本事到底有多大。

「妳說的另一面，不會是妳那些用風水積累起來的人脈吧？妳應該知道那些對徐家起不了什麼作用。」徐彥紹擺擺手，「行了，反正老爺子看得上妳，天胤也堅決娶妳。剛才我也表態了，我雖然不同意，但是不會再反對你們了。」

夏芍冷冷一笑。徐彥紹前面說的那些話，雖然不乏真心實意，但也有為自己開脫的意思。他的有句話她倒是認同，那就是徐天胤好了，徐家會更好，所以徐彥紹一家無論怎樣看待徐天胤，只要徐天胤是徐家的人，他們就不會不看重他的利益，因為這關乎到他們自己的利益。

至於其他的話，夏芍持保留意見，這家人的不良記錄實在是太多了。

「希望徐委員的話我能信。」夏芍指的是徐彥紹說雖然不同意，但不會再反對的話。她根本不在乎徐彥紹這家人的意見，她在乎的是他們別再背後出陰招傷害師兄就可以了。

徐彥紹搖搖頭，一副「愛信不信隨妳」的態度。

夏芍沒再揪著這個話題不放，她很乾脆地說出了徐彥紹最想聽的話：「對於徐委員被夢魘纏身的事，我可以教你一個解決的方法。」

徐彥紹精神一振，直勾勾地看著夏芍。連華芳也坐直了身子，從剛才現在，這是第一次直視夏芍不放，眼神還很熱切。

「早上十一點之前，把前一天晚上夢到什麼公開說出來……」

徐彥紹瞪直了眼，他夢到的那些，公開說出來，不得像妻子似的，被人當成精神有問題？

「我夢到的事，說出來不好。」

「徐委員的意思是，繼續被夢魘纏身也無所謂？」

徐彥紹一窒，當然不是，不然他幹麼拉下臉來求人？只是，這個方法真的管用嗎？他怎麼覺得是這丫頭在故意整他？

徐彥紹心裡是有所懷疑的，卻沒敢表現出來，如果再把夏芍惹惱，那就得不償失了。於是，他擺了擺手，說道：「好好好，按妳說的。妳接著說吧，不會……這樣就行了吧？」

「當然不是。」夏芍一笑，「夢醒之後的兩小時內，向西南方燒黑香三枝，然後誦念六字大明咒『唵嘛呢叭咪吽』。」

「這樣……就行了？」徐彥紹半信半疑。

夏芍點點頭。

她可沒有騙徐彥紹，解惡夢的方法確實有她所說的以上兩點，再有，如果情況嚴重，除了以上的兩點外，還可以燒解符一百。如果能請到風水師，也能將夢境的內容說給風水師聽，請其解夢，並根據狀況化解。

她很清楚徐彥紹做的是什麼夢，所以她不需要為其解夢。今天如果換作別人，惡夢纏身如此嚴重，是必須燒解符的。當然，她不會對徐彥紹說他做不做惡夢，不過是她動動手指的事，就連她說的方法也可以不用。徐彥紹還真猜對了，夏芍就是故意整他。

徐彥紹無奈，燒香念咒，在他看來是無稽之談，但是現在就算不信也得試了。

「好了，這事謝謝妳，我知道了。」徐彥紹點點頭，看了眼徐天胤和夏芍，道：「外頭還有人等著，我送你們出去。」

徐彥紹站起身，華芳和徐天哲也跟著站起來。徐天哲對夏芍鄭重地點了點頭，華芳看起來也是鬆了一口氣的模樣。

夏芍卻沒起身，笑著說道：「我可沒說這個方法可以解華副處長的問題。」

聞言，徐彥紹一家人全都僵在原地，不敢置信地看著夏芍。

夏芍說道：「徐委員可以不相信我的話，那我現在就可以回家了。」

「等等！」徐彥紹趕緊勸住夏芍，「這個方法怎麼不是對所有人都管用？」

當然是對所有人都管用，但夏芍有的是辦法讓這方法對華芳不管用。

「徐委員知道人為什麼會做惡夢嗎？」

徐彥紹有點尷尬，以為夏芍又要說不做虧心事不怕鬼敲門的那套。

夏芍卻是道：「人的行運有三衰六旺，當在犯沖太歲之年，或遇伏吟反吟大運，人的精神狀態和思想行為都會處於不安穩的狀態之中。負磁場提升，惡夢就是負磁場的出口。」

負磁場？徐彥紹等人面面相覷。

「衰氣、邪氣、煞氣，這些都是玄學中的說法，其實也都屬於地球能量裡的負磁場。邪氣可以是來自牢獄、人流；衰氣可以是來自身體接觸；煞氣可以是來自環境刑剋。除了這些，也有能是房屋風水問題引起的夢魘。每個人做惡夢的原因都不一樣，就像去醫院看病，要對症下藥，並不是一副藥就可以治百病的。」夏芍淡然解釋道。

徐彥紹是第一次聽到這樣的論調，覺得聽起來頗有道理，當下急急問道：「那妳看妳嬸嬸她是什麼原因造成的？要怎麼化解？」

夏芍看向華芳，卻只看不說話。

華芳低著頭，被夏芍看得很尷尬。她以為夏芍會先看她的面相，再對症給出化解的方法，可是等了半天都沒等來夏芍開口。她忍不住抬頭望過去，卻見夏芍正挑眉看著她，與她的目光

一對上，夏芍便露出嘲諷的笑意。

華芳的臉刷一下紅了，隱約明白了夏芍的意思。

人家這是一點面子也不給她，聽完丈夫的道歉，還要聽她的。

華芳咬著唇，憋著氣。年前的事，雖然徐彥紹有錯，但是徐彥紹的本意是讓她為難夏芍，沒讓她去跟王家勾結搞出這麼大的事。她是主謀，她知道夏芍應該更痛恨她。

這時，夏芍轉頭望了眼牆上的時鐘，起身對徐天胤道：「爸媽在下面等很久了，我們走吧，免得他們等太久。」

華芳猛地抬頭，昂起脖子道：「好，我道歉！」

「華副處長，我想妳這輩子大概沒道過歉，不知道道歉應該是用什麼樣的態度。沒關係，妳可以慢慢學，我的時間很充足。」夏芍說完，拉著徐天胤就走。

華芳眼前一黑，她本來這段日子就又是惡夢又是受傷，消瘦了許多，被夏芍這麼一逼，只覺血壓瞬間升高，身子晃了晃便要暈倒。

「媽！」徐天哲急忙扶住她，焦急又複雜地看向夏芍，「大嫂，我不知道妳要怎樣才能消這口氣，我替我媽道歉，可以嗎？」

「我說過，誰做的事，誰擔著，沒有父債子償的道理。」夏芍冷淡地應道。

華芳喘著氣，這輩子她只對自己的父母，對老爺子低過頭，要她向一個晚輩道歉，還是她不喜歡的晚輩，這無疑是一種恥辱。與丈夫結婚將近三十年，她都很少對丈夫妥協，今晚她拉下臉前來，看著夏芍嫁入徐家卻不能不忍，到最後還要向她道歉。

夏芍要的不是她的道歉，而是她的尊嚴。

可是，命比尊嚴重要。

「好，好……我道歉。」華芳看向自己的兒子。她任何東西都可以不要，卻不可以不看重自己的兒子。她再這樣下去，兒子擔憂不說，自己的事也會影響兒子的名聲。

華芳推開徐天哲，深深地看了夏芍一眼，低頭鞠躬，「這件事是我對不起妳，請妳原諒我。」接著，轉身面對徐天胤，再次鞠躬，「天胤，這件事是嬸嬸的錯，看在一家人的情分上，嬸嬸向你道歉，希望你能原諒嬸嬸。也請你看在老爺子看在你弟弟的情分上，幫嬸嬸這個忙。」

徐天胤看著華芳，終於開了口，但他的語氣很平靜，靜得令人心中沉悶，「這是妳說的。看在爺爺的情分上，看在一家人的情分上，請把夏芍也當作家人，下不為例。」

華芳和徐彥紹、徐天哲聽了他的話，心頭微震。

他們總是要徐天胤看在一家人的情分上，事實上，他們卻從沒真正把徐天胤當作家人。徐天哲看著自己的父母，在沒有遇到夏芍之前，他完全想像不到，世上除了爺爺以外，有人可以讓父母如此低頭。

華芳臉紅得似血，「好，我知道了，以後我跟你叔叔都不干涉你們的事了。」

她話音剛落，就覺得眼前有金光直撲她而來，她嚇得往後躲，可金光速度太快，眨眼就鑽入她的身體裡，讓她整個人呆住。

華芳沒反應過來，徐彥紹和徐天哲卻是看得清清楚楚，那道金光是夏芍虛空畫出的靈符。

「妳對我媽做了什麼？」徐天哲又驚又怒地質問道。

夏芍沒有回答，而是慢悠悠地朝華芳走了過去。

徐天哲一個箭步擋到華芳身前，「別動我媽！」

夏芍輕輕擺手，徐天哲只覺有道勁力如大風撲面而來，他竟被掃得踉蹌，栽回了沙發裡。坐在地上的華芳尖叫一聲，「天哲！」

「天哲！」同時出聲的還有徐彥紹。

然而，夫妻兩人才剛想往徐天哲那邊靠的下一秒，臉色忽然大變，他們居然動不了。不僅腿腳發麻冰冷，身體更是不受控制，這種感覺比鬼壓床還詭異。

「這就心疼了？」夏芍冷笑著走了過來。徐天哲根本就沒事，也不知道父母發生什麼事，就見夏芍走到華芳面前，蹲下身子，和華芳面對面。

華芳驚恐地看著夏芍，現在對方在她眼裡簡直是神鬼莫測的人物，完全超出她的認知。

夏芍說道：「華副處長，人心都是肉長的，世上不是只有妳一個人有在乎的人，大家都有。我不明白，放著好好的親人不做，為什麼要多個仇人？」

那、那不是因為以前他們都看不上她嗎？

可是，現在……

「我已經幫妳解了夢魘的困擾，不是因為妳那並非出自真心的道歉，而是因為妳的一句話。看在老爺子的情分上，看在天胤和你們血脈無法割斷的情分上，看在妳還算有個孝順的好兒子的情分上。」夏芍淡淡地道。

徐天哲愣住，他一直覺得夏芍不喜歡他，沒想到她會看在自己的分上出手幫他母親。

夏芍的確是不太喜歡徐天哲，但徐天哲讓她看到了一點可取之處。他還年輕，還沒有被利益完全蒙蔽了心。一個還懂得保護父母的人，是有可能會懂得兄弟情分的。為了徐天胤能多一個親人，她不介意放下成見，把徐天哲爭取過來。華芳再怎麼樣，也是把兒子疼到心坎裡的。若能把徐天哲爭取過來，他父母或許會聽他的。

夏芍不管徐彥紹和華芳什麼時候能將徐天胤當成一家人，她目前只希望他們夠聰明，不惹事。所以她告訴徐彥紹解惡夢的辦法，再給他一點苦頭吃。至於華芳，她直接以靈符化解，再用武力震懾他們。

徐彥紹的臉色沉了下來，「妳到底是什麼人？」

「我是你們這些眼裡以為權勢是最高的人所看不見的那個世界的人。」夏芍一笑，抬起手臂，指尖畫著圈圈，一團黑色的霧氣逐漸生成。她邊畫圈邊道：「我曾經跟你的兒子說過，在絕對的武力面前，權勢、陰謀都是無用的。」

話說完，夏芍畫的黑符完成，接著往牆上一彈，黑符射中牆壁，牆面慢慢凹了進去。

徐彥紹倒抽一口氣，驚駭地看著夏芍。

夏芍微笑，「這不是威脅，我只是想讓二位知道，你們眼裡所看到的並不是世界的全部。這世上有些事，是在權勢之外的。如果你們還是不懂，回京城不妨好好注意王家。」

王家？徐彥紹一驚。她怎麼知道王家出事了？

王家確實出事了，事情還禍不單行。

王卓的事因為惹惱了徐康國，上頭指示嚴查。王家在軍界的勢力不小，一時沒人敢對王家下狠手，讓王卓得以躲在國外。其實上頭那位也清楚王卓是王家的獨苗，下令嚴查多半只是要給這小子一個教訓，給徐老爺子一個交代，並不會真的把他往死裡辦，至於王家的舉動，上頭怎會不知他們在打什麼算盤？不過是睜一隻眼閉一隻眼，看看徐老爺子對此有什麼反應罷了。

如果是沒消氣，那當然還是要繼續敲打王家，如果徐老爺子消了氣，那就可以大事化小了。

然而，年前徐老爺子仍未表態，上頭那位只好在會議上斥責王家，要求王卓必須遵守國法，回國接受調查。王家只當自己倒楣，被迫答應了。

只是，大年三十那天，王光堂坐車外出，竟然出了重大車禍。

這件事在京城屬於機密，因為王光堂畢竟有大將軍的軍銜，他出了事，對軍方是有不小的影響的。如今他還在醫院搶救中，據內部消息來源，保住性命的可能性還是有的。而王光堂出了這麼大的事，王卓勢必會回國。

可是，夏芍怎麼知道王家出事？

徐彥紹愣了半天，忽然臉色一變，「難道是妳……」

這事不會是這丫頭動了什麼手腳吧？在今晚沒看見夏芍的詭異身手之前，徐彥紹是絕對不會往這上面想的，現在……他覺得有這種可能，而夏芍意味深長的笑容證實了他的猜測。

「真是妳？」徐彥紹駭然。她知不知道她在做什麼？她害的可是軍界的重要人物。

華芳也很震驚，張著嘴卻說不出話來。

夏芍笑道：「徐委員、華副處長，記住，我們是一家人，這次可別再吃裡扒外了。」

徐彥紹臉色微變。這是逼著他們跟她站上同一條船？

徐彥紹和華芳雖然答應不再對付她，但是這話夏芍也就聽聽，該上的保險還是得上。依徐彥紹對徐家利益和他自身利益的重視，相信他不會不懂得該站在哪一邊。

徐彥紹表情變換不定。京城所有知曉王家出事的人，無一不認為這是單純的車禍，直到今晚他才知道內情不簡單。如果眼前這個女孩子能神不知鬼不覺地置人於死地，那麼……她能為徐家帶來多大的幕後保障？

夏芍看著徐彥紹的神情，就知道他在想什麼。她笑了笑，還徐彥紹和華芳活動自由，然後挽著徐天胤的手臂往外走，走到門口忽然停下，轉過身來說道：「徐委員，請不要將我當成徐家的保障。我的力，只為自家人出。」

兩人從房間出來的時候，夏家人都在大廳坐著等。本來他們是在車上等，結果等了一小時都還沒看到人，索性又回飯店大廳邊等邊聊天，等到夏芍和徐天胤下來的時候，他們已經聊到要給夏芍準備什麼嫁妝了。

夏芍苦笑道：「媽，你們討論這些太早了，現在連婚都還沒訂呢！」

夏家人見兩人過來，全都站了起來，李娟本想問問和徐家人說什麼說了這麼久，被夏芍把話題岔開，笑道：「是啊，瞧我們，才剛說先訂婚，轉眼就給忘了，居然談起結婚的事。」

夏志濤道：「咱家小芍訂婚是大事，到時候是要在京城辦，還是要在東市辦？」

夏芍搖頭，「今天太晚了，改天再說吧。」

夏志元和李娟這才招呼眾人各自回家休息，兩位老人家當然還是住夏芍家。

回到家裡，李娟煮了點薑湯，給老人家端去，接著才又端了兩碗送去給夏芍和徐天胤，因為想要順便跟女兒說幾句私房話，所以就先端著碗去徐天胤房裡，到了門口卻聽見夏芍和徐天胤說話的聲音。她轉身想避一避，又覺得這麼晚了，兩人沒結婚，在同一個房間裡不好。正猶豫，夏芍開門走了出來。

「媽，您來了，怎麼不進去？」夏芍耳力好，一有人走過來就聽見了。

李娟臉一紅，小聲訓斥：「我來送薑湯來給小徐，哪知道妳也在？妳也不看看現在幾點了，你們沒結婚，能待在同一個房間裡嗎？」

「師兄今天胃不舒服，我來看著他吃藥，正打算走，您就來了。」夏芍笑道。

李娟瞪眼，把夏芍拉到旁邊提醒：「媽可告訴妳，你們還沒訂婚，可千萬不能亂來啊！」說完這話，她發現不對，趕緊補充一句：「不對，就算是訂了婚，也不能亂來，聽見沒？」

夏芍乖乖點頭，「嗯。」

李娟還是不放心，又囑咐道：「小徐比妳大十歲，各方面呢……都是成熟男人了。男人對有些事不如女人那麼能忍，妳平時和他在一起，要勸他……把持著點，妳、妳懂媽的意思吧？」

李娟是第一次跟女兒談這麼私密的話題，話沒說完，她自己先臉紅了，而夏芍的臉比她還紅。倒不是因為母親跟自己談這話題，而是依徐天胤的修為，他的耳力……

見女兒低頭不應，李娟覺得可能是自己說得不夠清楚，忍不住還想再說幾句，夏芍趕緊說道：「媽，妳再不送進去，薑湯就冷了，到時候更傷胃。」

李娟這才反應過來，連忙敲門進去。

夏芍跟在後頭進門，但是低著頭，不太敢看徐天胤。李娟也是不太敢和徐天胤眼神接觸，把薑湯放到桌上，就極快地說道：「你吃藥了吧？阿姨煮了薑湯，你趕緊喝了，喝完就早點睡。明早阿姨做早餐給你吃，你想吃什麼？哎呀，瞧我這記性，你不用跟我說了，我知道你喜歡吃什麼，又不是第一次見面了，呵呵呵……」

夏芍在後頭扶額，忍笑忍得很痛苦，只聽徐天胤道：「嗯，謝謝岳母。」

她抬眼看了徐天胤一眼，見他眼神柔和，嘴角揚起淺淺的弧度。只是這笑容與他平時那短暫的笑很不一樣，她竟看見他微微轉頭，嘴角抽了抽。

夏芍頓時覺得肚子更疼了。

李娟說完話就把夏芍帶出去，母女回了夏芍的房間，兩人說了好一會兒的體己話，內容大多是李娟囑咐女兒，說徐家不是普通人家，她從今以後做事要更謹慎，也不能因為嫁進開國元勳的家裡就驕傲或目中無人。直到夏志元找過來，李娟才跟他回房間。

夫妻倆出了女兒的房門，還聽夏志元咕噥：「什麼話非得這麼晚了說？也不看看幾點了，還說自己心疼閨女……」

「白天哪有時間啊？明天他們三家多半還會來，我想跟女兒說幾句話，哪有時間……」

夏芍笑笑，去浴室洗澡，上床睡覺。忙了一天，她也累了，躺下沒多久就沉沉睡了過去。迷迷糊糊睡著的時候，她感覺到身後被角動了動。她沒轉身，只是唇角揚起，暗道某人登堂入室的本領越來越高了，他進房她都沒聽見聲音，直到他摸到床邊她才察覺。

身後男人鑽了進來，隨之而來的是熟悉的氣息。他的伸手攬住她的腰，把她往自己的懷裡拉，接著習慣性地往她頸窩埋頭，尋找舒服的位置。

夏芍被男人的呼吸噴得有些癢，忍不住笑著往旁邊躲。這一躲，白嫩的脖頸顯現出來。許是見她醒了，他貼得更緊，大手在她的腹部和胸前摩挲，灼人的吻落在她的頸窩上。

夏芍想裝睡也裝不了，睜開眼看過去，壓低聲音道：「你是病人嗎？可以老實點嗎？」

「好了。」徐天胤的話永遠那麼簡潔，他輕輕地捏了一下她胸前柔軟上盛開的紅梅，使得懷裡的身子猛然輕顫。

夏芍臉頰酡紅，瞪眼警告：「好了就老實點，這可是在我家，你剛才沒聽見我媽的話嗎？」

徐天胤把她抱得更緊，聲音微悶，「晚了。」

夏芍咬唇，「如果被發現你就完了！」

徐天胤默默看了她一會兒，繼續在她身上動作，「可以結婚。」

夏芍握緊拳頭想給他來一拳，徐天胤在她耳邊噓了一聲，說道：「會被聽到。」

夏芍被氣笑了，「你再這樣下去才會被……啊！」她話沒說完，徐天胤翻身將她壓在身下，俯身將她的驚呼全數吞入口中。

房間裡總算安靜了。

一捕獲她的唇，徐天胤剛才克制的壓抑頃刻化作掠奪，唇齒糾纏，身體交纏，悉數變成了深夜裡壓抑的喘息、沉悶的低吼。

夏芍第二天早上起床的時候，身邊已經沒人了。師兄是越來越大膽了，在她看來，他是巴不得被她父母知道，然後連訂婚都省了，直接結婚。

這天早上，夏芍都沒搭理徐天胤，幸好夏志元和李娟在說中午親戚們還會來家裡，為兩人訂婚的事出主意，所以沒注意到夏芍和徐天胤有什麼不對勁。吃完飯，夏芍要出門去會館。

陳滿貫大年初一打電話給夏芍拜年，順便說有位客戶年前找到他，說在東市開了間工廠，之後不斷出事，想請她去看看風水。夏芍初五要去青市跟胡嘉怡見面，還要趕在元宵節前去香港，與師父一起過節，初三、初四有空，索性今天就去。

夏芍說好中午回家吃飯就出了門，徐天胤自然跟她一起去，路上充當司機。東市的華苑私人會館建在市中心的繁華地段上，兩條街以外就是福瑞祥古董店，而會館斜對面是一家五星級飯店。這家飯店就是昨晚夏家人聚餐的地方，路過的時候夏芍沒在意，但是她不經意間一瞥，忽然說道：「停一下。」

徐天胤把車停在路邊，正見有三人將一人熱情地請進了飯店。

被請進去的那個人不是別人，便是夏芍的叔叔夏志濤。

夏芍皺眉，因為那三人並非生意場上的人，而是東市的官員。

夏芍並不認識另外三人，但是看面相就知道是官員。不過，那三人官運普通，一輩子無大運，卻與夏志濤接觸，不得不讓她在意。

夏志濤做的是建材生意，這幾年沾了夏芍不少光，東市政府建設的項目裡，有不少建材是跟他採購的，這也給了夏志濤快速積累資產的機會。這幾年他的店越開越大，在東市也算小有名氣了，因此他與東市的一些官員認識是很正常的事，只是……

平時夏芍不在東市，她的父母及夏家的親戚，多半會被當成皇親國戚對待。

雖然夏芍之前已經教訓過夏志梅、夏志濤兩家幾回，可如今她要嫁入開國元勳的家庭，她很擔心夏志濤會故態復萌，自我膨脹，做出官商勾結的事情來。

既然是碰上了，她打算觀望看看。如果有這個苗頭，就要在最初時掐滅。

夏芍開了天眼，此時夏志濤和那三名官員已經坐在飯店的某個包廂裡，菜還沒上，其中一名官員熱絡地為夏志濤點了根菸，說了幾句話，然後從口袋裡掏出信封塞給夏志濤。

夏芍的目光落在那個信封上，裡面放著的果然是一疊厚厚的紙鈔。

夏志濤臉色一變，把信封推回去，說道：「陳局長，你這是什麼意思？」

陳局笑了笑，「夏老弟，你就收著吧。聽說你打算往投資實木，這是兄弟的一點心意。」

「陳局長，不就是幫個忙嗎？等一下我得去我大哥家吃飯，我可以順道幫你提提這事，管不管用我可不敢保證，但是這錢我是不敢收的，要是叫我那侄女知道，那可不得了。」夏志濤直擺手，碰都不敢碰那信封。

陳局長一聽，笑道：「夏小姐怎麼會知道？」

「不知道也不行！」夏志濤乾脆離席，躲得老遠。他不是不愛財，夏家人當中，沒人比他更渴望成功，但這不代表他什麼錢都敢要。

當初得罪了夏芍，他的建材店一夕之間幾乎倒閉，後來更是見識了侄女的各種雷霆手段，其實只要不惹著她，他還是能沾她不少光。眼看她就要嫁進徐家，以後只要他老老實實的，多大的光不能沾，何必走這條鋼絲？

想到這裡，夏志濤又道：「我大哥要我早點過去，我就先走了。」

他說完，一溜煙兒跑了，陳局長在後頭叫都叫不住。

夏芍收回天眼，總算露出點笑容。

不管什麼原因，不惹事就好。至於那名官員為什麼賄賂夏志濤，中午回去就知道了。不過，夏志濤雖是聰明了一回，但是為了防止這些親友再犯渾，晚一點她還是得要再敲打他們一下。

到了會館的時候，那位急求她看風水的客戶已經焦急地等著了。這位客戶是個五十多歲的中年男子，姓田，頭微禿，在東市郊區開了間食品加工廠。工廠收益不錯，田老闆前年就想要擴大規模。去年年初，他在蓋了幾排新廠房，同時多招了幾百個工人。沒想到新的廠房蓋好後，就頻頻出現怪事。

有工人晚上睡覺的時候總是做惡夢，後來有工人說晚上在工廠附近看見不乾淨的東西。最初沒人信，以為那幾名工人看錯了，沒想到看見的人越來越多，鬧得人心惶惶，於是鬧鬼、風水不好等等各種說法都出來了，甚至陸續有工人辭職，留下來的工人也開始出事，不是被機器夾到手就是被燙傷，連田老闆自己也在三個月前出了小車禍。

為了將工廠擴大經營，田老闆這幾年賺來的錢全都投進去了，還貸了款，誰知現在別說是賺錢了，八月新廠恢復生產以來，光是工人的醫藥費就快賠死了。

夏芍見田老闆印堂發青，俗稱惹了青頭的青氣。所謂青頭，指的是一些有執念而留在世間的陰人。夏芍簡單問了幾句，發現田老闆蓋廠房的地方並非墳地，田老闆本人也沒有收藏古董的愛好，便排除了建址和來歷不明的物件有陰煞的可能性。

她讓田老闆帶路，去他的工廠看看。

「好，夏董請。」田老闆的態度非常謙恭。他開車在前面帶路，夏芍和徐天胤跟在後面。上車的時候，田老闆瞄了徐天胤一眼，好像對他的身分很好奇。

郊區離會館約半個多小時的車程，下車之後，夏芍只是看了幾眼，就伸手指著一排新廠房的後面，問道：「那裡的房子是做什麼用的？」

「那些是員工宿舍。工廠離市區有點遠，有些工人是住在這裡的。」田老闆有些詫異，員工宿舍被新廠房擋住，夏大師怎麼知道後面有蓋房子？

其實夏芍沒開天眼，她只是感覺到新廠房後面有青氣蔓延，而且嚴重到任何有修為的風水師僅憑感知就能辨別出來。

「去看看。」夏芍道。

田老闆趕緊帶著夏芍去了員工宿舍，儘管他不知道出事的時候都是在新廠房，跟員工宿舍有什麼關係，但他不敢問，只是時刻注意著夏芍的神情。夏芍根本就沒進宿舍，只是在門口看了一眼，就轉向身旁的徐天胤。徐天胤對她點點頭，田老闆目光一變，又好奇地看著徐天胤。

這男人難不成也是風水師？

接下來，夏芍只是順著宿舍走了一圈，回來的時候，指著前面某個方向，說道：「那邊是你的辦公室，去你辦公室裡的休息間再說吧。」

田老闆睜大眼。她怎麼知道那邊是他的辦公室，還知道辦公室裡有休息間，這可真神了！大年初二，工廠只留值班的人，那人跟田老闆打了招呼，然後好奇地看著夏芍兩人。

「田老闆常住這裡？」進到辦公室的休息間，夏芍問。

田老闆緊張地答道：「是。我們廠子加工的食品每年有淡旺季，旺季趕貨單，工人常要加班，我就也跟著留下來。呃……夏董，這有什麼問題嗎？」

「有問題。」夏芍點頭，「幸虧你的工廠有淡旺季，你不是每天都睡在這裡，不然你絕對不是出點小車禍這麼簡單。」

田老闆的臉刷一下就白了。

夏芍又道：「你工廠裡出事的工人都是在宿舍裡過夜的。」

田老闆愣愣一想，點點頭，「對。小周、小劉，還有老吳，都住在宿舍。」

「你工廠的建址、廠房格局、坐向均是吉位，沒有問題。有問題的是你廠子裡的員工宿舍和你的房間，確切地說，有問題的是你們睡的床。」

「床？」田老闆不明所以地反問。

「對，你睡的是屍板床。」夏芍點頭。

「屍……屍……」田老闆錯愕，「什麼意思？我、我這床……有死人睡過？」

「已故之人留下的睡床在風水上也有這種叫法，但是我覺得田老闆工廠裡買的床，應該是從同一個工廠買回來的。這些床用的木材，可能是墳地附近砍伐的樹，長年受陰氣滋養，就連做棺材都沒人敢用，何況給活人睡？」

田老闆頭皮發麻。墳墓附近的樹做成的床？自己這半年來就睡在這種床上？

「這些床是我從京城一家大公司的東市分店買回來的，他們居然這麼坑我，可惡！」

夏芍道：「這種床對人身體的陰陽平衡影響很大，你的員工看見不乾淨的東西，就是陰氣太盛產生的幻覺。夜裡做惡夢，精神恍惚，可不就容易出事？你最好把這些木床燒掉換新的。」

「不能燒掉，我這些損失是他們的床造成的，我得找他們討個說法！」田老闆氣憤難當，發完火才反應過來夏芍還在，連忙跟她道謝，「謝謝夏董，要不是妳過來看，我真不知問題會出在床上。妳放心，我會把床全部換掉，換下來的床我要拿去那家店跟他們理論。」

既然事情解決了，夏芍自然不會多留。她把華夏慈善基金的帳戶留給田老闆，讓他把錢匯到基金會，「我知道田老闆手頭緊，這筆錢可以寬限一些時間，等你的工廠恢復生產，能周轉得過來再付，只要別忘了就好。」

田老闆一聽，感激地再三致謝。請夏芍看風水是出了名的昂貴，如果不是實在沒辦法，他也不會這點身家就請她出山。沒想到夏芍竟然主動提出可以寬限些時間，他怎能不感動？

「田老闆就不用送了，還是忙你工廠的事吧。」夏芍笑笑，挽上徐天胤的手就離開了。

兩人回到家裡的時候，夏志梅、夏志琴和夏志濤三家人果然都來了。

夏芍和徐天胤回來的時間剛好趕上吃午飯，用餐的時候，夏志濤心不在焉，常常偷看夏芍，猶豫了好幾次，終究沒敢破壞吃飯的氣氛。等到飯吃完，一家人圍著餐桌喝茶時，他才開了口。只是他沒先對夏芍說什麼，而是開口問夏國喜：「爸，我聽說有人去村裡要給你恢復退伍軍官的待遇，你把人打出去了？」

夏國喜正喝茶，一聽這話就拉下臉來，「你問這事幹什麼？」

其他人倒是愣了，年前工作忙，似乎都不知道這件事。

「爸，不是我說您，以前人家不給您待遇，您氣得要命，怎麼現在人家給您恢復待遇了，您還是這麼生氣？」夏志濤說著，看向夏芍，「小芍，妳說說，妳爺爺是不是沒事找氣生？」

夏芍看了夏志濤一眼，笑而不語。難道那三人找夏志濤塞錢，是為了這事？她回來東市當天晚上就知道這事，只不過後來很忙，就沒有去管。她原本就不喜那些人的做派，現在竟是發展到送禮給夏家人了。

夏國喜見夏志濤問孫女，不知道為什麼，有些心虛。他對當年那件事耿耿於懷，現在自家孫女發達了，那些人才想起要把該給他的待遇還給他，他當然不要。

想到夏芍，夏國喜就想嘆氣。他這輩子做的最錯的事就是重男輕女，過去沒少給她們母女臉色看。哪怕是大兒子和大兒媳孝順，他也對兩人冷淡了很多年。

原以為大兒子一家對自己是有怨言的，發達之後也會給他臉色看，沒想到大兒子和大兒媳還是跟以前一樣。孫女過年過節回來，也還是把他接上一家團圓。儘管他看得出來孫女跟他並不是很親，但最起碼是把他當長輩來尊敬。

只不過夏國倔強的脾氣是改不了了，開不了口道歉，能做到的就是不讓那些混帳當官的拿自己當人情跟孫女套近乎，那些待遇不待遇的，他不那麼看重了。

夏國喜板起臉來對小兒子說道：「我都七老八十了，現在才想起來把該給我的還我？晚了，我現在不要了，愛給誰給誰去！」

「小芍，妳看妳爺爺，是不是不講理？」夏志濤又問夏芍。

夏芍淡淡一笑，「不要就不要，現在夏家也不缺這些。」

夏志濤沒辦法了，只好咕噥道：「話是這麼說，可是人情難推啊……我過來之前，半路遇到陳局長請我吃飯，非跟我說這事……」

夏芍瞥了眼夏志濤，意味不明地笑笑，「叔叔，你不會收人家什麼好處了吧？現在在外頭那些人眼裡，咱們夏家是請吃頓飯就能幫人辦事的嗎？陳局長給了你什麼好處？」

其他人一聽，都跟著皺眉頭。蔣秋琳更是臉色大變，狠狠掐了一把夏志濤，「你說你這人，怎麼就是不長記性？」

夏志濤極力否認，「沒有沒有，我什麼也沒幹！」他的後背出了一片汗，暗道，這也太神了。幸虧陳局長塞錢他沒收，這才剛說這事，小芍就看出來了。

可惜在座的人都盯著他，明顯不太相信。

夏芍把手上的茶杯往桌上一放，發出「喀」一聲響。

夏志濤從椅子上跳了起來，連連擺手，「我真沒有收人家的好處，你們怎麼全都不相信我？小芍，妳得相信我啊，妳叔叔我雖然有前科……啊，不對，妳叔叔我雖然沒少犯渾，但是還不許我腦子清醒一回嗎？陳局長確實塞錢給我了，可我當下就推了，還狠狠把他罵了一頓……」

夏芍聽了，眼裡有笑意，表情卻淡淡的，「既然叔叔這麼說，我就信你一回。」

夏志濤鬆了一口氣，心裡更加慶幸，沒收是對的。

夏芍掃了其他人一眼，說道：「我知道家裡人都為我的婚事感到高興，但有些話我不得不說。就算我嫁了人，我還是姓夏，我不希望我的家人出門被人奉承，背後被人痛罵。我這一生少有敬佩的人，徐老爺子是其中之一，我不希望他老人家晚年因為孫媳婦的家人而被人戳脊樑骨。若有人因為自身行事不端，連累老爺子的清譽，莫怪我是嫁出去的女兒。」

這是夏芍的警告。如果將來家裡人惹了事，不必來求她，她是嫁出去的人，可不會顧念親戚情分。而如果他們潔身自好，那麼她姓夏，自是會適時照拂家裡人。

夏芍語氣緩了緩，又道：「這話我連對我爸媽都沒說過。這些年，想必姑姑叔叔們都不把我當晚輩看，但你們有的時候是可以把我當作晚輩看待的。我沒結過婚，對於家庭的很多事都還不懂，姑姑姑父、叔叔嬸嬸可以為我操點這方面的心，也讓我省點心。」

眾人望著夏芍，心裡有些感動，原來他們還是被當成家人的。

「都聽見了？」夏志元出了聲，他的目光沉沉地掃過自己的兄弟姊妹，「外頭的人看見的只是小芍的風光，那我們家裡人能不能看見她的不容易？我不要求你們以前能看見，可是今天既然小芍說出口了，以後如果還有人犯渾，我第一個饒不了他。」

「大哥，人都是會變的，我們也不是當初的我們了。我們身為長輩，如果還給晚輩添亂，那不用你說，以後誰還有臉待在這個家裡？」夏志梅第一個表態。

「就是啊，大哥，我也三十多歲了，還能老惹事嗎？」夏志濤接話，拍胸脯保證，「放心吧，小芍，我還是那句話，妳叔叔雖然沒少犯渾，可也是有長進的！」

夏芍點頭一笑，若不是看見他們的改變，她今天不會說這番話。有了這天的事，夏芍放心了很多，她當天就打電話給市長劉景泉，說明爺爺並不想要退伍軍官的待遇，並說了陳局長三人的所作所為。她親自打了電話，劉景泉自然很重視，他連連保證不會再有這樣的事，之後沒多久就傳出陳局長三人被紀委調查的消息。

當然，這是後話。

初四這天，在東市飯店住了兩天的徐彥紹一家人返回京城。他們一家特意在東市逗留一天，發現晚上果然沒再做惡夢，徐彥紹和華芳很吃驚，同時也更深刻體悟到夏芍的本事。

他們離開之前，特意請夏家人吃飯，席間對夏芍態度熱絡，看在夏家人眼裡，自然是歡喜，但夏芍卻始終不鹹不淡的。

徐彥紹一家返回京城，第二天，夏芍和徐天胤也離開了東市。

兩人前往青市，去見夏芍的朋友胡嘉怡。

這天見的人不僅是胡嘉怡，還有她從英國帶回來的朋友。為了停留久一點好跟朋友聚聚，她和徐天胤這回沒有開車去，而是坐飛機去青市。

上午十點，飛機降落在青市機場，兩人剛出大廳，夏芍遠遠就看見來接機的柳仙仙，柳仙仙的身旁則有一男一女，女的正是胡嘉怡。

胡嘉怡一看到夏芍，興奮地撲了過去，抱住夏芍又跳又叫的。

「終於看見妳了，想死我了……」

「我看妳不是想死我了，是想勒死我。」夏芍開玩笑道。

胡嘉怡趕緊放開夏芍，打量著她，「妳都沒變嘛，還是當初我走時的那樣。」

夏芍笑道：「妳倒是有變，長高了。」

「妳就沒發現她胸部也變大了嗎？」柳仙仙翻了個白眼道。

胡嘉怡的臉刷一下紅了，眼睛本能地往旁邊瞄，旁邊金髮碧眼的男人正對著她微笑，她頓時從耳根紅到了脖子。她當即挽了那男人的手臂，對夏芍道：「小芍、徐司令，為你們介紹一下，這位是我在學校認識的朋友。」

夏芍早就注意到這個男人。他有著金色的長髮，碧藍的眼眸，笑容帶些憂鬱，身材高大，長得頗為出眾，而且有著深不可測的氣場。

這人是巫師，也可以說是魔法師。

巫師在歐洲擁有悠遠的歷史，其神祕不亞於東方的風水師。至今為止，巫師的修煉方法仍是個謎，只有一些簡單的魔法是公諸於世的。如同風水祕法一般，巫術也同樣講究傳承，世界上唯一還存在的巫師家族，便是奧比克里斯家族。

夏芍從這個男人身上看不出修煉者的元氣，卻清楚地知道他是位高手。

在她打量對方的時候，那男人也在打量夏芍和徐天胤。

胡嘉怡沒發現異樣，興奮地對夏芍說道：「我跟妳說過克里斯大師的，他就是克里斯大師的侄子，亞當·撒旦·奧比克里斯。」

聞言，夏芍的目光陡然變冷。

巫師分為黑巫師和白巫師，奧比克里斯家族既然有人是師父的仇人，夏芍自然對這個家族有些了解。奧比克里斯家族分成兩派，白巫師和黑巫師。兩派從名字上可以區分，白巫師的成員會被賦予大天使拉斐爾的名字，而黑巫師的成員則會被賦予惡魔撒旦之名。

徐天胤在聽到這個名字的時候，冷不防動了手。

他掐了個不知名的指訣，一道陰煞立刻貼著機場大廳的地面直襲向亞當。

亞當猛地拉著胡嘉怡往後退。他的退勢極為優雅，腳尖貼著光滑的地板滑出，白色的風衣翩翩展開，金髮飄揚，那動作極具美感。來往的人用驚豔、古怪的目光看向亞當，卻沒人想到他剛才受到攻擊，也就沒人明白他為什麼要後退。

胡嘉怡表情僵硬，她去英國讀書才半年，但是接受了正統的學習，現在已經能感覺出一些不同尋常的事來。剛才那一瞬，她沒看清是誰出的手，但是方向來自於夏芍和徐天胤。

她愣愣地問道：「小芍，妳……」

柳仙仙最是莫名其妙，不懂亞當怎麼忽然拉著胡嘉怡退得老遠。

「沒事。」夏芍還沒開口，亞當就先低頭安撫胡嘉怡。自剛才受到徐天胤的攻擊到現在，他的臉上始終保持著無懈可擊的微笑，「我想，夏小姐和徐將軍可能對我有誤會。」

亞當對胡嘉怡說的是英語，聲音如他的氣質般優雅。

夏芍冷笑一聲，開口說的話也是用英語，「不，我們對亞當先生沒有誤會，只是與撒旦這個名字有仇而已。」

「有仇？」胡嘉怡聽得有些懵，看看亞當，再看看夏芍，「你們以前見過嗎？」

夏芍嘆了口氣，胡嘉怡只知道她是風水師，並不知她的門派，也不知道玄門與英國奧比克里斯家族的恩怨。年前聽說胡嘉怡會帶朋友回家過年時，她就猜到這個人十之八九會是巫師。她也想過或許是奧比克里斯家族的人，卻沒有想到會是黑巫師。

巫師的修煉與風水師的修煉不同，但都十分神祕。胡嘉怡去英國才半年，學習時間短，從她身上暫且看不出她學的是白巫術還是黑巫術，難不成真會是黑巫術？

「你們以前是不是有什麼誤會？」胡嘉怡見夏芍不答，就改問亞當。

亞當笑道：「我想，是有的。」說罷，他看向夏芍和徐天胤，客氣地問道：「夏小姐和徐將軍介不介意找個地方喝杯茶？」

不一會兒，一行人來到青市市中心一家很有名氣的茶樓。英國人也喜歡喝茶，可多愛喝紅茶。胡嘉怡記得夏芍喜歡喝碧螺春，就跟服務生點了一壺碧螺春。當她要再點紅茶的時候，亞當卻笑道：「怡，妳太不懂得招待客人。中國有句話說，入鄉隨俗。」

等服務生上了茶和點心，亞當端起杯子，品茶的姿態很優雅，一看便是懂行的人，「怪不得中國人喜歡喝綠茶，確實有不一樣的香氣。」

他說這話是用國語說的，發音字正腔圓。

夏芍卻用英語對他說：「亞當先生，你應該知道，今天如果沒有我的朋友在場，我們之間是沒有機會這樣坐在一起的。」

夏芍和徐天胤坐一邊，對面是亞當和胡嘉怡，柳仙仙則坐在桌子另一側，顯得有些多餘，也有些煩躁。她聽不太懂英語，但也看出來氣氛不太對勁，甚至隱隱有肅殺之意。

柳仙仙瞄瞄這個，瞄瞄那個，少見地識趣閉嘴不插話，而胡嘉怡也是看看這個，看看那個，表情既糾結又著急。她已經知道夏芍風水師的身分，原來她是華人界玄學泰斗唐老的嫡傳弟子，而玄門的地位就好比奧比克里斯家族在歐洲的地位。她在英國見識過這個古老的家族的勢力，很難想像玄門會有怎樣的能量。小芍是玄門的嫡傳弟子，就像亞當和他的堂兄亞伯在奧比克里斯家族裡的地位，很受人尊敬且尊貴。她原以為兩人見面會惺惺相惜，沒想到差點打起來。

「夏小姐對我可能有些誤會，當年我只有十二歲，並沒有加入那場圍殺行動。」亞當也改用英語說話。

「但是你的父親老撒旦有，他是你們那群黑巫師的首領。」夏芍目光冰冷。

奧比克里斯家族與玄門不一樣，玄門是招收弟子接受傳承，奧比克里斯家族卻是血緣傳承。奧比克里斯家族是古老的魔法世家，據說擁有千年的歷史。在這個家族中，同時有兩脈，一脈白巫師，一脈黑巫師，兩脈通常是兄弟或堂兄弟。白巫師一脈掌握著教派，黑巫師一脈則因被人懼怕而大部分時候比較低調。

當年，老撒旦帶領黑巫師與余九志、通密等人圍殺唐宗伯，這事唐宗伯一直想不通。余九志的動機唐宗伯明白，通密是泰國降頭大師，性子邪佞。那麼，神祕低調的黑巫師出動的動機是什麼，唐宗伯始終不明所以，可是他們確實下了殺手。

徐天胤毫不猶豫地對亞當出手，不僅是因為他的名字裡有撒旦之名，還因為他是黑巫師這一脈未來的當家人。

「我以為父債子還是中國舊時的傳統，現在沒有太多人遵循了。」亞當說道。

「這與父債子還沒關係，你的父親曾經帶領黑巫師圍殺我師父。我師父雙腿殘廢，險些無法返回宗門，這筆帳玄門都記著。不過，玄門不會濫殺無辜，我們只要當年對我師父出手的那些人的性命。」夏芍冷冷地道。

亞當笑了，「唐老先生並沒有喪命，夏小姐要當年那些人的性命，是不是不公平？」

「公平？」夏芍也笑了，「亞當先生的話真有趣。我可以給你們公平，把當年那些人找出來，也讓玄門弟子來一次圍殺，逃得了算他們命大，這事既往不咎，你看這樣可算公平？」

怎麼可能逃得了？泰國三十多名降頭師來京城，被玄門弟子一個不落地留在了這片土地上。這件事警方不知道，可不表示奧比克里斯家族沒有消息來源。

直到這時，亞當的表情才略微深沉，他道：「夏小姐，那人可是我的父親。」

夏芍冷笑，「所以說，我們只能是敵人。」

胡嘉怡的臉色蒼白如紙，從兩人的對話裡，她已經能聽出大概的恩怨來。

原來亞當的族人竟然跟小芍有仇？

亞當嘆氣，「夏小姐，妳只知道當年我父親和族人對唐老先生出手，那妳知道別的嗎？」

「看起來亞當先生準備要跟我說個感人的故事。」夏芍不為所動，嘲諷地道。

亞當輕笑出聲，「夏小姐，我聽說過很多妳的事，雖然我們上一代有仇怨，但我還是想說，我很欣賞夏小姐的性情。」

「那是我的榮幸。」夏芍神情冷淡，「可惜，亞當先生的性情究竟是怎樣的，我到現在也看不出來，所以，談不上欣賞。」

亞當又是輕笑，「我要跟夏小姐說的不是感人的故事，而是奧比克里斯家族的歷史和祕事。我知道東方的風水術也有正邪之分，我們巫師在外人眼裡也有正義與邪惡，黑巫師是邪惡的，白巫師才是正義的，就連整個歐洲，甚至我們英國人都是這樣認為的。」

夏芍挑挑眉，她確實對巫師的了解不多，只有最粗淺的認識。

事實上，巫師不單指西方的魔法師，東方也有巫師。東方的巫術起源於舜帝部落，那時先人剛發現食鹽，舜帝便讓他的一個兒子做了巫咸國的酋長，帶領百姓生產食鹽。巫咸人把鹵土蒸煮，析出鹽成為晶體，外人見了以為是在「變術」，加上巫咸人在製鹽的過程中會舉辦各種祭祀活動，祈禱製鹽順利，所以別人的誤解更深。祭祀完成，才會進行各道工序，直至生產出白色結晶的食鹽。其他部落將這個過程看成一種方術，人們便稱這種把土變鹽的術法為「巫術」。

在遠古的時候，巫術指的就是巫咸國人製鹽的技術，巫師指的就是會製鹽的那些人。只不過後世漸漸演變，成了祈禱、祭祀等帶有神祕學性質的方術，而巫師也變成神婆一類的人。

而在西方，巫術源於人類開始有宗教意識，起源極早，在世界上三大宗教之前。有學者研究表明，西方巫術可能早在舊石器時代就有了，人們對神靈的敬畏延伸出了許多祈禱儀式，而儀式逐漸成熟，變成了巫術。

大部分的人認為，黑巫術是邪惡的巫術，用來詛咒和報復他人，被稱為黑魔法。白巫術則是祝祭、祈福、祛病消災的術法，也稱吉巫術。

夏芍對黑魔法的了解來自於有限的書籍。黑魔法的精髓在於詛咒和巫蠱，最可怕的莫過於死靈術和通靈術，據說可以召喚已死之人的靈魂，用風水術的說法，就是可以召喚陰人，但死靈術的精髓並非是隨意召喚陰人，而是在條件允許的情況下，召喚黑巫師想要召喚的人。

任何國家的人都一樣，對已故之人的敬畏是相同的，沒有人願意自己的祖先或親朋好友在死後被打擾，不得安息。聽說黑巫師最令人唾棄的是會利用死屍當成作法的原料，這與降頭師取人屍油有異曲同工之處，因此，黑魔法被人排斥與唾棄是正常的。

白魔法就不同了，祝祭、祈福儀式與教會的洗禮相似，據說能為人帶來好運。夏芍知道奧比克里斯家族在歐洲與皇室和教會就有著很密切的關聯，皇室的占卜、教會的祈福，都是請奧比克里斯家族的白巫師來進行的，而現在的當家人，年逾七旬的老亞伯特・拉斐爾・奧比克里斯中年時曾擔任過教會的大主教，相當受人尊敬。

亞當的話似乎有弦外之音，夏芍也不打斷，且聽他還有什麼話說。

「世上沒有絕對的黑和白，黑魔法雖然可怕，但詛咒和召喚有三倍反噬的可能，我們稱之為三倍原則。不是極為痛恨的仇人，黑巫師是不會害人的。當然，有些初級詛咒，能力強大的黑巫師可以免於反噬，可這大多作為懲戒手段，不足以害人性命。奧比克里斯家族的黑巫師，多數時候行蹤隱密，大部分的人都不知道我們的身分。相比之下，白巫師很受世人和教會的支持及信任。」亞當說到這裡，笑了笑，「在我看來，黑魔法、白魔法都是巫術，正義和邪惡不存在巫術之中，而存在於人心。」

夏芍明白亞當的意思，他說他們黑巫師未必是邪惡的，白巫師也未必沒有邪惡的。

「我贊同亞當先生的話，但是你忘了一件事，你說得再有道理，也改變不了當年的事實，你我還是敵人。」

亞當沒有爭辯，而是忽然轉移話題，「怡和夏小姐是好朋友，夏小姐覺得，她在英國學習的是黑魔法，還是白魔法？」

夏芍懶得猜，她覺得亞當的心思比龔沐雲還彎彎繞繞，做一件事要拐十八道彎。幸好龔沐雲懂她的性子，總是會直切主題，而亞當顯然對夏芍不夠了解，她不喜歡被人牽著鼻子走。

一聽到亞當的話，夏芍表情更冷，猜都不猜，直接問胡嘉怡：「妳學哪種？」

胡嘉怡吶吶地道：「我、我兩種都有學。」

夏芍挑眉。胡嘉怡帶亞當回青市過年，顯然兩人的關係非同尋常。她也看出胡嘉怡對亞當有好感，雖然她學習巫術時間才半年，看不出是哪派的人，但是夏芍已經猜她學的是黑魔法，不然她不會才去英國半年就認識亞當，也不會關係好到將他帶回來過年。

夏芍沒想到的是，她竟然兩種都學。

「我剛到學校的時候有測試天賦，結果是少有的兩種巫術都可以學的人。」胡嘉怡解釋。

亞當笑著點頭，「沒錯，我也是被驚動的人之一。我想對夏小姐說的是，怡的天賦很少見，即使是在我的家族裡。在我的記憶中，我們出生起就只能學某一派的巫術，資質天賦是與生俱來的，改變不了。我的家族像怡這樣的天賦只有兩位，其中一位目前還在世，他是亞伯特·拉斐爾·奧比克里斯。」

亞伯特·拉斐爾·奧比克里斯是奧比克里斯家族的老當家人，被英國皇室授予伯爵稱號，是相當受人尊敬的白巫大師。

這個消息令夏芍有些驚訝，但她感覺到亞當說了這麼多，這句應該才是正題。

「這是我們家族的祕辛，只有黑巫一脈的人才知道。伯爵從三十歲那年開始研究黑巫術，從此對黑巫術的狂熱超越了一切。他是歐洲有名的白巫大師，黑巫術卻比我的父親還厲害。他是奧比克里斯家族從未見過的天才，我們家族圖書館裡的書籍所記載的所有巫術，他只用了半個世紀就學會了，唯獨一項傳說中人間最強大的死靈術。夏小姐肯定不知道，當年授命我父親帶領族人圍殺貴派祖師的人，正是老伯爵，為的就是這卷流落到東南亞的黑巫術羊皮卷。」

夏芍聞言心中一震，卻故作淡定，挑眉道：「是嗎？」

「我沒必要騙夏小姐，我也知道夏小姐一定不會輕信我說的話。不過，我說的是真話，不怕妳去查。」亞當說到這裡，話鋒一轉，聲音忽然變得低沉，「當年我父親受命參與圍殺，為的是拿到這卷羊皮卷，但最終失敗了，通密大師只給了我父親半張羊皮卷。這張羊皮卷上寫的是希伯來文，翻譯難度本就很高，又是殘卷，想要完整拼湊出來就更難了。這十幾年來，老伯爵曾多次派我父親和通密大師接觸，給了很多好處也沒能換回另外半卷。而在這十幾年裡，因為研究羊皮卷上的死靈術，老伯爵幾乎變得瘋狂。三年前開始他就不再見外人，外界以為他是年事已高，身體欠安，只有我們知道，他是想要在死前研究出死靈術。」

夏芍表情未變，眼神意味深長。

亞當這番話，無非是在告訴她，當年的事他父親並非主謀。他把家族祕辛告訴她，將老伯爵推出來，說明他與老伯爵之間沒有太多感情。既然沒有感情，那為什麼他情緒會變得沉重？

「還真是謝謝亞當先生，竟然對我這個外人說出家族祕事。」

亞當像是聽不出夏芍的嘲諷，只道：「我還是那句話，那是我父親。」

「主謀固然不能饒恕，但鷹犬的罪名也未必輕，你說呢？」夏芍說著，從椅子上站起來，「今天是嘉怡帶你來的，我給嘉怡面子，不對你出手，但是我希望你盡快離開，否則我可不敢保證接下來會發生什麼事情。」

胡嘉怡起身走過來拉住夏芍，咬著唇道：「對不起，我不知道這些事……只是今天中午我爸媽以為妳會來我家吃飯，他們從昨天就在準備了，妳……妳能去嗎？」

畢竟是好朋友，夏芍一看胡嘉怡的表情，就知道她有話想跟她說，於是，她垂眸道：「好，一碼歸一碼，總不好讓妳父母白忙活。」

胡嘉怡感激地看了夏芍一眼，旁邊的柳仙仙仍是一頭霧水。

來到胡家的別墅，胡廣進夫妻熱情地迎出來，一見徐天胤也在，頓時又是驚喜又是無措，趕緊將兩人請了進去，中午這頓飯吃得還是不錯的。

夏芍和胡嘉怡的母親聊得熱絡，一點也看不出上午的不快來。胡嘉怡和柳仙仙更是努力炒熱氣氛，將胡廣進夫妻的注意力引到她身上去，但是胡嘉怡和亞當在吃飯的時候一直沒有互動，還是引起了胡廣進夫妻的注意。

「妳把朋友請到家裡來，怎麼又不搭理人？」胡母瞪了胡嘉怡一眼，用公筷夾菜給亞當。

胡廣進顯然也很喜歡亞當，對夏芍笑道：「亞當是嘉怡在英國認識的朋友，老奧比克里斯伯爵的侄子。」

「我們已經見過了。」夏芍點頭一笑，笑容自然。

用完餐，胡母道：「你們大老遠趕來，應該累了吧？房間都準備好了，去休息一會兒吧，下午再聊，晚上我和老胡準備了西餐。」

夏芍本打算在胡家過夜，聽了沒多說什麼，和徐天胤逕自上了樓。

沒過多久，胡嘉怡就敲門進來。

夏芍和徐天胤正坐在窗前的沙發上喝茶，見胡嘉怡過來，夏芍嘆了口氣，說道：「過來坐吧，妳這次可真是給了我一個驚喜。」

胡嘉怡咬唇，自責地道：「對不起，我不知道妳的師門和亞當的家族有仇怨。」

「是我沒告訴妳，不知者不罪。」夏芍搖頭笑笑，等胡嘉怡在兩人對面坐下，她就倒了一杯茶遞過去，「聽說妳從來不跟家裡人說學校的事，怎麼，學校管得很嚴嗎？」

胡嘉怡點點頭，「很嚴，學生全都被規定要住校，平時出不去，打電話也有人看著。那裡的氣氛……很沉悶，比咱們讀高中的時候都悶，而且管得非常嚴格。」

夏芍挑眉，「我記得妳當初說要去英國追求夢想和自由，現在聽起來似乎不太自由。」

「嗯。」胡嘉怡很無奈，「跟我想像中的差很多。我以前只是對西方的神祕學感興趣，想多了解一些，可是真正進了學校才知道完全不是我想的那樣。在大家的眼裡，學習巫術是很嚴肅的事。學校的東方人很少，英國人也不一定能入學。我以前只知道這個學校是世界上唯一的巫師學校，等我去了之後才知道，學校是奧比克里斯家族的人創辦的。」

夏芍並不覺得意外，除了奧比克里斯家族的人，歐洲還有別人有這資質嗎？再說，如果沒有背景，政府怎麼會頒發辦學許可？

「可是，奧比克里斯家族是血緣傳承制，只有他們本族人才學得到高深的巫術。學校的學生大部分是巫術愛好者，任課老師是奧比克里斯家族的人，亞當……他是我的朋友，也是我在黑巫術方面的導師。我天賦高，入學測試的時候黑巫術和白巫術都可以學習，因此才見到了亞當，得到他親自教導。我見過亞當的父親一次，他父親是位很紳士很和藹的老人家，跟黑巫師給人的印象非常不一樣。我原本以為會給妳一個驚喜，哪知道……」胡嘉怡低著頭，心中鬱悶。

「善良的人未必不會犯錯，和藹的人也可以是殺手。」夏芍笑笑，胡嘉怡被保護得太過，還是太單純了，「嘉怡，妳喜歡亞當，對嗎？」

胡嘉怡臉頰忽然漲紅，隨即猛然搖頭，「我不是因為這樣才跟妳說黑巫師的好話，我說的都是我親眼看到的。學校教白巫術的那些導師給人的感覺很高傲，奧比克里斯家族每年會在學校裡選出三名優秀的學員為他們辦事，雖然只是外圍人員，但是有很大的利益，所以競爭非常的激烈。我的天賦好，得到很多關注，有不少人把我當成絆腳石。這半年多來，如果不是亞當陪著我，我可能……不知道被暗算了多少次。他真的很厲害，教了我很多防範巫術的招數。」

胡嘉怡說到亞當，不自覺露出興奮、憧憬、感激的笑容。

夏芍明白了，胡嘉怡是對亞當生出了懵懂的情愫，只是這感情有幾分是男女之情呢？

胡嘉怡又道：「因為這樣，我們成了朋友。我在學校得知妳的事情時，還跟他說……」

還跟他說……說什麼，胡嘉怡沒說出來，只是說到此處，臉色陡然一變，瞬間慘白。

她坐在沙發上，半天沒回過神。夏芍和徐天胤對望一眼，胡嘉怡忽然起身，沉沉地說道：

「我想起有件重要的事，我先離開一下。」

夏芍望著關上的房門，想了一會兒，並沒有開天眼。

胡嘉怡在走廊上轉了個彎，來到一個房間前，也不敲門，直接開門走了進去。

亞當也正坐在窗前的沙發上，望著胡家別墅外面的景色。說是看景色，他的視線卻是落在當年夏芍佈桃木驅邪陣法的地方。胡嘉怡怒氣沖沖地進來，亞當轉頭看她，嘆了口氣，然後半開玩笑道：「幸虧我沒有在睡覺。」

胡嘉怡對他的玩笑置之不理，而是憤憤地指責他：「亞當，你利用我？」

亞當對她的質問似乎不意外，只是看著她，笑容微斂。

「我跟你說過很多小芍的事，她是我朋友，我也把你當朋友，我以為她是風水師，你是巫師，你們也能成為好朋友，可是，你沒有告訴我你家族和小芍師門之間的恩怨，還同意我帶你回來見她。你根本就是想見她，你利用我接近她！」胡嘉怡憤怒異常，眼裡滿是受傷的情緒。在英國半年，他是她的導師，也像騎士般守護著她。因為有他在，她不曾被別人傷害過。因為有他在，她可以專心學習喜歡的巫術。然而，這一切居然都是謊言。

「你的目的是什麼？我告訴你，我絕對不會允許你傷害我的朋友。」

亞當垂眸笑了笑，「我喜歡妳對朋友的真心，如果妳也能對我真心一些就好了。」

胡嘉怡愣住。這是什麼意思？她一直把他當朋友，難道還不夠真心？明明是他在利用她。

「妳知道我們家族的一些事，我不能多說。」

「你不說我也知道，學校裡兩派導師間的氣氛很古怪，肯定是你們家族出了什麼事。」

亞當從來不提家族裡的事，胡嘉怡也不是八卦的人，以前不問，是擔心亞當未必喜歡她問及他家的事，可今天她必須說，因為她發現事情不簡單，可能會危害她的朋友。

亞當的表情忽然變得很認真，認真到懾人，「我透過妳見妳的朋友，是因為只有妳在場，他們才會給我說話的機會。」

胡嘉怡呆住，沒想到亞當竟然承認了。

亞當站起來，負手望向窗外，聲音透過背影傳來，「我跟妳說過，世上並非只有黑和白，很多時候我們在黑暗中行走，未必代表心是黑的，也許我們也嚮往……」

亞當沉浸在自己的思緒裡，沒有再往下說。半晌，他轉過身來，看向胡嘉怡，望著她的眼睛，「這次我來，家族真的給了我任務。」

「什麼任務？」胡嘉怡本能問道。

「要麼說服，要麼……殺。」

胡嘉怡睜大眼睛，「你……」

她話還沒說完，眼前陡然變黑。她沒看到亞當用了什麼術法，只覺兩腿一軟，當下向後倒去。在她倒下的同時，亞當來到她身後，將她打橫抱起，走到床邊把她放到上面。

亞當望著她緊閉的雙眼，說道：「我很抱歉，但是這半年我很愉快。」

亞當舉起手，修長的手指隔空在胡嘉怡的胸口畫下一個魔法陣。他的動作很慢，一道一道，像是刻上去的。在魔法陣即將成形前，他緩緩俯身在胡嘉怡的額頭上印下一吻，接著如呢喃般低聲說道：「放心，受傷的不會是妳的朋友，只會是我……」

與此同時，夏芍和徐天胤雙雙從沙發上站起來，迅速奔向這個房間。

就在亞當念出最後的咒語，最後那一筆即將落下時，門被砰地踹開，夏芍手中寒光一閃，龍鱗出鞘，一道陰煞直劈向亞當的後背……

第八章 真兇現身

大敵當前，亞當反應很快，他抱著胡嘉怡翻身下床，將胡嘉怡放到地上，自己退離床邊。

夏芍在看到床上還有胡嘉怡在的時候，已經緊急收起龍鱗。她不便窺看朋友的隱私，就沒有開天眼，但她始終注意著這邊的狀況。在亞當開始施術時，夏芍和徐天胤就感覺到了，兩人衝過來，正好撞見亞當在畫魔法陣。

亞當退到牆邊，一道黑氣朝著面門襲來。那道黑氣與劈向他後背的那道不同，帶著寒光，原來是兩刃薄如蟬翼的匕首，刀身周圍包裹著陰靈之氣，在亞當側頭想躲開的剎那，匕首陡然轉向他的頸動脈劃去。

亞當的瞳仁驟然一縮，身體貼著牆面滑出去，徐天胤的將軍劃過的地方，一張人形的紙片被斬成兩半，飄落地上，化為黑灰。

那張人形紙片看起來像是日本陰陽師所使用的式神，但其實黑巫術的詛咒也常用紙片代替。中國古代最常見的巫蠱術中的紮草人，在西方也有類似的巫術，卻是用紙片代替。亞當的紙片則不是用來詛咒，而是代替他擋了剛才將軍的那一刀。

夏芍已經上前查看過胡嘉怡，她並沒有大礙，只是暈了過去。剛才亞當的巫術並沒有完成，她望著躲開的亞當，質問道：「你剛才想對她做什麼？」

亞當的處境不太妙，徐天胤取他性命的殺招並未有絲毫減緩。亞當沒有喘息的機會，剛躲過將軍，又有一道勁力震來。他往地上撲，那道勁力擦著他站著的位置掠過，下一秒牆面轟一聲，出現了如蜘蛛網的巨大裂痕，壁面的碎屑劈里啪啦往下落。

亞當瞥了牆面一眼，他的風衣沾了些灰塵，臉上的笑容也沒有先前那麼輕鬆。他吐了一口氣，回答了夏芍的話：「沒什麼，只是有些記憶不是很愉快，我希望她忘記而已。」

就在這時，徐天胤射來一道金符，亞當敏捷地躲開。他躲向房門的方向，誰知徐天胤的將軍已經同時朝房門劈去。亞當驚險避過，頃刻間，房門就被劈成了兩半。

「再不愉快的記憶也是屬於她的，你沒有權利剝奪！」夏芍眼神冷寒。

亞當盯著徐天胤，不敢有絲毫鬆懈。此時，他已退到牆角，退無可退，卻還是笑道：「那個記憶是屬於我的，我有權利拿走。」

夏芍蹙眉，越發覺得亞當與胡嘉怡相識必是早有預謀，當下跟著出手。

在她動手的前一刻，徐天胤又畫了一道金符射向亞當。亞當繼續閃躲，這一躲就躲到了落地窗前，離夏芍很近，夏芍恰巧在此時震出一股暗勁。

亞當看了夏芍一眼，移動的速度忽然變慢，被夏芍發的暗勁打了個正著。只見他身子微躬，噗地吐出一口血，後背猛地撞向身後的落地窗。窗戶破裂，亞當仰面從樓上摔了下去，落入院子的湖水之中，很快沉了去。

徐天胤來到窗邊，夏芍連忙拉住他，阻止他跟著跳入湖水之中。她開了天眼，向下探頭看，只見亞當吐出幾口血，翻身向遠處游去。

夏芍有個古怪的感覺，剛才亞當是故意讓她打中的，為什麼？

胡廣進夫妻跑了過來，連連問道：「亞當，發生什麼事了？」

亞當住在這個房間，胡廣進夫妻聽見動靜自然以為亞當出了事，兩人跑進來，卻只看見夏芍和徐天胤兩人，窗戶破了，房門也斷成兩截，房間裡一片狼藉。

夏芍看著眼前的亂象，忽然又想到，亞當從頭到尾都沒有用任何術法與他們對決，只是一味閃躲，這又是為什麼？

不解的念頭瞬間閃過，她對胡廣進夫妻致歉道：「胡總、胡夫人，實在抱歉。剛才我們和亞當有些衝突，他已經跳窗逃走。貴宅的損失，我會賠償的。」

「什、什麼？」胡廣進夫妻好半天沒反應過來，「亞當……他怎麼了？」

「嘉怡？嘉怡在哪兒？」胡夫人猛地回過神，四下張望找自己的女兒。出了這麼大的動靜，女兒怎麼可能聽不見？結果卻看到女兒閉著眼睛躺在旁邊的地上。

夏芍無聲嘆氣，知道是瞞不住了，「胡夫人放心，嘉怡沒事，只是暈過去了。」

說到這裡，她的臉色沉了下來。剛才是亞當把胡嘉怡放在這裡的，這樣雙方打起來，胡嘉怡確實不容易被傷到。他是在保護她，還是無意之舉？

夏芍對亞當沒好感，她很想說是後者，可他始終沒用巫術反擊，似乎證明了是前者……畢竟亞當的修為不低，他只躲卻不動手，是不想讓胡嘉怡受到波及？

還有，剛才他故意被自己打傷又是為了什麼？

眼下是大年初五，湖水冰冷，湖面還結了一層冰。亞當在冰層下奮力游動，好不容易游到別墅區下游的岸邊。他在水下一手捂著胸口，一手畫了道魔法符般的圖，冰面頓時被黑氣腐蝕開，接著他用手掌往冰面一拍，冰層當場碎裂。

亞當鑽出冰面，爬上岸邊，咳了幾口血水出來，然後才朝著公路的方向跑去。

這時候，胡廣進夫妻抱著女兒，根本弄不明白出了什麼事。中午的時候不還是好好的嗎？怎麼才剛吃完飯，睡個午覺的功夫就打起來了？

「老公，嘉怡還沒醒嗎？我們打電話叫救護車吧！」胡夫人著急地道。

胡廣進點頭，趕緊掏手機打電話。

夏芍沒阻止兩人，把胡嘉怡送醫能讓他們感到安心的話就好。她上前將手放到胡嘉怡身上，給她補充了些元氣，接著說道：「她晚上就會醒了。」

聞言，胡廣進夫妻的心落下一半，但是看見女兒還在昏迷中，依舊還是很擔心。

跟著救護車去醫院的路上，夏芍的目光總是望著某個方向，她可沒忘了監視亞當的動向。

亞當攔了輛計程車，往市中心而去。沒過多久，計程車停在市中心一家五星級飯店門口。他全身濕透，臉色發白，嘴唇青紫，風衣上還有血跡，相當的狼狽。一進入飯店大廳，服務生和過往的人都用詫異的目光看著他。

亞當與服務人員說了幾句話，便被恭敬地引上樓去。

飯店七十九樓的海景套房裡，可以遠眺市郊的海岸線，將優美的風景一覽眼底。亞當來到其中一間套房門前，房裡有一名金髮碧眼的年輕女子正坐立不安地來回走動。

她聽見敲門聲，趕緊去開門。門一開，她臉色大變，「哦，上帝，你怎麼成了這副樣子？」她扶著亞當進去，再把門鎖上，「你掉水裡了？你受傷了？」她的語氣很不可思議，彷彿不敢相信亞當這樣的人會受傷。

「任務失敗。」亞當捂著胸口，咳嗽一聲，「安琪拉，我先去換身衣服再談。」

亞當從行李箱拿出乾淨的衣物，逕自進了浴室。安琪拉看著他的背影，眼神發直，似乎不敢相信亞當居然說任務失敗了。

亞當在浴室的時間不長，出來的時候已經換了身乾爽的衣服，金色長髮也吹乾了。除了臉色蒼白，精神不濟之外，與平時優雅的模樣沒什麼分別。

他坐到沙發裡，見桌上有一杯熱騰騰的紅茶，就伸手端過來，安琪拉急忙坐下來問道：

「你真的失敗了？是他們打傷你的？你傷得嚴重嗎？」

亞當看著自己的妹妹，笑道：「受傷的滋味是不好受，不過，失敗了不是很好嗎？」

「可父親把希望都寄託在你身上。」安琪拉瞪大眼，無法相信亞當竟然這麼說，「你失敗了，家族的人會很失望。」

「失望？」亞當的唇邊露出嘲諷的笑意，「他們能把我怎麼樣？」

安琪拉咬唇，「他們不會把你怎麼樣，你是父親最重視的兒子，我們撒旦一派未來的主人，但是你失敗了，我們的家族會陷入危險。」

「妳錯了，安琪拉。我失敗了，才能有一絲希望挽救家族。」亞當見妹妹不懂，嘆道：「父親的命令是錯誤的。我對唐先生的弟子下殺手，只會讓我們家族和玄門結下死仇，讓我們真正的敵人有可乘之機，坐享其成。」

安琪拉睜大眼睛，猛地站起來，捂住嘴，「你、你是故意的……」

亞當攤手，「現在我失敗了，妳覺得父親會做出怎樣的決定？」

「父親會嚇壞的。我們不僅有玄門這個敵人，現在還面臨拉斐爾一派的誣陷。父親會以為我們腹背受敵，他會急瘋的。老伯爵已經瘋癲，竟然相信拉斐爾他們捏造的謊言，認為父親在當年隱藏起了另一半的羊皮卷，老伯爵很有可能要了父親的命。拉斐爾那些人怕老伯爵沉迷我們一派的巫術，會把家主的位置傳給我們，他們一定儘量削弱我們。如果父親被害，下一個就會是你。只有我們沒了當家人，他們才會有勝算。」

「有本事，就讓他們來。」亞當的笑意淡了下來。

安琪拉沒他這麼從容不迫，她藍色的眼眸裡全是擔憂之色，「你是在冒險。你都受傷了，怎麼跟拉斐爾那些人周旋？」

「所以，我的妹妹，妳要為我保守這個祕密。這件事只需要讓父親知道就好了，他從來都優柔寡斷，知道我失敗了，他會考慮放棄對付玄門的。」

「可是玄門會放棄找我們報仇嗎？」

亞當聞言沉默一會兒，接著笑了笑，「至少不是我們主動對付玄門，畢竟玄門要報當年的仇，我們和他們有共同的敵人，而且是我們虧欠人家的，總要表現出一些誠意。」

安琪拉沉默，她還是覺得亞當在冒險。

就在這個時候，夏芍推開門走了進來，挑眉道：「想要表現誠意，亞當先生和安琪拉小姐恐怕需要再付出一些代價，跟我到香港走一趟吧。」

夏芍和徐天胤大搖大擺地進來，安琪拉臉色大變，就連亞當的表情也僵住。

「你們是怎麼進來的？」安琪拉相當驚愕。她明明鎖了房門，對方怎麼可能不聲不響地進來？且不說她，亞當也在房裡，怎麼可能連他也沒發現？

夏芍但笑不語，有師兄在，開個門鎖不被發現的手段自然是有的。亞當如果是在全盛狀態，當然能察覺，可他有傷在身，敏銳度減低是很正常的。

亞當許是也知道這點，所以還算淡定，「夏小姐能找到這裡，真讓人佩服。」

安琪拉的臉刷地又白了，這兩人是怎麼找到這裡來的？她來中國的事，只有亞當知道，那他們是跟蹤亞當來的嗎？亞當怎麼沒發現？

「你們想幹什麼？」安琪拉如臨大敵地擋在亞當前面，手裡緊緊捏著一張泛著黑氣的人形紙片，「是你們打傷了我哥哥？」

安琪拉看過夏芍的資料，因此一眼就認出她來。

「不，是妳哥哥故意受傷的。」夏芍淡淡一笑，徐天胤牽著她的手，將她半擋在身後，手中將軍的黑氣比安琪的紙片厲害得多。

亞當把妹妹往後拉，從容地問道：「聽夏小姐的意思，你們聽到我們的談話了？」

夏芍沒有回答。她不想告訴他，她的唇語還在學習中。如果對方說的是中文，她可以看懂一大半，可亞當和安琪拉說的是他們的母語，她只能從幾個詞彙裡猜測。幸好胡嘉怡去的醫院和飯店都在市中心，離得不遠，她和師兄趕過來的時候，聽見了最後關鍵的那幾句話。

「我想說的是，你們的誠意我看不到。想表現誠意很簡單，跟我去香港。」

安琪拉惱怒，「妳想把我們當成人質威脅我父親來送死嗎？我和我哥哥是不會答應的！」

「安琪拉。」亞當看了妹妹一眼，示意她不要插嘴，然後對夏芍點頭道：「好，如果這樣能讓夏小姐感受到我的誠意的話。」

「亞當？」安琪拉不敢相信地盯著他，「不可以，他們會拿我們威脅父親的。」

亞當沒理安琪拉，繼續道：「不過，我希望我一個人跟夏小姐去香港。我妹妹沒有參與當年的事，我希望她能安全回家。」

「亞當！」安琪拉驚恐地道：「不行，香港是他們的大本營，你去了會有危險……」

夏芍拒絕，「你看起來很疼愛你妹妹，而我需要一個不怎麼強大的人來牽制你。」

「妳——」安琪拉聽到夏芍說她弱，氣得臉頰漲紅。

亞當深深地看了夏芍一眼，「夏小姐真是直率的人。」

「哪裡，比不上亞當先生會繞圈子而已。」夏芍冷哼一聲。

「那我可以問問夏小姐，我們兄妹到了香港之後，夏小姐會令我們兄妹成為人質，用來威脅我父親去香港嗎？」亞當不再繞圈子，直截了當地問。

「這我就做不了主了。你們到了香港，見了我師父，一切得聽他老人家的。」夏芍答道。

亞當聞言垂眸，半晌抬起頭來，點頭道：「好。」

事情定下，夏芍召出大黃，讓大黃和徐天胤留在飯店監視亞當兄妹，自己則先回去醫院。

胡嘉怡傍晚的時候醒了過來，她一醒就情緒激動，說夏芍和徐天胤有危險，惹得守在病床前的胡廣進夫妻和柳仙仙都莫名其妙。三人只好跟胡嘉怡說了胡家發生的事，這時夏芍回來了。見夏芍沒事，聽說亞當受傷逃走，胡嘉怡坐在床上，整個人彷彿失了神。

胡嘉怡的記憶沒有缺失，可見亞當那時的巫術沒有成功。夏芍有些糾結，不知道該不該把亞當故意受傷的事告訴胡嘉怡。她不希望胡嘉怡和亞當牽扯太多，這兩人之間的感情有多深，有待商榷，只是胡嘉怡有權知道真相。

夏芍考慮一會兒，決定告知她真相。

她將胡廣進夫妻和柳仙仙支出去，這才將事情經過和盤托出，不過，她沒說自己的猜測，比如亞當不反擊是不是出於保護胡嘉怡，她沒有證據，不想誤導胡嘉怡。

夏芍連亞當故意受傷的事都沒有說，胡嘉怡卻聽出來了。她眼圈紅腫，說話透著鼻音，「他說他這次來是接到家族的命令，要麼說服妳，要麼殺了妳。他既然要殺妳，為什麼不反擊？」

夏芍見她聽出來了，這才說道：「他是故意被我打傷的。」

「他為什麼要這麼做？」胡嘉怡一臉茫然。

「這就要妳自己去問他了。」夏芍淡然道。

「他什麼都不肯跟我說。我們認識半年，他什麼都好，好得就像童話裡的完美騎士。我跟他在一起，就像生活在夢幻裡。開始我覺得很美好，直到現在……我覺得什麼也看不清了。」

胡嘉怡眼淚啪嗒啪嗒往下掉。

夏芍嘆了口氣，「嘉怡，妳對亞當的喜歡有多少是男女之情，妳有想過嗎？」

胡嘉怡愣住。

「妳應該清楚，妳不可能成為職業巫師。妳要繼承妳家的事業，妳去追夢，不過是為了完成自己的一個心願，妳早晚都要回來。妳天賦再高，也不是奧比克里斯家族的人，不會有機會學習高等巫術甚至秘術。亞當不一樣，他是奧比克里斯家族撒旦一脈的未來當家人。他是妳從小到大的嚮往，但這終究不是男女之情。他保護妳，讓妳不受傷害。妳感激他，可感激也不是男女之情。那麼，妳憧憬的是他，還是妳從小到大的夢想？除去憧憬和感激，妳對他的喜歡還剩下多少？」

胡嘉怡呆呆地聽著，任眼淚默默滑落。

「或許妳是真的喜歡他，但我還是希望妳能好好想明白。」夏芍認真地道：「如果妳是真的喜歡他，我當然是希望妳能幸福。我的門派和亞當的家族有仇怨，但那是上一輩人的恩怨，不該牽連到下一代人。若妳真的喜歡亞當，不必顧及我，妳有追求感情的權利，我會祝福妳。」

胡嘉怡咬著嘴唇不說話。

夏芍接著又道：「如果妳不喜歡他，我希望妳能早日振作起來。妳在英國這半年的經歷，對妳來說是傷害，也是歷練。妳將來要接手家族企業，就要學會理智思考身邊的人和事。」

胡嘉怡低著頭，半晌才道：「我知道了。妳放心，我會好好想清楚的。」

夏芍拍拍她的肩，「別讓妳爸媽和仙仙擔心就好了。」

「嗯。」胡嘉怡伸手用力抹了抹臉，露出不太好看但真心的笑容來，「叫他們進來吧，我可以出院了，本來就不是生病。」

夏芍起身去把胡廣進夫妻和柳仙仙叫進來。柳仙仙非常鬱悶，胡嘉怡和亞當的事、夏芍和亞當的事，她完全不清楚。有這麼大的八卦在她面前，她居然一點也沒弄明白。

胡嘉怡堅持回家，不想待在醫院。胡廣進夫妻叫來醫生，確定她身體沒有任何問題，這才同意辦理出院手續，帶她回家。

夏芍沒跟胡廣進夫妻一起回去，她再次對破壞胡家的房間表達歉意，說會請艾達地產的人去重新修復並賠償。胡廣進大度地擺手稱不用，自己家又不缺那點錢。夏芍自然不會當真，她說有事會打電話跟胡家聯繫，就離開了醫院。

回到飯店，還沒進房間，夏芍就聽見房裡傳來尖叫聲。

「啊……你、你別過來，別過來！亞當，這條蛇好討厭！」

夏芍推門進去，見徐天胤在門後盤膝坐著，一動也不動。安琪拉被一條手臂粗的金蛟追得滿屋子跑，邊跑邊尖叫。坐在沙發裡的亞當正揉著耳朵，見夏芍推門進來，便道：「夏小姐，妳總算回來了。可以把這條陰靈收回去嗎？安琪拉很怕蛇。」

夏芍見安琪拉臉色發白，眼眶含淚，頓時有些無語。安琪拉是黑巫師，怎麼也不該怕蛇。安琪拉這名字是天使的意思，撒旦一脈的女孩子取這樣的名字，還怕蛇，根本是做白巫

師的料。

「大黃，過來。」夏芍喚了一聲，金蟒果斷停止追嚇，慢悠悠來到夏芍腿旁，嘶嘶吐信，似乎有邀功的嫌疑。

夏芍看向亞當，說道：「我剛才去了一趟醫院，嘉怡已經醒了。」

亞當瞬間僵了一下，隨即轉頭看向窗外，什麼也沒說。

夏芍繼續道：「還好，她的記憶沒有缺失。」

亞當望著外面變黑的天色，淡然一笑，「這對她未必是好事。」

「你覺得記憶殘缺對人才是好的嗎？」

「如果她沒有在英國的那段記憶，她會更好。」亞當笑笑，「她有學習巫術的天賦，如果她生在巫師家庭裡，她會有很大的成就，但是她太單純了，不適合在巫師的世界裡生存。」

夏芍蹙眉，他是想抹去胡嘉怡在英國所有的記憶，包括他的？

亞當轉過頭來，說道：「妳是她的好朋友，請妳勸她不要再回英國了。」

夏芍也不希望胡嘉怡回英國，奧比克里斯家族兩派鬥得很厲害，學校裡的學生說不定也分成兩派，胡嘉怡學習巫術時間短，又沒有心機，去了很可能有危險。

當晚夏芍就怡打了通電話給胡嘉，怕她擔心，便沒有跟她說亞當家族正面臨的問題，只說不要多想學校的事，先把自己的心意理清楚再說。胡嘉怡經歷了這次的事，對是否回英國也非常糾結，回去就要面對亞當，於是答應了夏芍。

夏芍打電話回家，她原本打算正月十五之前去香港向師父拜年，順便見見香港的朋友們，但是計畫趕不上變化，她明天就得出發去香港。

夏志元和李娟很意外，可也習慣了夏芍東奔西跑。夫妻倆只問她在香港要待多久，開學前還能不能回家一趟。夏芍不敢保證，誰知道到了香港事情還有什麼轉變，只是她為了讓父母放心，就說自己儘量在開學前回家。

第二天一早，夏芍、徐天胤、亞當和安琪拉一起前往青市機場。

旅途中這對兄妹還算安分，只是安琪拉把夏芍帶他們去香港的目的看得很邪惡，因此在飛機上沒少瞪她。夏芍置之不理，在三個小時的飛行之後，飛機降落在香港國際機場。

夏芍昨晚就打電話通知師父唐宗伯，玄門已經知道奧比克里斯家族撒旦派的兩位嫡系成員要來香港，因此夏芍四人下了飛機就看有人等著接機了。

來接機的是張中先的大弟子丘啟強和他的兩名弟子，丘啟強看見亞當和安琪拉的時候，臉色不怎麼好，另外兩名弟子更是沒給亞當兄妹好臉色看。一路坐車前往玄門總堂所在的老風水堂，亞當和安琪拉都在旁人的白眼中度過。

這天是大年初六，廟街很熱鬧，不少香港市民來老風水堂求平安符。

玄門弟子除了在前面坐堂幫忙的，其餘人都聚集在大廳。唐宗伯坐在廳堂上首，張中先坐在他左側下首的長老席上，弟子們則按輩分坐在右側，輩分最低的弟子各自站在師父身後。

夏芍一行四人走進門的時候，眾人齊刷刷看過來。

玄門弟子看著亞當和安琪拉的眼神充滿警戒，透著審視和敵意。

夏芍對上首的唐宗伯道：「師父，對不起，今年沒能給您帶好禮物過來。」

唐宗伯瞪了她一眼，「往年也沒見妳送禮，紅包倒是沒少要。行了，和妳師兄坐一邊去，讓為師見見今天的貴客。」

夏芍依言退到張中先左側，坐到他上首的椅子上。

「師父。」溫燁從對面海若旁邊走過來，站到夏芍身後。

夏芍打量著他，見他臉蛋圓了點，可見海若沒少投餵他。眼下大事當前，她沒調侃他，只是點點頭，道：「你去坐著吧。」

溫燁拜夏芍為師，輩分自然要提一輩，與海若等人同輩，不必像其他弟子一樣站著。他是有座位的，在丘啟強等人前頭，可這小子卻坐在海若身旁最末位的位置。

「不用。」溫燁搖搖頭，堅決站在夏芍身後。

徐天胤也跟唐宗伯打招呼，「師父。」

「嗯，坐下吧。」唐宗伯微笑點頭，與夏芍相比，面對自己的大弟子時，他更像慈父。

徐天胤坐到夏芍上首，兩人互看一眼，然後轉向在大廳中間站著的亞當和安琪拉。

安琪拉面對在場的四五十人，緊張得想祭出傀儡紙人護身，卻被亞當阻止，他面帶笑容地寒暄道：「唐老前輩，久仰大名。」

亞當說的是國語，有人哼了一聲，低聲罵道：「裝腔作勢！」

唐宗伯看著始終面帶微笑的亞當，忽然釋放威壓，迫使安琪拉退了一步。亞當站在原地沒動，但是笑容微微僵硬。

好在唐宗伯開了口：「你們是安德里的兒女？事情經過我已經知道了。當年你父親雖帶黑巫師圍殺我，但這是上一代的恩怨，與你們兄妹無關。我想知道的是，你同意跟我的弟子來香港見我，為的是什麼？」

「既是這樣，那唐老前輩應該也知道當年我父親是受命行事。當然，他犯下的罪行不可饒恕，可他確實不是主謀。我代我父親向唐老前輩道歉，希望……您能寬恕他。」亞當說到這裡，單膝跪地，對坐在上首的唐宗伯躬身。

「亞當？」安琪拉震驚。撒旦派未來的當家人，怎麼可以輕易向人低頭？

西方人單膝下跪，包含著基督教文明中神權再高，人權也不泯的思想。一條腿跪神明，一條腿獨立自主，這是他們最高的禮節，可惜沒有獲得玄門弟子的諒解。並非嫌棄他不夠誠意，只是唐宗伯雙腿殘疾，不是一句對不起可以解決的。

諸多仇恨的目光停留在亞當身上，他依然低著頭，動也不動。

唐宗伯嘆了口氣，「安德里有你這樣的兒子，也是他的造化。你起來吧，明知你父親和玄門是死仇還敢來，讓人佩服，我不為難你。」

亞當這才站了起來，抬頭看向唐宗伯。

唐宗伯道：「不過，就算你孝心可嘉，我也不能就這麼原諒你父親。」

「我明白。」亞當垂眸，顯然早知結果如此。

「既然你知道我不會輕易原諒他，為什麼還要跟我道歉？」唐宗伯盯著亞當。

亞當微微一笑，「因為他是我父親。」

唐宗伯看了亞當半晌，又是一嘆，「當年的事，雖然禍起玄門內部，但你父親是幫凶。當年的仇人三者去二，現在只剩下你父親。這事與你無關，與其你道歉，不如你父親道歉。你們兄妹來了，誠意我看見了，可是真正犯錯的是你父親，他在哪裡？」

「我父親不能來。」亞當道。

「是不能來，還是不敢來？」張中先皺起眉頭，「自己犯的錯，讓兒女來替他承擔，安德

里還是跟以前一樣是孬種。」

「不許你這樣說我父親！」安琪拉憤怒地瞪著張中先，「我父親對我們很好，當年如果不是老伯爵逼他，他不會帶人過來殺人，他只是為了保全家人！」

「妳這丫頭好不講理。他為了保全家人，就可以隨便傷人嗎？如果不是我師兄修為高，他早就死得我們連屍體都找不到了！」張中先激動得站起來。

亞當拍拍安琪拉的手，望向唐宗伯，問道：「唐老前輩，您的意思是，必須我父親親自過來，這件事才有解決的可能，是嗎？」

「你父親過來，我也未必原諒他，但他來，比你來更有誠意。」唐宗伯道。

「可是，他不能來。」亞當蹙眉，「您應該聽說我家族的事了，老伯爵對黑巫術的狂熱已經使他變得瘋狂，白巫師那派的人已經準備繼承老伯爵的爵位。為了爵位，他們宣稱我父親藏起了另一半的羊皮卷，我父親交不出羊皮卷，老伯爵隨時有可能殺了他。如果這個時候他來香港，白巫師那邊的人會認為他是想逃走，到時候我在英國的家人就危險了。」

關於奧比克里斯家族的內鬥，唐宗伯也從夏芍那裡聽說了，他說道：「你們奧比克里斯家族的白巫師和黑巫師一直是互利的。白巫師在皇室和教會擁有很高的聲譽，也擁有很高的權勢。你們黑巫師雖然低調，但一直在暗地裡幫著白巫師。你父親就算來香港，你的家族也不會輕易對你的家人下手，他們需要黑巫師的協助。」

亞當搖了搖頭，「您說的沒錯，以前確實是這樣，但現在老伯爵已經喪失理智，他會做出什麼事來，我不敢想像。他若是認為我父親想逃走，一怒之下會不會對我母親甚至家人動手，誰也不敢保證。」

眾人聞言，一時沉默下來。

夏芍卻在這時候笑道：「那我就不懂了，你父親來不了，而你也清楚玄門不會接受你的道歉，那你答應跟我來香港有什麼用？你可不像是會做無用之事的人。」

亞當看向夏芍，同樣笑道：「我記得夏小姐說過看不出我的性子。」

「現在能看出一些了。」夏芍淡然道。亞當這人做事喜歡繞圈子，但他做這些事是為了家族著想，稱不上錯。這人有情義有膽量，如果不是雙方有仇，倒也是個能結交之人。

「我來這裡見唐老前輩，一是想代我父親向唐老道歉，二是想向唐老當面說明當年的事，我希望唐老能知道，當年的凶手另有主謀。現在，我的家族面臨來自老伯爵的威脅，而唐老的真正仇人也是老伯爵。」亞當道。

「哦，這是來找盟友來了？」張中先氣笑了，「你是想告訴我們，玄門跟你們家族有共同的敵人，你想要咱們兩邊聯合起來對敵？」

丘啟強、趙固、海若等人也皺眉，互看一眼。奧比克里斯家族自家內鬥，干玄門什麼事？玄門哪有幫著仇人清理門戶的道理？

就算奧比克里斯家族的老伯爵才是玄門真正的敵人，但撒旦派也有錯。在玄門的立場上，他們雙方鬥起來是再好不過的事，不背後捅刀子就已經是仁義了，哪有去幫忙的道理？況且，一旦打起來，玄門也可能會有傷亡，為了幫敵人而讓自家弟子送命，誰也不可能同意。

唐宗伯挑眉看著亞當。

「不，我不是這個意思。」亞當的笑容微苦，「這是我們家族自己的事，我也想憑自己的力量解決。我只是以未來撒旦派的當家人的名義，向唐老前輩表達我們承擔錯誤的誠意，希望

唐老前輩給我們一點時間，等家族內部的紛爭解決，我一定帶父親前來向您請罪。」

夏芍深深看向亞當，原來他的目的在此。

撒旦派受拉斐爾派陷害，得罪了老伯爵，又與玄門有怨，可謂是腹背受敵。玄門如果在這時候上門尋仇，那亞當的家族不可能贏，結果多半是全族覆滅，所以亞當選擇告知玄門白巫師才是幕後主謀，以此希望玄門坐山觀虎鬥。

亞當一定是得知泰國降頭師在京城全滅的事，感受到了玄門復仇的決心，恰逢此時奧比克里斯家族內鬥，他不想家族覆滅，這才親自去見夏芍，展現自己的誠意。

或許他早在玄門清理門戶的時候就知道玄門的決心，因此在胡嘉怡去英國讀書時就開始為今天做準備。夏芍深深看了亞當一眼，幸好他不是冷血無情的人，否則將是很難對付的敵人。

「你的請求對玄門來說不難，你輸了，玄門的敵人只剩拉斐爾一派，但是你贏了，你拿什麼向我保證你一定會帶你父親過來請罪？」唐宗伯問道。

在場的玄門弟子也不約而同看向亞當。其實不必擔心亞當食言，他們家族兩派相爭，即便是撒旦派贏了，想必也會元氣大傷。他若是食言，玄門收拾一個未來得及休養生息的巫師家族並不難，只是不知道掌門師祖為什麼會這麼問亞當。

「我們黑巫術中有對人下咒，殺人於千里之外的巫術，我想玄門一定也有。我不介意拿我的性命當抵押，只希望唐老給我的家族一線生機。」亞當淡淡地笑道。

唐宗伯看了他一會兒，點頭道：「安德里果然是生了一個好兒子，不過，玄門行事向來不涉及無辜，你跟當年的事情無關，今天你活著進來，就能活著出去。他日你要食言，我唐宗伯定會將這筆債討回來。你們走吧，記住你的承諾。」

亞當微愣，沒想到唐宗伯竟然就這麼放他離開。

「好。唐老前輩的恩情，我記住了。」

「不必了，我唐宗伯一輩子行事光明磊落，就算跟你父親有仇，也不會對你這個無辜的小輩下手，去吧。」唐宗伯擺擺手，忽然發出一道勁力。亞當和安琪拉只覺一股巨風拂面，等反應過來的時候，兩人已經被推到門外。

夏芍暗笑，師父還說不欺負人，這已經是威懾了。

亞當看了門內一眼，說道：「謝謝唐老前輩，也謝謝夏小姐，我們這就離開香港。」

「我看這小子走了，也未必能活著回來。亞伯特那個老怪物，不是那麼好對付的，這小子還是太嫩了。」張中先見亞當兩人走了，這才說道。

唐宗伯點點頭，「都是命數，且看他能不能過得了。要是能度過此劫，奧比克里斯家族的撒旦派必定會日益強盛。比起他父親安德里來，亞當更有當家人的氣象。」

西方人的面相與東方人差異很大，面相學用在西方人身上未必準確，但是觀氣、觀形，還是能看出些端倪來的。

「希望我們不是放走了一個白眼狼，回頭咬我們一口。」張中先道。

唐宗伯笑道：「張師弟，狼若回頭咬你，你可以殺他。現在他對你沒有敵意，你若殺他，他豈非枉死？今天他要是死在這裡，我們跟奧比克里斯家族就真的結下解不開的死仇了。等我們不在人世，這仇就得下一代的弟子來扛。一代傳一代，我玄門弟子要死多少？為了下一代，我寧願相信這小子，讓這仇在我手中了結，給下一代一個沒有仇恨的環境。」

張中先根本不怕亞當食言，玄門完全有能力對付仇敵，他只是覺得今天信了人，明天要是

被背叛，實在傷感情。沒想到掌門師兄放走安德里的兒女，竟是有這樣的心思。

玄門弟子們也都看著唐宗伯，心中相當感動。

夏芍說道：「師父願意為我們試著去相信，我們也願意為師父討回公道。如果將來的結果不盡如人意，我一定不會放過今天做出承諾的人。」

唐宗伯笑了笑，「好了，師父還不知道妳？現在事情解決了，妳是不是打算要紅包了？」

夏芍笑道：「您還真是了解我。」

「想得美。大過年的不讓我省心，帶了這麼兩個人來，妳還想要紅包？」唐宗伯笑哼一聲，看向夏芍身後的溫燁，「妳也是有徒弟的人了，今年給妳徒弟準備紅包了沒？」

「您老給多少，我分一半給小燁子。」夏芍笑咪咪的。

唐宗伯指著夏芍，對眾人道：「你們看看她，就屬她不缺錢，卻摳門成什麼樣子？當了師父，還整天盯著我這個老頭子的錢包。」說完，又對夏芍道：「不過，今年我這錢包可真是得要出一點血了。」

夏芍問道：「為什麼？」

唐宗伯道：「欣兒年前在加拿大訂婚了，說要回來拜見我，明天就到。」

夏芍早就聽說冷以欣要訂婚，她的未婚夫是茅山派的掌門肖奕，傳說修為頗高，三十四歲就已經達到煉神還虛的境界。去年香港龍脈的事件上，玄門曾懷疑過他，但他那時回國準備訂婚，正待在茅山派裡處理門派事務，這才打消唐宗伯的懷疑。後來，唐宗伯又猜測此事會不會是當年夏芍和徐天胤殺了闆老三，闆老三親近的人報復，隨後得知茅山派除了肖奕，並無修為能撼動龍脈的人，這猜測也才消去。

直到現在，香港龍脈之事是誰做的仍然是個謎。不僅是龍脈的事，傷害溫燁的人、暗助通密的人、背後欲傷徐天胤的人、帶走衣緹娜並殺了她的人……夏芍認為是一個人所為，只是這人是誰，至今不明朗。

想起這些事，夏芍心中微沉，但是冷家人回來，晚宴她還是要出席的。

冷老爺子雖然退出玄學界，也從玄門長老裡除名，但他始終沒有被逐出門派，仍舊算是玄門弟子。他膝下唯一的孫女訂婚，回來拜見唐宗伯這位掌門是應該的，而且冷家在香港尚有人脈和影響力，回來宴請昔日故交，也是情理之中。因此，出席冷家晚宴的人還真不在少數。

冷家當初以占卜聞名，從政商名流到明星大腕，受過冷家指點的人不少。出席晚宴的人，有衝著往日與冷家的交情來的，也有聽說唐宗伯會到場，上趕著前來道賀的，畢竟唐宗伯不是說見就能見到的人物。唐宗伯見人，向來看機緣。

冷家人初七傍晚從加拿大回來，當天晚上就舉辦宴會，地點在冷家別墅。冷家別墅位在半山腰的高級住宅區，別墅是西式小莊園的格局，風水自是不必說，唐宗伯傍晚就過來了。

傭人恭敬地將唐宗伯一行人請到大廳，從樓上下來的冷老爺子看見唐宗伯，神情雖還有些對當年之事的羞愧，但是仍掩不住喜氣。

隨唐宗伯一起來冷家的有夏芍、徐天胤、張中先、溫燁，以及玄門仁字輩的弟子，總共十來個人。另外，還有來香港過年的衣妮。見到冷老爺子，除了衣妮，眾人都免不了想起往事，有面色複雜的，有感慨的，也有痛恨的。

張中先就是痛恨的那個，當初冷老爺子如果不是那麼懦弱怕事，為了保全冷家一脈而坐視余九志等人對他這一脈的暗害打壓，他的弟子就不會死的死，避的避。張中先最不能原諒的

是，冷老爺子明明是唐宗伯的師弟，往年與他交情甚好，在他遭難的時候卻選擇明哲保身。

他哼了哼，別開頭，不打算跟看不上的人打招呼。冷老爺子看了他一眼，同門這麼多年，當然知道他的性情，只能苦笑苦嘆。他的笑容微收，上前跟唐宗伯打招呼，「掌門師兄，欣兒還在樓上，奕兒在陪她。我去看看奕兒準備好了沒，讓他先來拜見您。我給您準備了房間，咱們可以進去說話，等宴會開始再出來就好。」

唐宗伯點頭，大廳門口忽然傳來女子爽利的笑聲，「我就知道來得早能早早見到人。」

夏芍聽出那聲音是誰，轉頭一看，果然是陳達和羅月娥夫妻。羅月娥穿著一襲深紫色禮服，身上披著白色貂毛披肩，看起來既高貴又典雅。

「月娥姊。」夏芍笑著走過去。才走兩步，就看見夫妻兩人身後還跟著兩名傭人，手上都推著嬰兒車，車裡躺著兩個穿得喜慶的孩子。

夏芍眼睛一亮，快步走過去，「妳把孩子也帶來了？天氣這麼冷，也不怕凍著。」

「這不是為了給妳瞧瞧嗎？知道妳忙，還不知道妳有沒有空去我那裡呢！」羅月娥嗔道。

嬰兒車裡兩個剛滿半歲的小傢伙，睜著烏溜溜的大眼睛，好奇地看著夏芍。

夏芍喜愛得不得了，轉頭對羅月娥道：「我能抱抱嗎？」

羅月娥笑道：「妳不抱我還不樂意呢！」

夏芍小心翼翼地抱起其中一個小傢伙，小傢伙被她一抱就眉開眼笑。夏芍抱著孩子走到唐宗伯身邊，說道：「師父，你瞧。」

唐宗伯膝下無子，向來喜歡孩子，不由笑得慈愛，「這孩子倒是喜歡妳。」

夏芍笑笑，又抱給徐天胤看，「師兄，快看。」

徐天胤低頭看去，小傢伙一見到徐天胤，頓時不笑了，兩人大眼瞪小眼。

夏芍噗哧一笑，「不要這麼嚴肅，會嚇哭他的，師兄笑一下。」

徐天胤看看夏芍，又看看小傢伙，勉強扯了下嘴角，結果小傢伙「哇」一聲哭了起來。

夏芍很無語，羅月娥不給面子地笑出來。

夏芍趕緊把孩子還給她，陳達卻主動伸手接過去，哄了兩聲，等孩子不哭了這才把他放回嬰兒車裡，再把被子拉好。

羅月娥笑著揶揄道：「徐將軍不笑還好，一笑居然能把孩子嚇哭。我看等你們以後有了孩子，就有樂子瞧了。」

徐天胤聽了這話微愣，轉頭看向夏芍。夏芍的臉有些紅，忍不住低下頭。

想起夏芍剛才抱孩子的歡喜模樣，以及她此時柔和的眉眼，徐天胤的心頓時軟了下來。

「喜歡？」他問。

夏芍瞪他，能不喜歡嗎？

徐天胤被瞪得一愣，然後點頭道：「好，生。」

「噗哧！」

「咳咳！」

周圍的人咳嗽的咳嗽，噴笑的噴笑，夏芍鬧了個大紅臉，又瞪了徐天胤一眼。

「你們兩個，八字都沒一撇，在這裡胡說什麼。」唐宗伯也瞪徐天胤。

徐天胤思考著為什麼會被瞪，想了一會兒，他牽起夏芍的手，低頭問：「訂婚再生？」

「結婚再說。」夏芍忍無可忍，只差扶額。

徐天胤不說話了，結婚要等到師妹大學畢業，還有三年，可是她看起來很喜歡孩子……

夏芍見徐天胤不知道又想到什麼去了，果斷岔開話題道：「師父，您跟冷老進房去聊吧，我在外面陪月娥姊。待會兒我的幾個朋友也會來，我正好跟他們敘敘話。」

夏芍留在大廳，徐天胤、溫燁和衣妮自然也不進去，四人一起到沙發上坐下，和陳達、羅月娥夫妻閒聊。沒一會兒，賓客們陸續登門。來的人有香港政府官員、商界大佬，也有偶像明星，有人看見夏芍和徐天胤，大吃一驚。

徐天胤的背景如今眾所周知，但他是唐宗伯大弟子的事一直沒人知道，這些人沒想到他會陪夏芍來香港。年前京城傳來的消息，果然是真的，夏大師要嫁入徐家了。

香港的名流跟京城圈子裡的人想法不同，他們對夏芍風水師的身分並沒有忌諱，因此在他們看來，徐家娶了夏芍進門，那是贏上加贏，以後還有人能撼動得了徐家的地位？別人提前預約都不一定能見得到的大師，徐家娶回去，占了好大的便宜。

儘管徐天胤身分背景驚人，還是有人用看幸運兒的眼神看他，而看夏芍的時候，更是尊敬。風水大師、徐家未來的孫媳、華夏集團董事長，這三個身分，隨便拿一樣出來，都是令人仰望的存在，更何況三個身分都屬於同一人？

就在這時候，門口傳來一陣驚呼聲，接著人群迅速如水般分開。

夏芍轉頭看去，就見穿著一身黑色名貴西裝的戚宸，狂傲地大步邁了進來。

他掃視了大廳一圈，最後目光準確地落在夏芍身上，無視徐天胤。徐天胤面色一冷，拉過夏芍的手，用力握住，戚宸頓時黑了臉。

夏芍苦笑，師兄居然會這招了。

她還沒跟戚宸打招呼，就有人急沖沖地奔過來，手裡還拉著一個人，然後搶在夏芍對面坐下，拍桌子道：「妳眼裡還有沒有朋友？昨天就回來了，晚上怎麼不叫我們出去喝酒？」

展若南還是老樣子，板寸頭，沒穿禮服，而是穿著男裝版的小西裝，帥氣倒是帥氣，就是看不出女孩子模樣來。

夏芍笑而不語，轉頭看著被展若南抓著手腕的曲冉。雖然半年不見，但是華樂網上每期她的美食節目夏芍都有看，因此看得出來曲冉瘦了不少，已能看出苗條的身段。繼美食節目後，華夏娛樂傳媒又為曲冉量身打造了美食節目的升級版，效果很不錯。如今的曲冉是一邊念書一邊錄節目，同時還經營著自己的回憶餐廳。她這身材估計有一半是忙得瘦下來的，至於另一半……呵呵，也許是桃花的關係。

曲冉的桃花可不止一朵。

夏芍聽劉板旺在電話裡提過，曲冉現在在香港算是小名人。凡是名人，富家子弟就愛追求。追求曲冉的人在大學裡不少，但大多在見到展若皓的時候便知難而退了，只有一人不怕三合會，追了曲冉有一段時間了。這人是大學校長家的公子，算不上名流家庭，卻勝在很執著。

曲冉把精力都放在學業和美食上，並沒有談戀愛的打算，但她身邊確實有兩朵桃花。

夏芍從面相上就看了出來，曲冉被她看得不好意思，非常靦腆，然後低下頭看著自己被展若南緊緊握著的手腕，露出苦笑。

展若南發現了，立刻瞪過去，「看我幹麼？不是我拉著妳來，妳今晚能來？」

「我沒有收到冷家的邀請……」

「我哥收到了，所以妳就可以來。」展若南理直氣壯，同時又很鬱悶。她不明白，她大哥

差在哪裡了，怎麼這個女人就這麼難追？「我哥去國外出差，我得注意我未來的大嫂不會在他不在的時候被人搶走。」

曲冉繼續苦笑，她明明跟兩人都說明白了，目前只想專心念書和研究美食，但是最近……頭好大，有種她說的話總是被人選擇性無視的感覺。

夏芍笑笑，她看出曲冉犯桃花，命宮卻無喜象，說明她確實沒有談戀愛的心情。假如她會從兩人之中擇其一，夏芍覺得那位學長贏面大些。那人雖然各方面比不上展若皓，但依曲冉的性子，想必看重的也不是男方的身分地位。她親眼見過黑道槍戰，知道那隨時可能會送命，而她從小沒了父親，對完整家庭的渴望多過一般人，因此夏芍猜曲冉會選擇能給她安全感的人。

當初夏芍就看出展若皓的追妻之路不會太順利，如今果然驗證了。

看戲的夏芍很快就不理會展若南對曲冉的盯梢，她轉頭看向戚宸，笑著說道：「前陣子京城的事，我得向你道謝，謝謝你的幫忙。」

在王卓的事情上，戚宸雖然沒露面，但是他讓人把于德榮的兒子和王卓的員工進入地下錢莊賭錢的證據，以及王卓與錢莊往來的證明一併丟到警局。那家地下錢莊是三合會在京城的產業，就這麼關了門，想必戚宸的損失不小。

戚宸這時已經坐到沙發上，聽了夏芍的話，眉毛微挑，「那是去年的事。」

夏芍聞言忍不住一笑，戚宸這人，說他小心眼，出了事他會幫你，可說他大度，得罪他的事，他能記很久。夏芍不由反問：「你的意思是，去年的事，今年道謝，太晚了？」

夏芍以為他會點頭，誰知他瞪了她一眼，沒好氣地說道：「夏大師能道謝，我當然是要感激涕零，免得日後三合會祭祀修墳安宅嫁娶吉凶問卜要找夏大師，夏大師心情永遠都不好。」

夏芍愣了愣，接著鬱悶地垮下臉。她真不該覺得這個男人轉性了，他果然還是愛記仇。不過，記仇的人不是只有戚宸，夏芍的記憶力也不錯，她當下回道：「是，我下次打電話給戚當家，您能不關機，我也該感激涕零。」

戚宸皺眉，「我什麼時候關機了？」從那天兩人爭執以後，他就沒接過這個女人的電話。

「戚當家真是貴人多忘事，上次是誰讓展若皓把我要的資料發過來的？我可不像某些人那麼小氣，原本要打過去道謝，可惜有人關機了。」夏芍哼哼地道。

戚宸愣住，一張臉變了好幾個顏色，懊惱、恍然、鬱悶，最後嘴角慢慢咧開，笑得傻裡傻氣地應道：「哦。」

夏芍自是不知道那天戚宸並非關機，而是氣得摔壞了手機，她當然就打不通了，而戚宸手機壞了，沒接到她的電話，還以為她一直在為那天的事生氣，自己悶了整整半年。剛才聽到她說那晚有回電話給他，戚當家當然一掃陰霾，心情瞬間放晴。

夏芍搞不懂戚宸為什麼心情突然變好，也懶得去猜。總之，誤會消除就好了。

冷家的宴會晚上八點準時開始，眼看著時間快到了，她在香港的朋友只有李卿宇還沒到。

夏芍並不意外，李卿宇在這些人當中可以說是最忙的。李氏集團沒有三合會根基深，戚宸雖然黑白兩道雙頭忙，但他底下的幫手也多。李卿宇卻不同，他的父母不負責任，叔伯等又內鬨，李卿宇想不忙都很難。

再者，李卿宇是個嚴謹守時的人，夏芍以前給他當保鏢的時候跟著他出入李氏集團，他上班、下班、開會等等，一切按照預定時間執行，不早到也不早退，所以等到離宴會開始只剩三分鐘的時候，她笑吟吟地看向門口。

不一會兒，冷家的傭人果然恭敬地引著一名英俊的青年走進來。深灰色西裝，金絲眼鏡，李卿宇依然是那副沉穩又尊貴的模樣。

他轉頭看了一圈，很快就找到那個坐在沙發上含笑望著他的女孩。

半年不見，他總能時時聽到她的消息，聽說徐家……

李卿宇垂眸，心底深處劃過一抹無人察覺的悵然。

這時，唐宗伯等人由冷老爺子陪同，從房間裡走了出來，這表示宴會要開始了。有個陌生的男人跟在最後出來，順手關上房門，然後上了樓。

據說肖奕是煉神還虛的修為，夏芍沒有開天眼，但她確定那人應該就是茅山掌門肖奕。

冷老爺子笑著對大廳的眾人說道：「謝謝諸位貴客百忙之中抽空來參加我冷家的宴會，冷家在占算問卜之道上走了這麼多年，洩露天機太多，我膝下如今就一個孫女。如今她在加拿大幸得良緣，我就想辦這個宴會，邀請大家來沾沾喜氣，感謝諸位不吝登門道賀。」

很多人不知道冷家離開的真正原因，冷老爺子對外說是帶孫女到國外療養，直到前不久收到冷家的請帖，眾人才知道冷以欣年前在加拿大訂婚了，但她的未婚夫是誰，壓根兒沒人知道。

樓上的房門這時打開了，只見一對年輕男女挽著手走了出來。

男人的長相不是很英俊，但眉宇間有渾然天成的仙家氣度，相當具有存在感，尤其是此刻他站在二樓垂眼望著大廳的眾人時，眾人皆有種仰視之感。

男人挽著的女人，身穿白色曳地長裙，笑容恬靜，頭微微靠著男人的肩膀，一副幸福小女人的模樣，正是當年曾一度令香港許多公子哥兒瘋狂追求的冷以欣。

冷老爺子笑道：「我來為諸位介紹，這位便是我們冷家的孫女婿，姓肖名奕。他的門派在我們奇門江湖裡是道教之源，擁有數千年的歷史。如今門下弟子雖少，卻精於陰陽風水之術。」

「爺爺謬讚了。我們茅山派確實強盛，但我能力有限，到了我這裡，弟子凋零，要不，我也不能四處遊歷，還在加拿大遇到欣兒。」肖奕搖頭笑道。

眾賓客聽得一陣譁然，茅山派可是聲名赫赫。

茅山是道教聖地，起源極早，約五千多年。相傳漢元帝時期，茅氏三兄弟在山上採藥煉丹，濟世救民，被稱為茅山祖師。茅山派據說以捉鬼降妖聞名於世，香港有不少以茅山道術為題材的電影，但真正的茅山弟子在世人的印象裡卻是極為神祕的。

冷老爺子的孫女婿竟是茅山大師？

冷老爺子慈愛地笑道：「行了，你也用不著客氣。茅山派歷史淵源極早，你又是現在的掌門，修為在我之上，不必這麼謙虛。」

大廳裡又是一陣抽氣聲。

居然是茅山派的掌門，修為還比冷老爺子高

肖奕在大家心目中的形象頓時高大起來。

夏芍望著冷以欣，總覺得她有些古怪，可是哪裡古怪，一時半會兒卻說不出來。

她眼角餘光忽然瞥到身旁的衣妮的表情不太對勁，就見衣妮緊緊盯著肖奕，眼神有著疑惑、驚訝和仇恨，一瞬間竟有些辨不清看不明。

夏芍問：「怎麼了？」

「好像是他……」衣妮的話語肯定，目光卻有些疑惑，說完還緩緩搖頭。

「誰？」夏芍又問。

衣妮堅定地道：「衣緹娜的相好。」

什麼？夏芍的臉色沉了下來。

她壓低聲音問：「肖奕是那個男人？」

「我不確定。」衣妮道：「那年我才十三歲，看到那男人的時候是晚上，而且過去很多年了，我不敢確定。我只是覺得像，那男人的臉我沒看清，但他的氣質很不一樣。這麼多年來我都沒遇到過覺得像的人，可是這個茅山掌門……真的很像。」

很像，那就是說，有可能。

夏芍蹙眉。她以前雖然懷疑過肖奕，卻沒有證據，而且茅山和玄門沒仇，肖奕沒理由要對付玄門，眼下衣妮竟然說他跟她當年的殺母仇人很像。

確實如此，以肖奕的修為和茅山術法的精深，他是有可能做到這一切的人。

事關重大，夏芍不能僅憑衣妮的一面之詞就妄下論斷。

肖奕和冷以欣相攜從樓上走了下來，兩人走到唐宗伯面前，傭人此時端了茶過來，兩人恭敬地向唐宗伯敬茶。

徐天胤在夏芍身旁，自然也聽到了衣妮的話。夏芍挽著他的手臂，走了過去，夏芍還低聲對衣妮道：「妳跟我一起過去，但別露出妳的敵意。肖奕的修為遠在妳之上，如果確定是他，玄門也不會放過他，但現在還沒確定，妳千萬別輕舉妄動。」

肖奕和冷以欣敬完茶，唐宗伯笑著說了幾句祝福的話。

冷老爺子見夏芍和徐天胤走過來，不由笑道：「你們的婚事也快了吧？」

眾人聞言，齊刷刷看來。再多來自京城的消息，都比不上當事人的一句話，但夏芍和徐天胤都沒回答，而是看向肖奕和冷以欣。

「這位就是唐老的高徒？久仰大名。」肖奕對夏芍點頭一笑，很自然地伸出手來。

「肖掌門。去年聽師父說有一位年輕的高手，我早就想見見你了，幸會。」夏芍笑道。

肖奕搖頭，「夏小姐就別調侃我了，以夏小姐的年紀，修為與我同等境界，可見天賦遠在我之上。人外有人，這話還是不錯的。」

「肖掌門客氣了，和你相比，我是後生晚輩，以後還請多賜教。」寒暄的話對夏芍來說是信手拈來，接著他轉身對溫燁招手道：「小燁子，過來見見肖前輩。」

溫燁曾經在龍脈上被人打傷，他也聽見了剛才衣妮的話，此刻裝著什麼也不知道，恭敬地喚了一聲：「肖前輩。」

「這位是？」肖奕問。

「我的徒弟。」夏芍答。

眾人紛紛望向溫燁，見他不過是個十二三歲的孩子，但看他的眼神已經像是在看未來的風水大師。肖奕打量著溫燁，忽然眼睛亮起，「好資質！令徒可謂是修習捉鬼驅邪之術的奇才，這要是被我碰上就好了，我們茅山派正專精此道。」

「肖掌門莫不是想挖角吧？」夏芍調侃著，眼底卻有深意掠過，「小燁子的資質在玄門弟子裡也算是上乘，我已經收他為徒，還望您高抬貴手，別挖我牆角。不過，我這裡還有個人才，不是我們玄門的人，你看看有沒有興趣。」

夏芍半開玩笑地把衣妮推出來。

衣妮記得夏芍要她忍耐的話，她站在原地一動也不動，但目光如刀，直戳對方。

衣緹娜死了，她的仇只報了一半，那個和衣緹娜一起殺她母親的男人還下落不明。她曾想過或許這一生都找不到這個人了，卻怎麼也沒想到，這個男人會無預警地出現了。

儘管肖奕只是氣質與那個男人相像，可如果夏芍不攔著，她一定會動手。不管肖奕是不是那個人，她都會毫不猶豫地用金蠶蠱問候這個男人。

肖奕對上衣妮犀利的目光，微微一愣，然後搖頭對夏芍說道：「夏小姐就別開我玩笑了，苗疆的弟子我哪裡敢收？」

衣妮目光一變，仇恨、憤怒，幾乎在瞬間就要從眼裡迸射出來。

夏芍笑了笑，不著痕跡地阻止衣妮露出過多情緒。就算肖奕一眼就能看出她的來歷，也不能證明他是當年的那個人。茅山派擅長驅鬼，衣妮一身蠱毒，以肖奕的修為能看出來不難。

「肖掌門果然厲害，一眼就能看出我朋友的來歷。」

「我宗門精通驅邪，故而我對此比較敏感。」肖奕果然如此答，神態語氣都很自然。

夏芍微微垂眸，如果肖奕真是那個人，那他不僅演技厲害，膽量也很大。心裡有鬼的人，哪裡敢認出衣妮的來歷？肖奕敢，要麼衣妮是真認錯了人，要麼他是真的藏得很深。

肖奕又轉頭看向徐天胤，「徐將軍，久仰。」

徐天胤點頭，跟肖奕握了握手。肖奕既然是冷家的孫女婿，冷老想必告訴過他徐天胤是唐宗伯的大弟子，不過，肖奕沒有當場說出來，顯然是知道這件事外界並不知道。

「徐將軍。」冷以欣也笑著對徐天胤點頭。

徐天胤看了她一眼，微微點頭，冷淡如常。

夏芍是知道冷以欣對徐天胤曾經有過心思的，當時冷以欣偏執得有些病態，如今去了加拿大一年回來，現在看起來倒是正常多了。可是，夏芍不知道為什麼，她還是覺得冷以欣不太對勁，像是完全變了個人似的。

徐天胤的冷淡並沒有讓冷以欣感到尷尬，她嫻靜乖巧地依偎在肖奕身旁。肖奕低頭看看冷以欣，眼底有一片看不清的陰霾，再抬頭時，表情恢復了正常，笑著跟唐宗伯和冷老爺子說了一聲，就帶著冷以欣四處與其他賓客打招呼，兩人表現很幸福恩愛。

夏芍挽著徐天胤回到沙發上坐下，戚宸、李卿宇、陳達和羅月娥夫妻等人，也在跟肖奕和冷以欣打過招呼之後，陸續走了過來。

羅月娥意味深長地道：「冷小姐的性子似乎變了不少，以前是不食人間煙火，現在……」

展若南接話道：「以前看著欠扁，現在更欠揍，這個女人笑得太假了。」

羅月娥笑笑，她倒不覺得是假，只是有種說不出來的古怪感覺。她又轉頭看了場中一會兒，昔日清高得不願搭理人的冷以欣，如今居然會主動與人寒暄，還笑得平易近人，詭異極了。

夏芍調侃道：「月娥姊，妳是在看冷小姐，還是在看人家的未婚夫？」

「就妳愛拿我尋開心，我都這把年紀了，有什麼好看……」羅月娥說到一半，忽然愣住，接著對其他人問道：「你們覺不覺得冷小姐跟小芍……有點像？」

戚宸、李卿宇、展若南和曲冉不約而同看向夏芍，接著又去看冷以欣。

「我就說怎麼看那個女人不爽，原來是這樣，靠！」展若南罵了一聲。

戚宸皺起眉頭，李卿宇和曲冉都還在打量冷以欣。

「不像。」徐天胤吐出兩個字。

夏芍也轉頭看著冷以欣，眼神微沉。之前她就覺得有古怪，又細說不出來。如果不是羅月娥戳穿，她還真沒想到會是這樣。冷以欣的笑容的確跟她有幾分相似，怪不得她覺得有違和感。

「也許是我想多了？」羅月娥又道。

夏芍垂眸。不，確實是像。冷以欣的本性並非如此，短短一年內卻性情大變，還變得跟她有些像，夏芍頓時有種不太舒服的感覺。

其他人也覺得不太舒服，但直到晚宴結束，眾人都沒想出個所以然來，弄不明白冷以欣性情改變，究竟是巧合，還是他們多心了。

晚宴結束後，夏芍若無其事地跟著師父一行離開冷家，回到唐宗伯的住處，和徐天胤回了後院之後，夏芍立刻開了天眼，望向冷家別墅的方向。

樓上的房間裡，肖奕負手立在窗前，遠眺夜景。冷以欣從浴室出來，穿了身寬鬆的白色浴袍，髮絲還濕漉漉的，臉上卸了妝，眉眼清麗。她眼裡尚帶著盈盈笑意，肖奕轉過身來，見到她臉上的笑，臉色一沉，道：「我說過，妳這樣做沒有任何意義。」

冷以欣的笑容僵住，隨即又笑道：「以前他的眼裡沒人，但是今晚有，哪怕只是一眼。」

肖奕的臉色更沉，「那又怎麼樣？他有再多看妳一眼？」

「有了這一眼，就會有下一眼，我相信總有一天他會……」

「他會發現妳在刻意模仿他愛的人。以他的性情，妳認為他會怎樣？」肖奕打斷冷以欣的話，見她微愣，又道：「就算他多看妳一眼，他看的也不是妳。」

冷以欣聞言，表情驟變。

肖奕忽然嘆道：「妳父母早亡，人情冷暖，妳體會得比別人多，但這不代表一定要一個經歷與妳相似的人才能懂妳。事實證明，他不懂。」

「他會懂的。」冷以欣厲聲道，接著臉色猛地刷白，她雙手抱頭，痛苦地蹲到地上。

「那什麼時候他才會懂？妳希望他懂的是妳，還是妳扮演的那個人？」肖奕看著蹲在地上痛苦呻吟的冷以欣，卻不去扶她。

冷以欣頭痛得拚命甩頭。

「如果妳真有把握能將他搶回來，妳就不需要用模仿別人。」肖奕繼續道。

冷以欣猛然抬頭，憤怒地大吼道：「我不需要搶他，他本來就是我的！我認識他的時候，那個賤人還不知道在哪裡！」

「我認識妳的時候，徐天胤還不知道在哪裡。」肖奕目光沒有嫌棄，只有冷寒。

冷以欣愣了愣，目光有些呆滯。肖奕不是第一次說這種話，但是他們到底什麼時候在哪裡見過面，她真的一點也記不起來了。

肖奕嘲諷一笑，「妳不記得我，就像他不記得妳。」

冷以欣渾身一顫，肖奕的話再次把她拽回現實裡，她只覺得頭腦裡的每一根神經都在痛，她抱著頭，痛苦地想往牆上撞，卻被肖奕抓住。肖奕把她拋到床上，扯落她的浴袍，她那潔白的後背登時裸露出來。

劇烈的頭痛讓冷以欣無暇他顧，她只是去撞牆好緩解頭痛。

肖奕把冷以欣的身體翻過來，無視她赤裸的嬌軀，而是伸手壓著她的天靈蓋，將元氣送入她的體內。直到冷以欣的頭痛緩和，他才俯下身來，用力吻著她的唇，像是發洩般的與她歡愛。而冷以欣只是睜大眼睛，眼神從癲狂到憤怒，再到淡然，最後又變得癲狂。

各種情緒交織，她眼前的景象也頻頻變換，彷彿看到了她小時候的情景。

靈堂、香燭、冥紙……一場車禍帶走了她的父母。她的父母一生為人占卜吉凶，卻沒能躲過自己生命中的劫難，留下了悲痛的爺爺和年幼的她。

父母入殮不到三天，就有人上門來求爺爺占算吉凶。父母下葬不到三年，香港風水界已經很少有人提起他們的名字。父母下葬那天，她跪在靈堂裡，就像跪在世態炎涼的大染缸裡，將醜惡的人心嘴臉看了個遍，直到與他相遇。

那是掌門師母故去的日子，又逢白事，靈堂裡來來往往，又是一場人間百態。她帶著嘲諷的心態前去上香，卻看見了跪在靈堂裡的少年。少年穿著黑衣，沒有披麻戴孝。他不動不哭，也不說話，只這麼跪著。

白天跪著，晚上跪著，整整跪了七天。

她彷彿看見了自己，世上最應該懂她的人，最該懂人情冷暖的人，陪她看世間百態，看那些人在命運裡掙扎的人，她覺得她找到了。

雖然她沒和他說過話，但是她在那一刻就如此認定。沒想到七天後，他再沒有出現。等到再次見面，已經是十多年後。她亭亭玉立，而他身邊已另有佳人。

她不在乎任何人的命，生死本就不由己，活著是造化，死了是應該。

她不在乎自己的修為，修習占卜術，不過是為了看那些曾經在她父母靈堂前露出各種醜惡嘴臉的人，上趕著對她逢迎巴結，然後，她可以站在高處看他們在命運的生死成敗裡掙扎。

她不在乎玄門弟子的身分，她連修為都不在乎，還會在乎這些虛名？她所求的，不過是與她同樣看透世間的人，而這個唯一的心願卻不得實現。她這才知道原來自己也有不甘心的時候，她開始不擇手段，不得到那個男人，她絕對不會放棄。

夏芍收回天眼，皺起眉頭。肖奕和冷以欣的對話她看懂了大半，再對照冷以欣的態度和詭異的舉動，她想到了一個不可能出現在她身上的詞——黑巫術。

冷以欣的情況，看起來很像是人格分裂。

一個人在短短的一年裡要人格分裂是不太可能的，除非有外力介入，而黑巫術就能做到。在她所知的方法裡，是可以模擬一個人的性情，經過一段時間後成功分裂出另一種人格來。據說這段模仿的時間根據人的悟性、天賦不同，時間長短不一。此外，在成功分裂出新人格的時候，必須將本來的人格徹底拋棄，最後再練習找回原來的人格。

這種顛倒分裂的過程非常痛苦，並非是指身體上痛苦，而是精神上令人崩潰的折磨。據說，百分之八十的人會在練習這種黑巫術的時候自殺，不過，如果真能成功，那麼精神會比一般人強大兩倍，執念也會更深。

冷以欣就像是練習了這種黑巫術。

可是，她人在加拿大，怎麼學習黑巫術的？

不管冷以欣是怎麼學得的，夏芍越發覺得肖奕有對付玄門的動機。即便那人不是他，只要冷以欣不死心，肖奕就是潛在的敵人。她不喜歡「潛在」這兩個字，看來她是該動手了。

唐宗伯回到香港的這一年多裡，張中先搬來和他一起住，方便平時照顧他。張中先的弟子們也都處理了國外的產業，就此長駐香港。丘啟強、趙固、海若三人住在不遠處的別墅，每天早上去老風水堂前，都會先過來請安，順便幫兩位老人家做早餐。

冷家晚宴過後的第二天早上，用餐時，夏芍就把衣妮的懷疑和自己的猜測和盤托出。

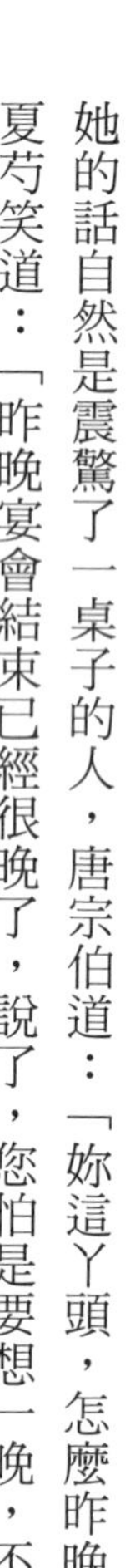

她的話自然是震驚了一桌子的人，唐宗伯道：「妳這丫頭，怎麼昨晚不說？」

夏芍笑道：「昨晚宴會結束已經很晚了，說了，您怕是要想一晚，不得安眠了。」

唐宗伯嘆了一口氣，「妳這孩子啊，這麼大的事……」

「這個冷老頭，掌門師兄念在同門的情分上沒把他逐出宗門，他出國逍遙還不知道感激，居然找了這麼一個孫女婿，我看他就是故意的！」張中先怒道。

「冷師弟是有些怕事，正因為這樣，我想他應該不知道實情。再者，衣丫頭也說了，究竟是不是肖奕她不確定。倒是欣兒，真沒想到她會學黑巫術。」唐宗伯臉色凝重，「昨晚在冷家見到欣兒，看她開朗不少，我還以為她想開了，沒想到這孩子還是鑽了牛角尖。」

唐宗伯問夏芍：「欣兒學黑巫術的事，妳有多少把握？」

夏芍深深望了師父一眼，「八成。」

別人看不懂夏芍那一眼的意思，唐宗伯身為她的師父，哪能不明白？這丫頭怕是開天眼看到了些什麼。如果不是有一定的成算，她是不會說出來冤枉人的。

「我覺得，當前最重要的還是弄清楚肖掌門是不是幕後算計我們的那個人。」海若看了溫燁一眼。冷以欣就算學習黑巫術，她的功法已經被廢，就算有些執念，對玄門的威脅也比較小。問題在於肖奕，他是茅山派的掌門，煉神還虛境界的高手，他若有心對付玄門，那除了掌門祖師和兩位師叔外，其他弟子都不是他的對手。

可就是不是肖奕的對手，如果證實他真是傷害小燁子的人，她也絕對不放過。

夏芍看向徐天胤，「師兄，這件事交給你了。我記得當初龍脈出事的時候，師父曾經和肖奕通過電話，他說他在茅山派裡處理事情。若真是這樣，那時候他應該在內地才對。」

「嗯。」徐天胤點頭，「肖奕的資料，一個禮拜後給妳。」

徐天胤收集資料需要時間，夏芍卻不能在香港停留那麼久。她原本計畫年假之後她要去公司坐鎮幾天，處理累積的公事。沒想到帶亞當來香港，所有行程都打亂了。

唐宗伯昨晚有問肖奕接下來有什麼打算，他說會在香港住一段時間，至於今後在哪裡發展，要看冷老爺子和冷以欣的決定。

這人若真是幕後算計玄門的人，心思必定深沉。以他的行事風格，只會藏在暗處捅刀子，不會明著來。既然如此，就不用擔心他大動作地對付玄門，但還是再三囑咐師父等人萬事小心。

夏芍離開香港的那天，正好是徐天胤回軍區報到的日子，兩人半途分開，徐天胤回京城，而夏芍則帶著衣妮回到了東市的家中。

（未完待續）

悅讀NOVEL 008

傾城一諾 8

國家圖書館出版品預行編目資料

傾城一諾 / 鳳今著. -- 臺北市 : 晴空, 城邦文化出版 : 家庭傳媒城邦分公司發行,
2017.09
冊； 公分. --（悅讀NOVEL ; 8-）
ISBN 978-986-94467-8-5（第8冊：平裝）

857.7 106003532

城邦讀書花園
www.cite.com.tw

作　　者　鳳今
責任編輯　施雅棠
國際版權　吳玲瑋　蔡傳宜
行　　銷　艾青荷　蘇莞婷　黃家瑜
業　　務　李再星　陳玫潾　陳美燕　枡幸君
編輯總監　劉麗真
總 經 理　陳逸瑛
發 行 人　涂玉雲
出　　版　晴空
城邦文化事業股份有限公司
104台北市中山區民生東路二段141號5樓
電話：（886）2-2500-7696　傳真：（886）2-2500-1967
E-mail：bwps.service@cite.com.tw
發　　行　英屬蓋曼群島商家庭傳媒股份有限公司城邦分公司
104台北市中山區民生東路二段141號2樓
書虫客服服務專線：(886)2-2500-7718；2500-7719
24小時傳真服務：(886)2-2500-1990；2500-1991
服務時間：週一至週五09:30-12:00；13:30-17:00
郵撥帳號：19863813　戶名：書虫股份有限公司
讀者服務信箱E-mail：service@readingclub.com.tw
晴空部落格　http://sky.ryefield.com.tw
香港發行所　城邦（香港）出版集團有限公司
香港灣仔駱克道193號東超商業中心1樓
電話：852-2508-6231　傳真：852-2578-9337
E-mail：hkcite@biznetvigator.com
馬新發行所　城邦（馬新）出版集團【Cite (M) Sdn Bhd】
41, Jalan Radin Anum, Bandar Baru Sri Petaling,
57000 Kuala Lumpur, Malaysia.
電話：(603) 9057-8822　傳真：(603) 9057-6622
Email：cite@cite.com.my

美術設計　洸譜創意設計股份有限公司
印　　刷　沐春行銷創意有限公司
初版一刷　2017年09月26日
定　　價　280元
I S B N　978-986-94467-8-5